阅读即行动

[美] 王瑾 _ 著　　傅圣迪 _ 译

石头的故事

中国古代传说与《红楼梦》《西游记》《水浒传》

THE STORY OF STONE

INTERTEXTUALITY, ANCIENT CHINESE STONE LORE,
AND THE STONE SYMBOLISM IN *DREAM OF THE RED CHAMBER*,
WATER MARGIN AND *THE JOURNEY TO THE WEST*

上海文艺出版社

图书在版编目（CIP）数据

石头的故事：中国古代传说与《红楼梦》《西游记》《水浒传》/（美）王瑾著；傅圣迪译. — 上海：上海文艺出版社，2023
ISBN 978-7-5321-8611-2

Ⅰ.①石… Ⅱ.①王…②傅… Ⅲ.①古典小说—小说研究—中国 Ⅳ.①I207.41

中国国家版本馆CIP数据核字（2023）第047092号

THE STORY OF STONE by Jing Wang
Copyright © 1992 DUKE UNIVERSITY PRESS
Published by arrangement with DUKE UNIVERSITY PRESS
Simplified Chinese translation copyright © 2023 by Neo-cogito Culture Exchange Beijing, Ltd.
ALL RIGHTS RESERVED
著作权合同登记　图字：09-2023-0084

发 行 人：毕　胜
出版统筹：杨全强　杨芳州
责任编辑：肖海鸥
特约编辑：杨芳州
封面设计：张　卉

书　　名	石头的故事：中国古代传说与《红楼梦》《西游记》《水浒传》
作　　者	［美］王　瑾
译　　者	傅圣迪
出　　版	上海世纪出版集团　上海文艺出版社
地　　址	上海闵行区号景路159弄A座2楼　201101
发　　行	上海文艺出版社发行中心
	上海闵行区号景路159弄A座2楼　201101
印　　刷	苏州市越洋印刷有限公司
开　　本	1092×870　1/32
印　　张	14
插　　页	2
字　　数	304,000
版　　次	2023年4月第1版　2023年4月第1次印刷
I S B N	978-7-5321-8611-2/I.6781
定　　价	88.00元
告　读　者	如发现本书有质量问题请与印刷厂质量科联系

献给魏容容

目录

前言　1

1　互文性与阐释　1

互文阅读....16/ 石头传说的症结....25

2　石头的神话字典　45

语义学考量....47/ 女娲与石头....59/ 禹和祭社仪式....73/ 祈雨仪式....79/ 封神仪式：君王向天地的献祭....83/ 辟邪石：石敢当....88/ 写有文字之石....89/ 讲述石头的滋养/孕育之力的民间传说....92/ 作响之石：鸣石....95/ 说话之石：石言....98/ 反射光线之石：石镜与照石....100/ 受到点化的顽劣/无知之石：点头顽石....101/ 石女....103/ 石头的神话字典....106

3　石与玉：从小说至道德的预设　115

仙界的孕育之石....121/ 迪灵宝玉....131/ 道德观念的呈现．洁与真....147/ 石玉之别：真与假的决断——从道德观念到哲学观念....180

4　石头的故事：关乎矛盾与约束　207

再生之石：三生石....214/ 通灵石与顽石....233/ 阈限之石....239/《红楼梦》存在开端吗?....252

5 色与空的矛盾：互文化的石猴　267

贪淫的猿猴：中国与印度的记述....272/ 阈限性的民间传说之石....281/ 愚者....284/ 智石....295

6 刻字石碑　305

结语　328

注释　339

参考文献　387

索引　403

前言

每位作者在写作时，都会遇到或悲或喜的时刻。而此书为我开辟了一片天地，在其中我享受着自由的喜悦，特别是当我在探讨中国文学和传统文化中不同的制约形式之时。对如何延展这片天地孜孜不倦的探求，让我在古典文学研究领域中完成了两点自我要求：再梳理与表述那些研究叙事小说的汉学家们在过去几十年中致力于解决的理论问题；同样重要的另一点，则是将中国古典研究和当代的重要理论相结合。

我将永远记得芝加哥大学的余国藩先生长年对我学术研究的鼓励，他在本书手稿的修订过程中所提出的无价建议，以及他向我分享的对"现代汉学"的理解。我至今仍能从他那不分国界和学科的学术追求中获得无尽灵感，他真诚地欣赏不同思想间的碰撞，这也让我获益匪浅。

我还要感谢宾夕法尼亚大学的梅维恒（Victor Mair）先生和普林斯顿大学的浦安迪（Andrew Plaks）先生，感谢他们阅读了我的手稿。梅维恒教授帮助我润色了我对美猴王孙悟空的描述，而浦安迪教授则对我的第一稿提出了建设性的评价。本书的第一章便是在他所提出的全书大纲下，对原稿进行了修改而写就的。

我非常感激我在杜克大学的同事们，感谢他们给予的慷慨支持与无价友谊，他们是：亚洲和非洲语言文学系的玛丽亚姆·库克（Miriam Cooke）、永井範子、远藤瞳、姚园（音，Yuan YaoLahusen）、罗杰·卡普兰（Roger Kaplan）、理查德·孔斯特（Richard Kunst）和栗谷康美；历史系的安德鲁·戈登（Andrew Gordon）；亚太研究院的梅维丝·迈耶（Mavis Mayer）女士；斯拉夫语言文学系的托马斯·拉胡森（Thomas Lahusen）。我还想特别感谢文学项目专业（Literature Program）的弗雷德里克·詹姆逊（Fredric Jameson）对本研究的兴趣，特别感谢理查德·孔斯特让我查阅他的中文文献，以及宗教学系的罗杰·科利斯（Roger Corless）在"业的记忆"的概念上给予我的启发；特别感谢马里兰大学的郭琦升（音，Chi-sheng Kuo）为我提供了有关玉的参考文献；特别感谢曼荷莲学院的叶昕远（音，Hsin-yün Yeh）对林黛玉的"真性情"作出的富有建设性的评价；特别感谢我的友人，马萨诸塞大学的叶林霞（音，Ling-hsia Yeh）的陪伴；以及普林斯顿大学的周志冰（音，Chih-p'ing Chou）在终稿准备工作中的帮助，为我减轻了负担。

我还想感谢马萨诸塞大学安姆斯特分校的郑敬懋（音，Ch'ing-mao Cheng）、米乐山（Lucien Miller）、威廉·莫比厄斯（William Moebius）、萨拉·拉沃尔（Sarah Lawall）以及弗雷德里克·威尔（Fredric Will）对我的比较文学毕业论文的指导；加利福尼亚大学洛杉矶分校的李欧梵对我的工作的坚定支持；黄海均（音，Hai-chün Huang）帮助我收集第二章的资料；远在台北中央研究院的李佑正（音，Yu-ch'eng Lee）帮助我设置中文排字软件；以及雷诺兹·史密斯（Reynolds

Smith）与杜克大学出版社的员工在本书的编辑与出版上所做的工作。

我还须感谢我从杜克大学国际问题研究中心以及台湾太平洋文化基金会处收到的慷慨的出版补贴。我十分感谢亚太研究协会的研究批准，以让我完成手稿的最后准备工作。

我想向亚非语言文学系的盖尔·伍兹（Gail Woods）女士献上最诚挚的谢意，以感谢她帮助我完成了部分手稿的打字工作，以及不断地复制一份又一份的草稿；感谢她这位挚友在我最困难的时刻给予的帮助；感谢她与栗谷康美一起作为母亲的替代者照顾我的女儿。

我想把我最深情的感谢给予杜伦大学的众多朋友们，他们是杨艾莉（音，Yang Aili）与谢道施（音，Tao-shih Hsieh）、艾丽斯·陈（Alice Chen）与 Y. T. 陈、董冰（音，Tung P'ing）、丁佳焕（音，Jiahuan Ding）与丁秉之（音，Bingzhi Ding）、毕比·穆尔（Bibby Moore）、埃尔默·戴维斯（Elmer Davis）以及唐晓冰（音，Xiaobing Tang）。

我还想对伯克利大学袁林学社的袁林（音，Lin Yün）教授给予我的友谊与展现出的智慧表示感谢。我还想感谢杨威（音，Wei Young）在精神上给予我的支持。

最后，在我的电脑桌下度过童年的女儿，我想与你分享"讲故事"的乐趣。魏容容，我满怀着爱意，将这本《石头的故事》献给你。

1 互文性与阐释 001

众人一齐都到殿内，……四边并无一物，只中央一个石碑，约高五六尺，下面石龟趺坐，大半陷在泥里。照那碑碣上时，前面都是龙章凤篆，天书符箓，人皆不识。[1]

那座山正当顶上，有一块仙石。其石有三丈六尺五寸高，有二丈四尺围圆。……内育仙胞，一日迸裂，产一石卵，似圆球样大。因见风，化作一个石猴，五官俱备，四肢皆全。[2]

原来女娲氏炼石补天之时，于大荒山无稽崖炼成高经十二丈、方经二十四丈顽石三万六千五百零一块。娲皇氏只用了三万六千五百块，只单单剩了一块未用，便弃在此山青埂峰下。[3]

那三个故事便是如此开场的：《水浒传》中一方神秘石碑的发现，《西游记》里那传奇石猴的出世，以及《红楼梦》中一块被遗弃神石的来由。单独读来，每一段都独具想象力，散发着原创性的魅力。但若是对照着读，先前的想法就未免略显武断。比如女娲石，若将它与石猴的形象相对比，它那看似奇妙的特质就不再显得那般新颖。如果我们更细致地考察这两则故事，便会发现其中的两块石头具有某种相似性，这暗示着文本间存在着借鉴的可能。两位作者在描绘女娲石和石猴之时，都用了一个相同的词：顽（分别是顽石与顽猴），而它们都具备这个词所蕴含的两种特性——"顽皮"的天性和"未经雕琢/无知"的特质。任何一个读到女娲石的读者,都不难将它的特性和更早写就的顽猴的形象联系起来。人们甚至可以猜测,女娲石所在的假想世界中已然包含了先于其存在的石猴,而且它与众不同的行为在女娲石上也有所体现。这种阐释方式暗示着"没有文本完全独立于其他文本"[4],这一概念被称作"互文性"(intertextuality)。

虽然互文性这一概念脱胎于西方的后结构主义,但它其实是一个广泛存在的现象,一般指一个文本和其他文本之间的交互关系,而对某些拥有悠久写作传统的文化而言,则特指文本和语境之间的关系。[5] 这种互文关系存在于从极度趋同到极度趋异的整个互文排列谱(spectrum of permutations)中,不论一个文本是趋同(converge)还是趋异(diverge)于一系列前文本,它必须与后者建立交流,以使其自身拥有意义。文本性(textuality)基于文学创作的多元性,它预设了众多文本的相互联系和错综复杂的能指(signifier)之间的碰撞。在中国文学传统中,我们可以从对"文"的定义上看出这种相互纠杂的交互关系。"文"本意交错的笔画,在某些时候用以暗喻交媾:

> 归妹,天地之大义也。
> 天地不交,而万物不兴。[6]

在其他文章中,"文"的意义各不相同却又互相杂糅。

> 是两物相对待在这里,故有文,若相离去不相干,便不成文矣。[7]

> 物相杂,故曰文。[8]

物一无文。[9]

相如曰："合綦组以成文。"[10]

上文所引的这些段落，有的能追溯至战国时期（前480年—前222年），还有一些来自秦（前222年—前206年）、汉（前206年—220年）两朝。这意味着，中国的文本性传统早已囊括了"互文性"这一现象，甚至对最广泛意义上的文本性也成立。[11] 对中国古代文人而言，文本独立性根本就是一个不存在的概念。没有哪个文本能够跳脱出具有悠久历史的文学传统框架，这点在古代文学批评家们看来显而易见，故而"互文关系"以及相类似的概念早已被认为理所当然，无须论证。在一个如此重视传统和历史的文化中，"互文性"更多地被理解成某个文本与更广泛的文化语境与历史语境的关系，而不是某个文本和另一文本的关系，这并不出乎意料。由于"语境"就如同一个固定的磁极，不停吸引着无数的文本，故而古代学者们对单个文本之间的互文交流（也可以视为磁场中的一种瞬时运动）并不太关心；在这种文学传统中，真正的互文交流如同一种向心的、追溯历史的运动，它会将一个文本带向那个固定的语境。

儒家典籍同时植根于这种体系完备的互文性和保守温和的"文本本质"（textual essence），此互文性界限明确、运转自如且自成一体。这种经典范本的出现为中国传统文学提供了一个坚实的语境，其后的文学家们在文学意义上频繁地引用和回溯着这一范本。

不论从文化、历史还是个人层面出发[12]，中国古代的诸多诗歌研究及写作理论都密切关注着语境,尤其是某一部被后世视为经典、外来、终极的样板文本。中国古代文人不仅一心想着继承五经这一伟大的遗产[13],怀着敬畏和怀古的心情回望着过去,他们也带着同样的态度,抱着这一回归情结(return complex)[14]进行着文学评价批评(evaluative criticism)。前现代评点家们在评价经典和同时代的文学作品时,只依赖于有限的古代文本作为他们的美学标准。而纵观整个中国封建时代的文学史,评点家们频繁地回溯着经典文本、正统学说和圣人先师,几乎不会受到什么质疑。此类评点家偏爱以文学评价的名义,为新形式的诗歌在旧形式中寻找"影响力的源头",在极特殊的情况下,他们还会指出作者具体借鉴之处。"出处""渊源""典故"以及"继承关系"这组核心概念,在许多或重要或不重要的理论评价(evaluative poetics)批评中都有体现。

文学作品中石头的象征意义与涉及石头传说的互文关系在一定程度上遵循同一个重要的方法论前提,即在阐释过程中必须时刻关注语境。之所以须关注语境,是由于虽然这种做法会动摇诸如"出处"和"受影响程度"(此类出自以作者为中心的视角)等重要的概念,但是互文性的机制却运行在一个受约束的表意系统中,在其中表意过程大量地相互交叠,它们基本都涉及文化约束和文学传统。例如,石头传说中的指涉功能(referential function),将诸如"顽石""三生石"等虚构意象转化为简单明了的概念,而我们对此功能的认识似乎又一次印证了语境和文本、结构和变体以及象征意义和字面意义之间界限的存在,尽管互文性在理论上可以具备跨界的形式,而我们则可以考察"类别与时代的差异"以达成跨界。

1 互文性与阐释

我认为,上述所有理论都低估了互文性这一概念。一方面,我们在重构石头传说时,基于了一则预设,它假定语境拥有自己的界限,并且拥有一定的稳固性,以确保文本的可理解性,例如某个描绘特定石头意象的表现形式。另一方面,对《水浒传》《西游记》和《红楼梦》中石头意象的交叉指涉的研究则质疑了"时代差异"的概念,并因而揭示了互文性可能会引发的最严重后果,那便是它有可能移除一个文本和其他文本之间的界限,并最终导致文本和语境本身之间界限的消失。然而这种深层次的破坏力顶多仅是在理论上未经证实的可能性,只要笃定文本的意义不会偏离其史实性,它便不会发生。故而在现有研究的框架内,我们对这三部文学文本中的互文关系研究建立在下述方法之上:审视每部作品中单独存在的石头意象,与此同时,考察石头传说对石头意象的语义表达过程的约束程度,当然在该约束存在的前提下。换言之,本书不会特别地将互文性的语境化(contextualizing)功能置于播撒(disseminating)功能之上,因为在阐释文本时,互文文本会改变我们对给定石头意象的第一印象,并且会把我们未来的思路引向考察此意象的史实性,这会将我们的视野局限在一处。

总而言之,我们甚至可以说,对互文性的质疑经常会将我们引向自省式的文本自我意识,这会唤起我们对古代文学和文化的感知,而不是让我们远离它们。在作者或主体不再试图寻找他/她的身份认同的那一刻起,这样的文本自省性经常会出现。正如同南宋*(1127年—1279年)著名词人姜夔(约

---

* 原文误为北宋。

1155年—约1221年）所言：

> 作者求与古人合，不若求与古人异。求与古人异，不若不求与古人合，而不能不合；不求与古人异，而不能不异。[15]

姜夔对古今关系的理解看起来超越了当时的时代。他不但刻画出了互文性内在的两个特点，即共通和差异，最重要的是，他还挑战了作者意图这一概念（"而不能不"）。在说这番话的时候，他其实暗示了一种以文本为中心的批评观念，此观念预先假设，所有的文本在其他某处都能找到其所指涉的对象，不论作者本身自不自知，不论它们是被一字不差地引用（合），还是已经彻底改观（异）。

正是对作者身份与意图的颠覆，让互文性研究有别于传统的来源批评（source criticism），这也为将互文性划入批评范畴提供了可能性，且与更早出现的"典故"的概念相区分。因为只有作者"意识到其作品需要建立在过去的文学作品的基础之上，并且在此意识下，有意尽自己所能将早先的文本融入自己的文本之中，用以解读其中新的内容和美学价值"[16]，他/她才会使用"典故"，而"互文性"则更进一步地包含了某些特定的过去的踪迹，这些踪迹因其作者身份的争议性或完全不署名而缺少作者意识。故而，虽然我们可以看出，三生石这一隐喻就是曹雪芹（约1715年—1763年）[17]有意借用的典故，然而"顽石"这一用语就没有这般明显。人们当然可以牵强地说，作者在书写顽石（对顽猴也成立）之时的意图便是将这两个词语和民间传说中的点头石这一典故相联系[18]，然而回顾一下姜夔的说法便可知，这种论断缺乏依据，这是因为在文本创作的过程中，任何两个文本都可能相互趋同，有时会在作者完全不自知的情况下潜移默化地发生，这是文本创作的固有特性。

因此，相较于关注"典故"，"互文性"才是我们研究这三部文学文本之间的交叉指涉关系的切入点，这样才能避免因引入"源头"和"影响力"等概念而造成的线性因果关系。同理，本书在构建"石头传说"时的合理性基于下述前提，即在考察文学作品中石头的象征意义的来源时，可以假定作者是无意识地引用了传说。因而"互文性"真正的作用是淡化原本在文本中显见且能辨识的作者存在，更重要的是淡化读者在阅读此类石头意象时不由自主地进行语境化的过程。这也说明了这种概念本身正是有意识地清除"作者"这一幽灵的过程，这是一种读者应当认识到的理论架构。它解放了读者，让读者可以顺利且自然而然地将自己代入文本之中。在读者揣摩"作者意图"时，众多对石头意象模糊的指涉不会过多地展开和发展，相反地，它们会在读者自身的互文阅读中被重构。能够链接和重链接互文的永远都是读者，而不是作者。[19]

有些批评家在看待"互文性"的时候抱着怀疑的态度，他们认为这种批评方式完全不考虑理论上或意识上所必须的语境，而从中我们只能看出他们对这种全新概念框架的抗拒之情，此框架有别于之前的评价体系，后者将"作者"和"主观性"视为理想化或公认的概念。显然，任何仅将"互文性"视作一种时兴潮流的人完全错误地理解了它。不论它是不是现在的潮流，"互文性"绝不是一种直白或客观的批评实践。它是一种意识工具，用来质疑和动摇下述概念，即将文本中固定含义的来源认定为创建性主体（founding subject）[20]。撇开潮流不谈（这是一个被肆意引用的批评术语中可能会出现的污点），另一个更大的问题是此术语引入的概念表述方式，与之同等重要的还有，此概念如何在讨论诸如"出处""典故""模仿"和"戏仿"等长期争议的议题时发挥作用。此术语在过去几十年间广泛地在批评用语中现身，这意味着，我们发现了一个全新的概念，用以再建构这些议题，使其重获活力。我们现在将开始检视这些再思考和再建构的内在本质。

旧有的术语如"典故"和"模仿"（前文本和文本的关系）所引发的批评问题仍然是互文性这一概念萌发的关键场所。正如上文所述，旧有术语和"互文性"在功能上的差别，在于后者将考察表意过程的优先级从作者/主体转移到了文本/读者。现在留给我们的问题是，这一转移在构建历史意识（或传统在文本创作中扮演的角色）方面能产生何种效果，此问题也经常在过去学校的批评练习中被重视与强调。事实上，许多保守派经常批判"互文性"是历史意识"即将面对的危机"，他们称此危机正是互文性被广泛接受而导致的后果。这种批判包含了两层含义：其一是否决了新概念拥有的所谓的反历史推动力，其二则认定"典故""模仿"和"影响力"等这些旧有术语所具备的功能不可能被"互文性"代替。然而只要将这个新术语的功能理解为一种阐释工具，并且加以分析，我们便会发现，我们不得不面对这样的问题：它是否会重塑历史性，而它又以何种方式重塑。

我想要强调的是，互文性这一概念非但不会抹去我们的历

1 互文性与阐释

史感,反而会加强它。它重构了当前文本和前文本之间旧有的历史连续性,将"史实性"的整体性这一抽象概念分解成了两个局部表征:一是在解读互文时,读者自己所在时代的经验;二是在重构,更准确地说是再语境化(recontextualization)前文本时,文本自身史实性的经验。

假想我们在文本中遇到一个不熟悉的符号,它有着不同于我们通常所知的语义、文化和思想认知的关联系统,此情形会唤醒我们,让我们意识到自己所处的时代。例如,在阅读《红楼梦》时,我们被引导着进入了一个石和玉构成的谜团中,这两者的意义和我们所用的语言中预设的指称(比如,石头象征着呆板、固定的物体,而玉是一种吉祥的象征)不尽相同。于是我们开始明白此文本的历史性,因为我们意识到了当代石/玉的符号系统和 18 世纪的这部叙事小说中的系统之间的差异。读者是否能意识到并找到它的互文文本(在此例中是石和玉的传说)都不重要。正如姜夔有力地指出的那样,是我们对互文同源项(intertextual homologue)的预想而不是认同(用他的话说是"求合")才让阅读和写作成为可能。我们对诸如顽石和宝玉[21] 口衔的"通灵宝玉"等形象的陌生感立刻点燃了我们解读它们的欲望,也同时让我们进入了互文阅读的机制。值得注意的是,我们的阅读行为和这种欲望早已假定了每个形象一定有它自己的历史,并且它的引用从来不是直接的,而总是以某种方式被转化和改造过,用以更好地服务于(不论是意识的还是历史的)新语境。

正是对文本的改编行为使我们可以确定其历史性。一段从原语境中取出的碎片,一句对前文本的引述或引文,任何诸如此类的互文指涉都能在复位至其他语言的语境的过程中找到意义。甚至"三生石"这种看似直接的引用，也没能完全忠实地再现佛学中"三生"这一转世轮回的概念。一旦语境化之后，"三生"概念中原本暗含的循环往复的动力，在《红楼梦》中被直接转化成了简单的对前世（即源头）的追溯行为。[22]《红楼梦》虽看似一字不差地引用了此隐喻，然而它已经被改造，在新形态下它是一种作用于意识的工具，被用来服务于另一个语境。故而"三生石"这一隐喻的历史性并非完全基于对"轮回"这一佛教概念的重塑与再语境化，它没有固定的源头。"互文性"这一概念决定了，文本只有在对前文本再语境化的过程中，才能主张并经历其自身的历史性，而非在回溯文本源头的过程中。于是我们对历史的认同被重塑为一种在互文的历程中发生的转化，而非一个等待被回溯的原点。

中国古代作家和评点家并不清楚，文本可以在再语境化的过程中保有自身的历史性，他们更加熟悉"用典"这种标准技巧，它体现了一种概念模式，一种过去和现在之间相互交流的关系。这种从过去伟大文学的遣词造句中借用词句的行为一旦变成一种传统，便经常会变成一个程序，并且很少有人能意识到，这种行为自身会导致一个两难的处境——在忠于原文的同时还要实施模仿的行为。[23] 中国人喜好用典，以及有意识地引用先前文本的行为是一个非常复杂的现象，在这里我们不会进行长篇的讨论。不过值得注意的是，"典故"经常以超然于时间的形态出现，特别是当它碰到一位对此不甚了解的读者时，此情况尤甚。故而用典这种行为本身包藏着一个悖论，对读者而言，典故的历史语境经常既展现在眼前，又隐藏在面前的文本之中。所以用典虽然是作者有意识的行为，但它并不确保典故的历史性自然而然地就能被回溯。由此我们很容易就能推断，虽然"典故"引用了过去的文本，但这一概念框架却暗藏着抑制过去的可能性，有了这种推断，再加上其超然于时间的特点，这种潜在的可能性只会破坏典故链接过去和现在的功能。

然而我们就此打住，不继续深入讨论，不然在此将展开一场对所有古典中国写作传统的细致论述。简单地说，"典故"这一古老的概念其实来自一个看似陌生的"再语境化"过程：文人引用某些前人作品的目的更多地在于内化文学原型（且通常情况下为了给自己的文本增添威望与权威性），而不是为了让读者意识到此原型具体的历史性，也不是为了强调喻矢（vehicle）所指向的文本和这些原型之间的（不论是语言上的还是思想上的）距离，并以此再次赋予特定的古代文本或文化中的某些伟大瞬息以活力。此外，一些更为成功的中国古典文学作家一直尝试在新的语境中进行"再语境化"，但是他们并不试图内化某个原型，事实上他们并未完全熟知对旧有指称进行再包含（recontaining）这一再语境化的基本手法。基于这种对再语境化的尝试，独创性面临的两难处境与"用典"之间似是而非的对抗终于得到了大幅度的缓解，因为只有在既不是原创，也不具有某个确定的源头（如某个典故的出处）的前提下，传神达意的引文才会显得活灵活现，它必须在语言和思想层面都完全不同的语境中再就位、再挪用且再次被赋予价值。这种再就位和赋予价值的过程使新文本产生了历史的特定性且自觉于自身的功能性。鉴于典故或互文总是蕴含着再次触发其他再语境化过程的能量,因此与我们有着无限关联的过去会展现出其极具欺骗性的倾向,它总是倾向于宣称自己化石般的真实性。与那些对文学文本无穷无尽的改写本类似,过去也由一系列再创作的冲动和基于虚构的假设构成,它只是一份古老复本的复本。

以上论述足以说明,作为一种诠释手法,"互文性"将时代差异折叠的程度并不高于它将其历史化且为己所用的程度。它必然具备传统意义上对影响力和典故的研究功能,而且同样高效。"互文性"只是重新定义了"历史性语境"的所在。它将考据历史性这一重担从有意进行叙述的主体或作者,转移至读者身上(读者的互文阅读同时即是他/她当下的经验)和文本自身(文本通过对前文本的不断重塑而变得栩栩如生)。

事实上,历史性和互文性的理论框架结合得异常紧密,故而任何与之相关的研究,包括本书,都不得不提出一系列有关语境的全局意义的问题。至关重要的是,通过研究互文性,我们最终得以更好地理解作者的寓意和思想立场。在阐释文本时,简单地指出特定的互文同源项还远远不够,还必须深究文本无意间透露出的思想态度。故而本书的目的在于尽可能广泛地说明,玉和石的传说作为一个文化语境,如何限制了玉和石的意象在文学中的自由发挥,而且本书还将说明,这些传说如何帮助我们确立隐匿在文本中的思想内核。

因此,一方面我们应当认识到石和玉之间双重话语(dual discourses)的功能依赖性,即玉的"道德"话语有时会巩固、有时却会瓦解石头的"哲学"与"神话"话语。另一方面更为重要的是,我们必须意识到曹雪芹将石头的意义提升至独一无二的中心位置,具体而言,石头即是"通灵宝玉"(也即宝玉)本初的身份。在宝玉精神之旅的结尾,"通灵宝玉"再次化作女娲石,此处清晰地展现了曹雪芹受到抑制的思想话语。《红楼梦》并没有颠覆第一回中如叙述者所述的"开端"的概念,相反地,它预言并支配了主角身份认同危机(石和玉的决裂)的解决方式,也即回归其石质的本源,以此,《红楼梦》事实上推翻了其本身最基本的哲学思想。如果说,石和玉之间对话的分歧揭露了作者意欲突破意识上的藩篱(而后者则源自被文化所神圣化的"同源性"和"一致性"的概念),那么宝玉最终化作石头则再次巩固了"开端"这一预设主题,且文化和意识上的约束也得以暗含在"开端"这一概念中。由此看来,曹雪芹这种打破传统的姿态也只不过是一厢情愿罢了。

同样,在《水浒传》中对从天而降的石碑的互文解读则展现出一个道德困境,叙述者在描绘梁山泊好汉从残忍的暴徒到朝廷忠良的转变过程中,极力地隐匿了这一困境。这一百单八位在道德上模棱两可的反叛者,最后却又接受了朝廷的招安,而这恰恰是早先他们立誓要颠覆的朝廷,上述的困境就内嵌于这一态度的转变之中。正如我将在最后一章的论述中指出的那样,假设将封禅大典理解为从天而降的石碑的互文文本,那么我们就会明白,这种转变并不是一种随机应变的权宜之计,而是受道德和政治所驱使。大典中与刻了石碑之上的天书对联中的政治符号(即天意的神秘感与皇帝即上天之子)含有强效的心理暗示,它让这批反叛者不断否定自身的道义,同时也让他们不再质疑,他们自愿接受奉天意行事的皇帝的招安这一行为的正确性。

对石头传说的重构最终将引领我们发现文本中这些刻意被隐匿的片刻。只有通过考察各种不同的（不论是思想上的还是结构上的）约束形式，我们才能全面地释放"互文性"这一概念中所蕴藏的解释能力，而需注意的是，只要是文本必定会涉及这些约束。我认为，一旦对特定符号系统（如石头传说）的符号特征的分析与涉及其在文本中思想话语的地位的讨论相融合，互文性研究的真正正确的对象便会显现。

互文阅读

虽然我们现在已刻画出了"互文性"的理论框架和必要前提，但我们还必须知道，如何将它们实际应用到文本解释的过程中。换言之，在我们遇到熟悉与不熟悉的文本时，这些概念将如何帮助我们（经常发生在我们不自知的情况下）。在下文中，我将会引用三部叙事小说中的段落，以此例证我们阅读文本的过程本身便天然地自带互文性。

这便要涉及互文性的两项实践机制，即趋同和趋异。它们同时作用，确保旧有事物的连续性与新事物的萌生。重复和发展这两项活动定义了历史。与此相似，写作便是不断引用既存意义网络中的一部分词汇的过程。作家对词汇的选取建立在他们对已表意词汇的认知之上。由此可知，写作并非自由的创作。在新文本中对各个词的引用不仅需考虑其语义条目的全谱，还涉及选择究竟是该背离还是巩固某个既存条目。

例如，在阅读《红楼梦》时，几乎任何古代与现当代的中国读者都能意识到女娲石来自女娲补天这个尽人皆知的神话。

1 互文性与阐释

鉴于读者拥有这种强大的联想能力,曹雪芹便采用了序幕(curtain-raising)技巧,这是一种中国传统职业说书人的常用手法,他们总是在说书开始前先引用众所周知的诗词或奇闻轶事,用以抓住众多躁动不安的听众游荡的注意力。这些不论是口口相传,还是文字记述的记忆,一旦被唤醒,一定会将听众带入一个幻想的世界,在其中现实的法则暂时退位,取而代之的是虚幻世界中假想的法则。"女娲"的名字立刻使人联想到久远的上古王国,那时石头拥有弥合的力量,能修补起破损的苍穹。在这个被唤醒的熟悉框架内,我们更新了对神石的旧有认知,且几乎不会质疑这位女神融化且重塑这些石块的缘起与方法。

然而,神秘的女娲石那为人熟知的特性,有时虽可觉察,但也会让人难以捉摸,例如对女娲石的这段描述:"此石自去自来,可大可小。"(《红楼梦》程乙本:2)[24] 这段描写吸引了我们的注意,它是对女娲神话的文本复合体的全盘让步,将我们从惬意的酣睡中唤醒。这块被女娲弃于一旁的特殊石头获得了灵活移动、自由变化的灵性(和它在神话原文中仅作为一块弥合工具这一被动属性截然不同),这暗示着一个文学惯例中的石头意象的剧烈转变已然发生。一般的读者完全陌生于它所刻画出的这些石头的属性。在此,这块虚构的石头仿佛超越了女娲的那块神石,演化为了一个全新的虚构角色。此时,我们被带入了一个全然陌生的世界,《红楼梦》这一奇妙的故事就将在此展开。《红楼梦》宏大的开场几乎同时既借鉴又背离了女娲神话这一现存文本的复合体,不论读者还是作者都对女娲神话有一种共识,它可以让作者/叙述者以自己的方式开始这个故事：他将宝玉的故事顺理成章地套入了无来源且无作者的神话逻辑之中，并以此让读者意识到文学惯例就此打住，而虚构的故事就此开始。女娲石在此处背离了创世神话（creation myth）中的形象，而这种背离则遵循了下述原则，即只有当文学文本与女娲补天的创世神话这一文本复合体之间真正建立起联系之时，互文趋异才会发生。故而互文趋同和趋异这一概念的前提是必须存在一个或多个前文本。

不论是高度关注单一神话主体（如女娲）的神话总和还是众多关注点各异的文本，这些前文本都催生了"语境"的概念。如前所述，"语境"这一概念跨越了语言障碍，我们能在所有具备文学传统的文化中找到其体现方式。不论结构主义者称之为"历史档案"（historical archive）[25]、"既视感"（déjà vu）[26]、"社会方言"（sociolect）[27]、"潜藏符谱"（hypogram）[28]还是"似然"（vraisemblance）[29]，亦或将它和"有常之体"[30]或其他宽泛定义的中文术语暧昧地相联系，"语境"都广泛地存在于充溢着文化、历史和文学体系的传统之中，而这些体系则无视其所在文化的特性。大体上说来，"语境"是一个可代表所有类型的规约且无所不包的术语。

某些一直主张传承且成功留存下文化遗产的文化（如中国文化）天然地便接受了"语境"这一抽象系统，同时却几乎从未以解释性的词汇清晰地阐明它，这似乎是一个悖论。或许这是由于，此概念长期以来造就了中式生活方式中某些必不可少的重要部分，以至于人们发现没有必要去探讨它的机制或验证它的存在。无论原因为何，中国人都没兴趣将此概念与中国文学理论中丰富的批评术语相融合，然而"语境"这一概念还是普遍存在于古典文人的思维模式及写作模式之中。成语"断章取义"[31]描述了不可靠的阐释方式，它最明确地告诉了我们，古人意识到了语境与意义创生之间的关系。这个尽人皆知的成语指出了语境最基本的工作原理，即词语的意义并不是自主的，而是诞生自复杂的指涉网络。遍历中国的文学史我们将发现，这种对语境概念的初步认知来自于作者的追溯情结，以及对传统长期的痴迷，此外它还来自于"同（一致）"和"通（连续）"的思想。[32]

不论是可追溯的还是废弃的既有语境/文本，它们都是组成每个文本的语境和视野的历史结构，这一般被称为"文化无意识"[33]，其中储存着各种无意识或有意识的约束。而理解某段文本的方式便是将它放入上述文化约束的范畴之中，将它和现实的法则相连，此现实法则便是，文化可以被接触且被视为天然的存在。宝玉抓周时无意抓到了"女子的物什"，此后贾政便一直对他儿子心有不悦，在曹雪芹写到这段时，中国的读者，特别是传统读者几乎不会质疑这位父亲的情感。他们可以理解父亲为何在他孩子人生的开端就对他缺乏信心，并且能将这种看似无关紧要且荒谬的"抓周"习俗视为一种强烈的暗示，暗指宝玉之后对异性的痴迷与纠缠。当宝玉"一概不取，伸手只把些脂粉钗环抓来"（《红楼梦》：28）时，读者便能料想到父亲的幻灭之情，也能想到他会预测这个大贤聪慧的孩子最终长大后会一事无成。读者甚至可以想象出那些没有提及的"一概不取"之物，它们被随意摆在桌上，当宝玉对这些笔、纸、砚和宝剑（这些物品和从戎或从政有关，且所有中国家长都暗中希望孩子在抓周时把玩这些对象）视若无睹时，读者亦可体会到贾政对此的失望。这些被文化预先赋予了意义的对象代表着"儒士"这一儒家传统中的伟人概念，他们应具备无可挑剔的体力、才气与道德观。故而贾政对他这位幼子的不悦具有充分的理由，"抓周"这项习俗虽看似迷信，然而它却是集体智慧的一部分，用以理解现实，并且将文化和象征转化为本质和现实。这种话语几乎不需理由，因为它契合一项深深植根于中式思维的习俗，如此之深，以至于它直接被视作"描述自然的社会态度的文本，即习俗文本（the text of l'habitude），它完全为人熟知并且在这种熟知中变得模糊不清，从而不再被认为是文本"[34]。

当宝玉初见黛玉时，他视此女子"闲静时如娇花照水，行动处似弱柳扶风"（《红楼梦》：51），从这两句诗般的描述中，我们不必多加解释便可得知这位女主角是一位美丽却身形柔弱的女子。这种从自然符号中演化而来的明喻之所以能被迅速理解，是因为它们都是一般的中国读者十分熟悉的固定模式。宝玉继续深入猜想黛玉道：

心较比干多一窍，病如西子胜三分。（《红楼梦》：51）

中国读者便会在脑海中将这位女主角想象成一位敏感多愁、内心忧虑且摇摆不定的绝世佳人，他们完全没有意识到，文化原型在构建这两句对仗中的意象时所起到的作用。然而，在不甚了解诸如"比干"和"西施"等中国历史名人的外国读者眼中，这些隐喻可能并不会产生如此强烈的回响。

类似地，如果一位外国读者不知道中式英雄气概的标志以及儒家文化中对性感女性根深蒂固的鄙薄，那么他/她大概在读到《水浒传》中那些"大男子主义"的草莽英雄出于冲动而施加在女性身上的暴行以及难以言说的蔑视时,会反之对此频频皱眉且感到惊讶。褒姒和西施之类的历史传说巩固了男权神话中"红颜祸水"的思想,可以说,在作者/叙述者不加同情地描绘美人的形象时,这些形象都暗含着这类历史传说。梁山好汉对那些利用肉体激起男性的性妄想的女性抱有被压抑的憎恨,他们蓄意要摧毁她们,这些情绪亦可归因于一种普遍的民间信念,即女性代表的"阴"(也是黑暗和虚弱的主要意象)和男性接触时,会损害"阳气",即男性的活力。而读者对儒家美德之一"义"的通俗意义的认知,也可以帮助他们理解,为何石秀与武松一方面会如此愤怒地为(义)兄的死而复仇,而另一方面却又违背了正义——他们正是遵循了"义"的准则,并且其行为中已然包含了正义感。由此看来,《水浒传》中发生的大部分残杀和私刑可以振奋读者的精神,特别是传统读者,就如同没有什么能比士兵般的冷酷以及英勇地力争"义"的行为更能满足他们印象中"侠士"的概念。相反地,在读到几乎所有描绘杀戮与直接非难貌美女性角色的场景时,西方的读者人群都会产生惊恐和厌恶的情绪。

暗藏在此阅读过程(为了复原文本中不熟悉和虚构的事物,而将它们代入可理解的范畴)中的是对互文相似性的搜索,此相似性消除了虚构和现实之间那难以把握的距离。文本中荒唐的现象和异常的事物经常担当着强力诱因的角色,它们是激发互文性解释机制的必要条件。对持不同意见的批评家而言,《红楼梦》一书足以成为一个不小的挑战,虽然它拥有复杂的结构和丰富的寓言般的暗示,然而所有年龄段的读者大众出于各种原因都对它抱有兴趣。这种魅力显然不是源自对作者、评点者以及故事中男女主人翁的真实历史身份的好奇[35]，也不是来自对蛰伏于18世纪中国的反封建阶级斗争与社会批判[36]的好奇，亦或是对高远的批评性问题的关注，如神话架构的深度，杂糅的神话模仿形式的复杂程度，以及仙境和梦境的寓言。相反地，令一般读者最为神往的是那迷人的故事，它奇妙地自称来自于一块石头，一块被传说中的女神抛在一旁的天物，一块曾经历过天界与人间之事的奇石，这块刻满文字的石头竟可以自己讲述故事。[37] 正是石头的这些神秘的象征符号抓住了读者的注意力，将他们引入一场激动人心的混沌中，引诱他们去参与一场猜谜游戏般的阅读。读者不自主地被带入了一个宏大的神话逻辑之中，其中存在着一个未知的非生命体，却具备上天赋予的智力和人类的激情。这是一个充满惊喜的未知世界，总是出乎读者的意料，并且促使读者重新审视他们对现实的感知。

这块遗留下的石头代表着什么？我们应该视它为自然而然的存在吗？或是它能把我们引向更深层次的意义之中？它是一个异想天开的噱头，还是属于一个宏伟的体系？换言之，这块不可思议的石头是出自一位天才惊人的创造，一个完全从作者极富创造力的脑海中跳脱出的产物，还是说它是一个象征，携带着属于自己的文化、历史与文学语境中的片段？这些都是我们在阐释陌生事物时不可避免将要面对的合理问题。

若每一个词都能延展并激活其语义历史，那么我们在研究女娲石语义的同时，就必须考虑它与数世纪以来从石头发展而来的既有语义项的互文关系。此时，如果我们回忆一下本章节开始时的那三段不同的开头,将会发现它们进一步激起了我们的兴趣,促使我们去理解石头这一谜题。当读到这些变化多端的石头时,我们所感受到的震撼好似在告诉我们,它与任何已知的社会文化语境都没有关联。石头与人一样会说话、思考、生育,甚至还能从天而降,这些完全超出了我们的预期,这是因为在我们通常的思维模式中,情况恰恰相反:石头是一个地面上的物体,它缄默、永恒、没有生命,且如水晶一般坚硬。

我们对石头的直观理解很可能会将我们引向不成熟的结论,即这三部小说的叙事者违背了我们对石头的固有认知,且他们几乎完全颠覆了我们当下对石头应有象征意义的概念,以此证明其非凡的创造才能。以上这些都在探讨石头意象的独创性,而正是对这些问题的第一印象可能会蒙蔽当代读者,使其无法发现某些特定的模式,这些模式恰恰明显地指出了互文约束的存在。无论它以神秘的石碑、伶俐的猢狲还是能说会道的故事讲述者的形式出现,这一石头意象都透露出一些特定且不断出现的母题,假若我们能从石头形象占据主导地位的众多前文本中分辨出可相互解读的关系,并且深入考察它们,这些主题的意义便能部分地浮现出来。

前文本的总和是一个令人胆怯的自主概念。它似乎指向一个不断延伸的远方,故而永不完整,它同时蕴藏着可追溯与不可追溯的古老文本。为了方便称呼这一难以表述的存在,我称其为"石头传说"(stone lore),以表示一种石头的互文构型。在《水浒传》《西游记》和《红楼梦》中,"石头传说"的互文性并非自外部对石头象征意义的引用过程,而是从内部。我们似乎不可能完全否认上述作品中那些石头形象身上民间传说般的特质，然而同时，避免将这些传说提升至外部约束的高度也十分重要，这些约束限制了上述作品中石头的象征意义的表意过程。民间传说之石的意象与文学作品中的石头形象是两条有着紧密联系的平行线，这种关系随处可见，然而两者又有相互转化与促生的迹象。每当我们发现了一处趋同的迹象，我们都能在此隐约地感知到一层薄纱的存在，而在其下可见民间传说和文学意象相互缠绕，释放出相互融合的短暂幻象，然而这仅仅是一次替换，这是任何此类再挪用过程的必然结果。正是互文挪用自身产生的二元性决定了女娲的神话文本与曹雪芹描述的女娲石故事之间的相似性及差异性。被完美修补上的苍穹象征着整体性，而讲述这一整体性的神话经历了一次转化，从而诞生了讲述残片的神话，即这块弃石的故事。

为了达到其功能，符号（事实上是任何词汇）必须被设定为不断地重复出现，这经常意味着词意的更替或完全改变。[38] 我们不必自问，《红楼梦》的作者/叙事者是否有意或无意地创造了这种差异，因为在本质上，互文性就是同时具备着连续性与不连续性。我们需要时刻提醒自己，不论石头传说在塑造文学作品中石头意象的连续一致性上起到何种作用，一定还存在某种非常规的方式，它无法被纳入统一的模式，就算使用最为天才的科学方法也不行。当再次唤醒石头传说历史的同时，这三组极具神秘气息与原创气质的石头意象必定也会延展此历史。

石头传说的症结

至此我们已经了解了互文性在写作和阐释的过程中的运作方式。接下来我们将考察一些互文关系，它们不仅是民间传说中的母题与涉及石头的传统文学主题的关系，还有文学中石头意象的各种表现形式之间的相互关系。换言之，我们将考虑两组互文组合：民间传说之石在文学之石中的存在，以及各个文学之石的文本对于其他二者的评注。

虽然从主题上看来，这三个故事的神话框架内出现的石头形象给人的第一印象都有所不同，然而它们共同具备某些特性，故而短暂地显现出了一致性：这些石头在本质上都来自天界；它们都是天地间的联系者（mediator）；它们的象征特点具有两极性；它们都有或文字或口头的语言表述行为。在《红楼梦》中，我们目睹了石头的化身宝玉重回人间幻境，以及在红尘中历经了一段故事之后再次化为他先前的存在；在七十回本《水浒传》中，最初那开启了梁山泊好汉故事的人尽不识的石碑，在故事的最后再次出现，强调了一百单八将乃上天授命。

与上述两本小说中石头创造主题结构的关键作用相反，《西游记》中的石头意象仅具有次要功能。虽然美猴王诞生自石头，但不似《红楼梦》中的宝玉，他在取经成功后并没有回到石头这一物理本质。尽管当孙悟空最终修成正果之时，他并未回归至其神话之中的诞生之处，然而根据余国藩的说法，《西游记》的叙事者采用了另一种宗教形式的象征性回归。粗看之下，余国藩的观点合乎逻辑，因为我们可以用它来说明，这三个文本中皆可见到的循环叙事逻辑，一定表明了叙事结构的约束与文化/宗教哲学理念之间存在着某种可理解的联系。鉴于这些取经者（包括他们的师父唐三藏）都是"触犯天条被贬下界之人"，他们的西天取经之旅更像是一场精神的探求。它作为一场归家之旅的意味尤其浓重。[39] 正如余国藩中肯地指出的那样，在此语境中，"家"充满了佛教与道教的象征意义。佛教的开悟和道教的内丹术这两个相对应的概念中都蕴藏着回归的观点：前者是重回人类原初的本质，而后者则是逆转生理衰老的自然法制。[40] 因而孙悟空一行在取经之旅结束时，其实获得了双重的庇佑：他们同时得到了永生与开悟。然而这种回归的形式存在于救赎的逻辑框架内，而并非如同其他两部小说中那样，建立在解开问题重重的身份之谜之上；并且，每位取经者身上盘根错节的佛家与道家象征意义也使得我们难以辨别，孙悟空的人类内核是否能够逆转回他最初的石头本质。

从《西游记》此例可以看出，"孤立的现象不足以创造出文"，即"物一无文"[41]。我已经指出，孙悟空的石头本源在《西游记》中并不处于舞台的中央。我将更进一步表明，即使是石头的象征意义也仅仅构成了孙悟空复杂的情感和精神构成的一个方面，他的身份如今依然是一个具有争议的开放性论题。在第五章中，我将会向坚称孙悟空的身份清晰且同质的学者证明，阅读和写作之所以能产生，"并不是由于单一的先前行为（作为源头与灵感的来源），而是一系列或可考或无从可考的开放行为"[42]。虽然美猴王的石头身份缘起于诞生自石卵这一"单一的先前行为"，然而，如第五章中将会说明的那样，唤起其他神话角色的"一系列开放行为"补充了美猴王的身份。正是美猴王对其他角色的吸纳——特别是愚者与白猿——造就了他那令人难忘的形象:他拥有顽皮的睿智以及随意变化的能力。在《西游记》开篇中出现的石头,其象征意义非常单薄,仅凭它自己并不能创造并维持美猴王对普罗大众的吸引力;民间传说之石与众多相关的前文本之间的互文交流才是此角色之所以复杂的真正原因。

作为一个范例,尽管《西游记》不太显著地例证了石头这一传统主题引发循环叙事的方式,然而其中的石头意象却从不止一个方面为《红楼梦》的成书作出了贡献。女娲石的转世呼应着悟空诞生自仙石之中。两书的开篇具有极高的相似性,甚至两书对两块石头的外形描述都很接近——两位叙事者都选择以相似的数学精度详细地描述它们的尺寸。有一条传统评点甚至称,甄贾宝玉这个象征手法的灵感来源,便来自《西游记》:"甄贾两宝玉[的概念],从《西游记》两行者[美猴王]脱胎。"[43] 所有这些对这两块仙石相似性的推断都说明,《红楼梦》里的女娲石中或多或少地囊括了孕育石猴的仙石卵。互文性便是这样运行的:一个词、一个符号或者一段文本唤起了过去的那些内隐的(互文)文本片段,而这些片段在它们自己的文本空间中不断地回响。不论石头在这三部小说中占据着中心或边缘的地位,它们具备一定程度的相似性,而它们的共同点则体现在对文学作品中石头意象持续不断的渗透,这些意象可以是既存规约、历史语境、文化习俗以及无意识的行为。换言之,文学中的石头文本一直与既存的石头传说进行着互文交流。

当我们试图建立起这样广大的多重互文引用网络，并统一称之为"石头传说"时，便会遇到许多问题，这些问题往往都会在我们试图将其相互结合或系统化的同时涌现出来。重建这样的传说涉及为一个包含无限多个文本的不可见空间确立边界，这些文本或可溯源或不可溯源，而在这之中石头永远在创造着意义。互文空间的这种无限性看似否定了一切复原（recuperation）的尝试。诚然，为了创造或分析一段文本，我们不可避免地必须将其置于一个互文网络中，然而，想要完成对该体系的编排工作（故而使其保持稳定）却看似并不现实。不论是文化历史还是石头的历史都包含着有意识与无意识的素材与约束，而重建所有这样的素材与模式就相当于将历史限定在某本教科书或一种范例之中。互文性固有的这种开放性和语境的运作机制相矛盾，后者是一个完整且统一的指称框架。它将所有的语境化（contextualization）行为都视为有界，并设立了边界。

鉴于此，我重建石头传说的目的，绝不是为了在主人公的历险中找到与石头有关的历史规则与文化习俗的总和。相反地，我将在下一章中尝试归类几组文本，它们都各自展现出了一些独具特色的"石头体验"（stone experience）的特定模式。这些体验是石头互文网络中高度分层但仍可辨识的内部结构的一个特点，它包含了一系列反复出现的属性，而通过这些属性我们可以了解到那些创造和阐释文学中石头意象的行为。这样的石头传说已然远远超出了我们的常识。它是一个由规则组成的系统，其意义不能被我们所理解，然而，我们可以收集与阐释有关石头的尚存神话与仪式集合，以此来读取这一系统的意义。重建石头传说将满足批评家对更佳的客观性的需求,同时也能让读者更全面地认知表意系统的运作方式,也即让读者理解石头为何能如在文学文本中那般发挥表指功能,以及互文性在多大程度上限制与激发了民间传说之石与文学主题的融合。这种指涉框架的解释性价值几乎不会被忽视,虽然我们不能寄希望于完整地找到石头传说的所有规则。

费迪南·德·索绪尔(Ferdinand de Saussure)支持"整体"的概念,他认为语言作为一个整体系统在任何时刻都是完备的,且随时在自我调节,"不论在前一刻它被如何改变"[44]。我们有理由认为,此观点亦适用于本书中的"石头传说"——虽然它经常在改变且无时无刻不在发展,但是与其他元语言(metalanguage)系统类似,它当下的结构特性也呈现出内在且总体的一致感。[45] 因此,我将尝试从一个不断改变且不完备的整体中提炼出一个(虽较为初步却)可辨识的"神话模式"[46],这便是我重组石头传说结构的方式。从各个历史时刻重建而来的石头传说正是如此——这是一个可辨识的结构,由既存的特性以及各种各样尚未稳定的新元素构成,后者与前者并不冲突,反而以某种带有欺骗性的整体感与前者共存。

重建后的石头传说会不可避免地呈现出模糊的整体性,这一整体性会将我们引向一种错误的预期,那便是我在下一章中所做的工作将可以解释本书讨论的三部小说中出现的所有石头意象的各类形式的成因。我将在第五章中说明,在文学文本中,石头传说在建构石头意象的过程中并非处在支配地位。在确立各个石头意象的表现形式的意义时,如若我们承认传说具有绝对的权威,那么就相当于认同那些教条的结构主义者经常会持有的错误阐释方法。[47] 我们应当认识到,一部伟大文学的新鲜感,从来都不是来自于严格的系统性阅读以及对传统语境的执着把握。故而,我们应谨慎地区分构建元语言的合理诉求与那些教条的结构主义者的主张,他们断定解释性的模型行使着绝对的生产力并且具有系统上的完备性。现在的问题是,我们应当如何正确地运用这样一个不完备的系统,而不是考察它作为一个构成片段在特定的文字或符号历史中的出现方式。我们必须注意,任何在科学上具备吸引力的方案都抱有各自的目的——作为某种"发现原则"(discovery principle)。但是这样的方案(事实上任何科学图表都)"不能完全替代智力或直觉"。[48] 我甚至可以进一步断言,"直觉"不仅经常在解决问题的科学技巧中笑到最后,而且还具有讽刺意味地(适度地)参与建立了所有看似完全建立在科学之上的方法。[49]

在此我们应当注意,石头传说构建的前提条件便是"直觉"这一原始的方法,它是一种预设,其中囊括了所有的文学批评方式。而正是这种对石头特定属性的"预先认知"引导着民俗学者涉猎巨量的素材,并且帮助他们更高效地找出关键的神话与民间故事,这是一种受过训练且持续不断地制定着假设的直觉。利用这种预先认知,民俗学者可以将某些信息源与正在讨论的话题建立联系,并从中发掘出有用的数据,而反之,这些数据可能与此话题看似根本没有任何关联。例如,我们预知石头与上天之力之间存在着关联,而这便意味着,石头或许与封禅仪式或胁迫雨神的仪式有关。这种模糊然而极具启发性的先入之见还可以帮助我们将循环出现的石头母题分组,并且让我们不需要反复尝试那些完全无关的组合。

重建后的石头传说有着可定义的边界，它在概念上展现出特定的闭合结构。然而作为一个"发现原则"，它具备从自身的词条中催生出大量可能组合的能力。以此，它为我们阐释文学文本中出现的石头意象提供了有利的切入点。一方面，它令石头文本的阐释者能够决定何时终止那些潜在且永不停息的自我分解过程，即较大的意义单元自我分解为较小单元的过程；另一方面，我们可以用它来解释某些意义单元是如何相互结合，以建构出特定的预设结构的，而这些结构则让我们得以发现、阅读并最终再次将单一的石头文本放回既存的石头传说中。第一种行为经常严重依赖于我们的直觉理解力，而如若没有一种极具技巧性的解决方案，第二种行为（即找到主要意义单元的行为，这些意义单元循环再现的频率代表着一致性的程度，而该一致性则等同于石头互文网络的可定义性）便无法达成。为了找到这种可定义同时经过压缩的传说，我将求助于A. J. 格雷马斯（A. J. Greimas）提出的结构语义学理论，特别是他提出的"同项"（isotopy）概念——"某一文本中一致性的程度"。其运作原理我将稍后介绍，不过正是有赖于这一经典理论，我们终于可以一见民间传说中石头的那种不断改变且经常相互矛盾的特性。

石头被视作游离于静态与动态之间的实体。它的象征意义与物理特征不停地在滋养/孕育与贫瘠/不育、流动与固定之间摇摆。最重要的是，它展现出的特征与三部经典著作中的石头意象相吻合：它拥有上天之力，有孕育者与联系者的功能，并且是一种独特的口头表述形式的发起者。如若将它们与民间传说之石互文对照着阅读，那么那些先前被视作反常、毫无缘由且稀奇古怪的手法，甚至被默认为是诗的破格（poetic licence）的惯常用法（比如那孕育最终走上取经之路的石猴的仙石，再如那女娲石同时具备的"粗蠢"与"灵性"，还有从天而降的石碑刻有天书符文）都会拥有崭新的面貌。

正是对上述互文的认知让我们得以阐释某些特定现象，如文学作品中反复出现的石头意象的虚构性，我们可以将这一现象等同于结构约束，而石头传说的互文模型必然会将这些约束强加在后文本之上。因此，互文性便可被视作一种闭合的语境，它可以让文学形象进入表意系统之中，并且符合某些可理解的特定模式。有鉴于此，我们在各个历史时期以及不同文学体裁中发现的各类石头意象的表现形式（若单独考察则可能会被视作巧合），它们之间的共同点可被视作特定的关键母题的结构性变化。不论《西游记》还是《红楼梦》，它们都将创世神话作为自己的出发点，在创世神话中，石头作为一种能赋予生命的物体，将它自己从一件天物转化为凡人，但同时后者却又被赋予了成仙成佛的可能性。上天之力与孕育能力这两项民间传说中石头的主要特性都相应地渗透进了《西游记》的石猴与《红楼梦》里那痴情的石头中。这三部小说中的石头与世界观之间的关系也展现出了仪式用石的那种承载信息与表述信息的转换功能。文学文本中"通晓一切"的石头发展自神话文本中"会说话"的石头。从最初的五色石（一个无生命的物体、女娲补天的材料）到之后的鸣石与石言（有生命、某种语言的发起者），我们完全可以理解，甚至能预知无意识无生命的石头具备发展成为拥有精密感知官能的有意识体的潜力。《西游记》中美猴王从一块沉默的仙石演变至一个拥有人类智力的动物到最终得道成佛,《红楼梦》中那转世的石头暗藏着对天界的认知(虽然它无知的特质极具欺骗性),这些也都因此变得合情合理。

在任何互文性研究项目中,这些结构约束都是关键中的关键。对结构约束的研究只能遵循交叉指涉特有的螺旋式渐进方式,这种模式以最佳的方式刻画出了本书阐释涉及石头神话的单一文本的策略,从而进一步获得石头传说的整体复合印象。除此之外,没有别的途径能够让我们从各种不同历史时期叠加而成的文本中导出一个有意义的一致性(即"同项")。我们可遵循某些文学规约与体裁规范来解读文学作品,但是解读神话却与此不同,至今我们都无法找到适用于所有神话的统一准则,而一旦这些神话被单独看待,那么它们几乎不能传递出任何实质意义。我们必须使用可相互解读的网络来建立起神话的表意系统(即使只是部分地建立),在此网络中,"每个神话的语境将逐渐吸纳其他更多的神话"[50]。观察一组神话中浮现出的相应的开悟关系*,各个神话的可理解性将逐渐显现。[51] 为了确定女娲这一神话形象的意义,举例来说,我们可以在不同神话中考察她参与的各个事件,虽然每个神话都代表着截然不同的组合关系序列(syntagmatic sequence),但是通过考察对这位女神各种表现形态的描述,我们可以从中推断出一个统一的聚合关系集合(paradigmatic set),这些描述包括补天以及用土与泥造人这些仪式般的行为,被大家视作高媒(即仙界的媒人),以及在干旱时期敬奉女娲的仪式(每一个都是"滋养/

---

* 原文如此,enlightment 在下文中多为开悟的含义。

孕育"主题的变体)。"滋养/孕育"这一聚合体(paradigm)紧密地联系起了女娲神话中的各个集合,对我们理解女娲传说的整体意义而言,这一聚合体的发现至关重要。我们将在下一章中详细讨论涉及这位女神的主要神话,然而在此我必须插入一些解释性的说明,以阐明格雷马斯提出的语义学理论中的一些基本概念。

格雷马斯以"同项"代替了语言学中的"聚合体"这一术语,其目的在于定义一组屈折形式(inflected form)或转换文本(transformational text)背后的基本模式。为了从大量的文本中找到同项,人们必须从下至上着手,换言之,从最小的语义单元开始,再转向较大的语义单元。格雷马斯提出的解释性模型包含了三个概念,即义素(seme)、义位(sememe)与类素(classeme),它们定义了不同层面的语义单元之间的层级关系。"义位"即语义的一般体现,它由一个不变的义素核心与一组语境义素组成。而最小的语义单元"义素"的命名则基于词位(lexeme)中固有对立关系的命名(比如男性/女性,人类/动物,孕育/不育,等等)。[52] 为了在阅读中找出连贯一致的意义,最重要的便是辨认出文本中循环出现的义素。文本中重复出现的义素便是"类素",而重复出现的类素能让读者确立同项,后者便能统一整个文本。[53]

故而,首先辨认重复出现的义素以建立语义群组(即类素),再定位一个或多个循环出现的类素,如此便能找到同项。例如,如若我们检视包含女娲的神话群组,这样的结构分析法能帮助我们将一组文本划归入各种义位:如"蜕变""弥合""创造""做媒"以及"带来雨水"。随后,各个义位都会被转换为一系列义素的聚合体。某些重复出现的特定义素则能帮助我们建立起"创始"和"两性结合"等类素，这则进一步说明了，正是"滋养/孕育"这一同项串联起了各种神话文本。

格雷马斯这一结构语义学理论看似是一个令人满意的基本剖析工具，然而值得一提的是，在使用从下至上（从最小单元向更高的语义层面）这一方法建立意义时，累加重复的义素并不是发现同项的唯一方法。对此，莫里斯·梅洛-庞蒂（Maurice Merleau-Ponty）或许已经给出了最为简明的概括，他认为，整体意义"并不能通过一系列归纳而得出，它是一系列对整体的假定与再假定……这意味着，将会被理解的事物总是处于萌芽之中"[54]。也就是说，只有从对整体意义假设的角度出发，我们才能发现并定义意义。只有基于这种局部与整体之间的交叉指涉关系，以及对"真相"的短暂一瞥，我们才能建立起女娲神话的整体语义域（semantic field）：在这之中，摇摆于局部与整体之间的辩证阅读过程（附带着文本分析者的理解）迅速地将各种女娲神话的版本分解并归纳为一个类素，后者与"创始"和"两性结合"这两个义素紧密相关，而与此同时，它必然会将各个义位（如创造、孕育、灌溉、弥合、做媒等等）整合进滋养/孕育这一同项之中。虽然只有考察文本的语义特征之间某些可定义的相互作用，各个同质的语义层面才能得以展现，然而很显然，我们辨别文本中的主要同项的方法，"与其说基于文本的本质特征，不如说更有赖于对阐释过程整体的关注"[55]，并且还需借助与复杂的文本阐释过程伴生出现的"文化栅"（cultural grid）[56]的力量。以此，这位女神的功能一致性浮出了水面，我们可以借助它来解释女娲在中国神话中的独特地位，并且将其视作一种潜在的架构原则，此原则适用于所有以她为中心的神话群组。

对中国"文化栅"的了解也能帮助我们建立起涉及女娲所唤起的象征意义的初步假设，比如我们知道高媒与高唐之间存在关联，后者是一处地名，以其与两性云雨的关系而为人所知，而同时她也是一位神女，在民间文学中被尊为当地的母神（Mother Goddess）。而在旱灾之时她尤为重要，我们的祖先在祭拜仪式中选择的对象便是这位女神。通过研究这一祭典，我们已经大体了解了此仪式可能蕴涵的意义。口呼女娲之名的祷文拥有带来降雨的力量，这点便是其滋养/孕育之力最有力的证明。虽然这只是我们对研究对象的指涉方式的初步理解，然而正是此理解佐证了那些涉及客观性的断言，后者产生自"聚合体"与"同项"等概念。我们须时刻注意，虽然上述理论作为一项发现原则确实有效，然而它在逻辑上并非完美无瑕。甚至格雷马斯本人也知道他的这一模型与现实有一定偏差，之所以有此断言，是因为他认可了"意义整体"（totalité de signification）[57] 这一模糊晦涩的概念。

至此，我们必须再次强调"前理解"（preunderstanding）在阐释过程中的重要性，以及文本阐释行为必然具备的直觉性本质。一位有能力的阐释者经常在文本分析开始前就已经无意地理解了文本。而辩证法则确保了，一部分的前理解已然囊括了全面理解文本的可能性。这类似于排列现有的几块拼图，以找到缺失的部分。在整体与部分的互动中，它们都各自赋予了对方意义，故而解读从一开始就完全可行。

让我们回到互文性的主题上来，我想指出的是，我们对上述相互催生的部分与整体的这种无意识的认知，并非是定义前理解功能性的唯一途径。前理解不仅仅适用于文本中假定的有机整体之上，它在文本空间之间也能交叉作用。先于目标文本的文本链（concatenation of texts）的普遍存在确保了这种前理解的可能。而我们对目标文本无意识的固有认知一部分源自我们无意识地记下了众多不可见的指涉框架，也即我们脑海中的与正在被解读的文本共享词项的其他文本的总和。换言之，前理解即是读者对互文关系的直观理解，此关系联系起了存在于既存文本中的该文本的"互补或对立同源项"[58]与文本自身。

至此，我们都将讨论的重心放在文本与其既存"同源项"的"互补"关系之上，此关系刻画了互文性概念中固有的闭合结构的特征。如前所述，互文性并不仅仅囊括了可辨识的既存模式与规则（它们可促成并限定意义的生成过程），它还涉及无意识的表意行为，以及一些不可回溯的互文文本，它们无时无刻不在向其他不可辨识的互文文本播撒着信息。互文性的这种延展且匿名的特征只能导致可回溯的互文表意网络原本的闭合性被不断地打破。我们必须意识到，只要既存的表意规范同时进行着外延与变更，那么文本与前文本之间的意义趋同便总会产生偏差，不论这些偏差在一开始是多么难以察觉。这进一步巩固了互文空间的无限性，而由于废弃文本的匿名性，互文空间本身已然无限大。由此可见，互文性虽能保证文化、文学与历史语境的连续性，然而它也诱导且催化了这些语境的转换。

以上这种对互文性转换潜能的理解告诉我们，石头传说只会在一程度上限定文学中石头的象征意义。虽然对分裂与非连续性的强烈反感在中国的文化与哲学传统中都根深蒂固，然而在叙事小说中，作者并未严格地遵从文学规约。这种对传统手法的偶然抵抗只能通过"诗的真实"（poetic truth）* 才能达成，与此相关最著名的例子便是董说（1620 年—1689 年）所著的《西游补》与曹雪芹所著的《红楼梦》。

我将在下一章中考察，在女娲石这一故事产生了经久不衰的流行性与对学者的吸引力的过程中，互文性的这种自相矛盾性（即连续对变化，趋同对趋异）起到了何种作用。石头传说与各色石头意象的变体之间的互文关系告诉我们，文本的深度取决于其中错综复杂的能指的使用，而这些能指并不受制于由外在约束构成的整体闭合结构。顽石与通灵石这对双生意象中蕴藏的无尽魅力便是如此。这是因为，虽然《西游记》中的石猴意象与《水浒传》中的石碑以鲜活的方式再现了民间石头传说的历史，然而《红楼梦》中相对应的意象所展现出的语义上的丰富性则超越了石头传说语境的极限。它之所以能做到这点，得益于微妙的偏离手法。虽然《红楼梦》最终没能跳脱出循环叙事，换言之，没能实现它逃离原点的内在冲动，反而回到了原点，然而其中的石头意象并非仅仅取自石头传说的互文文本这一有限的区域。女娲石不仅突出且丰富了民间传说中石头所特有的矛盾特性，而且更为重要的是，它还融入了玉的变体，并且激发了它与玉的互文关系，从而在其自身的表意域内

---

* 诗的真实与现实的真实相对，它的逻辑源自于作者的虚构与想象，以及意象之间的假定关系。

引发了异常复杂的语义振荡过程。正是石与玉的互文性令《红楼梦》与石头传说的关系迥异于另两部叙事小说。这也解释了为何女娲石能比孕育石猴的那块不知名的石头在我们的脑海中留下更深刻的印象。作为一个连接神话与模仿的重要主题手法,这一石玉之间的对话将《红楼梦》中暗藏的道德准则转换为了象征性的语汇,并且造就了"假作真时真亦假"(《红楼梦》:9)这一暗藏在暧昧虚幻的真相之中的摇摆变幻的图景。

然而,完全改变《红楼梦》中石头意象的尝试并非意味着作者/叙事者的良苦用心已经完全实现。应当注意的是,在中国传统文学悠久的历史中,对语境与传统的颠覆行为几乎从未真正实现。诚然,诸如王充(27年—约100年)、刘勰(465年—522年)、李贽(1527年—1602年)以及袁宏道(1568年—1610年)等少数学者/批评家将"变"视为写作中最为重要的原则[59],然而大多数儒家文人不是遵照"同"便是赞同"折中",并且将任何"异"的端倪视为作者违背传统的亵渎行为。故而,既存模式与规约是文本依存的根据,并且在不停影响着文本,这是一种在中国文学文化中根深蒂固的现象,并且与互文性概念相比,互文文本的约束反而在此占据着绝对的主导地位。一个文本对另一个文本的挪用往往是一种演绎,而不是对被挪用文本原则的违反或抵触。"变"意味着互文文本的播撒行为,而在与儒家秉持的保留传统遗产的概念相对抗的过程中,"变"的原则连续历经了一系列限定,这些限定剪除了其原本含有的某些颠覆性的理念。

许多学者认为,"变"这一源自《周易》[60]的中国本土思想,并非如西方认为的那样以螺旋上升[61]的方式发展。扬雄

对"玄"的阐述完美地解释了自然处于永恒的变化之中这一中国的悖论:

> 一判一合,天地备矣。天日回行,刚柔接矣。还复其所,终始定矣。[62]

或许潮水的涨落这一复合比喻能以最佳的方式描述这段话中体现的动静结合的思想。这其中最关键的概念是"退潮",不论潮水冲离海洋多远,它永远会回到原点,且拥有改造与传递的力量。而暗含在"变"这一概念中的回归情结一直在对转换的理论妥协,甚至是其中最为棘手的理论。

在这里,我们需要中断一下思路,转而考察一下这些中国的"激进派"如何解决无尽的闭合这一困境,他们与西方的解构主义者选择了两条完全不同的道路。基于唯心论者对语言的理解,佛家与道家的哲学家为"道"预先假定了原初的中立与蒙昧。故而他们不会定位、强调或赞美任何不同的、废弃的或非常规的元素,而是更进一步地假定,在语言中约束是广泛存在且与生俱来的,并且假定,想获得真正的解放必定只能打破语言这一媒介,同时摒弃对概念化的尝试。在道教与佛教理论所传达出的信息中,真正的文本体验,即道,不仅无形且难以捉摸,而且还纯粹且天然,这是一种符号,既不会赋予意识所指(signified)以特征,也不会被它赋予特征。

这种全新的本体论与儒家的理性主义背道而驰,它主张思想的潜能与相对应的语言效能,在魏晋时期伴随着玄学传统的出现而诞生。早在司空图(837年—908年)与严羽(活跃于1180年—1235年)写就他们的作品之前,公元3世纪至4世

1 互文性与阐释

纪便见证了"空"这一理论的思想萌芽的蓬勃发展。玄学的学堂所教授的认知训练不仅强调了"道"的"非语言"本质,而且将其视为"不说自明"的事物。[63]"道"既是真理也是经验,它既不存在于儒家经典所预设的互文趋同中,也不存在于某些重要的互文播撒过程中,而是产生自我们与天、地、万物的(具象的或精神上的)运行模式的直接交流。对道家而言,最高级别的互文性正是如此,是与万事万物的超语言交流。

当然,这种将语言视作人造之物,且与自然(即道)竞争的理念包含着破除边界这一原始概念,这种破除既表现在遣词上也表现在概念上。通过否定一切"言"与"意"的合理关联,道教理论将能指与所指相分离,呈现出了后结构主义的面貌。不过虽然它具有这种激进的用意,道教理论却饱含着唯心论的哲学思想,它将人类主体、语言创造、道这三者划归为三类看似互不相关的事物。这种唯心论的立场暗自假定了人类主体不仅可以"自由地"创造并解读语言符号,还能自主地停止语言创造的行为,而"道"作为最原初的终极符号,本质上是一个涉及意义起源的被神秘化的同源项。故而,与理论主张的恰恰相反,"无法言说"的"道"只能被视作不变的中心,而非某过程中内容丰富的 个片段,此过程必须在人类的语言与思想"干预"都存在的情况下才能发生。

可能没有哪本书比王弼的《周易注》[64]更好地展现了唯心论巩固道家的语言哲学思想的方法。在《明象》篇中,他提出了一个基于三个概念的三元模型,它们是象(卦象/符号)、言(文字/能指)与意(意义/所指)。他解释道家思想中语言悖论的主要思路基于顿悟与忘这两个哲学理念,即"得象忘言"(一旦理解了卦象,那么表达它的文字便可以被遗忘),以及"得意忘象"(一旦理解了意义,那么作为载体的卦象也能被遗忘)。他总结道:"故立象以尽意,而象可忘也;重画(重叠卦画)以尽情,而画可忘也。"[65] 王弼对"象"(在《周易》中,象同时意指模仿与符号)的解释仅从表面看来已极具革命意义:对智者之言的理解以及最终对"道"本身的理解代表着"文"的传统,"文"并不仅仅独立于语言分析与感知,而且由于它与所有实体化的语言容器(即"存")之间都存在微弱的联系,故而在向充盈的寂静趋近的过程中,"文"还摆脱了一切(互文)文本的约束。

而上述对语言的理解中最大的隐患在于,它默认了"意"先于"言"存在,而"言"则先于"象"存在。故而王弼提出的三元表意系统最终产生了一个不动点,并且体现出了单核的本质,即"意"。这套体系忽视了一条对我们理解意义的产生而言至关重要的认知,那便是符号、能指以及所指都相互依存,并且没有何者先于何者存在,而在它们复杂的关系网之外,谁都没有额外的意义。虽然终极的"意"(即"道")被包裹在难以言喻、天然等修辞之中,然而与人们创造的其他各色语言载体一样,它也是一个随机且人造的产物。它不可能免受社会、历史以及个人实践的渗透,而这些实践只能在语言的帮助下建立与执行。有鉴于此我们可以看出,王弼的道家理论中所缺失(也可能被有意地剔除了)的成分正是使用语言、创造语言的人类主体。王弼凭借直觉与经验对"道"做出了解释,而其中的问题便在于,他认为理想的文本创造过程是天然的,且完全不受制于语言行为,从而也不受制于使用语言的主体，即人类个体。

上文有关道教理论的讨论，让我们（即使只是短暂地）注意到了它神秘的超语言性所催生的问题。并且它再次说明了，语言的角色之一便是作为构建社会、意识与创作个体的基础。而下一章中，我们将会研究（元）语言在多种阶段与不同程度上的约束，以及暂时跳脱出这些约束的必然性——这是一个有关互文性持续不断抗争的故事，而禅宗与道家对这一困境已了然于胸。对他们而言，系统地重建石头传说只能加深他们的困惑，或许唯一可行的方案便是真正变成一块石头。

2 石头的神话字典

语义学考量

［石］

1. 名，坚硬成块的土质；例，玉石。
2. 名，八音之一，磬之类。
3. 名，可砭医用，喻医药；例，药石罔效。
4. 名，坚实；例，沉而石者。

［石女］

1. 患锁阴症的女人。
2. 不能生子的女人。

［石沉大海］

成语，比喻踪迹全无。[1]

任何一本现代汉语字典中"石"的语义学词条与上列条目都不会有多大差别——即包括对石头最为主要的物理学性质的描述，以及它不太为人所知的医学与音乐属性。然而石头的后两个特征在古代石头传说中都担负着重要的功能，并且它们也潜在地存在于该词的现代用法中。然而绝大多数当代中文使用者似乎已经忘记了石头是一种悦耳且能治疗疾病的物质。相反地，他们倾向于赋予它某些负面意义，如同石女与石沉大海这些惯用语所展现的那样。在石头的标准定义中，与之相似的固有评判倾向在现代日语字典中也能见到：

固いもの、冷たいもの、無情なもの、融通のきかないものなどを比喩的にあらわす語。[2]

对中国人与日本人而言，说到石头便会想到坚硬、冰冷、无情且顽固的事物。而在当代的美式英语字典中，石头的语义条目亦是如此：

[stone]，名词。石头。

1. 一种坚硬的物质，主要由矿石与土壤构成，岩石的构成物。

2. 小且坚硬的种子，例如海枣树种；果核。

[stone-blind]，形容词。如石头般瞎。完全瞎的。

[stone-cold]，形容词。如石头般冰冷。完全冰凉，比如冷却器、尸体等。

[stoned]，形容词，俚语。变成石头了。

1. 醉的；酩酊大醉。

2. 形容服用大麻或其他毒品之后的状态。

[stone-dead]，形容词。如石头般死了。毫无疑问地死了；完全没有生命迹象。

[stony]，形容词。石头般。冷酷的；无情的；顽固的。[3]

"如石头般瞎""如石头般冰冷"与"如石头般死了"这类组合词的作用方式符合比喻的原则，其中"如石头般"便是语义喻矢，而"瞎""冰冷"与"死了"则是它的语旨（tenor）。对比以上三例引文我们可以明确地发现，石头在很大程度上都会引申出负面含义。

2 石头的神话字典

对当今的一般阅读人群而言,"石"这一词语会传递出大量令人不快的意义——它结实、坚硬、恒久且贫瘠。最为重要的是,它是一个陆地上的物体。所有这些对石头在当代语境中的意义的常识性理解,都不能帮助我们解读《红楼梦》《水浒传》以及《西游记》中那些反复出现的与仙界有关的奇石。如若我们如上文那般仅先入为主地关注这块无机物的种种负面特征,并以此来看待这些叙事小说中的石头意象,那么我们的期待将会一次次落空。为了更好地理解石头在上述文学文本的意义制造过程中所扮演的角色,我们须熟知古代中国的石头传说,这是一个石头的神话字典,永远处于正在完成的过程之中。而"过程"这一概念对我们理解未完成之事十分关键,并且能进一步帮助我们了解这本字典的特性。在此我将重申我在上一章中提出的观念,任何一个丰富的逻辑系统都必然导致必要的外延,而这种外延则恰恰描绘出了这一系统的不完整性。而此系统不能使用一个终极的聚合体系来解析,故而它依然是无限的,并且具有潜在的矛盾性。作为一个巨大的意义系统,石头传说必定具备这样一个错综复杂且不断处于变化之中的结构,故而也是一个难以理解的整体。这因而进一步证明了,任何试图完善地建立起任意一种元语言的行为都存在着内在的限制。

作为一种"发现原则",石头传说可被视作互文模型、文学规约的系统或指称框架,这三部文学作品中出现的石头意象的创造与阐释都在其中运行。它不仅将某些我们不熟悉的元素纳入了文学作品中石头的象征意义中,而且通过研究它与某个石头文本的差异之处,我们还能发现差异制造机制产生意义的方式。我们对互文性的研究并非仅仅涉及辨认出民间传说之石与文学之石的互文趋同,更重要的是,它还说明了,只有建立起关系网络,阐释才会成为可能,而正是转换项与同源项定义了这种关系。

在开始建立石头的神话字典之前,我们需要总结一下,本书基于格雷马斯的结构语义学而建立起的理论假设。在"比较神话学"一章中,格雷马斯将意义的探究视作将"神话语言"转化为"思想语言"的过程。[4] 这一转化手法必须使用全新的描述性模型,此模型须纳入意义的关系概念。此模型的建立涉及元语言的运用,它"可以从其他的词句与表述中解读并转化出词句与表述。由此可见,描述意义的第一步在于将一个层面的语言转移(transposition)至另一层面,将一种语言转移至另一种语言"[5]。如果以迁移的概念为切入点,我们便能理解为何格雷马斯会诉诸一个基于关系项网络的语义分析模型,这些关系项包括"义素""义位""类素""同项",等等。描述行为则被视作关系网络的建立过程,其间的关系可将一个层面的意义转换至另一个层面中。故而,从最小语义单元(如义素)向较高单元(如类素与同项)的推进可被视作将神话语言转译至共通的自然语言。这种方法产生了两组相关关系:"义素"与"类素"的排列构造在遍布同一篇叙事作品中的各种意义单元之间建立起了微观的相关关系,与此同时,"同项"的作用则是联系一篇叙事作品与另一篇或另一系列的作品。在这一连续性的语义转移过程中,我们将尝试考察下述对所有阐释行为都至关重要的问题:意义如何生成,我们又能如何描述它?

2 石头的神话字典

方法论

在将石头视作一件民间传说的物体并加以考察的过程中,我将尝试建立一个字典,其中仅包含"石头"这一个词位,基于这一字典,我便能分析涉及石头母题的文本总存。我们可以将文本中循环出现的义素称为"类素",而循环出现的一族类素则能让我们确定位于同一层面的一致关系,即"同项",后者便能有意义地将一个文本与一系列其他文本建立起联系。

在我们开始编撰上述字典之前,我在此须提出两个有关方法论的问题。第一个问题有关石头传说的伪科学本质,此问题已在第一章中论述过,在此只需使用几句话总结一番。正如我先前指出的那样,学界中亦有人批评格雷马斯提出的定位同项的方法。这是因为文本的意义并不总能必然地从其词位的组合意义中导出,其中的问题在于,是否只要使用语义学理论的科学模型就必然能确定同层面的一致关系。我们已经证明了,阅读的过程所涉及的内容远远超出了一个坚实的语义学理论所划定的范围。这种理论的不足之处需要我们运用对文本的"诠释性前理解"进行补足,并且还需在局部语义元素的累加机制无法帮助我们得出任何整体性时,调动我们对文化语境的反应。在撰写石头组成的民间神话词条的过程中,我们将见到这样的前理解与文化潜意识如何在某个给定文本的某处彰显自己的存在,因此也证明了,它们在语义分析中的"介入"并非是走投无路的批评家为了打破阐释的僵局而引入的便捷标准。

第二个与方法论有关的问题涉及一般语义理论中的基本问题。格雷马斯将一般语义学中的某些基本概念纳入了自己的结构语义学系统之中，但却没有给出足够的解释；在考察石头的语义属性时，我们将会交叉引用一些一般语义学的概念，以解释格雷马斯所提出的术语的意义，并且补齐他的理论假设中的空缺。我们将从一般语义学的概述切入，这也能阐明我们的探索过程的运作机制。

语义学理论家关注两种不同的意义："涵义"（sense）与"指称义"（reference），这两者有着不同的侧重。"涵义"指的是语言内部的词语关系，而"指称义"则代表语言数据与非语言语境之间的关系。[6] 在语义学领域，研究"涵义关系"的重要性似乎远高于研究互文关系的重要性。比如，J. J. 卡茨（J. J. Katz）与 J. A. 福多尔（J. A. Fodor）便仅关注语句中的词汇结构。甚至抱怨过这种不平衡状态的 F. R. 帕尔默（F. R. Palmer）也对这一关键问题避而不谈，仅在其所著的《语义学》中用短短一个章节讨论了非语言语境。[7] 似乎语言学家将这一疑难问题愉快地降格到了语用学与符号学的高度，并且选择去研究已有多人涉足的语言内部关系。

研究涵义关系一定会涉及对一个词的组合关系与聚合关系的考察。[8] 以石头的词位为例，如若我们考虑句子："石头正在发出洪亮的声音"，那么我们可以研究"石头"与"声音"之间的组合关系；然而如若我们将这句话与"乐器正在发出洪亮的声音"两相对比，那么我们就建立起了"石头"与"乐器"之间的聚合关系。在第二个案例中，如果我们不考虑"乐器"这一聚合体，那么"石头"的语义表征将变得不完整，由此可见，"乐器"构成了"石头"的语言语境中的一部分。词位的组合关系与聚合关系组成了一个语言文本，从这一文本中，意义可以被声明并被理解。某些语言学家对狭义概念上的语言文本的重要性抱有极端的看法，并且倾向于认同，词位的意义在其当下出现的直接语境中可被完全声明。J. R. 弗思（J. R. Firth）对此的态度则较为不同，他对词位的整体分布并不感兴趣，反而关注更为显见的同现（co-occurrences）[9]。比如对"石头"而言，诸如"如石头般瞎""如石头般聋"与"如石头般死了"这类同现具有极高的解释价值，因为这些与石头搭配的词语具备某些共同的语义学属性。类似地，"石女"也是一个有趣的搭配，与之伴随的词语"女性"是一个繁育的喻矢，故而是一个孕育能力的符号，我们也能将它划入石头的词位元素中。但我们却无法找到"石头"与"男性"搭配的案例，这事实上揭示了更为广阔的语言语境的意义，我们不仅能通过与其搭配的词来理解一个词语，还能通过一般不与之搭配的词来理解。"石头"与其各种同现之间的聚合关系告诉我们，"语言语境"可以是一个极其灵活的概念，它能超越一个词位的直接语境这一可定义的边界。

如果我们将视角从单一词位的语义表征转向神话的语义表征，那么我们将遭遇第一章中所提及的困境。诚然，人们可以依靠其"语言能力"接二连三地构思出石头的聚合关系集合（"如石头般瞎""如石头般聋""石女"等等），并且几乎可以凭借直觉便抓住这些聚合体共有的主要特征（如贫瘠/不育），但是"神话能力"却涉及极其难以把握的概念，除了少数天才，这些概念并非那么容易理解。正如克劳德·列维-斯特劳斯（Claude Lévi-Strauss）指出的那样，每个神话的语境都由其他的神话组成，故而对神话的结构研究总是涉及研究它对其他聚合关系集合的交叉指涉。[10] 也就是说，只有建立起某个神话与该神话的大量所指单元的相关关系，该神话才具备可理解性，而这些所指则广泛分布于相关神话集合的文本空间之中。如果仅仅是分别考察与女娲有关的各个神话，我们依然无法确定女娲的语义构型。只有依靠导出自各个神话集合之间的聚合（纵向）关系，而不是研究单个叙事文本中所体现出的组合（横向）关系，神话的意义才能真正展现出来。

格雷马斯提出的研究神话的方法与列维-斯特劳斯的方法极其接近。从下述假设中可以看出，格雷马斯认可了后者对神话的聚合定义[11]，他假设神话的所指"在聚合的意义上是相互联系的，即使神话故事或许会令它以另一种形式呈现"[12]。他继续这样解释他的立场："人们绝对不能组合式地顺着故事主线的发展来阅读神话，相反地，阅读是理解各种所指单元之间的关系，而这些所指散布在整个故事之中，在阅读时，人们往往会忽视所读神话占据主导地位的集合中的元素。"[13]

义素与类素之间以及类素与同项之间的层级关系以最佳的方式说明了，意义的聚合关系在格雷马斯的叙事文本分析中的运作方式。下文中将要呈现的石头神话字典所包含的内容无外乎是从多种神话集合与涉及石头的仪式之间导出的聚合关系的复杂网络。

卡茨概括了一个有效的语义理论应该致力于达成的四大目标：（一）为语义表征建立起通用体系；（二）编撰"能指明语言中的每一个句法基本组构成分的涵义"[14]的字典；（三）将字典的语义部分与投射规则建立联系，并且指明投射规则在更大且更复杂的语言语境中的运作方式；（四）详细给出一个集

2 石头的神话字典

合，包含语义特征与关系的定义，例如语义歧义、反义词、同义以及无意义。[15] 而本文对石头传说的研究将重点关注前两个目标：石头词位的语义元素的表征，以及编撰一个字典，在其中各异的词汇解析将以最少的义素类别进行分类。

由于我们的字典仅包含一个词位，故而其条目将囊括石头的各种不同的语义元素。根据一般的词条，石头由如下意义群构成：坚硬的物质、矿物、碑、药物，等等。故而石头的语义核心的词汇解读涉及将各个核心分解为一系列的义素，这些义素由一个语义标义成分（marker）的集合表示。例如，"矿物"可分解成下列义素：

（非生命）（有形的）（坚硬的）（天然产物）（埋藏在地下）。[16]

因此，这个在概念上具有复杂涵义的结构被转化为了最小单元构成的群组。根据卡茨的理论，这一分解行为之所以有意义，是因为"既不将涵义视作独立的个体，也不当成一个整体，而是将它作为复合的概念考虑，而这些概念又能被分解成各个意义独立的部分与关系，这至关重要"[17]。而格雷马斯在他的结构语义学中提出的方法与卡茨和其他语义理论家的理论并无二致，然而，后者强调分解，格雷马斯则将语义分析的过程理解为转移的过程。虽然这两派人都让我们关注到了意义建构的关系机制，然而格雷马斯则更进一步地提出，意义不能被解读，只能被转译。如若遵照此观点，那么最终我们将导出一个激进的结论，并且解构主义者将会对此辩称："分解"的过程必定会陷入无尽的循环，因为根本不存在一个"稳定的所指",而这一所指也正是确定意义的过程中最为重要的终止点。

我们已经清楚,格雷马斯的语义学解构模型如何将划分与归类这些基本的分析手法融入其中,并且也明白了它如何运用组合/聚合这对我们熟知的概念——这对基本关系刻画了语言符号的表意过程。[18] 在知晓了这些基本理论假设以及解释性体系的差异之后,我们现在可以回过头来考察第一章中简略提及的女娲神话的集合。建构起女神的整体意义的第一步便是收集以她为中心的各个神话中的语义核。这些核心可以在一系列义素类别中找到。我们已经知道,女娲的字典由下列词位条目组成:人类的创造、繁衍、灌溉、弥合以及婚姻契约。而每个条目的语义表征可以罗列如下:

创造:(致使存在的原因)(出生)

＊语境义素:(生物)(非生物)(神)(人类)(自然)(文化)

繁衍:(致使诞生的原因)(出生)(自然)(两性结合)

灌溉:(液体)(通道)(流入)(致使生长的原因)

＊语境义素:(人的液体)(自然液体)

弥合:(致使完整的原因)(致使重新存在)(再生)

婚姻契约:(文化)(两性结合)

正如上述分析展现的那样,每个词位条目都由一个涉及众多义素的不变核心以及一系列可能存在的语境义素组成。例如"灌溉"这一词位,它的语义核由"液体""通道""流入"以及"致使生长的原因"构成。应当注意的是,"液体"这一义素拥有"人的液体"与"自然液体"这两个语境变体。假若在"灌溉"发生的语境中,男性或女性主体成为灌溉行为的宾语,那么在解读义位时,我们必须选择"人的液体"作为主要的语境义素。为了找到该语境中对"灌溉"的正确解读,我们将"人的液体"与"通道""流入"以及"致使生长的原因"这些语义不变项相结合,以生成"两性结合"这一语义结果,后者也是对"灌溉"的隐喻解读。

这一分析模型还能让我们发现某些复现的义素,并且帮助我们将"出生"与"两性结合"识别为类素,进而让我们将"滋养/孕育"认定为以女娲为中心的神话文本集合中的同项。虽然我们从语义学的结构模型中导出的结论看似与运用文化潜意识得出的结论并无二致,也即这位女神被视作滋养/孕育的象征,然而我们必须认识到,语义分析的目标之一便是"使用与语言使用者的直觉相一致的方式来解读数据"[19]。一个优秀的语义理论本该阐明,我们的直觉在创造熟悉的概念之时的运行机制。它应当一步步地说明阅读的运作方式,并且最为重要的是,它应该能令我们完全了解,为何我们决不能将诸如"石女""如石头般死了"等这些我们熟知的词语认定为理所当然,而实际上应当将它们视作异常的语义项。

原始资料

在此我想给出一些有关原始资料特性的注释,而这些原始资料正是我建立起石头的神话字典的根据。我既会选用汉朝之前的文本,也将使用汉朝之后最晚至元朝(1271年—1368年)

的文本。必须注意的是，互文性的概念边缘化了高本汉（Bernhard Karlgren）在《古代中国的传说和迷信》（*Legends and Cults in Ancient China*）一书中提出的论点，他认为汉朝之后文本材料的作者身份对研究古代中国的宗教与社会历史至关重要，葛兰言（Marcel Granet）在《中国古代的舞蹈与传说》（*Danses et légendes de la Chine ancienne*）一书中便尝试进行这一研究[20]，然而在任何互文性研究中，此观点都丧失了其合理性，这是因为，巨大的互文空间中不仅充满着无法溯源或伪造的文本，还包括可溯源的所谓真确文本。

举例而言，重建女娲与治水英雄大禹的神话所需的数据将首先在汉朝之前的文本中挑选，这些文本据高本汉称提供了有关早期信仰与仪式最可靠的记录。各色附加材料也会从汉朝早期以及之后的文学作品中收集，例如《淮南子》《路史》等其他原始资料。通过对这些不同资料的检视，我们将建构起巨大的互文指涉谱族，它们全都指向这两位传说人物的神话角色。在重建女娲与夏禹崇拜的过程中，我们还能目睹某些处于萌芽时期的神话素（mytheme）如何经历了后续的转换，它们经历了后人的润色，并且经常被儒家学者的系统化阐释彻底修改。而确立某文本真实性的程度并没有被纳入我们对神话与传说的增添与转换的研究之中。在民间传说的研究领域，人类学家不得不承认，对一个终极源头的探寻只能得出概率上的结论，而此结论并非就是绝对的事实，并且它还可能滑向纯粹猜测这一危险的深渊，人们在其中完全无法找到能支持该观点的确凿证据。故而我们有必要在接下来的讨论中将源头问题与派生以及互文性等问题区别对待。

下文中列出的这些特定的神话与传说，涵盖了有关女娲、夏禹、封禅仪式、祭祀雨神的祭典、石言、鸣石、点头石以及其他与之紧密相关的石头传说。

女娲与石头

女娲神话涵盖了三个人尽皆知的神话素：补天、造人以及她与伏羲的结合。该女神其他更为碎片化的特征，还包括她的名字与高媒（掌管姻缘之神）的关联性以及她对大禹之妻涂山氏的认同，这些特征都涉及她与石头的紧密联系的研究。

创造

女娲的名字最初出现在《天问》中，在此屈原提出了一个模棱两可的问题："女娲有体，孰制匠之？"[21] 高本汉更为关注宾语"之"，且将此问题视作对女神形体的惊叹[22]，而袁珂与浦安迪则将注意力放在了主语"孰"之上，并且将此问题改述如下："假若女娲创造了人类，那么谁创造了她？"[23] 对这一含糊的文本，汉代评点家王逸（158年）写下了这样的注疏："女娲人头蛇身，一日七十化。"[24]《淮南子·说林训》中有载：

> 黄帝生阴阳，上骈生耳目，桑林生臂手，此女娲所以七十化也。[25]

人们对这两个文本中的"化"字给出了各种不同的阐释，它们并非总是相互矛盾。在许慎[26]提出的概念的基础上，袁珂认为"七十化"意在指出女神的创造能力[27]。在《说文解字》中，许慎将"娲"字定义为："古之神圣女，化万物者也。"[28] 而高本汉与其他解读者则倾向于将"化"理解成一种发生在女神体内的形态变幻。《山海经》中的一段记述似乎印证了这一观点：

> 有神十人，名曰女娲之肠，化为神，处栗广之野，横道而处。[29]

这段描写女娲幻化的文本似乎认定，其创造力源自于体内。虽然对"化"字的解释颇具争议，然而我们只有同时给出其创造能力的内在与外在表现形式，才能综合地刻画出女娲的创造能力。事实上，她自身的幻化与她创造天地这两种行为都告诉我们一件事：它们都同样坚定地指出了女神引发改变的能力以及其能力的多样性。

女娲的创造意愿以及先天的幻化能力明显地暗示着，囊括在大母神（Great Mother）原型中的女性转化特性在此占据了主导地位。埃里克·诺伊曼（Erich Neumann）在研究以母亲为原型的精神结构时，细致地区分了转化与女性的基本特性之间的差异："转化特性的重点在于其精神中的动态元素，这恰好与基本特性中的保守倾向相反，前者倾向于运动、变化，一言以蔽之，它倾向于转化。在母性女性（Maternal Feminine）、妊娠（Gestation）以及生育的基本功能中，我们明显可以见到转化特性在其中发挥的功效。"[30] 最为重要的是，女性在怀孕与生育的过程中天然地能体验到她们的转化特性。而女娲在肉体上以肠化为十神的行为，以及在体外象征性的生育（即创造人类）行为，都能清晰地体现出其女性要素中的这一独特成分。

我们能从《风俗通义》的存世文本中找到女娲用一抔泥土造人的过程：

> 俗说天地开辟，未有人民，女娲抟黄土作人，剧务，力不暇供，乃引绳于縆泥中，举以为人。故富贵者黄土人也，贫贱凡庸者縆人也。[31]

这段文本中暗含着泥土与母性要素的紧密关系。泥土正是造人的材料，它代表着人类真正的母亲。女娲在此仅是配角，她是一个"播撒者"，播撒着源自大地母亲（Mother Earth）的种子。女娲以其有魔力的触碰、她的技艺，以及最重要的，她将泥土塑造为人形的热切意愿，而成为了人类的母亲的替代者。[32]

综上所述，女娲的创造能力，即十神的诞生以及人类的创生都只有使用转化的力量才能成为可能——对前者而言，此转化来自女娲自身无尽的资源，而对后者而言则来自泥土。这位女神在自我转化以及赋予人类肉体与生命的行为中，体验了她自己的创造能力与作为母亲的喜悦。她的转化属性有力地证明了，女娲并不仅仅是一位原始且原初的神，她还是一个女性神祇，一个中国大母神的象征。这也说明了，许慎在公元2世纪时便凭借直觉将女娲认定为女性[33]，这一决定无疑非常正确。正如高本汉所言，汉朝以前的文本中竟然没有任何迹象显示女娲是一位女性[34]，这真是不可思议。在这些最为古老的经典作品中，滋养/孕育与女性这两个象征之间的关系似乎是一个还未显现的问题。

弥合

在讨论了有关创造行为的神话后,现在我们将考察第二个与女娲紧密相关的神话集合。当谈论女神众所周知的自发创造能力时,我们还会关注到她的另一项同样重要的非凡能力,该能力也证明了她的显赫与伟大。在女娲所享有的众多赞美之言中,最为家喻户晓的便是修补了破碎苍穹的"补天女神"。在中国神话中,这一广为流传的传说最早可见于《淮南子》:

> 往古之时,四极废,九州岛裂,天不兼覆,地不周载,火爁炎而不灭,水浩洋而不息,猛兽食颛民,鸷鸟攫老弱。于是女娲炼五色石以补苍天,断鳌足以立四极,杀黑龙以济冀州,积芦灰以止淫水。[35]

在汉代画像石中,女娲是一位宇宙的缔造者,其形象被刻画为蛇尾人身,一手持规,一手托月。[36] 上引文本的重点在于她阻止灾难的能力("灭火""息水""止水")以及将已经存在的宇宙恢复秩序的能力,而不是创立万物的能力(如同在她的画像石中手持的木作工具所暗示的那样)。然而此段引文也强烈暗示着,这两个重点能力都与女神的创世行为密不可分。

上述引自《淮南子》的文本并未提及天地失序的原因,而随后,《论衡》与《三皇本纪》(《史记》补书)中将失序归因于共工的暴怒,他相当于中国传统中的西方神话中的大恶魔(Archdemon)[37],不过中国的马克思主义批评家却钦佩其反抗权威的精神[38]。共工神话与女娲神话的这种融合是一个绝佳案例，从中我们可以看出古代人民如何尝试从人类的动机出发来解释巨大的自然灾害。这种神话逻辑似乎应归因于不周山（试与地不周载对比）事件，它出现在描绘共工那次声名狼藉的战斗的文本中：

> 儒书言：共工与颛顼争为天子，不胜，怒而触不周之山，使天柱折，地维绝。女娲销炼五色石以补苍天……[39]

让我们就此将共工的各种神话放在一边，因为他与颛顼以及祝融之间的斗争与我们研究女娲与石头的关系并不相关。现在让我们将目光收回到描绘了女娲令天地再次周转这一英雄行为的这些主要文本中。

在女娲补天的神话中，五色石是恢复天地秩序的重要物品。相较于文中提及的其他修补用物品（鳌足与芦灰），它与女娲的联系要紧密得多。五色石的五色代表着五行（金、木、水、火、土）的色彩。正确均衡的五行配比能为天地和谐提供空间指引。《列子》告诉我们炼化的石头所具备的特点，此书指出，正是五行的和谐配比才使得女娲得以重置秩序。[40] 必须注意的是，只有在石头完成炼化之后，五色石成为液态之时，它才获得了弥合的功能。这块神秘矿物的这种弥合的性质在其他石头神话中也反复出现，并且似乎成为了其众多恒有属性中的一种。而在此文本中，五色石与上天有关的特性，并且拥有天界的光环也细微却勿庸置疑地有所体现，这是因为女神绝不是偶然地选择用石头而非木头或金属来补天的。

司马贞在《三皇本纪》中写道，女娲为"木德王"[41]，受木支配。并且还发明了笙簧[42]（芦竹所制）。这样，女娲这位木德王使用芦灰这一木元素控制滔天大水才显得合情合理。浦安迪甚至指出，这里的"淫水"（肆意之水）一词与《红楼梦》中女色诱惑的主题产生了呼应。[43]

我们可以推断，此神话文本与《红楼梦》之间极其微妙的相似性可以从女娲补天所用的五色石与息水所用的芦灰（植物/木）这两件用以修补的物品中窥见一二。在其他某些有关石头的传说中，木也扮演着辅助性的角色。而在这一神话中，它与石头的相互联系似乎被另一个元素干预并支配着，即火：石头处于炼融状态，而芦竹则被烧为灰烬。

在《红楼梦》中，"木石之盟"这一概念则极具说服力地表述了石与木的关系，而前者是这部叙事小说的神话框架中暗含的一个母题。这两个元素之间的关系源自仙草与神石的前世之缘。神石与仙草之间未能长相厮守，这一未了的情愫在他们转世为人之后依然存在，并且播下了悲剧的种子，在以语言为中心的世界中，这一情愫逐渐展露，然而此世界却完全不欢迎纯粹无瑕的神话天性。在文学文本中，石与木的亲密关系看似只是众多假象中的一个，这些假象似乎只有在这部小说的自洽系统中才能产生联系。然而在民间传说文本中出现的类似母题却能告诉我们，石与木的结合不仅仅是一种小说手法，它还经常出现在民间神话传说的（互文）文本中。

高媒

女娲与石头的紧密联系还可见于祭祀高媒（高媒还有其他

2 石头的神话字典

的名字，比如郊媒、神媒、皋媒）的仪式之中。[44] 媒神的祭祀活动选在春分时节，这是一个热闹欢庆的春季节日，而同时它也是一个为了高媒而设立的宗教祭典。对该仪式的描述可见于《周礼》：

> 中春之月，令会男女。于是时也，奔者不禁。若无故而不用令者罚之。司男女之无夫家者而会之。[45]

提到祭祀高媒的仪式，人们往往都会联想到这一旨在撮合青年男女的欢庆的民间节日，但值得注意的是，此仪式在无儿无女的夫妇于媒宫祈求后代的场合中也有出现：

> 厥初生民，时维姜嫄。生民如何？克禋克祀，以弗无子。[46]

而《毛诗注疏》[47] 中的一则注建立起了求拜姜嫄时的祈告与祭祀高媒仪式之间的联系：

> 弗，去也。去无子，求有子。古者必立郊媒焉。[48]

因此，媒神被赋予了双重角色，一是掌管撮合男女的神，二则是带来子女的母神。

据称，高媒的祭坛上应摆上一块岩石或石头。[49] 在南朝时期（420年—589年），祭祀高媒的场所便是一块岩石：

> 晋惠帝元康八年［296年］，媒坛石中破为二。诏问石毁今应复不（否）。……束晳议："以石在坛上，盖主道也。祭器弊则埋而置新，今宜埋而更造，不宜遂废。"时此议不用。后得高堂隆故事，魏青龙中［魏明帝，233年—237年］，造立此石，诏更镌石，令如旧，置高媒坛

上。埋破石入地一丈。

案梁太庙北门内道西有石，文如竹叶，小屋覆之，宋元嘉中［424年—453年］修庙所得。陆澄以为孝武时郊媒之石。然则江左亦有此礼矣。[50]

在高媒的祭坛上放置石头使人联想到原始的石头崇拜。这是一种含蓄的手法，表达了石头与天神的结合，以及它所拥有的繁衍能力。有大量证据表明，在中国[51]以及世界其他地方，石头都曾被选为祭祀的场所。

高媒的身份至今依旧是一个颇具争议的问题。据闻一多的主张，高媒与高密等同，并且与高唐有着紧密联系，而这位女神的另两个名字是"三户"与"三石"。[52] 而后两者可能暗示着一个极其僻静且围有三面墙的场所，在节日当天被划定为两性欢愉的地点。汉字"密"可能演化自"媒"，就如同"郊"是"高"的变体一样。据《史记》[53]《世本》[54]与《吴越春秋》[55]记载，禹即高密。然而高密的男性特点并不一定代表高媒就是男性，因为高媒还与高唐紧密相关，而后者是中国南方的两性云雨之地，传说中的高唐神女著名的家乡[56]，这明显地暗示了高媒的女性身份。郭沫若与闻一多则提出了另一种解释，他们使用音系学方法，从"高唐"出发找到了它的变体"郊社"[57]，这无疑令该性别争议变得更为复杂。

然而，最主要的问题并不是鉴定出高媒即某人或属于某个性别，也不是它与郊社的语音关系，而是作为一位著名的神话人物，高媒的一系列引人注目的身份的意义。在《路史》中，媒神被称为女娲：

2 石头的神话字典

> 女娲祷神祠祈而为女媒，因置婚姻。[58]
>
> 以其载媒，是以后世有国，是祀为皋媒之神。[59]

而据《郑志》中所载资料，高媒还拥有另一个身份，即简狄：

> 有娀氏之女简狄吞凤子之后，后王为媒官嘉祥，祀之以配帝，谓之高媒。[60]

闻一多指出，高唐神女与另一个准历史人物也有极高的相似性，即禹的配偶涂山氏。[61] 所有以上所引用的文献不禁让我们怀疑，为何高媒同时既是神话人物女娲，又是简狄，还是涂山氏。而闻一多对此问题的分析则开辟了新天地，为该神话提供了极具启发性的线索。在检视了记载有高媒多种名称的文献后——夏朝（约前 2100 年—约前 1600 年）的女娲/涂山氏、商朝（约前 1600 年—约前 1100 年）的简狄以及周朝（约前 1100 年—前 256 年）的姜嫄——他总结道，各个朝代都以高媒之名祭祀部族的女性先祖，这表示着在古代中国，追认人民的母系先祖这一神圣称号是一项标准程序。[62]

闻一多的分析让我们得以借助女娲、涂山氏与高唐/高媒的共同关系将前二者联系在一起。而我则想指出，鉴于石头与岩石在高媒献祭中重要的宗教功能，它们逐渐地与高媒的人格化形象（即传说中的女族长）紧密纠缠在一起。只有如此，岩/石反复出现在以女娲与涂山为主的神话中才显得合情合理。

祭祀高媒仪式中石头的使用，可能是基于石头与滋养/孕育以及繁衍之间的象征关系。如高本汉在他的分析中暗示的那样，我们必须认同，在原始文化中石头、滋养/孕育以及母性之间存在着神秘的联系，并且这一原始的潜意识已经融入了人类最初的祭祀活动之中。在许多古老文明中，大母神的最初象征都是石头，从库柏勒（Cybele）与培希努（Pessinus）之石到伊斯兰教的天房与翁法洛斯，即肚脐石。[63] 在中国，女娲与涂山氏的神话佐证并巩固了这一联系。作为媒神与孕育女神，女娲与祭坛石有着紧密的联系。而涂山氏与石头的联系则没有如此紧密，因为其肉身首先变为了一块石头，随后再生下了皇族血脉。故而一方面人们可以从女娲身上看到母亲的象征，另一方面在涂山氏的神话中，母亲的象征则表现在孕育这一行为。女娲被视作最重要的中国母神并且被放上祭坛供人膜拜，然而相反地，涂山氏则并不享有这种被神化的地位。诚然，她被认定为夏朝人的女性先祖，然而她变为石头并且随后产子的故事并没有很好地融入中国母神的传说之中。可以说，不论女娲与石头有无联系，她都被奉为了神，然而这种联系却很可能阻碍了涂山氏成为母神。

在此，我们不宜检视为何涂山氏没有女娲那么高的神话声望。如若考虑到早期历史文献中，这两位母性人物的身份经常相互杂糅，那么此问题将会变得更为复杂。在下节中，我们将要考察女娲与涂山氏之间混乱的身份问题。有趣的是，虽然女娲能让我们联想到石头与滋养/孕育的各种联系，然而事实上，我们却在涂山氏的神话中找到了中国最早确切地描述孕育之石的文献。还应当注意的是，正是在涂山氏变为石头的那个晦涩神话中，我们发现了最为激动人心的迹象，其中同时存在着民间传说之石的那两个相互矛盾的特性——贫瘠/不育，滋养/孕育。

涂山氏与女娲

据闻一多分析，将女娲等同于夏朝高媒的文献暗示着，这位女神即夏朝人的女性祖先，因此也是禹的配偶，这正是涂山氏。种种文本似乎都支持这一论断。《夏本纪》中有言："涂山氏女名女娇。"[64] 而在《世本》中，她的名字则略有不同："禹取（娶）涂山氏女，名女娲。"[65] 《吴越春秋》记载有："禹因娶涂山，谓之女娇。"[66] 涂山氏的名字还有"女憍""女趫""有蟜氏"以及"有娲氏"。[67] 显然，娇、趫、蟜、娲与憍都可互换，并且都指向同一个人物。[68] 闻一多还提供了另一项证据，向我们证明了女娲与涂山氏难以区分的身份："女娲亦治洪水，见《淮南子·览冥篇》，或即禹治水说之分化。"[69] 基于上引各类资料，我们可以推断，女娲与涂山氏为同一人物的两个不同的名字。

现在让我们将注意力移至涂山氏的化石以及她奇迹般地诞下启的这段引人入胜的记述：

> 禹治鸿（洪）水，通轘辕山，化为熊。谓涂山氏曰："欲饷，闻鼜（鼓）声乃来。"禹跳石，误中鼜（鼓）。涂山氏往。见禹方作熊，惭而去。至嵩高山下，化为石，方生启。禹曰："归我子。"石破北方而启生。[70]

闻一多提出一个理论，用以解释这段神话中涂山氏化石的原因。他找到了这段文本与祭祀高媒仪式之间的关联："窃疑涂山氏本古之高媒，而高媒以石为主。故后世有涂山氏化为石之传说。"[71] 闻一多重点关注了祭祀高媒的仪式与涂山氏之间的关系，以此在这段神话中找到了石头的孕育象征。他的神话逻辑似乎建立在如下认知之上，即他知晓高媒与夏朝人的女性先祖之间，以及石头与高媒之间的互文关系，而第二个关系是一系列聚合关系，在其中，上文所引的有关涂山氏的文本也占有一席之地。

然而，如若细察涂山氏的传说，我们将发现文本中石头的功能要更为复杂，故而也挑战了闻一多将涂山氏所化之石视作孕育的主要象征这一观点。在该神话中，石头的功能为赋予生命，而它的孕育能力自然地包含了这一功能。然而在它身上，孕育的象征同时还包含了不育的概念。在这则涂山氏的故事中，人们可以发现石头既是褒义的也是贬义的，这是极少数的个例。首先，涂山氏化作石头的行为可以理解为一种暗中的指责与报复，这是对禹变成动物做出的强烈反应，因为禹的该行为致使他与人类配偶不可能发生正当的两性关系。见到熊之后，涂山氏对与兽交媾的厌恶之情使她感到难堪与不安，这引发了她随后瞬间发生的变化，她主动变成了一个完全剥离了性欲的非生命体。由此，我们便找到了禹和涂山氏这次令人痛苦的会面中暗藏的不育的概念。石头这一隐喻最为淋漓尽致地展现了丈夫与妻子之间的这种肉体上和口头上都无法交流的状态。不过在神话末尾，涂山氏所化之石奇特地反转了上述消极的内容，它事实上既能交流还能孕育，这完全否定了其不育的形象。故而禹来到它面前（没有证据表明当时他恢复了人形或依然是动物）并且索要他的儿子。石头以打开自己应答了禹，并且同时生出了启，而启便是"打开"的意思。裂开的石头象征着它同时张开了嘴与子宫。这代表着禹和涂山氏之间实现了口头交流,而最为重要的是,这也暗示了他们先前的两性行为。事实上,正是该神话后半部分明显的孕育含义才让我们认定,涂山氏最初的转化受到了性的驱使。通过象征性的说话与孕育的行为,石头从先前的闭锁、非生命以及不育的状态中跳脱了出来。

该神话是一个极具说服力的证据,它补充说明了五行元素所特有的多重象征意义。虽然在先秦时期,石头主要象征着贫瘠/不育,然而最早从汉代开始,它渐渐成为了一个具有矛盾属性的物体。埃里克·诺伊曼可能会指出,诸如石、火、木等符号的性质变化代表着差异化的过程,后者产生自人类意识的萌发,即试图将潜意识的连续状态分解为一系列的二元对立关系。故而黑暗与光明被区分开来,贫瘠/不育与滋养/孕育同理。[72] 不论这种二元关系的诞生出自哪些心理学或社会学原因,我们在涂山氏的神话中所见到的这种石头暧昧的象征意义注定会延伸至其他神话之中,并且将会在《红楼梦》的"顽石"/"通灵石"这对意象中达到顶峰。

女娲字典

在考察了女娲神话的总和之后,现在我们开始编撰这位女神的词条,其目的在于确定女娲神话的总和中的主要同项。女娲的神话字典由六个义位组成,而这些义位则由一系列义素组成,有些义位还包括了一些从属的工具义素:

　　自我转化:(由内在动机驱使)(神意)(以增加的形式变化)(生育)

创造人类：（母亲）（神意）（以手工技艺生育）

* 工具义素：黏土/泥土

补天：（神意）（弥合）（再生）（致使完整的原因）

* 工具义素：五色石——（和谐）（与天相关）（固液转化）（弥合）（火）

治洪水：（神意）（阻滞过多的运动）（弥合）

* 工具义素：芦灰——（木）（火）

祭祀高媒的仪式：（出生）（两性结合）（部族母亲）（与神祇的精神交流）（弥合［不育］）

* 工具义素：石头

涂山氏：（女族长/母亲）（两性结合）（以变硬的形式变化）（封闭状态）（出生）

* 工具义素：石头——（孕育能力）（生育）（不育）（言语行为）

基于上述对女娲的词汇解析，我们可以从"出生""弥合""神意"以及"母亲"等这类重复出现的义素中得出这位女神的语义表征，而这些义素反过来能让我们构造出"弥合"与"母神"这些类素。故而我们能将"孕育"认定为将所有不同的女娲神话联系在一起的同项。

从上述语义体系中可以看出，石头在所有女娲神话中明显是最主要的工具义素。故而它与该女神之间形成了紧密的联系。虽然女娲是一位木德之王[73]，然而与其他五行元素相比，她与石头（土元素、孕育的原始象征）的关系却更为紧密。还需注意的是，石头与孕育母神的结合还致使女娲所有义素的特性逐渐向石头转化。而正是这一语义转化加强了石头与天神的关系，并且巩固了它在古代民间传说文本中从一个地上的物体向一个与天有关的物体的升华。

禹和祭社仪式

石头与祭社仪式的关系和禹以及高禖的神话错综复杂地纠缠在一起。禹这位夏朝的首位统治者是中国古代传说中著名的治水英雄。有关他治水功绩最为全面的记述见于《尚书》之中。

高本汉总结了毕欧（Édouard Biot）的理论，他称《尚书》中对禹功绩的详尽记载是一项"让历史从洪水中浮现的学术尝试"[74]。此外，高本汉还强调了将禹的神话与共工以及鲧的神话（常见的洪水神话）区分开的必要性，并且将前者视为一个系统化的英雄神话。该神话中灾难性的洪水因此不似一般英雄神话中记述的那样处于那么中心的地位。在成功治理了洪水并克服了其他磨难之后，禹的形象已经远远高于一个普通的治水英雄。他成为了一个半神般的圣人统治者，这是一个远古时期的里程碑，象征着人类的自我意识崛起自混沌的潜意识洪水之中。[75]

从英雄神话的总体概念出发考察了禹的神话后，我们开始研究真正和禹的神话融为一体的神话集合。第一个引起我们注意的神话讲述了禹奇迹般的出世。根据埃里克·诺伊曼所重建的英雄神话原型，英雄的诞生一般都来自处女。处女母亲以及在征途中必须击败的巨兽是组成英雄神话的两大母题。[76] 我们随后会关注巨兽这一主题,现在让我们考察记载了禹的诞生的神话。

诺伊曼似乎遗漏了一项同等重要的英雄出生形式,那便是自我孕育的英雄父亲。在希腊神话中,雅典娜便不是女性所生,而是蹦出自宙斯的头中。不出意料地,禹据说也是诞生自他的父亲鲧,见下文:

> 鲧死三岁不腐。剖之以吴刀,化为黄龙。[77]

> 大副之吴刀,是用出禹。[78]

> [鲧]永遏在羽山,夫何三年不施?伯禹愎鲧,夫何以变化?[79]

在上引三段不同的版本中,鲧的死因主要由暴力与囚禁组成——前两篇为剖开身体,第三篇则粗略地暗示了他被囚禁。然而与死亡这一消极意象并存的还有生命的迹象——禹诞生自他父亲被剖开的身体,以及尸体所化的另一种生命形式(即"黄龙")。生命从死亡中降生。而前者的诞生仅在破坏生命赋予者的身体这一仪式完成后才发生。

鲧生禹的神话只给出了禹的出身之谜的一种可能性。禹神秘的出世更多地与其处女母亲修己有关。"处女母亲"即未经交配便生育的女性,也可指一个与超自然力量经历了非人类的两性关系而生育的女性。《淮南子》中有载:

> 禹生于石。[80]

在此文本后高诱(公元2世纪)有注:

2 石头的神话字典

禹母修己感石而生禹,坼胷(胸)而出。[81]

《论衡》则称"禹母吞薏苡而生禹"[82]。而《潜夫论》中对禹出生的记载则略有不同。据《潜夫论》,禹母怀上禹,是由于"见流星意感"[83]。《史记》中的记载则是此二者的结合:

父鲧,妻修己见流星贯昴,梦接意感,又吞神珠薏苡。胷坼而生禹。[84]

应当注意的是,流星包含着石头这一义素——坠落的流星的石质内核。我们还可以推测,至西汉中期已出现了记述禹那超自然的出生方式的文本,补全了他的英雄神话。显然在古代信仰中,禹那来自上天的生母已经不再以人类女性的形态出现——她是一种超越人类的存在,并带有不同的卵形特征,如神珠、薏苡、流星或实实在在的石头。

禹出生的过程中占有主要地位的神力,还以玉的形式出现在他功勋卓著的治水神话中。据记载,在一则文本中,一位神曾奖励禹一块黑玉,而在另一文本中则是一片玉简:

水经注云:"禹西至洮水之上,见长人受黑玉。"疑即此神[长乘]。[85]

此文中的这块黑玉似乎是一个毫无关联的母题。它似乎就是帝舜或上天出于禹成功完成了使命而赐予他的那块玉:

于是帝锡(赐)禹玄圭,以告成功于天下。[86]

禹治水既毕,天赐元(玄)圭,以告成功。[87]

而《拾遗记》中则称,有一神秘生物将玉简作为神器赠予禹,意在帮助他完成治水的伟业:

> 禹凿龙关之山，亦谓之龙门。至一空岩……又见一神，蛇身人面。禹因与语。……乃探玉简授禹，长一尺二寸，以合十二时之数，使量度天地。禹即执持此简，以平定水土。[88]

在上引诸多传说中，玉既是君王对禹的功绩的认可，也是一件来自上天且用以恢复人间秩序的工具。其中，赠给禹的神器再次强调了禹由神所化的事实，并且巩固了他与上天的联系。这意味着，玉的作用便是联系天地。禹和玉（本质为石头）的关联以及这位治水英雄与石头的紧密联系这两者之间似乎存在某种确切的关联性。

当考察英雄神话的第二部分（即杀死巨兽）时，我们能见到禹的神话的更多不同版本。《淮南子》[89]及《荀子》[90]的记述称，禹的对手（或神话中的怪兽）为共工，而在《太平广记》[91]中则为无支祁。而《山海经》则将洪水之神认定为鲧的大臣相繇或相柳：

> 共工臣名曰相繇，九首蛇身，自环，食于九土。其所歍所尼，即为源泽，不辛乃苦，百兽莫能处。禹湮洪水，杀相繇，其血腥臭，不可生谷。[92]

杀灭水怪以及禹非凡的出世这两个主题的结合，将一个原本十分原始的洪水传说抬高至一个文化英雄的原型神话的高度，并且在古代民间信仰中，这位英雄被敬奉为人民的守护神。这便解释了为何禹在《淮南子》中被认定为神圣的社神：

> 禹劳天下，而死为社。[93]

在古代中国社会中,社神为土地的守护神。故而祭祀社神的仪式本质上是祈祷滋养/孕育的仪式。社庙一般建在森林中,或以树木围绕:

> 夏后氏以松,殷人以柏,周人以栗。[94]

而最为有趣的是,人们在社庙中祭祀的正是一块岩石——与高媒庙中用以代表女神的物件相同:

> 社主用石。[95]

> 殷人之礼,其社用石。[96]

> ……社稷不屋而坛,当受霜露风雨,以达天地之气,故用石主,取其坚久。[97]

由于所有汉代之前的文本都称社神为后土,故而高本汉在研究《淮南子》中的文本(禹在其中即被认定为社)时,将其视为一则"非常奇特的案例"[98]。然而,高本汉没有注意到,禹和石头之间复杂的关系,以及石头和祭社仪式之间的关系注定会促使这两组神话融合。

除了将石头放在祭坛上祭拜,祭祀高媒和社神的仪式还有一个共同点,后者更进一步地巩固了它们之间紧密的联系。这两个仪式都具有调和夫妻关系的功能,《周礼》记载:

> 凡男女之阴讼,听之于胜国之社。[99]

基于这一资料,我们可以推定,在古代社会,社神还聆听所有婚姻中男女的诉求。社神的这种调解功能,其作用是让关系疏远的夫妻重回和睦,并且保证繁衍的连续性——该功能与高媒神在撮合男女与求子仪式之中的功能类似。我推测,禹和石头的关联性正如女娲与高媒石的关系一样紧密，而正是这种关系毋庸置疑地巩固了他与掌管滋养/孕育的社神的同一性。

我们已经证明，祭社仪式和禹的神话以及祭祀高媒的仪式在某些细节上相互穿插在一起。例如，石头与夫妻关系联系起了祭祀高媒与社神的仪式，而禹的丰功伟绩以及其部族首领的身份似乎印证了他与社神的关系。因此，我们建立起了两组关系——社神与高媒，以及祭社仪式和禹的传说。在此，我们不会将高媒和禹的词汇解析纳入祭社仪式的字典之中，相反地，我们将分析每个神话素（社、高媒以及禹）的语义表征，并且随后再定位它们的趋同点。

社石，高媒石，禹石

社：（土）（婚姻和睦/自然和谐）（守护/促进增长）

* 工具义素：

1. 石头——（阻滞变化）（部族母亲）
2. 松/柏/栗——（树木）（长青/自然的孕育能力）

高媒：（出生）（两性结合）（部族母亲）（与神祇的精神交流）（弥合不育）

* 工具义素：石头

禹：（诞生自石头，与石头相关）（在死亡中诞生）（阻滞水）（杀死水怪）（恢复和谐）（部族父亲）

* 工具义素：玉筒——（石头）（与天相关）（抑制水）

如若细致地考察上述图表，我们可以发现石头是一个主要义素,并且这三组神话/仪式都包含义素"和谐""弥合"以及"出生/生长",这些再次指向了"滋养/孕育"这一同项。值得注意的是,在我们初步尝试将祭社仪式与祭祀高媒仪式以及禹并置时,一定程度的文化理解是非常重要的提示信息。预先知晓了祭社仪式敬奉土地的初衷,并因而了解到它与滋养/孕育存在直接联系,我们便可以预先推定,祭社仪式与其他类似的祈求滋养/孕育的仪式(如祭祀高媒的仪式)存在着互文关系。

禹和石头的紧密联系有三重表现形式,即他的出世,他配偶的石化,以及他的儿子自石头中诞生。这些关系似乎来自于治水英雄与女娲之间神秘的联系。这是因为,正如禹的存在与石头相互交织在一起,女娲本身也一直与石头进行着激烈的交流,不论她在不同的仪式中扮演着哪些不同的角色。而这位男性英雄与女性神祇在治水中扮演的类似角色(前者借助了玉简,后者借助五色石)也进一步巩固了两者之间的联系。很可能正是由于这种义素类别的趋同,类似于禹的妻子涂山氏即女娲本身这些无法解释的传说信仰才会存在。

祈雨仪式

正如我们在祭祀高媒与社神的仪式中所见,人类在祈求滋养/孕育与和谐之时,石头的作用十分重要。在古代,祭祀祈祷是人与超自然力量进行精神交流的最主要形式。在此类仪式中,人们向放在祭坛上的石头祈告与献祭,以此进行着口头与象征意义上的交流,而石头则同时象征着天与地。在下文出现的祈雨仪式的记述中,石头、祭祀与言语行为之间的关系则会以略微不同的形式出现。

由于我的目的并非研究古代中国存在过的所有祈雨仪式，故而我只会关注那些将石头作为重要祭祀用具看待的仪式。据王孝廉的说法，在古代农业社会中，石头的魔力构成了生殖崇拜中不可或缺的部分。[100] 事实上，我们不难假设，对石头力量的信仰发展自石器时代与新石器时代中人类对石质工具的依赖。另一方面，雨则是一项必不可少的自然资源，收成、食材与生计都需仰仗它。故而可以预料，在古代文化中，雨的神化过程与祭拜石头的过程是并肩发展的。

中国的雨神拥有各色外貌。人们一般认为，龙是带来降雨的神。[101] 在《论衡》中，雨神是我们所熟悉的女娲：

> 雨不霁，祭女娲。[102]

汉代人民将掌管滋养/孕育的女神敬奉为雨神，这看似合情合理。基于同样的神话逻辑，社庙经常被称作君王祈雨的场所。[103]

《荆州记》最早记载了公元 5 世纪进行的仪式，祈雨的过程涉及鞭打两块奇石：

> 狼山县有一山，独立峻绝。西北有石穴，以独行百步许二大石，其门相去一丈许。俗名其一为阳石，一为阴石。水旱为灾，鞭阳石则雨，鞭阴石则晴。[104]

柯文（Alvin Cohen）指出，此类信仰建立在交感巫术的原理之上。他还总结道，人们之所以鞭打一块在功能上过于活跃的石头，"是因为阳能生热并引起干旱，当它过于活跃时，人们必须强制性地削弱其能量输出，同时令掌管冷与湿润的阴开始运转，反之亦然"[105]。《太平御览》中有一段《荆州图》的引文，记录了类似的仪式：

> 宜都有穴，穴有二大石，相去一丈。俗云，其一为阳石，一为阴石，水旱为灾，鞭阳石则雨，鞭阴石则晴，即廪君石是也。但鞭者不寿，人颇畏之，不肯治也。[106]

而在《广州记》中，我们找到了一个手段同等激烈的祈雨仪式，在此，石牛被视作雨神的象征：

> 郁林郡山东南有一池，池边有一石牛，人祀之。若旱，百姓杀牛祈雨，以牛血和泥，泥石牛背。礼毕则天雨大注，洗牛背，泥尽即晴。[107]

"血"乃人类生命之精华，而"泥"也是如此。这两个词位的语义表征都包含着"水"这一义素，后者则是植物生长必不可少的元素。作为生命力的象征，蕴含着人类精气的液体——血，与土地能量与水的结合体——泥，在召唤天上落下的水时占据着极其重要的地位，这完全在意料之中。

由此可见，试图胁迫雨神的仪式只是古代祈求滋养/孕育仪式的变体，亦是古老的石头崇拜的一部分。然而，在祭祀方式上，祈雨仪式与祭祀高禖与社神的仪式都不尽相同。祈雨的成功似乎须诉诸一定程度的暴力行为。并且死亡的意象在此超越了生的意象。好似为了抚慰缺失已久的自然之力，人们必须以牺牲换取好的收成，以此确保生与长的循环不至于中断。故而在一则文本中，祭祀之人会过早夭折，而在另一则中，杀牛是确保仪式正确开始所必不可少的行为。涂抹在石牛背上的牛血便同时象征着生与死。在祈雨仪式与其他众多古代文明祈求滋养/孕育的仪式中，象征性地重演与庆祝自然界中的生死循环，表明了"残酷"意识这一神话逻辑的存在，也即生与死构成了一个存在的连续体。[108] 只有吸收了死亡中蕴含的残暴的能量，滋养/孕育的功效才能完全发挥出来。

此外值得注意的是，在祈雨仪式中，石头既能催生水，也能抑制水。而在这两种情况中，石头都象征着滋养/孕育，这是由于干旱与洪水都对收成有害无益。如同社庙中的石头缄默地倾听着人类的控诉与祈求，阴阳两石与石牛的作用也是联系天地。任何诸如此类的祭祀都基于一个契约式的关系，并且由一个神的象征物来传达信息。一般情况下，要求的达成必定伴随着一件献祭物：雨神索求的是祭祀者的生命或按要求献祭的牛。在这一框架内，两方似乎都如实遵守并公正执行了订立下的契约。

下列词汇解读构成了祈雨仪式的语义表征：

祈告/灌溉：（象征性言语行为）（与神交流）（契约）（残暴的能量：鞭打/杀死）（死亡）（生命：泥/血）（水）（土）（植物）（调和：阴阳双石）（施肥）

* 工具义素：

1. 阴阳双石——（土元素）（恢复非生命体要素的活力）（调和）（以人类为祭品）

2. 石牛——（生命体要素：血与泥）/（非生命的祭祀物品：石像）（土）（水）（以动物为祭品）

作为祭祀物品，这两个工具义素（阴阳双石与石牛）都是祈告的接纳者，以及有效的祈雨代理人。在一个将人类权威与上天权威之间的契约关系神圣化的仪式之中,当石头在其中扮演了越来越重要的角色时,石头与言语行为之间的紧密联系便开始逐渐发展。

封禅仪式:君王向天地的献祭

石头在祈雨仪式中联系起了人类与上天/超自然力量之间的交流,这个工具般的特性在封禅仪式中得到了进一步巩固。据早期历史文献记载,封禅仪式由君王本人在泰山之巅亲自主持,此山为古代中国东部的圣山。《史记》对该仪式的定义如下:

> 此泰山上筑土为坛以祭天,报天之功,故曰封。此泰山下小山上除地,报地之功,故曰禅。[109]

> 易姓而王,致太平,必封泰山,禅梁父何?天命以为王,使理群生,告太平于天,报群神之功。[110]

故而封禅乃一项皇家仪式,由君王与群臣主持,其目的在于巩固天命,以及为他的王朝建立起天地正统。在本质上,该仪式是对君王成功统治其王朝的一种庆贺。虽然天(封)与地(禅)都得到了祭拜,然而很显然,此仪式主要是祈求权力,而非繁荣,并且,君王更急于巩固他与男性大帝之间的联系,而非地所代表的女性神祇。

根据李杜的说法,"天命"这一概念,以及"天"与"帝"融合而成的"天帝"的概念似是由周人提出。[111]《诗经》与《尚书》中存在着大量语段,称上天选择品德高尚之人统领人

民,并且将王位授予遵从天命之人:

> 穆穆文王,于缉熙敬止。
>
> 假哉天命,有商孙子。
>
> 商之孙子,其丽不亿。
>
> 上帝既命,侯于周服。
>
> 侯服于周,天命靡常。[112]
>
> 昊天有成命,二后受之。[113]
>
> 闻于上帝,帝休,天乃大命文王。[114]

而对上天权力的认同也可见于《诗经》与《尚书》之中:

> 昊天上帝,则不我遗。[115]
>
> 皇天上帝,改厥元子,兹大国殷之命。[116]

故而作为天子,君王通过举行封禅仪式这一代表着有德的行为来证实其王位的合法性,并且宣称其统治的成功。当我们开始详细考察该仪式,并着手分析石头在其中的作用时,它的政治意义便会逐渐显现。

据记载,秦始皇(在位:前246年—前210年)是首位举行封禅仪式的君王。[117]《史记·秦始皇本纪》中记载了仪式的过程:

> 二十八年,始皇东行郡县,上邹峄山。立石,与鲁诸儒生议,刻石颂秦德,议封禅望祭山川之事。乃遂上泰山,立石,封,祠祀。[118]

在秦始皇时期,祭祀仪式十分简单。它仅涉及刻写并竖立

2 石头的神话字典

起记载"秦德"的石碑。而到了汉武帝（在位：前141年—前87年）时期，仪式变得更为复杂，《汉书》以及其中应劭的一则注这样说道：

> 夏四月癸卯，上还，登封泰山……孟康曰："王者功成治定，告成功于天……刻石纪号，有金册、石函、金泥、玉检之封焉。"[119]

> 应劭曰："封禅泰山，就武帝封处累其石，发坛，置玉牒书封石此中；复封石检。"[120]

正如上引文本中所述，除了立起石碑之外，汉武帝的封禅仪式还包括在石匣中封入写有皇帝的秘密祷文的玉牒书。这种在仪式中将君王的祷文封存的行为意味着，地上的君王与天上的君王之间秘密达成了契约。理论上，这种皇家祭仪祈求的是王朝的繁荣与皇家后代的福祉。故而本质上，祈告的内容是一篇递交给特殊对象（即天帝）且目的明确的祷文。并且如同其他任何交流方式一样，祷文的发起者希望得到天上的接收者的正面回应。祷文中各种散漫说辞之下所暗藏的，正是祈告者希望所列条文全部得以实现的诉求。故而，将写就在玉牒之上的信息发出并封存的行为暗示着言语行为的实现。

然而，刻在石碑上的文章却象征着另一种不同的言语模式。不似封存在地下的皇家祈告那般，出于其私密性而不能被公众阅读，镌刻有文字的石碑完全不存在这些顾虑——它们记录了君王在军事上的丰功伟绩，并且其作用便是证明王朝的荣耀。与深埋在石匣中的玉牒书相比，石碑就竖立在祭坛旁边，公众随时可以观看。故而刻在石碑上的条款并不是传递给某个单一的接收者（如上天），而是传递给普罗大众的。正是大多数碑书的这一公示功能，令有德君子的传奇故事传递万世，也保证了统治者的功绩得以代代相传。一方面，封存玉牒书象征着隐秘契约的建立，另一方面，竖立石碑则是为了让公众见证一代君主的成功统治。

虽然玉牒书与石碑在封禅仪式中体现出的口头信息传递功能略有不同，然而出于各种原因，这二者都被选中作为承载信息的物体。除了不受天气影响且历久弥新之外，玉和石都具有神圣的气质。在先前涉及祈雨仪式与女娲神话的讨论中，我们已经阐明，石头神圣的地位如何成为了它的固有特性。现在让我们快速地考察一下玉的特征。

《说文解字》中对玉的定义为：

> 玉：石之美者。有五德：润泽以温，仁之方也；鰓理自外，可以知中，义之方也；其声舒扬，専以远闻，智之方也；不桡而折，勇之方也；锐廉而不忮，洁之方也。[121]

君子所戴的玉佩可以传达出本人的五德。早至殷商时期，玉就是君子的象征。《礼记》有言：

> 古之君子必佩玉。[122]
> 君子无故，玉不去身，君子于玉比德焉。[123]

其独特的色彩、音质、温润的质地以及最重要的一点，无暇的品质，使玉成为中国文化中最受人喜爱的纯洁与完美的象征。有鉴于玉具有的这些罕见与珍贵的特质，故而玉被选为皇家的象征，并且在许多古代中国祭仪中都是最常用的仪式象征，这也完全不足为奇。玉玺则是君王的专用印章，它被作为权力的象征传至皇子。在《周礼》中，我们找到了一段记述，描绘了不同玉质祭器的各种功能：

> 以玉作六器，以礼天地四方：以苍璧礼天，以黄琮礼地，以青圭礼东方，以赤璋礼南方，以白琥礼西方，以玄璜礼北方。[124]

据信，玉象征着"太阳的光辉"，而玉璧则以圆环这一可见形式象征着上天。[125] 故而，玉的种种完美的物理特性被认为是神性的体现，并且随即与上天的权力紧密联系在一起。因此，古人在祭祀上天的仪式中往往都会使用玉器。

现在，让我们回到封禅仪式的讨论中来。其内容可以分解为如下义位，以及相对应的义素条目：

祭祀天地：（与神的交流）（天命）（祭文）

宣称成功的统治：（口头传达）（权力）（繁荣）

* 工具义素：

1. 石碑——（公众）（写就的声明）（证明）（颂词）（与人类的交流）（竖立）

2. 玉牒——（祭文）（写就的声明）（私密）（与上天的契约）（封存）

石和玉承载了封禅仪式所造就的两种不同的口头意象模式，而在其他叙事小说所描绘的各种石头意象中，我们也能找到石头在其中的功能，包括《红楼梦》中刻有故事的女娲石，以及《水浒传》中深埋地下的神秘石碑与从天而降的石碑。值得注意的是，这些石头意象可以被视作仪式中所用的玉牒与石碑的变体。

071 辟邪石：石敢当

著名的石敢当（字面含义即敢于担当一切的石头）经常被放置在住户的大门前或街道的入口处，或其他易受邪气影响的场所。有些地方的守护石上还镌刻有"泰山石敢当"字样，用以召唤山东泰山之上的保护神。自秦汉始，皇陵之前就开始立有石人、石兽与石柱。[126] 我们在《急就篇》中找到了石敢当最早的记载：

> 石敢当：卫［约前1022年—前241年］有石碏、石买、石恶，郑［约前806年—前375年］有石癸、石楚、石制，皆为石氏。周有石速，齐［约前1122年—前221年］有石之纷如，其后亦以命族。敢当，言所当无敌也。[127]

《舆地纪胜》内明确记载了此石的辟邪功能：

> 庆历中，张纬宰莆田，再新县治，得一石铭。其文曰：石敢当，镇百鬼，压灾殃。[128]

还有说法称，这一神奇的石头是村庄的守护神：

> 予因悟，民之庐舍，衢陌直冲必设石人或植片石，题镌曰石敢当，以寓厌禳之旨。亦有本也。[129]

王孝廉将人们敬奉这一辟邪石的行为归因于它与祭社仪式的关系。[130] 由于社神是土地之神，而石头则被放置在社庙之中用以祭祀，故而先民们将石头视为庇佑村民福祉的土地之神的替代物，这也十分自然。

而在石头上镌刻具有魔力的话语这一现象也引起了我们的注意。石敢当的神秘力量似乎必须借助某些口头咒语，才能确保它能显灵。或许随着文明的进步，人类与奇妙的自然魔力逐渐疏远，而这种原初的天真之情的丧失随之削弱了人类对石头中自然散发出的万能之力的信仰。对文明的人类而言，那块在社庙中独自屹立的石头已不能完全满足他们的要求，它的神力慢慢衰减，正如同石头的神话渐渐淡出了我们的共同记忆。故而在随后的朝代中，原先那块原始且天然的石头被赋予了人类智力的象征以巩固它的魔力，这也就不足为奇了。因此，我们可以预料到，这一民间习俗的主要义素成分应为"书面表达"这一重复出现的义素：

石敢当：（写就的信息）（辟邪/消解）

写有文字之石

石头上的文字有时候亦可以是自然图样，其非同寻常的美感与奇妙的图案令它们被当作从天而降的祥瑞而受人祭拜[131]，此类石头的现世可见于许多地方传说之中。然而在大多数情况下，石头上的文字则被视作传达天命的口头信息，并且带有预言性质，故而这清楚地指出了石头联系天地的功能。《旧唐书·五行志》中记载，唐太宗遣人代祭一块石碑，称其刻有天命（天有成命，表瑞贞石）。[132]《西京杂记》称，汉朝时，窦太后有一块手指般大的石头，切开成两半后，内有"母天地后"* 的文字[133]，而后此预言成真，窦太后果真成为了汉朝的皇后。她一直珍藏着这块珍贵的石头，并称其为"天玺"。《神异录》中记载了一则故事称，有人发现了一块龟形的石头，上有"李渊万吉"四字[134]，这标志着上天宣布李渊将成为皇帝。而《汉晋春秋》中记载，有人发现了一块屹立于水中的巨石，上书"大讨曹师"[135]，这是一项天意，上天希望人类能够代为完成。

石头上的文字所传达出的信息越是神秘且具有隐喻性，它们便越会激起文人学者的兴趣，并且挑战着皇宫中的天官与卜者。奇石上展现出的直白信息逐渐变成了等待解读的谜语，而这些文字中蕴藏着的不可理解的谜语似乎源自古代中国的民间信仰，后者相信天意与神意总是以神秘莫测的方式展露在世人面前。而人类总是禁不住诱惑，试图去解读这些谜语：

[李训]甘露事败，王璠举家无少长皆死。

初，璠在浙西，缮城壕。役人掘得方石，上有十二字，云：山有石，石有玉，玉有瑕，瑕即休。

璠视莫知其旨，[江苏]京口老人讲之曰："此石非尚书之吉兆也。尚书祖名鉴[上山下金]。鉴生础[左石右楚]，是山有石也。础生尚书[即璠，左玉右番]，是石有玉也。尚书之子名退休[退，与瑕同音]，休，绝也。此

---

* 《钦定四库全书》本中收录的《天中记》引《西京杂记》作"母天后地"；《四部丛刊初编》中收录的《西京杂记》作"母天地后"。

非吉征。"

［璠］果赤族。[136]

作为天地的联系者，石头上写就的文字经常被认定为某种（口头或书面的）表述形式，这些话语不是预言了一桩奇事，便是将神祝赐予天选之人。这里面的神话逻辑其实取决于真正的天意与人类假托或伪造的天意之间的奇妙关系。

正如前文所言，人们早先认定，纯粹的石头即直接象征着纯粹的神明，而在此，这种早期信仰已逐渐消退。取而代之的是人们对写有文字之石的兴趣，通过书写下的文字，即人类的言语行为，这些石头便能展露出神旨。换言之，不依靠语言媒介也不需人类智力的解读便天然地具有神力的原始石头逐渐演变成了写有文字的石头，后者以书面谜语的方式经历了人类与人类活动/文化的处理。石头与人类活动之间越来越紧密的联系，还催生了具备生命体主要特征的奇石，并且特别地，还最终导致了人类性格的出现。故而，会点头与会发出声音的石头应该被认定为石头逐渐人格化的例证，而这一人格化的趋势已可见于写有文字之石的神话之中。

在中国古代民间传说中，石头从一个代表非人类神祇的缄默客体转变为一个拥有言语能力且完全成熟的有生命主体，此过程并非是一个不可预测且孤立的现象。我认为，随着描绘石头的滋养/孕育之力的神话传说数量的发展与其受众的不断增长，这种转变也同时发生着。这些传说文本对石头的内在创造动因的强调，可能促进了（就算没有真正诱发）石头转化为一个能自发进行言语交流的自主实体的过程。正如我们将在下一节中见到的那样，涉及说话之石的传说最早可追溯至西晋（265年—316年）时期，然而唐（618年—907年）、宋（960年—1279年）两朝却最多地记述了石头拥有滋养/孕育之力的传说。因此我认为，说话之石便是滋养/孕育之石的终极形式这一转化理论不太可信。然而，我们不必过于匆忙地抛弃下述假设，即认为石头之所以能发展出言语能力，与（众多其他传说中提及的）认定石头天生便拥有生命要素的民间信仰密不可分。我认为，正是这两组民间传说文本之间的冲突与碰撞，才真正刻画了石头的能量场。我们必须从其他重点描述了石头的滋养/孕育之力的传说出发，来考察石头的人格化过程。

讲述石头的滋养/孕育之力的民间传说

（一）《洞冥记》中记载了一块神奇的石头，它能将白发（衰老残败的象征）变为黑发（年轻活力的象征），值得注意的是，这里的治疗和恢复功能与早期（可追溯至女娲神话自称的年代）的石头拥有类似的语义属性：

> 元鼎［前116年—前111年］中，條支国贡马肝石。春碎以和九转之丹，发白者以此石拂之，应手而黑。[137]

（二）石头的治疗功能在各种涉及石类药材的文本中展现得淋漓尽致。《本草纲目》中给出了一长列石头的目录，其中包含了各种石头的药效，如滋补、治疗疾病以及延年益寿。[138]此类石头据说还能驱除恶咒：

> 苦山之首，曰休舆之山。其上有石焉，名曰帝台之

棋，五色而文，其状如鹑卵，帝台之石，所以祷百神者也，服之不蛊。[139]

在这则简短的奇闻中，石头的治疗功能明显与"五色"、"卵"等义素联系在一起。这块石头的药用属性与祭祀用石的神性本质保有相同的意义。事实上如上所述，药用石经常同时具备治疗与仪式功能。《本草纲目》与神农所著的《本草经》中都列出了大量的矿物质，包括石青、云母、赭黄（褐铁矿）、硫磺以及朱砂等等，这些都是珍贵的药用石。人们正是运用此类知识，从而建立起中国治疗科学中一个重要的分支学科，其重要性与药物植物学不相上下。诸如"药石罔效"这些成语也印证了此类药用传统曾经广为流行的现象。

（三）"食用行为"组成了药用石的一个工具义素，而它在涉及可食用之石的传说中也占据着重要地位。《寰宇记》中记载了一种可作食物的"嫩石"。[140] 而《唐会要》记录的一则奇事则称，石头变成了面条。[141] 此类石头的食用功能似乎发展自上个小节中提及的石头的治疗功能。

（四）于唐代写就的《酉阳杂俎》记载了一则有关"长石"的奇妙故事：

丁季友为和州刺史，时临汀有一寺，寺前渔钓所聚。有渔子下网，举之重，坏网，视之，乃一石加拳，因乞寺僧置于佛殿中，石遂长不已，经年重四十斤。[142]

这段文本似乎暗示着，充满神圣氛围的佛寺唤醒了这块奇石的生长机制。还有一点值得注意的是，这块长石与工具义素"水"相关，后者则是鸣石的传说中不断出现的母题（见后文)。

生长之石的民间传说还见于宋代成书的《集古录》:

> 三碑并在缙云,其篆刻比[李]阳冰平生所篆最细瘦。世言,此三石皆活,岁久渐生。刻处几合,故细尔。[143]

(五)《酉阳杂俎》中还有一则奇妙的故事,说有一块石头不仅能移动,还长着脚:

> [段]成式群从有言,少时尝毁鸟巢,得一黑石如雀卵,圆滑可爱。后偶置醋器中,忽觉石动,徐视之,有四足如綖(线),举之,足亦随缩。[144]

这种石头与卵的关系最早可见于禹和启的出生神话,而这种关系也频繁出现在唐宋两朝的民间传说之中。此关系必定源自于对石头孕育能力的原始崇拜,如社神信仰与高媒信仰,并且还随之催生了"乞子石"这样有趣的民间传说。不过在考察"乞子石"的传说之前,我们应首先考察一下,下文所引的这个出现于6世纪的传说,它记载了一件神奇的出生事件,并且似乎受到禹母怀孕的神话启发:

> 琳母尝祓禊泗滨,遇见一石,光彩朗润,遂持以归。是夜,梦人衣冠有若仙者,谓曰:"夫人向所将来石,是浮磬之精。若能宝持,必生令子。"母惊寤,举身流汗。俄而有娠,及生,因名琳,字季珉。[145]

这位母亲感到有孕的原因,究竟是受浮磬之精的影响,还是由于她在水边进行沐浴仪式时与河神进行了象征性的交媾,我们不得而知。然而不论出自何种原因，义素"水"似乎都与石头形成了互补，且起到了重要的作用。

（六）对乞子石的信仰似乎在中国广为流行。《郡国志》有言：

> 乞子石，在马湖南岸，东石腹中出一小石，西石腹中怀一小石，故僰人乞子于此有验，因号乞子石。[146]

在这则故事中，石头的孕育能力不再如同高禖石那样是一项抽象的属性，在此，其孕育能力通过石头真实的怀孕而变得具象。值得注意的是，这样的奇石经常成对出现，而根据乞子石神话中的生殖崇拜的神话逻辑，这种夫妻关系的象征至关重要。在《寰宇记》中我们找到了一则与此石类似的记载：

> ［四川］僰道有乞子石。两石夹青衣江对立，如夫妇之相向。故老相传，东石从西石乞子将归。故风俗记云，人无子，祈祷有应。[147]

这种信仰的效力源自于这两块对立之石的互动关系，这种互动似乎象征着人类的性能力，并且涉及繁衍这一行为。

上文所引的各种石头轶事清楚地展现出了它各种面貌之下活跃的能力。在下一小节中，我们将考察一组奇石，与具有滋养/孕育能力的石头一样，它们也同样拥有生命体的特征。

作响之石：鸣石

能发出洪亮之声的石头传递出的信息也多种多样，从音乐到言语，从无意义、无内容的噪音到可理解且包含某种特定语言意义的话语，无所不包。乍看之下，这些有关鸣石的传说源自于一种信念，也即人们相信神奇的自然物体具有意识，并因此将其视为自给自足的有机体。然而，在涉及鸣石（刻有谜语的石头亦然）的一些极端案例中，我们能明显发现，它的自主性与上天代言者的这种从属特性之间的内在张力。如若将它视作天神预言能力的象征，那么鸣石便成为了人类信手拈来的用以自圆其说的工具，并且在很大程度上便抵消了其内在的生命力。

对鸣石最早的记载可见于《山海经》[148]，在其下郭璞有注：

> 晋永康元年［300 年］，襄阳郡上鸣石，似玉，色青，撞之声闻七八里，即此类也。[149]

文本中没有记载鸣石发出了何种声音，只记载了声音传播的距离。对此石更为详细的描述可见于下列文本：

> 文本一：武帝时，吴郡临平岸崩，出一石鼓。打之无声。以问张华，华曰："可取蜀中桐材，刻作鱼形，扣之则鸣。"于是如言扣之，声闻数十里。[150]

> 文本二：显庆四年，渔人于江中网得一青石。长四尺阔九寸。其色光润，异于众石。悬而击之，鸣声清越。行者闻之莫不驻足。都督滕王表送，纳瑞府。[151]

> 文本三：西晋末，有旌阳县令许逊者，得道于豫章西山。江中有蛟蜃为患。旌阳没水，拔剑斩之。后不知所在。顷渔人网得一石。甚鸣，击之，声闻数十里。唐朝赵

2 石头的神话字典

王为洪州刺史，破之，得剑一双。视其铭，一有"许旌阳"字，一有"万仞"字。遂有"万仞师"出焉。[152]

分析上述鸣石的义素构成可知，每一个文本中的鸣石都包含"水"这一义素。这充分地证明了鸣石很可能与《尚书·禹贡》中出现的浮磬是同一个物体。[153] 而正是同一块怀精的浮磬让高琳的母亲感而有孕。由于水是滋养/孕育的有力象征，故而它与石头紧密的融合并不是一个巧合。水作为工具义素，以各种面貌出现在石头的传说之中，它的出现恰恰巩固了石头即赋予生命的物体这一正面概念。

上文所引的三篇文本中的鸣石，有的为中立的作响物体（文本一），有的则隐晦地传达出了"吉兆"这一语言信息（文本二与文本三）。而文本三中的鸣石还是一个非常复杂的例子，它发出的语言信息既有刻在剑上的字，又有石头所发出的声音。作为一件遗物（著名将军的佩剑）的信息承载者，鸣石发出声音，是为了暗示自己承载着历史遗物的重担。由此看来，在这三篇文本中，它发出的声响最具意义。

承载着信息的鸣石还出现在《贾氏谈录》中。然而，它的发声功能在此略微呈现出一丝非天然的状态。当石头从实在的物体转变成天意的代言者时，它发出的声音便具有了象征意义。故而，石头传达的信息在人类耳中不再是单纯的自然之声，而是承载着天神的预知能力：

华岳金天王［传说中远古帝王少昊］庙［唐］玄宗御制碑，广明初［880 年—881 年］其石忽自鸣，隐隐然声闻数里，浃旬而后定。明年巢寇犯阙，其庙亦为贼火所爇，隳其门观。[154]

这段传说中出现了"说话之石"的义素，而《洽闻记》记载的一则轶事，更为详尽地发展了这一义素：

> 南岳岣嵝峰有响石，呼唤则应，如人共语，而不可解也。［四川］南州南河县东南三十里，丹溪有响石，高三丈五尺，阔二丈，状如卧兽，人呼之应，笑亦应之。块然独处，亦号曰独石也。[155]

在这段精彩的故事之中，人格化的石头不仅回应着人类的声音，它还以不可理解的话语和人类进行着对话。鸣石早先所特有的发出中性声响的功能，在此终于发展到了更高阶的发声方式——说话。

值得注意的是，该传说提及的石头出现在山中，而这或许暗示着，它发出的声音可能仅仅是人们经常在山野间听到的回声。由此可见，石头对人类话语的"回应"并非意味着其本身必定拥有人类的智慧。或许，说话之石展现出的状态是如此奇特且异常，以至于故事的叙述者不得不或多或少改动一下，以让它看似更为合理。

说话之石：石言

在《左传》中我们能找到最早记述石言的文本，从其内容出发，人们可以说它属于奇幻体裁，根据茨维坦·托多洛夫（Tzvetan Todorov）所称，这种文学体裁处于自然与超自然之间的不确定空间之中：[156]

2 石头的神话字典

> 八年春，石言于晋魏榆，晋侯问于师旷曰："石何故言？"对曰："石不能言，或冯焉，不然，民听滥也，抑臣又闻之曰：'作事不时，怨讟动于民，则有非言之物而言。'今宫室崇侈，民力雕尽，怨讟并作，莫保其性，石言不亦宜乎。"[157]

此例向我们展示了一个将超自然现象自然化的过程。这段轶事由两段文本构成，一是听闻而来的石言传说，二是师旷对它的解读。显然本文的重点在于后者，这是因为，如若出现某些奇异现象，人们不会单凭其表象就接受它，而会认为这是一种需要解读的征兆。故而，石言的传说褪去了其超自然的光环，并且被赋予了寓言的功能。它成为了某个超脱其自身主体的代言者。从寓言的角度理解，神奇的石言可以被视为不满之人的怨言的总和，也是上天降下的征兆。此处的关键不在于石头是否会说话，而在于它为何说话以及它代表谁在说话。

师旷的政治性批评基于一种对立的逻辑，他认为，虽然"石不能言"，然而当人类社会的秩序失衡时，它仍然会说话。此逻辑背后暗含着一种中国的古老信念，它将人类社会的秩序对应于自然秩序，并且认定，前者的崩塌必然会导致自然界的失序或灾难。人们倾向于从无法解释的自然现象中寻找人类社会中某事件发生的缘由，这种现象对儒家思想逻辑而言极为典型：不论是吉兆还是凶兆，每个奇异的现象都传递出一则道德信息，并且被视作对人类社会中所发生的事件的评判。正是由于石言这个静态物体说出了一些假借的话语，它才能被认定为人类自身创造出来的一种修正错误的工具。而师旷便是出于自身的政治权益而努力解释这一奇异的现象。此传说极佳地例证了儒家文人系统化地理解那些奇异或超自然事件的方法。

在中国传统神话与传说中,有关石言的记载十分罕见。《拾遗记》中记录了一则传说,称汉武帝命人刻了一尊石像以怀念亡妃李夫人,此石像"能传译人言语,有声无气"[158]。在鸣石与石言这两类传说中,我们都见到了石头从一个静态物体发展为一个具备言语和交流能力的主体。这两种石头的认知潜力在下文所引的民间传说中都同等重要,该文本从不同方面描述了石头发展成一个完全自主的意识个体(即具备思考能力)的过程:

> 五鹿充宗授学于弥成子。弥成子尝遇人,以文石如卵授之。成子吞之,遂聪悟。后成子病,吐出此石,授充宗,吞之,又为名学。[159]

在这段传说中,我们可以见到民间传说中石头的两个最为重要的义素的结合,即石卵与石头的智慧。它记录下了孕育(肉体繁衍)与智慧(精神繁衍)之间微妙的相互作用。

反射光线之石:石镜与照石

除了能吃的石头和加速人类智能增长的石头,我们在古代传说中还找到了另一类涉及"照石"的文本,这些文本佐证了民间传说之石的一系列特性,同时还体现出某些其他方面的灵性。《浔阳记》中的下引文本就记载了这样一块石头:

> 石镜山东,一圆石悬崖,明净照人,毫细必察。[160]

值得注意的是，这块明净的石头不仅能照出实体，它还能探察到人脸上极小的细节，甚至是周遭物体最细小的变化。这块石头完美的反射性质让人不禁觉得，它似乎具备某种超自然的特性。上引文本与其他类似的传说都暗示了石镜的这种神奇的能力，而在下则轶事中，该能力更为明显，并且在此，这块"自然"的镜子所造就的自然奇观呈现出一种超自然的状态：

> 宫亭湖边傍山间，有石数枚，形圆若镜，明可鉴人，谓之石镜。后有行人过，以火燎一枚，至不复明，其人眼乃失明。[161]

在这则轶事中，石镜对人类的破坏行为做出的反应展现了其神秘的力量与生命体的特性。此处我们看到的不仅仅是它共情的魔力（体现在破坏其中一枚而连锁导致了其他石镜的摧毁），还有其行事所依的道德准则（体现在对人类破坏者的惩罚），而这些能力都部分构成了石镜的特征。在这一象征的集合中，我们找到了石头与视觉之间的关联，并且进而巩固了石头的象征意义，即石镜为自然界本身有生命的眼睛。

现在，让我们将注意力转向某些佛教故事，其中记述了几乎所有具有人类意识且有生命的石头的语义特征。它结合了神话之石的神性与民间传说之石使人顿悟的能力。

受到点化的顽劣/无知之石：点头顽石

据传，公元 5 世纪的晋代有一位著名的佛僧，名为竺道生，亦名生公，他在虎丘山下讲法，听者数千，然而无人能解其中奥义。奇怪的是，原本躺在溪水中一动不动的"顽石"起身向他鞠躬，并点头回应。这段故事便是"生公说法，顽石点头"这一俗语的出处。

这段奇妙的轶事收录于《通俗编》，后者则引用了《高贤传》的存世文本：

> 竺道生入虎丘山，聚石为徒，讲《涅盘经》，群石皆为点头。"顽石点头"喻感化之深也。[162]

这则传说中戏剧化的反转得益于传道佛僧与他的石头信徒之间暧昧的交流行为。石头的反应似乎介于"静默"与"言说"两者之间，它们确实是"静默"的，因为石头这般非生命的物体不能说话，只能"表达"，而作为一种"肢体语言"，"点头"却透露出了交流的行为。言语行为的缺失与肢体语言的活跃在此相互作用，创造出了一种戏剧性的张力，而"顽石点头"这一隐喻之所以趣味无穷，便在于这种张力。

对这一传说的现代阐释突出了这一隐喻的讽刺意味，因为在现代字典的"石头"语义词条中，明显地强调了它非生命体的特征。我们不禁要问，一个非生命体如何拥有人类的智慧？它们又是如何能做出诸如"点头"这样的自主动作？现代语义理论家可能会将这种隐喻视为"佛性的表达"，这是由于"石头"与"点头"这两个在语义上相矛盾的词位在此是任意搭配在一起的。然而从其他角度出发，天然的石头突然开悟并不是什么惊人的事情。石头与开悟之间的联系在佛教传说中随处可见。菩提达摩就曾用九年时间面石壁冥想。在如今的河南省少林寺中，人们还能见到这块传奇的石壁，保留着疑似这位冥想圣僧留下的痕迹。而在洞中的壁画上还能见到这位怪异的罗汉坐在石台之上冥想的画像。在1591年所作的一幅《十六罗汉》手卷中，人们可以找到一位"与树干融为一体且化身为岩洞"的人物形象。[163]

而如若人们意识到，在早期神话与仪式中石头便象征着神力与滋养/孕育之力的源泉，那么石头与开悟的关系便不再显得如此神秘。我们只需前进一小步，便能将石头的意象从滋养/孕育之力的源泉转化为精神力量的源泉。故而，讲述石头孕育能力的神话与传说补足了缺失的一环关系，令看似矛盾的语义单元产生了意义，在其中石头这个非生命体与"言说""智慧"等义素相互结合在了一起。

石女

如今，"石女"一般用以形容不育的妇女[164]，而在古代民间传说中，它与负面语义的关系却没有如此紧密。石女最早出现在广为流传的涂山氏神话中，她在变为石头后，生出了儿子。如上所述，涂山氏化石的行为由两个相矛盾的义素组成，即"孕育"与"不育"，前者在此略占上风。正是由于石头与诸如祭祀社神、高禖神与祈雨仪式等祈求滋养/孕育的仪式之间具有紧密的联系，故而在古代传说中，它的正面语义一定压倒了其负面语义。然而这并非意味着涉及石头的静态与不育属性的传说不存在，它们偶尔会杂糅在祈求滋养/孕育的仪式，以及有关充满活力的石头的传说之中。

石头的意象从极度正面转化为极度负面似乎经历了很长一

段时间。虽然这一转化的过程不可回溯,但是,孕育与不育这两种属性在一个实体中的并存,却为它后期在语义上的逆转提供了先决条件。米尔恰·伊利亚德(Mircea Eliade)与埃里克·诺伊曼都将对立二元的共存视作表达整体性与原始无意识的一种古代惯用手法。伊利亚德假定,神话的思维方式预设了一个无差别整体的存在,并且"原始状态"便处于这样一种中性且完整的存在状态。在研究古代信仰中的男女同体现象时,伊利亚德指出,"神祇的男女同体现象十分复杂,它体现出的不止是神祇性别的共存(更贴切地说是合并)。男女同体是用以表达整体性与矛盾共存(或对立统一)的一种原始时期的通用手法"[165]。这种男女同体现象经常可见于掌管生长与孕育的原初之神的身上,这些神象征着原初时期无差别的完美存在状态。在记述诸如火、水、石头等神话的文本中出现的这类正反属性的共存,基本都同样基于这一准则。[166]

由此可见,石头在象征意义上的多样性代表着对立元素在原初时的整体状态,比如阴阳、天地、动静、洞穴与坟墓*以及丰饶/孕育与贫瘠/不育。当人类意识觉醒,并且随之驱使着人类将自己与他人区分开时,原初的整体便开始经历一系列不断分化的过程,在其中,孕育的意象开始与不育的意象产生差别,并且成为一个与后者对立的完全独立的存在。故而,在复杂丰富的石头意象中长期存在的多元对立共存逐步被二元对立取代。而人类对自然的不断疏远也加快了神话中石头的去神话色彩过程:它一分为二,并且负面语义最终占据了上风。

---

* 见本书第四章,注22。

2 石头的神话字典

民间传说中的石女似乎发展自涂山氏这一核心神话,但是在如今的语境中,早期文本中随处可见的"孕育"义素却已全然不存。事实上,在之后的传说中,石头都被视作静止且无生命的物体,它是贞操的象征——孕育行为的完全缺失。《舆地纪胜》与《世说新语》中都有记载称,一位女性想念她远去的丈夫,在悲切之中化为一块屹立于山尖的石头。[167] 而《太平寰宇记》中则记录了一则更为有趣的传说,该石头被称为"贞妇石":

> 贞妇石,在[僰道]县七里旧州岸。古老旧传:昔有贞妇,夫殁无子,事姑甚孝。姑抑而嫁,竟不从之,终姑之世。后身没,其居之室有一大石涌出。后人爱其贞,参号其石为"贞妇石"。[168]

我们或许可以用以下逻辑来解释石女的现代概念的由来,即石头突然从一个生命体(具备孕育功能)转变为一个静态的物体(石头),而鉴于此物体没有性能力,故而也没有孕育能力。而我们还应当注意,在这段文本中,虽然这位女性的确无亲无故无子无女,然而她生理上却并未不育。这位本可以孕育的女性自主地选择了贞节,并且该选择使她变为了一位英雄,也将此传说转变为一则关乎道德的故事。

在过去的神话中,石女展现出一种令人费解的语义矛盾。与涂山氏相似,石女也是一个异常的词项,它同时拥有两个互斥的义素("孕育"与"不育")。正如上文所言,如若详细地检视所有"石女"的传说,我们将发现,其中被禁止与被否定的事物并非性能力,更不是女性的孕育能力。自涂山氏的时代始至今,"石女"的定义已然大为改变:如今它用以指代一位"生育器官有缺陷"[169]的女性。而这位主动压抑其孕育能力的贞妇却被塑造成了一位着实没有孕育能力的不育女性。前者身上不活跃的事物在此却被视作如后者那般缺失了。涂山石生出启的神话体现出的是母亲伟岸的形象,而"石女"的现代形象却仅给人以完全不育的印象。

石头的神话字典

上文中对"石头"的语义项的种种分析告诉我们,只有被转译为词位的义素组合,神话中的词位才能产生意义。诚然,不论在神话或其他任何语境之中,我们确实总能使用同一种手段来分析词位,然而其词条却必须有别于一般字典中出现的词条。为了说明这一区别,让我们回到本章开头,考察一下引自各个现代字典中有关"石头"的语义词条。不论是"古代乐器""药物""坚硬结实的物体""不育的女性"还是"不见踪影",每个词条都是一些节选且孤立的意义单元,相互之间几乎没有关联。正是这些词条独立自主的特性,才传递出了普通字典中给出的语义场的完整印象。它还造就了一种闭合的整体效应,因为各个词条都以独立的形式精确地进行了定义。

然而,当我们考察神话时,情况却与此迥异。"石头"的语义场是一张巨大的关系网络,在其中,石头的各个神话与民间传说文本都是其他石头神话的聚合关系集合的语境。从神话的角度出发,涂山氏神话中的"出生"这项义素项全无意义,除非将它视为整体语境的一部分,而从其中,我们还能找出义素"部族母亲"(在高禖与社石中)以及"孕育/不育"这对矛盾的义素(在石女的传说中)。各个语义项之间的交叉指涉建立起了一套分析等级,即组合式、序列式以及矛盾式,我们能运用这套等级体系来识别与定量多余的信息,并且确保神话与文学文本中任何石头的意象集合都达到其最佳的可解读性。

为了描绘出这一附带等级的网络,我们须在民间传说之石不完整的整体之中创造出一个虚幻的意象,而这一过程永无止境。该不完整的石头用语由一系列可替换的名字与种类构成,而这又是各种转化、取代与逆转的结果。故而意欲研究女娲,我们就必须考察各种错综复杂、相互缠结的神话,这些不仅包括涂山氏、高禖、祭社仪式以及祈雨仪式的神话(孕育之石的同质总和),而且还包括各种诸如石女之类的民间传说文本,这些文本是义素项的集合,它与孕育之石的同质性内容完全矛盾,并且最终颠覆了它们。可以说,在创造民间传说之石这一散漫且存在持续扩张趋势的空间之时,各个神话与民间传说的文本都在相互作用。这样的空间一旦形成,那么只要其中的文本相互交叠,此空间便会外延。若我们建立起这一囊括有意义的交叠的网络,它便能给予我们一个民间传说之石的共有神话词汇表,此表由不断出现以及不可分类的义素项构成。故而,石头的语义集合将展现出一种结构,与一般字典中看似详尽的结构完全不同。它罗列了各种语义项的集合,而"神话字典"则是最符合其特性的名称。

石头的神话字典

五色石:(与天相关)(和谐)(固液转化)(弥合)

（火）

高媒石：（出生）（与神祇的精神交流）（弥合［不育］）（部族母亲）（两性结合）

涂山石：（以变硬的形式变化）（封闭状态）（出生）（孕育能力）（生育）（不育）（言语行为）

社石：（土）（部族母亲）（阻滞变化）（婚姻和睦/自然和谐）（守护/促进增长）

* 工具义素：松/柏/栗——（树木）（自然的孕育能力）

禹和石头：（与天相关）（诞生自石头［神石/神珠/薏苡/流星］）（在死亡中诞生）（阻滞水）（恢复和谐）（部族父亲）（社神身份）

* 工具义素：玉简——（石头）（与天相关）（抑制水）

祈雨石：（与神交流）（象征性言语行为）（契约）（残暴的能量：鞭打/杀死）（死亡）（生命：泥/血）（水）（土）（植物生长）（调和：阴阳双石）（施肥）

* 工具义素：

1. 阴阳双石——（土元素）（恢复非生命体要素的活力）（调和）（以人类为祭品）

2. 石牛——（生命体要素：血与泥）/（非生命的祭祀物品：石像）（土）（水）（以动物为祭品）

封禅石：（与神的交流：天/地）（天命）（祭文）（口

2 石头的神话字典

头传达)(统治权力)(繁荣)

* 工具义素:

1. 石碑——(公众)(写就的声明)(证明)(颂词)(与人类的交流)(竖立)

2. 玉牒——(私密)(封存)(祭文)(与上天的契约)(写就的声明)

辟邪石:(写就的信息)(辟邪/消解)

写有文字之石:(写就的信息)(预言)(谜语)(天命)

马肝石/长石/石卵/乞子石:(滋养/孕育)(生命体)

鸣石:(作响)(写就的声明)(生命体)(天命)(预言)

* 工具义素:(水)(击打)(渔网)

石言:(言语行为)(天命)(精神繁衍:石头的智慧)

照石/石镜:(生命体)(视觉)

点头/开悟石:(意识)(智慧/无知)(未经雕琢/机敏)(以点头作为言语行为)

石女:(孕育/不育)

从上述词集中我们可以发现一族类素,它们由一些反复出现的民间传说之石的义素组成:"生命体""与天相关""孕育能力""调和""弥合""生育""植物生长""恢复非生命体要素的活力""与神交流""言语行为""祭文""协定""契约""写就的声明""预言"以及"天命"。这些类素进而让我们得以发现一些能将某个石头神话与其他神话相关联的同项（一致程度）。故而，令禹的母亲受孕的石头、祈雨石、石敢当、马肝石、长石、乞子石与照石都被同一个同项串联在了一起，即石头的生命体特征，以及它的孕育/弥合能力。而我们祖先使用石头与神交流的各色方式还催生了另外两个同项，它们分别是以特殊方式传达信息的表述者，以及石头联系天地的能力，这些同项联系起了高禖石与祈雨石、封禅石、写有文字之石、鸣石、石言与点头石。此外，民间传说之石还拥有两项最主要的工具义素："水"与"木"，这两种元素拥有不同类型的宇宙能量与生长的潜能。

　　石头与水和木之间并不是简单的仪式或神话关系，还有美学关系。在中国与日本，岩石被认为是一种美丽的物体，经常被用以增添园林的视觉美感。早在西汉（前206年—8年）时期，士绅与皇家园林中造石堆石的现象便十分普遍。[170] 直到清朝（1644年—1911年），艺术家、诗人与文人还一直延续着对这一复杂文化的关注。浦安迪指出，将石头与苔藓并置的这种审美观念可能源自于我们意识到了造园匠师对互补二元性的运用，即坚硬与柔软、停滞与生长的共存。[171] 我们还可以考察"盆栽"中蕴含的哲学理论，盆栽所创造出的微观世界被认为是意识之眼所见的内心景象，故而它也让我们得以一瞥宇宙能量的真身。石与水的组合与园林艺术领域中（一般情况下在绘画领域中亦然）常用的石与植物的组合同样无处不在。水的流动性及其运动与变化的意象与石头的坚硬、沉静和恒久的特点形成鲜明对比，而这再次指向了基于互补二元性的哲学观念。[172]

而关于中国园林中石、水与植物的排布方式中所蕴藏的宇宙观，韩庄（John Hay）则给出了一个不同的解释。据韩庄称，园林艺术展现了一种独特的中国世界观，它将自然视为"一个系统，在其中不同的能量相互影响、相互作用"[173]。他称："中国人更偏向于关注物体的属类特性，比如坚硬或柔软，易变还是恒久，并且他们时常乐于故意打破物质之间的界限，来发掘出这些特性，如使用某种材料制造出另一种材料的感觉。"[174] 由此我们可以发现，将古木雕刻成岩石这种艺术正是基于自然物体之间的转化原则。而早在北宋时期（960年—1127年），树木自然长成的"岩石"在园林匠师的眼中就是极具美感的对象。[175] 暗藏在这一转化理论之下的是这样的认知，即人们认为，诸如石头这样的自然物体内部蕴藏着各种不同的能量，而其物质存在最重要的特性便是能量之间不停歇的转化。故而在园林中，石头与水与植物的并置并非意欲体现明显两极化的物体之间的强烈对比，而是为了表达出一种能量流动的概念，在此，能量不止在不同物体之间流动，它还在物体混沌的内部流动。

不论在园林艺术还是古代中国神话与仪式中，石头似乎都是这样一个混沌不定的实体。它并不总是传递出单一的意象，如坚硬或恒久。事实上，人们几乎不把它视为一个静态的有形物体，反而认为它是天地能量聚集而成的气。[176] 中国人似乎可以超脱出有形状态来看待石头，而将它理解为一个仪式或美学词汇中的象征。正是由于石头拥有气的特性以及一定的灵性（而不是其恒久的特性），它才能在艺术与文学作品中拥有这般地位。然而应当注意的是，石头的这种象征着自然能量的复杂特性最初来自于其自身的转化属性，它打破了天地的界限，并且历经了种种转化的过程，从地上的物体到天上的物体，从矿石到精神意象，从实体到虚体，从固定不动到自由移动。

在民间传说之石的集合体中，我们也能找到美学概念中石头的这种转化特性。值得注意的是，在上文的字典中，我们能找出许多相互矛盾却又共存的对立条目，比如固体与液体（五色石）、孕育和不育（涂山石以及石女）、运动与阻滞运动/阻滞变化（禹和石头、社石以及祈雨石牛）、生与死（祈雨石）、沉默和言语、无知与智慧（点头石）。相较于将对立概念的趋同理解为矛盾的事物，我们反之可以从石头的转化能力的角度来理解石头这一物体的不确定性。

可能正是出于石头可以跨越固有边界的能力，它才在民间传说的文本中成为了有能力让人类与超自然之物交流的工具。作为天地间的联系者，石头一般都与某种语言表达形式有关，或口头或书面。我们的祖先渴望与所有高深莫测之物交流，故而他们选择了一个联系者，用以连接起天地，以及人类一厢情愿的愿景与天神难以揣测的命令。在古典叙事小说中，石头参与了宇宙洪荒的建立，承担了天意的代言者的角色，并且携着谜一般的信息，挑战着世间人类的智慧。《红楼梦》太虚幻境中的石牌坊上所刻谜题之中暗藏的答案将会引领宝玉开悟，而与之类似，《水浒传》中的两块石碑一旦被破译，便揭示了天意与因果的微妙机制。不论民间传说之石不断转变的状态，还是石头在神话文本与仪式中作为联系者的功能，这两者都长期存在于文学文本的石头意象中。在下一章中，我们将从这两者对石头意象的正反作用这两方面来考察其存在的方式，并且同时检视《红楼梦》《水浒传》与《西游记》中石头神话的选取与它的文学表现形式/变体之间的关系。

3　石与玉：从小说至道德的预设

《红楼梦》脱胎在《西游记》,借径在《金瓶梅》,摄神在《水浒传》。[1]

乍看之下,这段论述并没有什么新意。在过去七十年中,学界已经十分透彻地对《红楼梦》进行了影响研究,人们几乎难以找到未被涉足的领域。这项研究涉及单调乏味地总结与概述那些先前的发现。故而,如若我们从人物刻画、氛围营造与这四部小说中的神话与模仿共存的角度出发,来看待"影响"这一问题,那么上文中的论述的确只是陈词滥调。然而,这段评批中暗藏一个评批者自己可能都未意识到的洞见,即石头的组合象征意义激发了《红楼梦》《西游记》与《水浒传》这三者之间微妙的对话。

众多批评家都曾意识到,《红楼梦》中存在着既有文学传统的痕迹。在这部无所不包的叙事小说中,人们能见到各种戏剧、传奇故事以及话本故事相互杂糅在一起。大多数批评家都认为曹雪芹的主要参考书目是《西厢记》与《金瓶梅》二书。[2] 宝玉和黛玉之间情意绵绵的对话经常会提及《西厢记》中充满情欲的段落。[3] 18 世纪最重要的《红楼梦》评批者脂砚斋[4] 辨认出了曹雪芹在小说的多处场景中的引用痕迹,并且还指出了他对《金瓶梅》高明的模仿。[5] 然而奇怪的是,早期的评批仅略微提及了《水浒传》与《西游记》对《红楼梦》的影响,而且其形式或是直接的结论,或是如同本章开头所引的那种随意的批语。似乎这一问题被过早地盖棺定论,并杜绝了一切试图详细研究并阐明这三部小说的互文关系的努力。我认为,这种相互关系的活力来自于石头意象的复杂网络,而这些意象在这三部叙事小说中都各自有不同的体现。

现在让我们回到本章最初的那则引文,它将我们带入了找寻文学先例的道路中。张新之的这则对三个叙事文本之间微妙关系的评批之所以十分有趣,正是由于它打破了传统影响研究的那种狭窄视野,并且为我们提供了一种全新的可能性,令我们可以从多角度理解发生在《红楼梦》《西游记》与《水浒传》之间的互文关系。张新之在谈论《水浒传》对《红楼梦》的影响时,使用了"神"这一词汇,这一重要概念极其含糊,几乎不可能清晰地阐释。它可以指这部小说的整体结构、人物刻画或者整体的叙事风格。正是此概念的这种不确定性以及多变性才让我们的思绪飞向了一个迄今为止从未有人指明的方向。张新之提出的这一模糊的理论指引我们进入了一个互文空间,此空间由《红楼梦》中刻有文字的女娲石与七十回本《水浒传》的开头与结尾处出现的两块石碑生成。

有些现代中国批评家已经觉察到了《水浒传》与《红楼梦》之间的结构相似性,之所以有此结论,是由于曹雪芹未完成原稿的批语假设了仙女警幻所作情榜的存在。[6] 从脂砚斋在前几回中的零星评注中[7] 我们可以得知,此情榜应当囊括了六十位女性,共分为五类。许多人认为,这一如今无处可寻的情榜是对第五回中出现的十二支歌曲的补充[8],并且作为一种结构手法,完成叙事的神话循环[9]。从闭合叙事结构的角度出发,胡适和俞平伯都认为,曹雪芹最初设想的《红楼梦》结局

3 石与玉：从小说至道德的预设

应与《水浒传》中的"石碑"框架结构类似。[10] 必须指出的是，这里的《水浒传》指的是七十回本的删节版，其中从天而降的石碑将故事重新带回至其神秘的开场。如若人们认定了情榜的假设，那么《红楼梦》中也将存在这种循环的结构。

而在当下，由于《红楼梦》文本的不完整性，对情榜和《水浒传》中神秘石碑的结构相似性研究几乎完全基于推论而展开，并且不可能导出确凿的结论。但是正如我将在第六章中论述的那样，我们可以从不同的结构设计的角度出发来看待这两部小说的循环叙事结构。通过研究刻在石头上的故事与宝玉在太虚幻境与石牌坊的相遇，以及研究《水浒传》中提及现于地底与从天而降的石碑的章回，我们不难发现承载着谜幻玄妙的信息的石头身上反复出现的母题。并且在这两个案例中，叙事的逻辑都指向了一点，即主人公在"失败"之后，才终于破解了石头上信息的含义。

张新之一方面称《红楼梦》神似《水浒传》，而另一方面他却认为《西游记》与《红楼梦》之间的关系并没有如此隐晦：张新之使用了"胎"这一母系的意象，这直接指出了《西游记》正是《红楼梦》的文学先例。《西游记》与《红楼梦》都提及了创世神话，这是古代说书人的惯用开场手法，然而这二者之间最为相似之处并非这种说书传统，而是关于奇石的神话：前者设定了一个石卵，而后者则提及了一块刻有文字的仙石。这两块石头在故事的结尾都修成了正果。但是，不论在我们看来这两者之间有多么相似，传统批评家几乎没有关注过这种互文关系的意义。张新之的论述似乎填补了这一空缺，他让我们（既从字面意义也从象征意义出发）注意到了这两部小说的开场方式。如果从象征意义来理解，"胎"表示的是《红楼梦》的来源，而从字面意义上理解，它则指向了故事的开场。张新之能提出这一比较概念的原因，是由于他意识到了这两部小说的开场拥有一定的相似性——此开场不仅仅指两则引发了故事的创世神话，它还应被理解为悟空和宝玉这两位主人公的"出场"。故而，诚然这则论述完全未提及"石头"这一词汇，但是它已经将"石头"微妙地包含在其中，这是因为石头本身就是两则创世神话中最主要的形象，并且它正是两位主人公的"胎儿"状态。

因此，我们对这三部叙事小说的互文性研究便始于张新之的论述。对各组互文关系而言，石头意象的存在至关重要，该意象唤起了民间传说之石的隐约存在，同时还超越了一些民间传说之石必然会携带着的无形约束。不过，虽然我们在研究这三部小说的互文性时会情不自禁地认定石头扮演着重要的角色，但是我们必须注意，切勿过度放大石头意象在《西游记》与《水浒传》中的作用，在前者中，它的作用十分有限，而在后者中只是"装饰性"的结构工具。只有在《红楼梦》中，石头意象才结合在一起，并形成了完整的象征语汇，承担起构建小说逻辑这一主要功能。这一象征意义极其丰富的表现形式催生了多样的意义，完全超越了民间传说之石的互文性。这是因为，女娲石不仅隐约地体现出民间传说之石的存在，还引发了石与玉之间微妙的交流。

正是借助玉这一意象的表意可能性与石玉的对立关系，我们才能精确地理解这部小说意欲传达出的社会道德观，它颠覆了二元对立的概念，故而也颠覆了诸如"真"与"假"这样的

3 石与玉：从小说至道德的预设

二元概念体系。在石头的意象中微妙地掺杂进了玉的象征意义，这一现象值得细致地考察，因为此现象在这一长期被公认为表述纯粹哲学观念的作品中引入了意识形态与道德准则。如果说石头仅涉及神话与民间传说的既有文本，那么玉则引入了自汉代起逐渐建立起来的儒家文化中的仪式、政治与道德准则，而后者的历史几乎与儒家尚玉文化的历史一样漫长。

随后的章节将会描绘出这三部小说中文学之石的互文空间，以及《红楼梦》中石与玉的互文空间。仙石与刻字石碑是石头意象的主要变体，并且分别定义了《西游记》与《红楼梦》，以及《红楼梦》与《水浒传》之间的互文性，我将把这两者视作阐释过程中的两个主要轴心，以此考察意义的产生过程，并且阐明虚构性的虚幻本质。这种民间传说与文学之石的对话夹杂着玉的象征意义，后者的作用是在女娲石象征意义的范畴内巩固并时而播撒民间传说之石的稳固存在。

我们先考察《西游记》与《红楼梦》中的石卵与女娲石这两块仙石，这两个意象会给那些接触过中国古代石头传说的读者带来一丝矛盾的感受。宝玉初见黛玉时说的那番话可谓将这种感受描绘得淋漓尽致："然我看着面善，心里就算是旧相识，今日只作远别重逢。"（《红楼梦》：51）

仙界的孕育之石

> 海外有一国土，名曰傲来国。国近大海，海中有一座名山，唤为花果山。此山乃十洲之祖脉，三岛之来龙，自

开清浊而立,鸿蒙判后而成……

那座山正当顶上,有一块仙石。其石有三丈六尺五寸高,有二丈四尺围圆。三丈六尺五寸高,按周天三百六十五度;二丈四尺围圆,按政历二十四气。上有九窍八孔,按九宫八卦。四面更无树木遮阴,左右倒有芝兰相衬。盖自开辟以来,每受天真地秀,日精月华,感之既久,遂有灵通之意。内育仙胞,一日迸裂,产一石卵,似圆球样大。因见风,化作一个石猴,五官俱备,四肢皆全。(《西游记》:2—3)

却说那女娲氏炼石补天之时,于大荒山无稽崖炼成高十二丈、见方二十四丈大的顽石三万六千五百零一块。那娲皇只用了三万六千五百块,单单剩下一块未用,弃在青埂峰下。谁知此石自经锻炼之后,灵性已通,自去自来,可大可小;因见众石俱得补天,独自己无才,不得入选,遂自怨自愧,日夜悲哀。(《红楼梦》程乙本:2)

如若注意到石头与众多古代中国祈求繁育的仪式之间的普遍关系,那么在上文所引的创世神话中,石头的中心作用便显而易见。石头孕育现象的背后隐藏着乞子石以及禹和他的儿子启的神话故事。在第二章中,我已经说明了各个神话如何将不同的石头(神珠、薏苡、流星)结合在一起,进而造就了禹出世的神话,我还说明了,在涂山氏变成石头后自觉生出启的故事中,石头的孕育能力起到了何种作用。在吴承恩(约1506年—1582年)写就的故事中,美猴王从石卵中诞生与涂山氏/启的神话拥有极其明显的相似性,此间的互文性机制几乎无需任何解释。神话中石头作为一个孕育之卵的意象在上述主人公自石卵中诞生的描述中不断激荡出回响。有孕的石头连续不断地唤起在石腹内怀有孩子的涂山石的各种意象，以及那两块如夫妇般恭敬对立的乞子石意象。《西游记》中有孕育能力的石卵以及古代民间传说中的孕育之石是一对孪生意象，共有一类象征属性。故而，我们可以将石卵所化的孙悟空所具备的能力认定为源自于滋养/孕育之力中的生命活力。虽然我们惊叹于孙悟空的七十二般变化，然而事实上我们所见证的正是石头本身的能量场中所具备的无尽变化的排列。在长石的民间传说中，我们已经能察觉到一个充满活力的完全生命体的存在，它绝对可以化身为一只身手敏捷、活力四射且不挠不屈的石猴。

而当我们将注意力从花果山移至青埂峰时，我们仍然能发现一块类似的万能奇石，它拥有着随意"可大可小"的能力，这一特性的来源同样明显地指向了民间传说。然而，意图在女娲石中找到类似于《西游记》开篇那般对石头原初生命力毫无保留的溢美之情，这只能是徒劳。《红楼梦》中真正令人感到惊叹的是一块石头竟能锻炼出自己的孕育之力。娲皇将它弃在一旁[11]，代表着她不仅将它弃离了修补完好的天空并留它在地面上，还意味着娲皇对它的弥合与孕育能力不屑一顾。故而，五色石的神话在此经历了一次奇异的转变。这块"神石"在古代民间传说中的性质发生了颠倒，从而产生了下列特征：

（与地相关）（非和谐）（非弥合）

在这段小故事的末尾，我们得知这块石头因为这一出乎意料的变故而自怨自艾，直到一日，它来到赤瑕宫中，遇到了一株娇娜的仙草。在此我们似乎遇到了一段文本的空白，甚至可以说，这是一段小说中文本的纰漏。这两段故事之间被插入了大段内容，包括空空道人与石头的大段对话，以及首次介绍了姑苏城这一俗世。第一段与第二段故事之间的衔接似乎有些突兀且随意。我们似乎还没有做好心理准备，看到一块自怨自艾的石头突然转变为一位赤瑕宫中无忧无虑、温柔慈爱的侍者。有些读者可能会直接接受这一转变，完全不顾这两段故事之间发生了哪些事件，造就了石头的这种全新的人格。然而，用情至深的神瑛侍者的身份在此不应被视为全然虚构，而其行为也并非事出无因。我们只能从第一则故事出发，来找寻并理解这块女娲石的这种情深意切的新性格出现的原因与意义。

事实上，石头之所以能拥有这种全新性格，其线索便暗藏在开篇描绘石头被天神遗弃并且变得自怨自愧的神话之中。虽然石头克制了参与补天的渴求，但它却从未完全放弃这一想法。这种备受压抑的滋养/孕育之力找到了另一个出路。而石头的这一遭受阻挠的愿望最终在仙界的赤瑕宫中得以实现：

> ［他］看见那灵河岸上三生石畔有棵"绛珠仙草"，十分娇娜可爱，遂日以甘露灌溉，这"绛珠草"始得久延岁月。（《红楼梦》程乙本：5）

我们完全可以将浇灌仙草的行为视作补天的替代品。这应当被视为石头重新找回曾经被粗心的女娲所否定的滋养/孕育之力。并且值得注意的是，石头极力挣扎着想要证明并释放自己生命内蕴含的力量，此行为不仅救活了绛珠草，而且最为重要的是，这还成为了它落入红尘的动机。

3 石与玉：从小说至道德的预设

由于《红楼梦》存在着多种版本[12]，故而第一回中有关"宝玉"化身的问题也更为复杂。一十六回的手抄本（吴世昌称"脂残本"，胡适称"甲戌本"）与程伟元第二次刊印的版本（即"程乙本"，1792年）在描写石头与一僧一道的见面时，分别给出了两种描述，故而也向我们提供了石头下凡人间的两种动机。

程乙本更倾向于将石头的化身理解为世间注定将会发生的无尽循环中的一部分，而甲戌本则将石头的下凡划归为出自本意的行为，换言之，即为了实现其自我意志。前者强调了天意，后者则强调了石头的自愿行为。现在让我们先仔细考察一下程乙本中的段落：

> 一日，正当嗟悼之际，俄见一僧一道，远远而来，生得骨格不凡，丰神迥异，来到这青埂峰下，席地坐谈。见着这块鲜莹明洁的石头，且又缩成扇坠一般，甚属可爱；那僧托于掌上，笑道："形体倒也是个灵物了！只是没有实在的好处。须得再镌上几个字。使人人见了便知你是件奇物，然后携你到那昌明隆盛之邦、诗礼簪缨之族、花柳繁华地、温柔富贵乡那里去走一遭。"
>
> 石头听了大喜，因问："不知可镌何字？携到何方？望乞明示。"
>
> 那僧笑道："你且莫问，日后自然明白。"（《红楼梦》程乙本：2；楷体处为作者所作强调）

僧人与道士在此几乎没有给出任何让石头去尘世走一遭的原因，除了稍后略微透露道：作为"还泪"的对象，"今日这石正该下世"(《红楼梦》程乙本：5)。故而可见，在程乙本《红楼梦》中，石头只是世间因果中的一环。

而在抄本中，这段简单的对话被详尽地扩展成石头与二位仙师之间有关前者转世的讨论。在石头费尽口舌说服了不情愿的二位仙师之后，这一诉求最终得到了应允。在僧人和道士刚在青埂峰下坐定时，这段对话便展开如下：

> 说说笑笑来至峰下，坐于石边高谈快论。先是说些云山雾海神仙玄幻之事，后便说到红尘中荣华富贵。此石听了，不觉打动凡心，也想要到人间去享一享这荣华富贵；但自恨粗蠢，不得已，便口吐人言，向那僧道说道："大师，弟子蠢物，不能见礼了。适闻二位谈那人间荣耀繁华，**心切慕之**。弟子质虽粗蠢，性却稍通；况见二师仙形道体，定非凡品，必有补天济世之材，利物济人之德。如蒙发一点慈心，携带弟子得入红尘，在那富贵场中、温柔乡里受享几年，自当永佩洪恩，万劫不忘也。"
>
> 二仙师听毕，齐憨笑道："善哉，善哉！那红尘中有却有些乐事，但不能永远依恃；况又有'美中不足，好事多魔'八个字紧相连属，瞬息间则又乐极悲生，人非物换，究竟是到头一梦，万境归空，倒不如不去的好。"
>
> 这石凡心已炽，那里听得进这话去，乃复苦求再四。二仙知不可强制，乃叹道："此亦静极思动，无中生有之数也。既如此，我们便携你去受享受享，只是到不得意时，切莫后悔。"
>
> 石道："自然，自然。"

3 石与玉：从小说至道德的预设

那僧又道："若说你性灵，却又如此质蠢，并更无奇贵之处，如此也只好踮脚而已。也罢，我如今大施佛法助你助，待劫终之日，复还本质，以了此案。你道好否？"

石头听了，感谢不尽。

那僧便念咒书符，大展幻术，将一块大石登时变成一块*鲜明莹洁的美玉*。[13]（楷体处为作者所作强调）

程乙本中被动的石头在此却变为了拥有坚定主观意志且"凡心"已炽的主体。我们已经见到了石头如何将孕育之力诉诸浇灌仙草之中。而在此，充满渴求的生命力再次寻找着一个出路。仙师所说的"静极思动，无中生有"[14] 生动地刻画出了这种"渴求"产生的机理。对转世的迫切愿望诞生自"动"这一自然之力，而"生有"则完美地刻画出了"动"，前者是生命进化中自主生成的动因。这一渴求象征着石头赋予生命的能力的另一种出路。自我意志来自于意识的力量。在面对这种诚心诚意精神力量之时，即使两位仙师也只能妥协。不似程乙本中被动的石头那般，我们在此见到的这块石头主动提出转世的要求，并且完全受到主观意志的掌控。

因此，甲戌本更为详尽地表述出了石头意志，这也将这一神话设定从简化论者认定的宿命论中解放了出来。石头在（不论字面意义还是象征意义的）下凡这一事件中的主动介入，弱化了补天神话中预设的神话逻辑，并且为接下来人间悲剧的展开铺平了道路，而这一悲剧中的人物则明显地在个人选择与天意之间摇摆不定。通过强调石头的主观性，甲戌本完全展现出了"欲"在其中的作用，而这在程乙本中仅是轻描淡写。由此可见，我们可以将石头落入凡间的动因与仙界的神瑛侍者浇灌仙草的动因视为一体，它们源自于石头的生命活力。而此活力正是来自于女娲熔炼而成的神石所具备的滋养/孕育潜能。石头去往赤瑕宫与人间的情欲之旅再现了有关神石的古老传说。这两段旅程都是对古代滋养/孕育信仰的文学改写。正如同洒在绛珠仙草上的甘露是乞雨石召唤而来的天上之水，滋养/孕育之石的熟悉回响也隐约地出现在被弃置的石头的悲鸣中，以及神瑛侍者据理力争寻求转世的行为之中。不论是一位灌溉者还是请愿者，石头都口呼着孕育力的咒语，并且产生了对生命的渴望。

值得注意的是，王国维在其有关《红楼梦》的文章中关注了"欲"和"玉"这两者之间的隐秘关联，并且以基于叔本华的自由意志的哲学思想来解读《红楼梦》，这与我所提出的石头的转世是出于自愿的结论十分相近。[15] 然而，我将"欲"视为一种原始石头具备的活力的原型再现，而王国维则将它认定为人类自由意志的罪恶："此可知生活之欲之先人生而存在，而人生不过此欲之发现也。此可知吾人之堕落由吾人之所欲而意志自由之罪恶也。"[16] 这说明，石头自愿进入欲望的海洋之中，并且力图求得自己的下凡。故而王国维提出的这一自由意志的理论，补充说明了脂砚斋在沮丧的石头之下作出的那条神秘批注："自谓落堕情根，故无补天之用。"[17] 由此可见，《红楼梦》归根结底只是一个讲述了自我欺骗与意志悲剧的故事："所谓玉者，不过生活之欲之代表而已矣。故携入红尘者非彼二人〔一僧一道〕之所为，顽石自己而已；引登彼岸者亦非二人之力，顽石自己而已。"[18]

3 石与玉：从小说至道德的预设

只有将玉理解为欲望的象征，我们才能解释神秘的"还玉"行为。在第一百十七回宝玉与和尚之间隐晦的对话中，暗含着解开这一谜题的答案：

> "弟子请问，师父可是从'太虚幻境'而来？"
>
> 那和尚道："什么幻境，不过是来处来去处去罢了。我是送还你的玉来的。我且问你，那玉是从那里来的？"
>
> 宝玉一时对答不来，那僧笑道："你自己的来路还不知？便来问我！"
>
> 宝玉本来颖悟，又经点化，早把红尘看破，只是自己的底里未知；一闻那僧问起玉来，好像当头一棒，便说道："你也不用银子了，我把那玉还你罢。"（《红楼梦》：1592）

那和尚谜语般的言辞使得宝玉发觉了自己真正的身份并且完成了开悟。当他琢磨"来处来去处去"这番怪论时，那块"宝玉"的不明来路（底里未知）对他而言如同灵光一现。当宝玉意识到这块玉并非下凡自太虚幻境，也不是女娲补天的石头，而是一块由欲望演化而来的物体时，这番怪论的答案便瞬间水落石出。故而，"来处与去处"并不是指实实在在的青埂峰，而是指一个意念之中产生欲望的虚幻之地。而玉便是这种欲望的化身。它诞生自欲望，也只有将它交出，宝玉才能消弥欲望。甲戌本也巩固了玉和欲望之间微妙的联系，因为它告诉我们，石头首先体悟到了对红尘的渴求，随后再变成了一块莹洁的美玉。"还玉"象征着这种欲望之火的熄灭。宝玉既已下定决心与红尘了结，那继续留着这块玉（欲望）也不再有意义。因此，他才对和尚说"我把那玉还你罢"。归还"通灵宝玉"以及抛弃欲望也标志着其故事的终结。

借由这番对话我们得知，每当宝玉丢玉之时，他都表现出一副失智的样子，这暗示着他暂时性地失去了欲望，也随之将他带入了半悟半痴的中间状态。假若将"欲"视作女娲石转世之前的神话人格的决定因素，那么宝玉在人间的存在状态便可谓是一种意识的中间体，它介于"顽"与"通灵"之间，却又不是任何一者。在此便出现了两种可以决定我们的批评性话语分析方向的阐释方式。其一是将注意力从讨论对孕育之石的崇拜转移至研究对阈限（liminal）之石[19]的崇拜，这将清楚地阐明小说中女娲石的中间状态。在《红楼梦》与《西游记》中，神话之石的繁育潜力的象征意义很快便让位于民间传说之石的认知潜能问题，后者是一种石头形式的思维创造模式。这些问题包括疑问颇多的认知本质，以及难以理解的感知方式等等，它们都与宝玉和孙悟空的石质存在有着千丝万缕的联系，故而人们必须考虑到石头可能产生的所有认知隐喻，只有这样才能理解这两位主人公的精神追寻之旅的意义。乞求孕育的原始仪式供奉的是能诞下生命的石头，然而只有与思想上怀有身孕的石头的意象相融合，这块孕育之石才会产生意义。

不过，虽然检视阈限之石可以揭示仪式用石与民间传说之石具备的特有思维模式，并且可以进一步阐明上述两本小说中占主导地位的心路历程与思想开悟的主题，但是另一种解读方式却也同样切实可行，并且，由于它在过去二十年间在《红楼梦》的批评性话语分析中一直处于边缘地位，这种解读方式或许更具魅力。它长期被关注开悟的问题所遮蔽，不过却为我们提供了另一种思路，让我们将注意力进一步放在"玉"之上：此"玉"并不仅仅是如王国维所指的"欲"的隐喻，它还作为一个工具而存在，可以产生各种包括仪式的、政治的、道德的甚至哲学意义上的话语。

在上文中，我已经考察了宝玉出生便携带着的这块玉石的象征意义的一个方面。王国维将它视作"生活之欲"的象征，纵观整篇小说，每当宝玉遭遇精神上的危机时，这块小巧的护身符都会出现。事实上，在第一回之后，叙事者似乎全然忘记了女娲石，它完全被这块玉"抢了风头"。诚然《红楼梦》或许是这块石头讲述的故事，然而这却是一则有关宝玉的故事，讲述他如何得到、丢失、重获并又归还这块"通灵宝玉"。人们不禁会问：宝玉不仅是石头，还是一块"宝玉"（也是他名字的由来），这之间的意味究竟为何。或许这一双重身份的象征意义是作者有意为之——亦或完全是一个巧合。毕竟人们可以找到许多理由，来说明为何作者要安排在主人公口中放入一块玉，而非一块卵石。然而，若是抛开作者意图不谈，石与玉的关系制造出了多义性，扩展了石头的象征意义的文本空间，并且增加了小说的表意可能性。就让我们将有关阈限之石的问题暂且搁置，并从玉的话语开始，专心考察第二种解读方式。

通灵宝玉

玉富有仪式意义，在中国诗歌写作中占据独特的地位。如果说人们对石头的钟爱是由于它承载了神秘力量的残留记忆，那么对玉的喜爱则更多是因为它的美学价值，而非仪式价值。

玉的象征意义与审美具有紧密联系。人们将其细腻的质地、光洁的表面与坚硬的实质等等特性与诸如"纯洁""坚韧"等伦理道德条目相联系，并且最终将它完全转化为了这些条目。作为纯洁的象征，玉在小说中能催生出天然的道德准则，而叙事者对小说人物隐秘的评价便基于这些准则。玉的主旨意义大部分存在于它所传递的评价功能中。可以说，如果石头的故事仅具备记述功能，那么玉的故事则二者皆有。

一方面，用于古代生殖崇拜的民间传说之石或许在创作《西游记》的石卵与精力充沛的美猴王时起到了积极的作用，而另一方面，在《红楼梦》中的女娲石转化成为一块玉之后，它身上与滋养/孕育之力有关的神秘特性似乎就完全消失了。人们完全可以认为，吴承恩对有关仪式的互文文本的敏锐感知，令孙悟空这一形象具备了神话上的源头，而在这些互文文本中，女娲石、涂山石以及乞子石自我产生的石卵内蕴藏着永不停息的运动与变化的萌芽。故而在孙悟空身上，人们或许可以找到相对明显的民间特点，但是青埂山下的那块石头与孕育之石之间则不存在如此之多的相似性，除了在赤瑕宫中的那段故事，然而即使在那段场景中，在被遗弃的石头神奇的转世之躯上，孕育能力的主要特点也并未占据中心位置。它脱离了女娲神话的互文主体，一步步地远离了一个具有孕育之力并且与天相关的五色石意象。

在《红楼梦》中，石头褪去民间特点可以说是一种暧昧的行为。一方面，人们可以主张它从未完全脱离神秘的古代之石的影响。赋予生命之石似有似无的互文文本一直都影响着欲望这一隐藏主题以及落入凡间之石的意象，正如同在高媒崇拜以及其他许多生殖崇拜中,情欲也隐秘地存在于它们刻意回避的两性关系之中。从最初无意识的有孕之卵开始,存在自我意识的"通灵石"的意象确实经历了长期的演变。宝玉的故事讲述的便是他不断播撒着自己的情欲之种,而这无疑向我们透露了他对生活的热烈欲望,这已经超出了原始仪式中的石头所具有的自我恢复的活力。而另一方面,女娲石之所以得以成为一个比石猴更为强大的小说形象,正是由于它跳脱出了先前的民间传说,而石猴却原原本本地重现了这些传说。这一偏离(或者可以说是一个大胆的探索)受支配于石与玉的话语之间的相互作用,而这些话语又位于象征意义的空间中,正是在此空间中,宝玉的人格特性被建构了出来,或者如同叙事者多次暗示的那样,被解构了。随着《红楼梦》的故事慢慢展开,女娲石不得不参与到由玉引发的表意过程之中。诚然,玉和石之间拥有许多共性,然而玉还具备许多独特的特性,这使得它从未完全与石头融合。这两者的并置在小说中催生了各种各样的文本空隙,因为任意一者对另一者的挪用,都会被不断涌现出且将其二者区分开(而不是令二者融合)的属性打断。因此,当女娲石开始偏离其单一且纯粹的特性时,她便产生了暧昧不清的含义。因而,我们可以将宝玉所经历的心路历程理解为他试图解决这种双重特性所造成的不间断的冲突的过程。

葬玉和珍玉

正如石头与乞求孕育的仪式密切相关,在古代中国,玉最初也被用作仪式的礼器,不过,使用石头的场合是乞求孕育的仪式,而使用玉的主要场合则是强调统治者威严的政治仪式。

这并非说明玉没有石头所具备的弥合与孕育的特点，只是从它出现在中国历史中的那一刻起，它的神力便主要被用来为君主与皇室成员服务。甚至在人们对它的关注从仪式用品转变到美学物品之后，玉依然明显属于精英贵族阶层文化。它拥有长期的雕琢历史且被用以补充石头的传说，而收藏家则为它精心构思出了各种术语。此外它还是一种处在胚胎期的宗教符号。

在玉的传说中，人们几乎难以找到对其超自然本质的清晰解释，这些本质引申出了与六器（六件玉器）相关的宗教象征意义，这些器具被用在祭祀天、地、四方的皇家仪式之中。然而在古代中国，玉普遍被视作"天地之精"以及"阳气之精"。[20] 道家坚信玉具有药用价值，而在周朝（约前1100年—前256年），皇家墓葬中都会携带玉器，这些做法无疑基于周人的信仰，他们认为，作为人间的纯阳之物，玉具备治愈疾病以及令肉身死后不腐的能力。因而饮用玉浆被视为"神仙的饮用仪式"，因为它能让肉体"与永恒等同"，饮用者故而获得了如获新生般的生命力。[21] 劳费尔（Berthold Laufer）甚至认为，周天子祭祀太阳所用的玉璋暗合"太阳之神的真实形象"，故而周朝埋葬玉器的祭坛可以被认定为古代太阳崇拜的最后遗存之地。[22]

这些皇家埋葬的祭祀用玉器所扮演的角色与人们赋予玉辟邪的角色极其相似，后者是东汉时期（前25年—220年）极为普遍的一种带有飞翼且相貌凶猛的猫形玉雕件，它一般被立于某些重要的墓葬入口处，用以挡辟邪灵。这种用法基于一种原始的神秘宗教思想，人们将神秘的力量赋予一件自然物体，以期建立起生者与死者之间的联系。不论是将玉和太阳之神联系在一起,还是与某种源自于非自然力量且无法解释的治疗能力相联系,玉都被认为拥有某种神力,并且可以让人死后不腐。玉的这种联系生与死的特点让我们联想到石头的阈限特性。然而正如我们所知,所有诸如石头和其他四行元素这些古老的象征符号都极易遭受象征意义的交换与逆转,比如石头的意象就渐渐从滋养/孕育转化为贫瘠/不育。而对玉而言,这类交换与逆转的形式略有不同:在玉的象征意义中,人们坚信它拥有保存死者的作用,而此信仰逐渐超越了那些记述其拥有再生能力的神话。随着历史的推进,玉的形象更多地与墓葬产生了关系,且逐渐远离长生不老的效用,它与死亡、古物以及出土物品紧密联系在一起。玉在象征意义上的这一微妙转变与道教的兴起与衰落紧密相关:随着汉代以后道教神秘主义影响力的减弱,以及随之带来的内丹/炼丹术的衰落,玉和生命的关系,以及更进一步地,玉作为长生不老的象征这一概念都逐渐变得模糊,并且极大地失去了生命力。而在玉的早期宗教象征意义中,它与丧葬礼仪的关系占据了主导地位。而正是在此关系中,人们可以找到玉的宗教象征意义与当时人们的宇宙观之间紧密的相关性。

据《周礼》记载,置于皇室成员棺椁之中的各色葬玉就包括代表天、地、四方的六器。[23] 人们相信,死者被这六件玉器环绕,便可以继续保持与天地万物的精气交流。故而,试图在玉的意象和宇宙观的关系中分离出玉与丧葬的关系,这绝不合情理。民间普遍相信玉佩可以辟邪,从中我们可以看出玉和死亡意象的关系。而工匠在汉代之后仍然在制作上文提及的玉雕件,这也进一步证实了这种民间信仰的力量。虽然在唐以及之后的朝代中，玉雕的形制一步步远离了礼仪用具的样式，变得更为写实，然而这些朝代所制作的玉器的主要功能有二，即实用器具与护身符。[24] 故而，玉器的守护特性完全压倒了赋予生命的特性。

在中国历史中，玉的功能历经了各种演变，然而它这一部分的象征意义却完整保留了下来。宝玉出生时口衔的"宝玉"之上所刻文字，便佐证了这一直至今日仍然存在的民间信仰的流行程度：

> ［此玉］一除邪祟；二疗冤疾；三知祸福。（《红楼梦》：124）[25]

值得注意的是，虽然宝玉的这块玉的确忠实地按照刻在背后的这些条目，履行着民间传说中的功能，但是在《红楼梦》中，玉的象征意义事实上已经超越了这段对民间传说互文的精确引述。这段确凿地刻在宝玉的佩玉上的文字与民间传说的玉石看似并无二致，但是在这段文字背后则隐藏着小说中珞玉的神秘文本性，这一衔于口中的仪式器物一旦被写入小说之后，其意象便有些暧昧不清了。

用玉封闭身体的九窍这一习俗发展自周代的丧葬礼仪，完善于汉代[26]，而在这些葬玉中，放置在舌头上的玉尤为重要。在此，返老还童的隐喻以"吃"这一替代行为展现了出来。这种饮食的象征意义发展自道教传说，道家认为，玉作为仙人的食物，象征着长生不老。

这种丧葬礼仪习俗一直延续至清朝（1644年—1911年），而对此习俗的认知，则让我们得以从不同角度切入，来解读宝玉出生时口衔的这块玉佩传递出的一系列意义。丧葬礼仪中的琀玉引发了"通灵宝玉"的象征意义，这一互文性机制绝不容忽视。这不禁令我们好奇，这位主人公在出生时口衔一块玉佩，其意味究竟为何。早在《红楼梦》第二回，作者便交代了他如何看待此事的意义，他将贾家对宝玉出生的大体反应总结为"奇""新奇""奇异"以及"异事"。[27] 衔玉出生被视为一件奇事，而其意义则是"这人来历不小"（《红楼梦》：28）。

"来历"二字指出了这件奇事的关键所在。它所问的正是"来自何方"，即其来源。对宝玉而言，"来历"的概念指向两个方向：它问的既是宝玉在变成人形之前是何物，又是他从何方来。这块"通灵宝玉"的存在强烈暗示着，宝玉的身份来源不是别人，正是神秘的女娲石。这块口衔之玉完全可以催生这一联系，因为我们可以回忆起，甲戌本详细描述了那位僧人施以咒语而将女娲石变为一块玉坠的过程。[28] 这一回忆也因而令我们回想起了石头曾经所属的场所——神话世界。因此，包含在《红楼梦》的这块口衔之玉之中且能揭示宝玉来历的线索比其他所有线索都要重要，它提醒我们，也最终提醒了宝玉自己，他不仅拥有前世，而且他转世时发生的变化，既包括其存在的方式，也包括其存在的场所。此玉佩的功能便是提醒时间与空间上的转变，它以这一身份成功地唤起了旧时的记忆，并且以此联系起了宝玉的人类实体与女娲石这 神话实体。

故而，对这块神奇的口衔之玉在小说中的象征功能而言，我们应当特别注意一个不可或缺的要素，即这块玉只有在场所发生转变时才能表意。换言之，只有当人类主体从一个场所或一种存在形式向另一个场所或形式转变时，将玉放入人体的行为才具有意义。这又将我们的注意力拉回到了前文,其中提及各段历史时期中的葬玉所包含的仪式意义:墓葬即代表场所的变化,并且正是这种转变才让玉得以联系起生与死。葬玉不仅仪式化了从生到死的转变,它还保证死者在来生依然可以享有塑造并庇佑其今生的天地之力。这一葬玉普遍拥有的阈限性象征意义赋予宝玉的口衔之玉一种隐秘的气质,它在所有端详过它的人身上都施加了神秘的咒语,并且让这些人对其奇异的特性发出一种不可言传的赞赏。

正如在丧葬仪式中,玉只有在从生到死的转变完成之后才被放入,在曹雪芹的故事中,玉出现在孩童的嘴中之时,正是其转世完成的那刻,这与女娲石的消失(即象征性的死亡)相吻合。不论是真实世界中还是小说中的仪式都体现了人类痴迷于了解死亡的意义,并渴求再生。在现实世界中,葬玉是一种逆喻,它是埋葬在墓穴中沉默的符号,而在小说中,它变成了一个活生生的角色,会对生、死以及再生之间的转变作出反应。

纵观《红楼梦》,"通灵宝玉"的周期性消失与出现始终都暗示着宝玉精神上徘徊状态的开始与终结。一方面,这块玉制造变化的能力意味着任何拥有它的人都会处于既非此处又非彼处的场所,一个介于这个世界与其他世界的所在,最终意味着处于生、死与重生之间;另一方面,这块玉本身便拥有引发阈限性连锁反应的能力。它不再是一块简单的佩戴在身上的宝物,而成为了一个蕴藏在宝玉自身存在内部的活物,控制着他精神追求的动力。在此,人们可以察觉到葬玉所拥有的象征意义的奇妙组合。它离开了墓葬,在其中它是一个静物,一件配件，一个完全独立于肉体而存在的对象，而现在，在《红楼梦》中，它披上了神秘的面纱，成为了超越主体与客体、内部与外部，以及精神与物质之间界限的物体。并且最终转变成了一个既能激发生命力又能引发痴傻状态的物体。一旦被虚构化，仪式用玉便延拓了其阈限意义的范围，以此增加了其表意能力。诚然宝玉是在出生时，而不是去世时口衔一块"葬"玉，然而这种互文性的扭转并没有掩盖丧葬仪式这一隐喻。并且正是因为知晓葬玉这一护身符的互文，我们才能理解这块口衔之玉的象征意义的内在矛盾——这块伴随出生（重生）而来的"宝玉"只有在已然包含了葬玉意象的前提下，其意义才能得以彰显。虽然《红楼梦》实际上抛弃了"吃"这一象征，然而用于死者的琀玉（其形制一般为蝉形，因人们认为蝉是一种能转化形态的昆虫[29]）再次唤醒了重生的主体，并且巩固了宝玉的口衔之玉所具有的再生能力。[30]

在得知葬玉暗藏的形象后，我们或许便能理解整个贾家对宝玉的这块"宝玉"略为反讽却毫无保留的赞赏。那些称赞这块玉非同寻常的人们并没有将当下的生活视为过去的连续体，而是将它视作过去的对立面。不过在此生的前与后，甚至就在去世之后都存在着另一个时空，这种时空架构无异于一种媒介。它处于中间状态，并且满足人们的幻想，后者往往是一种悲喜剧。它时时刻刻都在引发对立期望的相互作用，并且一定会将人们对"通灵宝玉"的理解引向一种吉兆，而非不祥之兆。围绕在宝玉身边的人们对超自然现象的理解便根植于这一宇宙观中。对于这个孩子，大家对他都报以九以复加的极大期待。故而我们见到书中说："因而[即因他生而衔玉]乃祖母

便先爱如珍宝。"(《红楼梦》：28)

　　随着这个孩子的长大，家庭中还发展出了一种对此玉的崇拜之情，这逐渐抬高了它的重要性，甚至差点取代了其拥有者的重要性。对此，我们只需回顾一下玉丢了之后，袭人对丫头们的责骂便知："真要丢了这个，比丢了宝二爷的还利害呢。"（《红楼梦》：1333）将玉完全视为好运与健康的象征，视作宝玉生命力的源泉（命根子），与另一种层面的期待产生了矛盾，后者基于我们对琀玉意象中的阈限性不协调性的认知。鉴于这种期待的存在，我们便不能仓促地对这块玉的作用下最终结论；相反地，我们应当将这种下结论的冲动理解为叙事者在邀请我们对此进行反讽解读。贾母认为，"通灵宝玉"具备招福纳祥之力，这对她而言是一种夸大，而对叙事者而言却是一种低估。这不止预言了此期待可能落空，它还是叙事者故意布置的提醒项，意在激发我们怀疑贾母如此直白地理解这一神秘征兆的行为。文本中声称玉即上天赐予的吉兆，这种说一不二的宣称，被一对相互矛盾的期待所打破，作为一个中间状态的符号，玉也蕴藏着死亡与尸骸这些意象。故而，宝玉的口衔之玉所代表的征兆必定会具备一定程度的不确定性，因为它直接地考验着人类的预见能力。而当一个将未来的一切都押注在对某个征兆的理解之上的预视出现在我们面前时，只需仔细考虑一番，反讽的感受便会被调动起来。这种戏剧性反讽存在于我们对第二种期待的直觉之中，正是此反讽的力量赋予了"通灵宝玉"的意象以生机，并且令它超越了一个荒诞、非凡的物品所具备的本来功能。

礼仪玉：政治与伦理的再阐释

当等待着孩子降生的人们见到那块莹亮的五色玉时，他们一定惊讶万分。贾母可能并不知晓口衔之玉的互文性，不过她仍然从这块玉中解读出了一个简单的真相，此真相体现了一代代中国人对玉的一贯赞赏：它极其稀有，故而是一件宝物。对宝玉的这块珍贵、吉利的口衔之玉的直接解读清晰地体现在了我们这位主人公的名字中。

玉走下皇家仪式的祭坛，进入玉雕匠人手中的过程极其迅速。玉从礼仪用具向宝物的转变最早可追溯至公元前3世纪的东周晚期，当时，它的宗教意义开始消退，其作用变得更为世俗化。[31] 汉代（前206年—220年）之后，玉被赋予的宗教意义继续衰减，人们对它在仪式中的象征功能的兴趣，被因其美感而逐渐增加的实用性偏爱所取代。不过，直至唐（618年—907年）宋（960年—1279年）两朝，玉的功能转变才彻底完成，它真正被视为一件宝物，而非一种具备超自然或精神力量且包含其早期仪式象征意义的物品。[32] 至此，人们出于美学上的偏爱之情，将它视作一件珍贵、美丽且值得珍藏的物品，而不再将它用于仪式。小型物件以及私人饰物是唐朝玉雕中最主要的两类，而玉雕技术也在接下来的三个朝代一步步发展、精进，而同时，其主要的美学母题也在拟古与拟物之间不断转变。[33]

到了清朝，正是曹雪芹动笔写下《红楼梦》的时期，玉雕工艺发展到了顶峰，并且玉器鉴赏收藏也已成为了一个完全自给自足的行业。18世纪，玉器具有极其深刻的世俗印记，正如劳费尔所述："[它们从]宗教精神中脱离了出来，而早期的匠师正是基于这种精神而凭借印象创造出了超凡的作品。如今这种基于情感的唯心主义与精神已然消失殆尽。在此，对生活的渴求慢慢占据了上风，旧时一丝不苟的神圣感让位于更为人性与社会性的感受。"[34] 在历史中，玉的神圣感的逐渐消退既体现在佩戴者对玉配饰的世俗品味，又体现在制作者的世俗品味之中。而《红楼梦》作为当时写就的杰作，自然从小说的角度捕捉到这一趋势。在小说中，贾母与其他角色对宝玉口衔之玉的宗教象征意义全然不知，而是将它理解为一种与人类现实社会有关的美好征兆，这并非全是虚构。但是，劳费尔所称的"人性与社会性的感受"是否便来自于纯粹的艺术想象？它又是否仅限于拥有审美能力的人的眼中所见？并且最为重要的是，这种想象是否完全与早期的想象（据劳费尔称，此想象的特点即"基于情感的唯心主义"）撇清了关系？

上文中暗含的人类/社会与宗教之间的鲜明对比，向我们呈现了一幅过于简单的景象，完全不能解释玉的意义随着时间流逝而转变的有趣过程。一开始便假设神圣与世俗代表文化发展的两个相反方向，本身就是个错误。在历史中，玉的意象的世俗化并非源自于人们对仪式玉的宗教含义的反感与随之而来的反对心态。为人与社会服务的玉虽然迥异于为宗教服务的玉，然而前者并非与后者完全不相关，事实上，前者最初便与仪式玉器的象征意义融合在一起，只不过随后从中分离、发展了出来。

正如前文所言，周代皇家祭祀天地四方的仪式本质上既是宗教的又是政治的。此国家层面的仪式由天子执行，其作用是巩固权力,并且为其治下的长治久安求得天神的庇佑。这一人类与天神的纽带不仅象征着两个世界的能量更新,它还赋予人间的政治秩序以神圣感。故而此仪式是极为政治化的场合。而六件代表天地四方的玉器则被赋予政治意义,并且其意义逐渐超越了它在仪式中所承载的单薄的宗教意义,且与威信、权力与皇权产生联系。玉的意义会随着它与世俗和政治之间的关系而改变,这并不足为奇。故而在仪式的象征意义中,玉的中心地位与极其强烈的人类与政治形象融合在一起,后者从一开始起就与神圣与宗教密不可分。

不论参照考古学证据,还是参考诸如《尚书》《礼记》等古代文本中的记录,我们都能看出,玉在商(约前 1600 年—约前 1100 年)、周时期的社会与政治祭祀仪式中极其重要。[35] 作为一种政治力量协商交换的条件,礼仪用玉的交换经常发生在统治者之间,以及皇族之间。至西周时期(约前 1100 年—前 771 年),国家祭祀仪式已经高度系统化。据《周礼》记载,六器之一的圭已经被分为多种正式等级,用以区分所执者的爵位。[36] 它在诸侯的封地被授予持有者,作为上级赐予的契约性的权力象征之物。故而,拥有此象征之物便意味着拥有了权力与地位。还有记载称,受到天子赏识的诸侯在祭拜自己的祖先时,有特权使用一定数量的玉器。[37] 而随着时间的推移,玉和其持有者的人类意象产生了越来越多的联系,这也是十分自然之事。至东周时期(前 770 年—前 256 年)以及整个春秋(前 770 年—前 476 年)战国(前 475 年—前 221 年)时期,仪式玉历经了一个重大的变化,它的依存对象越来越偏向于人类的意象,而非天地的意象。

或许正是由于圭的政治意义与它的诸侯持有者意象之间的关系，玉在孔子出现的时期发展出了拟人化的象征意义。玉（不论是有形还是无形）的特征与一位理想化的统治者所具备的人类特性产生了关联。正是孔子本人在玉之上附加了君子（各个层次都处于最优状态的最优人类）应具备的所有美德。弟子问孔子为何君子应当看中玉，而非其他宝石，孔子列举了玉拥有的十条特性，并且将它们视为君子美德的象征。[38]虽然我们并不清楚，在此究竟是玉被赋予了这些人类的特质，还是理想化的人类被要求吸纳这些玉的特征，但是这两者的结合在汉朝这一独尊儒术罢黜百家的年代中着实变得更为紧密。在儒家思想的影响下，玉的伦理象征意义不仅在治国能力中有所体现，它还深深扎根于社会道德观中，并且被民间智慧所接纳。而第一本中文词典《说文解字》（约成书于公元100年）对玉的定义为我们总结了儒家对玉的看法，这些观点在如今依然拥有生命力：

> 玉：石之美者。有五德：润泽以温，仁之方也；䚡理自外，可以知中，义之方也；其声舒扬，専以远闻，智之方也；不桡而折，勇之方也；锐廉而不忮，洁之方也。[39]

人们可以称，玉的政治以及道德象征意义的结合应部分归因于儒家思想的普及，对后者而言，政治上的才能与个人的修为相辅相成。当权力的象征被投射到美德的典范上时，玉的政治象征意义巩固了它的力量。事实上，玉和儒家文人的联系无比紧密，以至于玉已经成为了他们的日常生活中不可或缺的一部分。他们的腰带上缀着玉佩，放在书桌上的是玉质的文房用具与配件。玉甚至还被雕刻成趁手的小物件,供文人们闲暇之余把玩。[40] 故而,玉的意象还能让人联想到这些在政府编制中处于核心地位的儒家文人的形象。

乍看之下,此类极具社会阶层特征的意象完美地契合了《红楼梦》的设定,这是因为以宝玉的显赫出身,人们很难想象他在出生时嘴里含着一块石头的情景。然而随着故事的展开,这块口衔之玉在围绕着颠覆传统的宝玉而展开的故事中占有极其重要的地位,这令它的象征意义出现了一些问题。不论其小说化的过程是多么激进,任何如同玉这样的象征符号都绝非始于空置的符号,被动等待着被赋予全新意义:它不仅是一个在任何历史时期都极其丰富的符号,并且还饱含着各类说辞,这些说辞建立在社会地位、政治愿景以及意识立场的特殊框架之上。故而在玉构成了宝玉(他一直在质疑着儒家思想体系的正当性)身份认同核心的同时,它并没有抛弃那些与儒家价值观密不可分的历史关系。

语言与思想体系之间的关系极其复杂。我并不打算查阅所有讨论此项问题的文献资料,因为意欲在这本书中完全阐明马克思主义、结构主义、后结构主义以及拉康精神分析理论观点之间的相互关系与作用,此举完全不现实。我个人较倾向于结合马克思主义观点与精神分析观点的理论研究方向。思想体系并不能完全主导语言,因为使用语言的主体同时还在逃离着思想体系的整体大环境,这一逃离的过程发生在潜意识中,这些受到压抑的思想更趋向于反驳与颠覆,而不是顺从。一旦某符号与这些潜意识中不断发生的过程之间的联系被切断,并且被用以表示、或被确切地认定为某种思想体系,那么不论它是写就的符号还是口头的符号,其矛盾性的表意过程便停止了,它也成为了一个"死符号"。不过值得注意的是,受压抑主体的表现形式并非总是以两种简单的形式体现,即完全顺从或完全否定它与思想体系之间的关系。在大多数情况下,其表现形式大多模棱两可,并且无法被精确归入同化/排斥这种二元关系类别之中。它布满着空白之处,在其中,主体与思想体系不但催生了对话机制,而且还促使二者互相渗透。故而,其关系并不能简单地被视为积极或消极。

因此,虽然语言并没有被归入思想体系的范畴(如同批评教条马克思主义的人们会宣称的那样[41]),然而我们应当意识到,语言依然会受到思想表述过程的支配。一方面,使用语言的主体接触潜意识和不可预知的事物的频率,与他/她接触外在的表意系统的频率并无二致,而后者的功能便是建立起(多种)思想话语。另一方面,主体不仅诞生自这些既有表征之中,他/她还在历经(甚至解决)无穷大的主体自由想象空间与思想局限的功能之间的矛盾,而后者反之以多种方式决定了主体的构建过程。在《红楼梦》中,这种矛盾性体现于以下两者之间暗藏的冲突,即宝玉构建的反儒家世界观,以及存在于其身份中的一个符号,而后者的意义便是由儒家文化事先决定的一种思想话语。在此,我们不必关心曹雪芹是否意识到了该矛盾。真正需要关注的是,他是否跨越了玉的意象中固有的思想话语结构限制,以及上述矛盾是否制造了足够的张力,以引发玉的象征意义中思想表述系统的转变。这些问题涉及文本与前文本的对话,以及文化中的表意行为这一主观过程,它们才是互文性需考虑的问题。为了研究该互文关系,我们必须找到"通灵宝玉"的文学意象和玉的文化符号之间的互动发生的场所。换言之，我们必须提出一系列与互文性有关的问题。比如，《红楼梦》中玉的意象是否完全脱离了仪式玉的象征意义？与先前的体系相比，全新的玉意象体系是否表述着不同的思想话语？旧有的思想体系在宝玉的口衔之玉这一传奇故事中扮演了哪些角色？旧有的话语与新兴的话语之间的关系在概念上是否必须被划归为二元对立？这种关系是否可能超越二选一的模式（兼容或相对）？

道德观念的呈现：洁与真

在前文中我已提及，贾母坚持视宝玉的口衔之玉为吉兆，或者说这是她个人的执念。这种坚持恰恰印证了相信仪式玉拥有驱邪之力的民间信仰，有鉴于此，我们对贾母的这种充满局限性的看法不免会流露出同情之心。而玉石背后的铭文则明确指出了这种互文关系，它毫不含糊地引导读者逐字接受其上镌刻的内容。我们还须注意，在《红楼梦》中，凡间与天上的人物都认同这一民间信仰。故而，当宝玉被马道婆下了魔魇法后，神秘出现的和尚与道人暗示贾政，他儿子所携之玉便有护身功效，能让宝玉不受巫术蛊惑（《红楼梦》：357）。此处对民间传说互文的精确引述巩固了下述观点（事实上也引发了下述普遍认同），即《红楼梦》中玉的意象完全与民间传说中的护身之石相对应，并且宝玉口衔之玉的含义的可解读性，也受支配于后者的意义。

然而，此观点已被证实带有欺骗性。我们明确地知道，

《红楼梦》中宝玉出生所含之玉的意义已然超越了护身之石。在古代葬玉仪式的语境中考察"通灵宝玉"的过程中,我已经指出了仪式意义的阈限性与文学中玉的意象所固有的模糊性之间产生关联的方式。而随着仪式的魔力逐渐演变为象征着权力与美德的政治符号以及道德符号之后,我们见证了玉如何吸纳政治思想的残存语汇以及一系列成熟的道德准则,从而丰富了其民间崇拜的象征意义。仪式与政治道德在历史长河中的相互交流赋予了玉的象征意义两层最主要的表意维度:它既被理解为描写性的符号,又被视作预设性的符号。这是因为,玉不仅代表了其所有者的阶级身份,它还附带着一些可以证明这种所有权的特点。其中最为明显的特点很大程度上源自于引申自其物理特性的意象,即从它半透明且坚硬的质地引申而来的纯洁与坚韧。玉与纯洁(以及引申的贞洁)的联系在文化(无)意识中具有极强的影响力,以至于中国父母或祖父母为新生女儿命名的备选名单中,以玉为偏旁部首的汉字以及玉字本身都位列最受欢迎的名字之一。虽然在今天,取名者与被取名者可能完全没有意识到这种取名方式的内在含义,然而叙事小说,特别是风月小说的男女角色命名往往能反应出小说作者有意安排的道德准则。

在中国文化中,取名的过程确实暗合书写小说的行为。仿佛将一个象征着纯洁的名字(如"玉")赋予他人的同时,命名者(不论是父母或是此例中的小说家)就已成功地将被命名的个体限定在了一套由名字本身确定的预设行为模式之中,且命名者已经认定,他/她将会逐渐成长并且最终成为拥有纯洁特质的个体。虽然其最初仅是纯粹的假定,但是它经常预设并

3 石与玉：从小说至道德的预设

且以多种方式决定了随后的发展。就好似取名者大笔一挥，就能立刻消除名字与被命名者之间的差别，并且借由名字的表意过程，将被命名者对此事想象中的参与变为现实。这两者之间的联系极其紧密，名字中带有玉字的人最终成为了一位具备从纯洁引申而来的所有特质的模范人物，完全不会令人感到惊讶。

而在《红楼梦》中我们也不难发现，主要角色的命名也存在着相同的象征逻辑。虽然迄今已存在涉及宝玉、黛玉以及宝钗名字的大量研究成果[42]，然而前二者的名字中都具备的"玉"字似乎都被视为理所当然，并且仅在一些批评论文中有略微提及。这或许是因为，对批评家们主要讨论的问题而言，包含玉的意象的命名方式与小说的主旨结构相比实在太过次要。不过我认为，考察这一联系对以下问题至关重要，即我们应当如何理解作者对其创造的小说人物的性格预设的评价立场。琀玉的仪式意义释放出了强烈的信号，令我们推导出了"通灵宝玉"的模糊性，而相类似地，在《红楼梦》中，名字包含"玉"的角色象征着一个价值观的集合，这些价值观则包含了涉及玉的道德意义的互文指涉。由于命名即一种预设（对小说家而言尤甚），故而虚构的姓名中附带的道德观念往往能体现出取名者的道德观念。回到《红楼梦》中，命名手法对我们确定作者/叙事者的思想意识倾向性而言，是一条尤为重要的线索。作者在安排角色时，经常透露出一丝偏袒之情，从命名含义的角度出发，这表现在他会赋予某组特定的汉字独特的地位，而其他汉字则没有这种待遇。

黛玉和宝钗

尽管现代与传统的《红楼梦》批评家在如何评价这两位女主角的性格特点上存在着分歧[43]，然而叙事者的同情之心明显偏向于林黛玉，这似乎是无可争辩的事实。黛玉与宝钗之间在多个层面上都存在竞争关系，如诗词天赋、外貌体态以及道德感，这无疑为此问题增添了争议性。叙事者对前两项的看法似乎给人以鱼与熊掌之感，不论哪方都难以取舍，这是因为两位女主角都受到了叙事者的喜爱。故而在各种作诗比赛中，这两位女主角都是轮流夺魁。最早在第十八回中，皇妃贾元春在总结众人的才情时，便称黛玉和宝钗要高过贾家的其他众姐妹。而两者在美貌上的比拼似乎也一直悬而未决。在此，参与评价的"仲裁者"很自然且恰当地落到了宝玉身上，他不仅是懂女子的行家，还是这两位少女同时爱慕的男性。在宝玉眼中，宝钗充满人间烟火的气质与红润的面庞，显然与黛玉超凡脱俗且脆弱的气质一样动人，在书中多处我们都能发现，宝玉对宝钗的美貌呈现出又惊又喜的状态，并且沉浸在对其美色的遐想之中。故而，我们似乎并没有找到前两项的赢家。

然而就这样对此颇具争议的问题下定论，可能为时尚早。因为虽然叙事者竭尽所能地对两位女子所持的立场保持中立，然而他的思想却悄然透露着，其立场并非完全中立。叙事者颠覆这一带有欺骗性的中性立场的语句，可见于书中的各处角落。就在叙述者断定这两者不相上下之后，书中经常会出现一些与之矛盾的（有时是修正性的）论断。例如，就在元春认定黛玉和宝钗的诗词不相上下之后，叙事者又增加了一段文字，补充说明了元春的评价：

> 原来林黛玉安心今夜大展奇才，将众人压倒，不想贾妃只命一匾一咏，倒不好违谕多作，只胡乱作了一首五言律应景罢了。(《红楼梦》：253)

故而黛玉在依贾妃之命创作这首"小诗"时，并非全身心投入。她在该场合中体现出的作诗水平与她准备好后发挥出的全部水平完全不能相提并论。叙事者通过这条为黛玉所做的辩护，微妙地透露出了他真正的偏爱者，这是因为，如若黛玉能在如此"受束缚"与非投入的状态中，依然能轻易与宝钗比肩，那么可以说，她的才情远在宝钗之上。故而，叙事者的这条补充说明在不经意之间否定了元春的结论。

而如若谈及二者的美貌，我们能发现，叙事者在此依然以某种隐秘的方式，在他小心掩盖且看似中立的叙事过程中夹杂了他的偏爱之情。在贾母的葬礼上，宝玉被宝钗身着孝服的朴素模样吸引。不过很快，他从着迷于宝钗自然流露的魅力中走出，转而开始想象黛玉身穿同样的素衣将会是何等模样：

> "但只这时候若有林妹妹也是这样打扮，又不知怎样的丰韵了！"想到这里，不觉的心酸起来，那泪珠便直滚滚的下来了，趁着贾母的事，不妨放声大哭。(《红楼梦》：1524)

宝玉对其挚爱的偏袒之情在此展现得淋漓尽致。甚至在黛玉死后，她依然在这场与宝钗的美貌竞争中占据了上风。实际上，宝玉对黛玉身上的阴柔之美的喜爱揭示了中国文化中的一套独特的审美标准：对男性而言，丰腴、活跃且热切的女子

（如宝钗）散发出的魅力，完全不及纤柔、娇嫩且脆弱的女子。[44]

在选择偏向黛玉还是宝钗时，叙事者看似摇摆不定，但其背后却暗藏着上述文化中预设的女性形象。或许叙事者自身都没有意识到，他对于理想女性的评价标准并不客观，反而受到了性别政治与文化类别的左右。叙事者在不自知的情况下，微妙地在故事中赋予了黛玉高于其他女性角色的气质，而这对她在作诗与感情方面的对手宝钗而言尤甚。然而我们必须谨记，虽然叙事者对黛玉外貌体态的评价暴露出了其背后的文化倾向，并且可能减弱了其观点的说服力，但是黛玉的独特地位还取决于另一项因素，该因素的功效可以比肩，并且最终超越了对外貌体态以及敏锐精明的评价标准。假如叙事者偏爱的对象没有在最后一项气质测试（即道德感）中胜出，那么他的这种偏爱可能便会显得毫无缘由，并且还无法完全彰显出预设的意义。

洁的隐喻

作为一位在传统中式家庭复杂的等级体系中活动的社会个体，在受欢迎程度上，黛玉毫无疑问输给了宝钗。黛玉对其所处的人际关系，存在的权力斗争以及各种棘手的事务浑然不知，这种人际关系不仅局限于她与各个女性家长之间的关系，还包括与贾家中其他处于低社会层级的女性家庭成员的关系。而与之相反，宝钗是处理人际关系的能手。她总是扮演着居间人的折衷角色，获得了家长的认可，还得到了社会等级低于她的家庭成员的仰慕，甚至还在她同等级的人群中收获了纯真的友情，包括她的猜忌对象与竞争对手黛玉。摆在我们眼前的是一位集美德与美貌于一身的女性形象典范，她行事克制，举止得体。事实上，其优雅的外表、完美的品行、平易近人的脾性以及谦逊的姿态都象征着完美意义上的女性气质，这便是儒家学派创造并推崇的女性气质。从先前的讨论中我们已得知，道德与政治意义之间存在着相互激发与巩固的现象，而相类似地，宝钗也能成功将这些预设的道德标准转化为微妙的政治操作。我们能更进一步地在其身上发现，她不仅将政治因素与道德因素相融合，还将其私下的个人形象融汇进了苦心经营的公共形象之中。在此，跃然于我们眼前的是一位有教养的儒家淑女，她敏锐地注意到了经营其公共形象的重要性，并且不惜牺牲私下中的自我。我们几乎不能触及她的内心世界，去哪怕一瞥她隐秘的愉悦或烦忧。甚至在她与宝玉最终分别的这一高潮时刻，我们所见到的仍是一位隐忍的女性，她成功地克制住了表达其内心真实想法的冲动。虽然她满脸泪水，如同经历"生离死别"一般，但她还是抑制住了哭声，只是"几乎失声痛哭"（《红楼梦》：1621）。这一精心维持的公共形象在全书中一直存在。仅有一次，我们在转瞬即逝之间捕捉到了她极力守护的私下中的自我，不过随着宝钗与黛玉之间对她们共同爱着的男人的激烈争夺愈演愈烈，她的这一自我将会被逐渐消磨殆尽，并且被不断抑制。这一罕见的场景出现在这些少女无忧无虑地生活在大观园的初期，当是时，这些少女的天真无邪还未被政治现实击垮。那时我们见到了一位更为轻松且脆弱的宝钗。她仍然可以激动，可以犯错，会时而追随自己的冲动，并且虽然她脑中存在着强烈的自律观念，但她还是选择了如此行事。在此时期的一个场景中，宝钗因为觉着太热，而从她哥哥的生日家宴中早退了出来。而宝玉不经意间说出的一句无心之言让我们得以一窥她短暂的失态时刻：

> "怪不得他们拿姐姐比杨妃，原来也体丰怯热。"
>
> 宝钗听说，不由的大怒，待要怎样，又不好怎样。回思了一回，脸红起来，便冷笑了两声，说道："我倒像杨妃，只是没一个好哥哥好兄弟可以作得杨国忠的！"二人正说着，可巧小丫头靛儿因不见了扇子，和宝钗笑道："必是宝姑娘藏了我的。好姑娘，赏我罢。"宝钗指他道："你要仔细！我和你顽过，你再疑我。和你素日嘻皮笑脸的那些姑娘们跟前，你该问他们去。"说的个靛儿跑了。
>
> （《红楼梦》：422）

在她的这一短暂的情绪宣泄之后，宝钗对着黛玉笑了笑，并且有意奚落了她一番，而黛玉则对刚才她的竞争对手的情绪失控暗自得意。这是一个我们几乎不了解的宝钗，一位以私密状态暴露在大众视野中的人物。她的这些巧辩所展现出的形象与一位锤炼中的善于交际之人的形象完全不相符。相反地，这让我们联想到了通常与黛玉相联系的任性形象。

如果说宝钗是受困于维持公共形象的执念，那么黛玉在精神上的执念却截然不同。这位柔弱娇嫩的女子沉浸在一个不被众人触及的私密空间中。她的内心世界因不受外界的约束而显得异常宽广。她仅遵循自己的内心与自然流露之情，其他的规矩则一概不管。她几乎没有讨好过那些轻视不通人情之人的家族成员。然而，她却与宝玉之间建立起了亲密无间的情感与精神共鸣，这正是因为他们两人都拥有十足私密的内心世界，并且都一直在反抗外界的解读。而叙事者似乎为了庆祝这一珍贵的友谊，特地在他们的名字中设置了享有共同精神特质的字："玉"，这是一个我们无法忽略其含义的字。或许正是因为此符号具有自明性，故而众多批评家已经将宝玉与黛玉名字的第一层象征意义分析得十分透彻。虽然大家普遍认为"玉"象征着他们前世共同的情缘，即石头与仙草的传说，但是如若我们在解读它的过程中没有考虑到玉的象征意义的表意过程，那么这一命名手法的内在意义就不能被完全揭示。

在考察玉和命名手法的关系时，我们必须关注到，《红楼梦》中还存在着另一位名字中带有这一奇妙之字的角色，那便是拥有出众才华与美貌的妙玉。这位尼姑在大观园中持着与世隔绝的姿态，仅有极少的几位朋友。如若我们同时考察这三个角色，他们身上许多单独看来十分独特的气质便会明显透露出其背后行为准则的存在，这些准则恰恰暗藏于叙事者在他们的名字中预设的"玉"字的道德意义之中。

我们已经知道，这三个角色有一个共同的性格特点，那便是他们都愿意藏匿在内心世界之中，对黛玉而言，她能在其中找到情感的慰藉，而对宝玉和妙玉而言，内心世界是他们躲避尘世欲望的精神港湾。这三位都拥有隐士般云淡风轻的性情，因为他们每个人都以自己的方式跳脱出了"社会价值的束缚"[45]，而这些束缚将芸芸众生限制在人世之间。这一方内心的小天地并非仅是一处假想中的空间，在其中这三位不守成规的角色得以肆意徜徉，这还是一方不受世俗准则沾染的天地，扫尽了"红尘"中的事物。妙玉一尘不染的住所与她对尘土神经质般的厌恶，共同营造出了一个致力于保持洁净的完美状态，并且她坚信，此状态能不受其圣洁的尼姑庵之外的尘世力量所影响。对她而言，外界象征着所有内心世界所不具备的特性，它淫秽、陌生、声名狼藉，并且一直在尝试颠覆自己费尽千辛万苦营造并守护的明确界限。不过讽刺的是，与妙玉的生活与思维方式紧密结合的"洁"的象征意义最终只是一个虚幻的象征，一个脆弱的口头符号，在故事的末尾完全脱离了她的掌控。这一干净隐秘的世界终究抵挡不住外界的残暴入侵。小心呵护的一切终究会暴露在外，而原本的洁净也难以逃脱被污染的命运。她肉体与精神的外壳最终注定会被毁灭，这也印证了早先写在"太虚幻境"中《金陵十二钗正册》上的判词：

欲洁何曾洁？云空未必空。

可怜金玉质，终陷淖泥中。（《红楼梦》：79）

这首诗可谓是全书中最具启发性的瞬间之一：它向读者透露了叙事者所持的观点，他认为从玉向泥，从另一个（尘）世间向这个（尘）世间的转换从一开始便注定发生。可以说，此观点超越了简单的二元论。这是因为妙玉对洁与空的渴求已经包含了其对立面的萌芽。然而在此，我特别感兴趣的并非是判词中所暗示的两类互补的对立事物，而是玉和泥二者之间相互催生的现象，以及其背后暗藏着的"纯洁"与"玷污"这对象征意义。作为一个符号，"玉"只有在其自身能够引发"洁"（洁净、纯洁）的意义的前提下，才有能力引发且催生与"泥"相关的各种功能。而它十分轻松地便具备了这一能力，这是因为在文化潜意识中，玉与"洁"的关联被清晰地保留了下来。

在玉的道德象征意义中，它恰恰就是"洁"的比照物，这一象征性的特质和玉具备的无瑕、晶莹的特性具有紧密的联系，并且"洁"还广泛存在于传统诗歌、小说以及民间文学之中。这种频繁的引述无疑在众人的脑海中留下了极其深刻的印象。纵观整个中国历史，"洁"都被奉为儒家传统学说中玉所代表的"五德"之中最为高尚的德行。而成语"玉洁冰清"如今依然存在，用以形容忠贞清白的女子。

在《红楼梦》中，玉、"洁"、"泥"以及其同义词组成的相互交织的指涉网络是一项重要的线索，我们可以使用它来解释宝玉和黛玉身上某些怪异的行为与习性。能够欣赏脆弱之美的读者在读到黛玉收集飘落的桃花并葬入花冢之时，一定会被她悲切且深刻的情感打动。她之所以能在这一看似闲暇的活动中体会到如此沉重的悲伤，是因为这些落花让她联想到了美丽少女那无法改变的宿命。故而她的葬花吟实则是为自己而吟，而葬花的过程便是想象之中埋葬自己的过程。在葬花吟末尾，当她将葬花比作净化仪式的那一刻，落花与黛玉自身之间在象征意义上的同一性程度达到了巅峰：

> 质本洁来还洁去，强于污淖陷渠沟。（《红楼梦》：383）

这句诗将一位纯洁少女的意象融入了落花的意象，它揭露了黛玉自我摧残的思维方式的内在动因。花朵与洁净之物的最终归宿必定是"洁的本质"，这是一个污秽的生命体无法触及的场所——坟墓。而回归这处不受世间尘土污染的洁净之地的渴望也正是回归坟墓的渴望，后者正是一处保证不被打扰的最佳场所，在其中，人们可以长期保留其纯洁的本质。因此，通向坟墓的旅程变为了一段归家之旅。当活下去的本质仅仅建立在自我封闭之上时，保持完整无缺的意图便不可避免地与死亡的意愿相互纠缠。在黛玉竭尽所能保护其独立的纯洁性的同时，她的行事必然会促使她逼近这段旅程的终点，也即回到最初的起点。她对葬花仪式的这番执念的背后便隐藏着潜意识中对死亡的向往。看似矛盾的是，她净化自我的愿望也即自我毁灭的愿望。本以一场净化仪式开场，最终却以一场自愿的毁灭而收场。从这些残败的桃花中逐渐浮现出的是一位坚定的女性形象，她敢于牺牲一切，以追求理想中的"洁"。

妙玉和黛玉的生活方式中存在着强烈的自赏情结，这些女性的纯洁形象为宝玉带来了无穷无尽的鼓舞。贴近、品味并且控制此形象的欲望构成了其存在意义的核心。我们在许多方面都能发现宝玉完全沉浸在这一女性形象中的痕迹。他认为，男性皆混沌且污浊，并且被赶出了清净女儿之境。他的脑海中充满了自贬之情，同时心里十分明白，作为一位男性，他与大观园中的女伴相比只是污秽而已。这一自知之明从他贬称自己为"浊物"（《红楼梦》：1499）的行为中便能看出。这也造就了他身上的一些怪异的性格，后者让他有别于与他同龄的男性。在甄宝玉命小厮们遵守特定仪式之时，贾宝玉和甄宝玉二者对纯洁女子的爱慕之情可谓体现得淋漓尽致：

> 这女儿两个字，极尊贵、极清净的，比那阿弥陀佛、元始天尊的这两个宝号还更尊荣无对的呢！你们这浊口臭舌，万不可唐突了这两个字要紧。但凡要说时，必须先用

清水香茶漱了口才可；设若失错，便要凿牙穿腮等事。（《红楼梦》：31—32）

而与甄宝玉的这一仪式相比，贾宝玉对纯洁女子的爱慕之情丝毫不差：

> 他说："女儿是水作的骨肉，男人是泥作的骨肉。我见了女儿，我便清爽；见了男子，便觉浊臭逼人。"（《红楼梦》：28—29）

男子与少女、男人与女人被视为两类不同的人，前者污浊，后者纯洁。我们需注意，与妙玉和黛玉她们纯净的内心世界隐约相对的外在世界正是尘与泥的象征，而在此，贾宝玉则明确地将此象征等同于男性的形象。值得注意的是，柔美纯洁的女性总是不断被粗鲁且附带侵略性的男性干涉，而甄宝玉口述的漱口仪式则是一种象征性的净化行为。

无怪乎宝玉对保持洁净有近乎疯狂的执念，这是因为作为一位和玉有着千丝万缕的联系的男性，他生来就带有对洁净的向往。在香菱的石榴裙被泥水弄脏之后，只有他出手相救。此时，其他的女伴都一哄而散，置香菱不顾，而宝玉却无法忍受一条弄脏的裙子。他对污物与生俱来的厌恶之情让他在香菱的这场困境中成为了一位极其敏感的旁观者。当他让香菱不要乱动时，我们能从他的话语中体味到一丝恼怒：

> 宝玉道："你快休动，只站着方好，不然，连小衣儿膝裤鞋面都要拖脏。"（《红楼梦》：883）

正是宝玉的这种与生俱来的对泥土的厌恶，让他能够欣赏一切与"洁"有关的形象。在贾母的葬礼中，他一度沉浸在欣赏宝钗与宝琴身着素衣的美感之中。他意识到，从美感的角度出发，"洁白清香"比"千红万紫"更为出众（《红楼梦》：1524）。宝玉对纯洁女性的深切共情或许会给人一种印象，让人觉得他是天生污浊的男性中的特例。不论从外貌还是从性情的角度考虑，他都颇有女性气质。甚至其名字都是女性化的。那么，这种强烈的女性认同与相似性是否意味着，宝玉就是一位拥有女性般洁净——如同他生来便有的那块玉那般"鲜明莹洁"（《红楼梦》：3）——的男性化身？

然而，《红楼梦》这则石头上的故事只记述了一块玉以纯粹旁观者的身份在贾家的所见所闻。作为一位与"洁"的符号相融合的人物，他也无法逃脱始于出生的自我贬低过程。我们或许能说，宝玉的这场人世之旅在叙事者眼中就是一场从出生到灭亡都在不断自我贬低的历程。

在第一章中我曾粗略提及，《红楼梦》所基于的叙事逻辑将原点（即石头的身份）的概念隐秘地置于核心位置，我将在下一章中详细探讨这一概念。[46] 从叙事者的角度出发，似乎为了赋予这一人间世界一定的意义，宝玉和黛玉就必须再次回到其诞生的源头，即神话中的世界。好似一旦宝玉离开了他的应属之地，他就会不可避免地远离其"真实"的身份。在此，原点便是最"真实"的存在，所有远离此特殊位置的行为都会遭致恶果。

类似地，离开原点也即远离了清白无邪的状态，宝玉便情不自禁地走入了人类的欲望之海。他的转世是一场真实的堕落之旅，因为他的口衔之玉以及他自己都受到了红尘的污染。正

3 石与玉：从小说至道德的预设

是由于这一象征性的脱离原点的行为，才致使"通灵宝玉"必须定期"更新"其洁净度。我们可以回忆一下宝玉生病期间突然出现的和尚与道士所施的那些法术，每每在宝玉人世旅程的危机时刻，这段超自然的法术都必须被施展一次，以恢复通灵宝玉最初的力量。当宝玉的父亲问僧人为何那玉"未见灵效"时，和尚答道：

> "长官你那里知道那物的妙用。只因他如今被声色货利所迷，故不灵验了。你今且取他出来，待我们持诵持诵，只怕就好了。"（《红楼梦》：357）

此处玉石的"灵效"在概念上即是它最初所拥有的"宝光"（《红楼梦》：357），也就是其纯净的内在。和尚施展净化之法的目的便在于重新恢复此玉的宝光，而它历经的种种"粉渍脂痕"恰恰"玷污"了它的宝光。故而，念诵咒语这种口头上的清洁仪式还辅以相对应的非口头清洁方式：

> 念毕，又摩弄一回，说了些疯话，递与贾政道："此物已灵，不可亵渎。"（《红楼梦》：357）

对玉石的摩挲是一种象征性地掸去灰尘的行为，故而可以抹去覆盖其上的尘土，后者则会消去其最初的洁净所蕴含的灵效。原点之所以特殊，不仅是因为它具有与荒谬性与虚假性相对的原初性与真实性，还由于它被视为一种与污秽相对的完全纯净状态。因此，叙事者执迷于回归原点，这其中便包含了一种"洁"的情结。正是在《红楼梦》的上述场景中，我们找到了最明显的证据，它指出了原点、恢复的象征意义以及奉"洁"为全书中最独特的道德观念这三者之间的关系。

或许我们可以不是太过牵强地认为，宝玉、妙玉和黛玉这三位以洁的符号命名的角色，在小说中被安排在了极其关键的位置上，他们确保了恢复的仪式可以顺利启动。他们对达成自己名字中预设的主题（即洁的意象）的渴求，令他们对回归源头的冲动十分敏感。"通灵宝玉"定期的清洁以及黛玉对"还洁去"的渴求，都应当被视作不同形态的同一个母题：原点即"洁"。而当史湘云和林黛玉二人在清冷的中秋月夜于凹晶馆中畅对五言诗之时，妙玉突然打断了她们的即兴创作，此行为也出于类似的象征手法。她注意到两位女子在悲凉伤悼的诗歌意象中越陷越深，故而她从藏身之处现身，并且试图提醒她们，勿让她们在诗歌中付诸的情绪太过偏离原本的出发点：

> 妙玉道："如今收结，到底还该归到本来面目上去。"
> （《红楼梦》：1094）

只有时刻牢记着原点与"洁"这两者之间的相互交织关系，我们才能解释妙玉为何会不寻常地介入"对诗"这一如此世俗的活动，并且我们或许还能认识到，为何妙玉这样一位超然且清高的尼姑会突然想要介入这场事件，并且这还是一件通常情况下与她全然无关的事情。她在此体会到的渴望与黛玉葬花时所体会到的渴望恰为一类，那便是回到出发点的渴望，一个同时代表着丰饶与虚无的零点。

我至此已经讨论了不同类别的价值观念（内心世界、洁净、原点）之间微妙的关系，它们最主要的共同点便是都涉及"洁"这一隐喻。内心世界洁净的原因便是其私密性。而住在不断受到污染的大观园中的人们，他们背负的道德困境就是应当如何保持内在的洁净。这里的内在并非单指大观园本身，它还代表着脑海中的世界。而正是在后者之中，《红楼梦》的叙事者建立起了他的道德观，还有他对每位角色的道德评价标准这一隐秘的体系。这种"脑海中内在的净化"才是黛玉、妙玉和宝玉有别于大观园中其他角色的根本原因。宝钗可以被视为一位居住在大观园这个更大范围内的纯洁之人，然而从内心世界的角度出发，叙事者对她的妥协思想进行了无情且精妙的非难。宝钗太在意，并且也太习惯于打磨自己的公共形象，以至于最终在她身上仅存了一个只会强迫自己以及让自己顺应他人的公共自我。在叙事者的道德观中，内心世界是人们保存纯真之处，然而她的内心世界则一步步退至幕后，以至于最终完全消失。与黛玉和妙玉全然贯注于自己的洁净相比，她只有一副未受污染的洁净外貌而已。

正是受到了玉的道德象征意义的影响，宝钗才在道德上被黛玉完全超越，而玉的道德意义也预设了，"洁"这一美德是评判一位道德人是否拥有极高修养的最高准则之一。该象征意义中所预设的内容为叙事者提供了构筑评价标准的基础。所有涉及玉的无瑕品质以及其象征性的所指的互文指涉，都构成了其道德观中最核心的成分。而如若意欲仅从阴阳学说的角度出发，探讨宝钗与黛玉之间的竞争关系的意义，那就必须绕开小说中的评价体系，但是对一位在预设了人格评价的文化传统中[47]成长起来的叙事者而言，该体系却又至关重要。故而，上述对"洁"的互文性的认知可以帮助我们理解这一用以评判两位女主角之间的竞争关系的复杂体系。

我们对《红楼梦》中的命名手法和玉的道德象征之间的互

文关系的认知，不仅仅为我们提供了一个指涉框架，在其中，"通灵宝玉"原本看似毫无缘由的意象在很大程度上都得到了恰当的解释，而更为重要的是，这种认知还使我们得以一窥叙事者道德意识的内在结构。须注意的是，叙事者强调了"洁"的本质，而非玉的其他四德，这在无意识中透露了他对人性真正的意义与价值之所在的理解。生命的意义究竟是蕴藏在维护公共形象当中，还是呵护内心世界？是让自己纯真的精神世界向外界妥协，还是保护它的完整性？而叙事者/作者给出了一个选择，或是让人完全放弃内心世界，即自我独立性，从而化为与外界同质；亦或是违抗整个外界，顽强地保护那方纯净天地。对一位不落窠臼之人而言，在这两者间做出选择并不困难。从《红楼梦》叙事者的角度出发，人类的价值毫无疑问在于其独立性，这种独立性建立在一个人的能力之上，并且可以用以保护自己的纯真与内心的世界。而在这部推崇诉诸内心世界的道德逻辑以及认定"洁"为人类内在美德的小说之中，玉被赋予的诸如仁、义、智、勇等[48]其他更为公开的美德（也定义了儒家仁者的品质）并没有任何特殊地位。

而"洁"的隐喻本身便包含一定的矛盾性，反令《红楼梦》免受互文指涉行为固有的结构约束的限制。虽然玉的道德象征意义显然源自于其无瑕的品质这一视觉印象，然而在现实中，从地下或河流中发掘出的玉，几乎罕有几块能拥有完美无瑕的品质。真正的玉石都带有一些瑕疵。其中往往会掺杂有诸如镁、铬、铁等金属，从而形成条带状纹理或是水波纹，这些都会赋予玉石"不纯净"的外观。[49]事实上在明清两代，所有挖掘出的新玉都会历经一道独特的净化过程，俗称"盘玉"。

在此过程中,玉中掺杂的各种金属物质会被去除,以恢复其原初的洁净质地。这一过程还被比喻性地称为"脱胎"[50],它涉及一系列烟熏、蒸煮以及高强度摩搓的工艺,以将玉的品质逐渐提升。所有经历了这一漫长而复杂的恢复过程的玉,都被视为历经了重生。由此,无瑕之玉的形象就成为神话中的事物,同时得到儒家道德象征意义的巩固与延续。与石头一样,玉也是一个阈限性符号,它介于纯洁与不纯洁之间,人造与自然之间,同时却又不类同于其中的任意一者。

《红楼梦》的叙事者并没有无视这一玉固有的多义性。小说中内在的概念框架颠覆了身份的认同以及认同行为本身。它的叙事魅力便建立在对价值观的模糊之上,后者势必导致所有二元对立关系界限的崩溃。因此,妙玉最为典型地代表了暗含于"洁"这一象征意义中的那种处于过渡状态的矛盾性。妙玉的判词向我们表明,洁的土壤中蛰伏着不洁的种子,并且这一对立关系同时存在于妙玉的意识之中,故而它们其实不停地彼此相互影响。从更深层次的角度看,妙玉在红尘中的心路历程与真实世界中玉经历的恢复原初洁净质地的程序并无二致。这是一段曲折的自我恢复之路,从不洁到洁的转变之路。在此转变过程中,"真"(真实/天然)与"假"(虚假/人造)这两者存在着部分的雷同,并且往往可以互换。一方面,作为自然界中的实体,带有瑕疵的玉无疑是真实的,然而另一方面,作为一个掺杂着他者(即某些外来的金属物质)的物体,它又是虚假的。这套悖论同样适用于经历了脱胎过程的玉:它是人造的,因为它经历了加工处理的程序,然而同时,"脱胎"正是将玉恢复成了它原初的本真状态。

众多《红楼梦》的评点家与批评家已经详尽阐述了书中相辅相成的二元对立关系，此关系模糊了"真"与"假"的概念。不过，这些讨论往往建立在纯粹的理论之上，并且指引我们去考察人类存在的宏观图景。在阅读这些立意高尚的批评时，我们会陷入一些深奥的术语之中，它们在我们不自知的情况下，将小说分解成了一篇哲学论文。而我认为，只有站在叙事者道德观的立场上考察真与假的问题，我们才能从空中楼阁中回到《红楼梦》的故事真正上演的舞台。这并非意味着我们必须忽略该小说的人物所秉持的完备观念体系的意义，相反地，一旦抽象的框架缺少了人类实体存在的支持，那么它只是一些虚幻的概念而已。而如我们这般平常工作以脑力劳动为主的人群往往会忘记，人类不仅会思考，他们还会行动。从行为伦理的角度出发，"真"与"假"便包含了不同的含义，这丰富了叙事者的道德观，令其超越了"洁"的界定。因此，随着我们将注意力从仪式玉的道德象征意义转移至"真"与"假"这组行为模式之上，《红楼梦》中玉的意象的复杂性将会进一步提升，而此行为模式也正是我们能从转化的隐喻中导出的价值项，此隐喻也同样蕴藏在"盘玉"这一"揭示玉的本真"的行为中。

"真"与"假"的行为伦理

> 惜春道："林姐姐那样一个聪明人，我看他总有些瞧不破，一点半点儿都要认起真来。天下事那里有多少真的呢。"(《红楼梦》：1187)

在此，一位对待凡事都十分"认真"并且认为凡事都应"真"的少女形象跃然眼前，这种生活哲理让她在贾家显得有些特立独行。惜春这番对林黛玉的评价将后者"真"的性格特点视为一项缺点。此性格不仅导致她对生活的不断失望，它还是让黛玉有别于他人的重要特征。黛玉在大观园中被视作与其他少女完全不同的一类人，这正是因为黛玉不似她们都如惜春上文所说的那般，向现实妥协，也即不抱希望认为所有事情都是"真"的。而作为特立独行的标志，"认真"代表着《红楼梦》不守成规的叙事者所推崇的价值观。

一位珍视内心世界价值的人会尊重所有与众不同的人。因为不同之处往往便源自于私密的自我之中。人们或许会说，《红楼梦》中透露出的道德观产生自叙事者对所有与大众观念相左的观念的理解与欣赏。由此可见，此观念必定源自于叙事者自身，并且诞生自叙事者长期以来的抵抗，他反对向外界展露内心的私密与不同之处，而此行为往往会遭致外界的谴责。故而，我们时常会以暗示的方式，或在隐秘的评论中捕捉到叙事者对某些价值观的微妙认可，比如惜春的这般话语。

惜春对黛玉的这番评论精确地指出了社交规则的存在，它决定了可以被社会接受的行为模式。在这一规则之下，任何个人的姿态不是被视作不可理解，就是因其特立独行而被孤立。惜春的这番话所反映出的观点无疑蕴含着某种集体智慧，这是因为它暗示着一种社交规则的存在，此规则完全否定了黛玉身上的纯真以及理想主义。虽然叙事者从未明确地提及该社交规则的本质，然而通过惜春的话语以及其他对黛玉在贾府中短暂的一生的负面评价，我们可以得知，这位多愁善感的女主人公完全不符合此规则中的任何一项条目。惜春最后一句话强调了这一猜测:"天下事那里有多少真的呢?"这句话隐约带有一丝对黛玉不现实观念的讥讽,它显然强烈暗示着,此话的反面才是真理:不仅人们不应当期待天下有那么多"真",并且相反地,人们应当意识到,天下事其实充满了"假"。

而作为一种伦理,"真"与"假"是完全相对的两端。人们可以说,《红楼梦》中的道德观在浅层次上体现出的内在逻辑与它的哲学观全然不同,后者将"真"与"假"理解为可相互转化的特性,而在道德观中,它们被视作完全不同的两极,并且其关系更似对立而非互补。而人们对它们特属的行为模式持有完全对立的态度,这进一步巩固了两者的对立关系。这是因为,人们可以考察某人如何评价这两者所代表的行为模式,从而判断出他的道德观念。

为了说明这对概念在《红楼梦》的内在评价体系中的运作方式,让我们考察下文所引的这段对话,它发生在一位对甄家忠心耿耿的家奴与宝玉的父亲贾政之间。在这段涉及到这两家的对话中,包勇试图向贾政说明,为何甄家会败落得如此之快:

> 包勇道:"小的本不敢说,我们老爷只是太好了,一味的真心待人,反倒招出事来。"贾政道:"真心是最好的了。"包勇道:"因为太真了,人人都不喜欢,讨人厌烦是有的。"(《红楼梦》:1320)

由此,包勇的主人甄老爷家的败落被归因于一个黛玉也保有的悲剧性缺陷:"真"。从包勇的话语中我们得知,在大众的眼中，保有这种真性情是一种可疑的表现，它是一种冒犯了"所有人"的行为模式。而依照人间正义的逻辑，凡是公众唾弃的就必须被消灭。公众的看法决定了，"真"只能成为甄家老爷名誉的污点。不过，以上对话向我们展示了阐释"真心"这一行为模式的两种方式，进一步讲是两种互相对立的态度。而正是贾政为我们提供了另一种解读方式，他将"真"称为"是最好的了"，以此挑战大众对它的负面评价。作为一位正直且问心无愧的角色，贾政在叙事者的评价标准中是一位话语中带有权威性的人士，这种权威性既来自于其贾家家长的身份，也源自他作为贾家的道德评判者的身份。在此例中，叙事者借贾政之口，发出了与大众观点相对的声音，并且以此颠覆了公众正义的正统性。贾政的观点与大众观点的对立关系表明，这种表面上的颠倒现象确实存在，那些遵循了"真"的行为模式的人们恰恰发自内心地接纳了"诗的正义"。

作为兼具"洁"与"真"这两种美德的典范，林黛玉在《金陵十二钗正册》记载的女子之中毫无疑问是最重要的女主角。而红尘中的宝玉也拥有这两项特质，这进一步巩固了她与宝玉在仙界的关系。而当我们考察宝玉时，上段对话中提及的"真"与"假"的矛盾对他而言成为了其行为模式的首要参照物，他可以借此区分众人与自己的同类。我们只需考察他与甄宝玉的相见过程，便能得知，他对这位"替身"的失望产生自其内心深处对任何"假"的事物的厌恶之情——所有矫揉造作、虚情假意的事物。而甄宝玉和贾宝玉这场注定却迟来的会面则巧妙展现出了，《红楼梦》的叙事框架下暗藏着的颠倒真假的象征意义。在此，"真正"的宝玉是一位遵循"真"之人，站在"贾"宝玉的立场上,我们可以看出,他惊恐地发现这位年轻人已然精通说一些"世路的话",这些话满是做作的姿态与"虚意"(《红楼梦》:1574)。当贾宝玉发现他不仅不是"真"的价值的捍卫者,反而在朝相反的方向前进之后,他对这位与自己同名之人的失望之情越发浓烈。贾宝玉基于"真假"这对关系,建立起了他评价他人人格的体系,而在这场"真"与"假"的象征性对质中,正是凭借这对关系,他才判断出自己的分身就是一个"禄蠹"(《红楼梦》:1576)——"追求俸禄的蛀虫",这类人恰恰是与他自己完全对立的逐利者。

然而,如若甄宝玉代表着"假",那我们如何定义蕴含着"真"的行为模式呢?纵观《红楼梦》,我们能发现宝玉的某些所作所为令家中的长辈感到困惑,并且他几乎不为此辩护。在大观园的早期生活中,宝玉孩童般的天真之情驱使他纵情于举止怪异所带来的纯粹快乐之中。而在他生命的这一阶段,任何让宝玉从"真假"的角度来解释他自己的怪异行为的企图,都是徒劳。出现在我们眼前的仅仅是一位无忧无虑的主人公,他完全没有意识到,究竟是什么驱使着他做出这些事情。他否认行为和动机之间的关联,也否认经验和概念之间的联系。在他出自本能的世界中,后者完全是多余,这是因为,他认为直觉和认知之间不存在任何差别。而黛玉之死在这两者间撕开了一道鸿沟,摧毁了宝玉至那时为止所体验到的同一性存在。现在,他进入了概念组成的世界,以其酸楚的洞悉力来理解行为背后暗藏的动机,而正是这些动机曾驱使他做出怪异的行为。在《红楼梦》末尾,一位更加老成的宝玉诞生了,他深刻地探讨着人类行为的意义，而特别地，他还试图解释自己的行为。

在下文出现的场景中，宝玉向我们展示了他所理解的出自"真心"的行为。这是一个悲伤而忧郁的夜晚。是夜，为了等待黛玉魂的出现，以缓解强烈的思念之情，宝玉在外间就寝，并一直力图保持清醒。正当他等得百无聊赖之时，突然想起了另一位亡故的少女——晴雯。突然，他又想起了五儿，这位新来的服侍丫头与短命的晴雯颇为相似，这吸引了他的注意力。在脆弱的情绪蔓延的一瞬，好奇的宝玉确信五儿便是晴雯的"影儿"，故而出于想要和五儿交朋友的目的叫醒了她。这位心在他处的少女将其主人的真心实意错当成了轻薄之情，与宝玉展开了这样一番对话：

> 宝玉道："你要知道，这话长着呢。你挨着我来坐下，我告诉你。"五儿红了脸笑道："你在那里躺着，我怎么坐呢？"宝玉道："这个何妨。那一年冷天，也是你麝月姐姐和你晴雯姐姐顽，我怕冻着他，还把他揽在一个被里渥着呢。这有什么的？大凡一个人总不要酸文假醋才好。"五儿听了，句句都是宝玉调戏之意。那知这位呆爷却是实心实意的话儿。（《红楼梦》：1505）

现在一切终于真相大白，之前宝玉对女子的种种"轻薄"行为背后真正的动机，并非如大家理解的那般源自情欲或其特殊的性情，而是出自"实心"与"实意"。相较于老学究的虚情假意，忠于真心、诉诸真意一直是宝玉秉持的行为准则。然而，在充斥着"虚情假意"的社交模式中，"天真烂漫"之情只会造成误解与忧惧，这是因为对大多数社会权威人士而言，它不仅反常，还极度危险，在他们控制着的秩序井然的世界中，只有受过训练的温顺之人才能被划入品德高尚的范畴。

这将我们的注意力带回了儒家思想体系之中，它一直强调个人修养的重要性。在这一语境中，修身养性的过程便是不断地对人类性情中的那些难以控制且出自本能的天性进行约束。而在《西游补》中的美猴王身上，被压制的本性还包括想象力、创造力与性欲。然而，在明（1368年—1644年）末，社会中涌现了一类思想，挑战了基于二元对立关系（天然与人为、放纵思想与修身养性）而建立起的旧有评价体系。最终，此问题涉及儒家世界观的霸权地位，它以牺牲个体的代价成就了总体。这些非传统的思想不论在哲学还是伦理道德层面，都塑造出一种完全不同的世界观，表现出对旧有价值的颠覆。这一极具煽动性的观念对未受驯服与被驯服之人存在着完全不同的理解：前者被视为自然，故而真实，而后者则是老练的，故而虚假。

童心与真心

韩庄指出，造作的姿态与伪装的技巧在十七世纪迅速发展成一个错综复杂的问题。[51] 到书写《红楼梦》的时代，"天然"与"虚假"的概念已经变得模棱两可。宝玉和他的父亲贾政——儒家价值坚定的捍卫者——便讨论过这两个概念中所蕴含的评价性内容的反转问题。在这一场景中，宝玉遵父亲之命，和他一起巡视新建成的大观园。贾政意欲借此机会，来考察他的儿子吟诗作对的功力。既有此意，他便命宝玉在各处建筑入口处的匾额石碣上即兴题名。贾政对"杏花村"的一派田园茅舍之景极为满意，而当他询问宝玉的看法时，宝玉却出乎意料地答道，他更喜欢"有凤来仪"。恼怒的贾政反驳道：

"无知的蠢物！你只知朱楼画栋、恶赖富丽为佳，那里知道这清幽气象。终是不读书之过！"宝玉忙答道："老爷教训的固是，但古人常云'天然'二字，不知何意？"……

"别的都明白，为何连'天然'不知？'天然'者，天之自然而有，非人力之所成也。"宝玉道："却又来！此处置一田庄，分明见得人力穿凿扭捏而成。远无邻村，近不负郭，背山山无脉，临水水无源，高无隐寺之塔，下无通市之桥，峭然孤出，似非大观。争似先处有自然之理，得自然之气，虽种竹引泉，亦不伤于穿凿。古人云'天然图画'四字，正畏非其地而强为地，非其山而强为山，虽百般精而终不相宜……"（《红楼梦》：232—233）

在宝玉眼中，对他人而言的自然之物反而显得十分虚假，在他的概念中，任何"人力干扰"的事物都被归入了"假"的范畴。值得注意的是，他对"天然"的这番高论是对贾政提出的观点的反驳，后者代表着"古人"，也即儒家学者对"天然"的理解。而暗藏在这番反驳话语之中的，正是宝玉对修身养性这一儒家传统的深切怀疑。修身养性便是干预人们与生俱来的纯粹本质，并且将原本的"天然"加工成为老练的成品。

《红楼梦》中暗含的这一反儒家的道德观念，在中国封建史晚期并非全然新兴之物。[52] 以"直觉主义"[53]为例，晚明的反传统人士李贽（1527年—1602年）遵循陆王学派的唯心主义哲学传统，他先于曹雪芹便阐明了，一个"天然自知"的自我在发展的过程中将会出现的道德后果，而这一自我的纯洁性由其自主性决定，换言之，由其对有意识的教化过程的抵抗行为决定。李贽这位反传统的斗士完全看透了他所在的时代中的社会政治秩序，并且发展了宋明理学提出的"心"（即意与心）这一概念中蕴藏的道德观。对他而言，即使接纳了陆王心学中预设的朦胧之心的概念，还是无法解释意与心，也即认知与直觉之间自然而然的融合。为填补这两者之间的空隙，他为心灵找到了一种隐喻，突出其追随直觉的本质，以此，他将哲学概念转化为了文学意象。依此创建的隐喻体现出了这位大胆的异见者的独创性与想象力。虽然对大多数人而言，李贽提出的"童心"隐喻在哲学上看似十分中立，然而其简洁的表述下却暗藏着一颗颠覆的种子，这一颠覆性的哲学思想已然在中国的文化史与哲学思想发展史中蛰伏了许久。可见，他特地选择关注儒家伦理体系中最不重要的人生阶段[54]，同时也是自我意识的控制最为薄弱的阶段——童年，这并非出自偶然。让我们考察这样两个片段，它们摘录自李贽最为著名的文章《童心说》：

> 夫童心者，真心也；若以童心为不可，是以真心为不可也。夫童心者，绝假纯真，最初一念之本心也。若夫失却童心，便失却真心；失却真心，便失却真人。[55]
>
> 盖其人既假，则无所不假矣。由是而以假言与假人言，则假人喜；以假事与假人道，则假人喜；以假文与假人谈，则假人喜。无所不假，则无所不喜。[56]

3 石与玉：从小说至道德的预设

值得注意的是，在李贽的概念框架中，童心、真心与本心都是同一母题的不同表现。这三个概念不仅可以互换，而且它们都各自刻画了一种李贽认定的理想之"心"的重要特点，而这个理想之"心"刻画了真正独立的自我。曾经，童心、真心与本心这三者只是与世故、虚意与模仿相对立的概念，但是自此，它们被赋予了独特的意义，用以表明全新的审美观与道德观，后者从不横加干预的概念出发，否定了儒家所推崇的遵从与修身养性的原则。在这个精神自由的乌托邦中，世故与虚情假意让位于诉诸自我的单纯，这不仅发生在文学世界中，也体现在人类的行为中。

李贽此文中表现出的反智主义与浪漫主义之情，极大地影响了与他同时代的学者，并且为晚明与清初的文学家与学者提供了灵感的源泉。显然，这种影响力在曹雪芹所处的年代中依然存在。[57]《红楼梦》的叙事者将"真"预设为宝玉和黛玉独特的行为模式的出发点，由此我们可以认为，《红楼梦》继承了"童心"的理论，它用小说的方式将李贽在这篇文章中设定的道德观演绎了出来，而此道德观正是建立在"真"和"假"这对概念的对立关系之上。

李贽这篇文章的核心便是讨论"童心"与"真心"之间紧密的关系，而此关系在《红楼梦》中也有各种表现形式。提及"童心"的话题出现在宝玉和宝钗最后进行的某次对话之中，宝玉在说到自己在佛道上的彻悟之时，间接提及了孟子提出的"赤子之心"的概念，后者也是"童心"的另一种表述形式。在宝玉红尘之旅的末尾，他对返回原点的渴求影响了他对世俗之事的理解。他第一次发现，佛家的理念便蕴藏在孩童的天真以及"真"这一概念之中。在他方才觉醒的佛家观念中，孩童、真确与佛陀都相互交织在一起：

> "你可知古圣贤说过'不失其赤子之心'。那赤子有什么好处，不过是无知无识无贪无忌。我们生来已陷溺在贪嗔痴爱中，犹如污泥一般，怎么能跳出这般尘网。……"
> （《红楼梦》：1613）

对宝玉这般珍视"天然"与"天真"的人而言，"真"的概念不仅意味着起始，还意味着终极。孩童便是起始，而佛陀便象征着终极，它代表着超越红尘的精神状态。作为人性的初始状态，孩童就是空的容器，这种状态被称之为"无"，用宝玉的话说，便是"无知无识无贪无忌"，一种完全的无我状态。而这种"无"的状态与涅槃并无二致，后者即佛心，是佛陀高深莫测的思想状态。在宝玉顿悟的刹那，童心的概念与佛陀的概念相互融合，因此开始与终结之间的差别也被彻底抹除。

在上文中，我已讨论了宝玉将指引其行为的道德准则概念化的尝试。这是一位已然成长的主人公，他已经能从哲学的角度出发，理解那些驱使儿时的自己做出令他人感到奇异的行为的内在动机。每当他展露出自己"真实"的本性时，都能莫名地激起他人的反应。他人的看法持续地巩固着大众观点对表达自我之人的压倒性优势，并将前者认定为大众智慧，同时又将后者视作行为反常之人，将其不理性的行为视作"愚蠢"。纵观《红楼梦》，宝玉的公共形象完全是"理性"与"睿智"的反面：除了黛玉，几乎所有人都认为他无可救药地"疯""傻""呆"。[58] 我们可以从小人物对宝玉不经心的嘲笑与高人一等的容忍中,窥见大家对宝玉内心秉持的伦理道德,也就是"真"的看法。下面这段大观园中两位老嬷嬷之间的对话最为完美且精确地表述了,世俗世界如何看待这位对自己行为的意义全然不知的天真主人公:

> "怪道有人说他家宝玉是外像好里头糊涂,中看不中吃的,果然有些呆气。他自己烫了手,倒问人疼不疼,这可不是个呆子?"那一个又笑道:"我前一回来,听见他家里许多人抱怨,千真万真的有些呆气。大雨淋的水鸡似的,他反告诉别人'下雨了,快避雨去罢'。你说可笑不可笑?时常没人在跟前,就自哭自笑的;看见燕子,就和燕子说话;河里看见了鱼,就和鱼说话;见了星星月亮,不是长吁短叹,就是咕咕哝哝的。且是连一点刚性也没有,连那些毛丫头的气都受的。爱惜东西,连个线头儿都是好的;糟踏起来,那怕值千值万的都不管了。"(《红楼梦》:482—483)

这两位老嬷嬷无法理解的恰是永远遵循自己本心的天真孩童。在此,这种典型的大众观念从两位唠叨的婆子口中说出并且得到了她们的认可,这再次提醒了我们,此观点极其不可靠。而我们对"童心"的互文指涉的认知让这段文字展现出了全新的意义。李贽在其文中阐述的"童心"与"真心"的交互关系为我们提供了一种思路,即这两位老妇不仅在指责宝玉的孩童之心,她们同时也在指责"真心"。由此可见,那种所谓的得体举止都是惺惺作态的虚假。通过对比公众观点与个人观点的差别,以及关注核心观点的反转,叙事者的道德观逐渐显露出来。现在我们明白了，叙事者事实上在谴责这两位老妇认同的观点。站在这一道德观念的立场上，不可容忍的恰恰是老于世故，它禁止宝玉展现自己的真情，并因此阻止他与其天性以及其人类同伴的交流。在抵抗修身养性的意愿（本质上是老于世故的意愿）的过程中，一定程度的"愚蠢"行为不仅无伤大雅，反而是一种释放。故而，老妇用以形容怪异举止的"呆"便与"真"产生了联系。这两者之间隐秘的关联经常出现在《红楼梦》中，以至于前者迅速成为了后者的能指，换言之，"呆"这个形容词足以唤起一整个有关"真"的指涉网络，包括"真确""本心"以及"真心"。《红楼梦》前八回中不断地出现"呆"字，其作用便是不停地提醒读者注意宝玉潜意识中遵循的行为伦理标准，以及注意叙事者暗藏的道德观念。

假

随着宝玉红尘之旅的展开，叙事者对"真情"以及"实感"的欣赏之情逐渐展现。起初，他的伪装十分完美，经常隐匿在深处，比如在惜春对黛玉的评价中，以及在老嬷嬷对宝玉的评论中。只有到了宝玉此趟旅程的终点，叙事者才让我们的主人公开始考虑其行为模式的道德含义。故而在宝玉与五儿以及宝钗对话的场景中，我们看到了一位成熟的宝玉，他正在试图反思其早先孩子般的行为的意义。最终，叙事者似乎生怕大众会忽视他的道德观，故而在最后一回还对主人公的"真"性情给出了一个决定性的评价，此评价体现在皇帝授予宝玉的称

3 石与玉：从小说至道德的预设

号之中。紧接着这个"文妙真人"的道家*头衔，清代传统评点家张新之写下了这样的批语："人之所以妙，妙在真，能真，斯为人而不为兽。"[59]

而惜春在黛玉身上发现的悲剧性缺陷（即她坚持本真的自我表达）事实上与宝玉无故大笑与垂泪的性格完全一致。由于他们专注于同一种道德观念，故而这两位真心之人的尘缘得到了进一步加强，但是与这二者相反，书中还存在着大量遵行大众所认可的社会伦理准则的角色。不出所料地，宝钗和袭人这两位共享宝玉的女子也共同享着"假"的精神，即世故与虚假。袭人十分关注外貌，而用叙事者的话说，宝钗则十分擅长"藏愚"（《红楼梦》：123）[60]，也就是擅于隐藏自己的聪慧。袭人甚至曾有一次指导宝玉，让他"作出个喜读书的样子来"（《红楼梦》：271），以便讨好他的父亲。

我们在书中许多地方都能找到宝钗背离"真"的行事准则的证据。她的思维太过老成与世故，以致无法理解"真"的姿态或话语的真正含义。当她无法理解宝玉的话语时，她便会反驳它们，并称之为"呆话"（《红楼梦》：1576），或者把它们当成一些她不能理解的不切实际的谜话（《红楼梦》：1615—1616）。作为儒家中庸之道的典范，她反对任何出格的观点，并且一直在试图控制宝玉自由的心智。在宝钗说教黛玉如何做一个好女子的长篇大论中，我们能发现，其中的观点几乎就是在试图毁灭真正的天性（《红楼梦》：582—583）。她知道如何通过牺牲他人，来讨好家族中的长辈以及同辈，并且以此处理

---

* 原文为佛家

贾家中的权力关系。在二十七回中，宝钗偶然无意听到了两位丫头在谈论一场私情，然而她并没有大方地站出来承认自己听到了对话，这种举动无疑会让她身陷麻烦，相反地，她使了一招"金蝉脱壳"，将毫不相干的黛玉牵扯进来，从而从这一困境中脱身（《红楼梦》：374—375）。而另一次，我们还见证了其心思缜密的思维更为微妙的一面。在这一场景中，宝钗在恰当的时机出现，来安慰心烦意乱的王夫人，后者刚刚发现她不久前才打发走的丫头竟跳井自尽了。我们在此目睹了宝钗伪善的一面，她为了用一个谎言来安慰王夫人，不惜诋毁这位死去的丫头：

"据我看来，他并不是赌气投井。多半他下去住着，或是在井跟前憨顽，失了脚掉下去的。他……岂有这样大气的理！纵然有这样大气，也不过是个糊涂人，也不为可惜。"（《红楼梦》：450）

对一位仅关心如何增加自己的政治筹码以及如何向上攀爬的人而言，一个丫头的死或是他人情感脆弱之时恰恰为自己提供了时机，她便能以此锻炼自己的处世能力。金钏和黛玉就是宝钗权谋运作下的牺牲品。

在过去，大多数有关《红楼梦》意义的讨论都主要集中在宝玉和黛玉之间的爱情，或是仅涉及宝玉的精神追寻之旅。然而，我们在定义"真"这一概念时，不仅需考虑与其本身有关的正面内容，还需从反面考虑与之相关的其他道德语汇，即"假"。只有与宝钗以及其同类所具备的"假"的心智两相对比，宝玉和黛玉身上"真心"的意义才能得以彰显。因此，

3 石与玉：从小说至道德的预设

《红楼梦》的道德观其实建立在"假"和"真"以及"洁"和"浊"的差异关系上。诚然，我们应当欣赏其他批评家在探索大观园的寓言手法中暗藏的哲学意义以及《红楼梦》本身的隐喻时所做的工作，然而我们也必须提醒自己，从这些论题中细致发展而来的《红楼梦》本体论观点，事实上并不能单独扛起表意的大旗，它必须配合以叙事者的道德观念，后者同等重要。正是这两种观念不经意间的碰撞造就了《红楼梦》的错综复杂。一方面，哲学观模糊了这个世界和那个世界的边界，以及梦和现实、真实与虚假、纯洁与肮脏的边界；另一方面，道德观则为我们提供了一种完全不同的角度，来阐释大观园中主要角色之间的人际关系。它找出差异、给出评价并作出判断。由此看来，宝玉和黛玉之间的爱情注定不幸的原因，不再是他们需要偿还前世之债，而是这两位悲剧性的人物敢于守护他们内心世界的纯与真，并且敢于对抗强加在他们身上的满是虚情假意的大众准则。这两人之所以产生了精神共鸣，与其说是由于他们的前世情缘未了，不如说是出于他们都确信，"洁"和"真"的价值与"浊"和"假"的价值迥异，并且前者远高于后者。同时，如若我们回忆一下这个道德观的偏向性，我们便会对黛玉和宝钗之间的竞争产生全新的看法：这场竞争不再是"木"与"金"的对抗，反而是两种不同道德标准的内在矛盾之间的对抗，即"真实"与"虚假"。只有当我们发现了《红楼梦》的道德观所基于的"差异性"这一概念，我们才能真正地将此故事理解为一场悲剧，而非一则寓言。大观园中上演的人间世事展现出一位不守成规之人的悲观之情，他力图告诉我们，所有纯与真的事物都将不可避免地走向灭亡。

洁、真与儒家思想

上文已经阐明了,"洁"与"真"这两个和玉的物理属性相同的价值观念,在道德观的建立过程中所发挥的作用。不仅如此,我们还得知,玉本身就能象征儒家所推崇的君子。然而,《红楼梦》中的道德观念和儒家世界观之间究竟有何关系?一位以儒家意象作为身份特性象征的主人公,竟然是一切儒家观念推崇之物的首要反抗者,就算退一步说,这也多少有些自相矛盾。"通灵宝玉"和发展自儒家思想的玉的象征意义之间存在着微妙的差别,而这一差别不可避免地让我们必须关注语言与思想之间的棘手关系。我们不禁要问,这一小说意象与其中蕴含的意义之间的冲突究竟会造成何种后果。

为了研究这一问题,我们应当首先考察从《红楼梦》玉的意象中发展而来的道德观的具体内容,换言之即"洁"与"真"的概念。值得注意的是,虽然《说文解字》将"洁"列为五德之一,但是它并没有出现在《礼记》所列的儒家十大美德之中。这意味着作为一种美德,"洁"并非总是受到关注,在儒家传统关注的仪式性象征意义中,它仅处在次要地位。人们或许还会怀疑,《礼记》之所以没有囊括这项美德,是由于一系列在思想层面上的有意删选行为。如今人们普遍认为《礼记》创作于战国时期。并且据信,孔子本人也曾修改过该书的文本。显然相较于《说文解字》,《礼记》的成书时期要早得多,并且保留了更多孔子在世时期的历史印记。值得注意的是,此书用"忠"象征美玉无暇的特性,这是一种与"洁"完全不同的美德。[61] 如若我们比较一下"洁"与"忠"便会发现，二者的差异基于私下/公开这对二元关系："忠"是公开状态下的美德，而"洁"则是私下状态。"洁"在《礼记》所列的儒家美德中的缺失，不仅意味着儒家思想在当时已经开始忽略个人内心世界，它还凸显了儒家思想推崇的道德观念，即强调个体与整体的关系，而非关注个体本身，并以此在等级制度的框架下检视人际关系。而蕴含着向心力的"洁"在儒家世界观中毫无容身之地，在此世界观中，个人的意义由一系列关系网络而决定，而非取决于自主的个体自我创造出的价值。

此外我们还需注意，《说文解字》首先提出的"道德品行的纯洁"这一概念，在随后儒家学者的发展下发生了本质上的改变。"洁"（洁净）吸收了同音词"节"（名节）的意义。当"节"被用以形容儒家君子时，它特指对君主的"忠诚"。在这一语境下，《礼记》用"忠"替换"洁"的这一现象似乎并没有前文所述那般不合情理。在《荀子》中，"节"的概念不仅被认为和"忠"与"义"相伴相生[62]，并且它还是一件生死攸关之事。[63] 殉节这一行为本身便蕴含着无上的荣誉，以至于深受儒家思想影响的人士（不论男女）常常出于保卫自己优良"名声"的目的，而做出自我牺牲的英勇壮举（更有甚者，甚至是自虐般的自我牺牲）。在一个如同儒家思想这样推崇等级与父权的思想体系中，"忠于君主"即等同于"忠于丈夫"。在妇女身上，"节"的意义与"洁"更为密不可分。传统文学中存在着大量女性版本的殉节故事，以描写女性坚韧的道德品质，例如《列女传》。

所有这些"洁"的本义（即玉无瑕的品质）的语义组合或多或少都表明了，"洁"的意义在之后的发展中都没有完全跳脱出儒家的语境。"忠"与"贞"的概念都是荣誉的公开表现。它们被视为外在的美德，这与宝玉和黛玉首要推崇的美德恰恰相反，即内在的美德。而《红楼梦》独创的"洁玉"意象则在很大程度上建立在《说文解字》中原始的"洁"的概念之上，并且同时还在反抗着儒家思想的入侵，后者直接导致了"洁"的语义变化，并且催生了"忠"（主要对男性而言的荣誉）与"贞"（主要对女性而言的荣誉）这对儒家品德的诞生。虽然"洁"能够唤起"节"的互文，然而"洁"这一概念明显与其同音词的意义不同，并且隐约透露出一丝偏离儒家思想体系的迹象。

有鉴于此，虽然《说文解字》中明确地将"洁"归为仁者具备的五德之一，然而它与儒家价值体系的内在矛盾，却反而为文学中玉的意象开辟了自由的空间，在其中作者可以肆意发挥。在儒家思想体系中，"洁"这一美德所处的暧昧立场令"洁"玉的象征意义得以产生全方位的转变。在此，符号与思想体系之间的空隙导致了符号的解放，并且为符号的创造者们提供了些许相对的自主性。《红楼梦》中"洁"玉的象征意义本身便微妙地包含了能再次激活已然沉寂的思想能动性的潜能，而同时，它又通过一系列连续且空想的自我转换，试图掩盖这一历史印记。

可见，如若我们能把"洁"玉的意象从儒家思想的束缚中解放出来，那么"真"玉的意象便会更为有力，而后者几乎不会出现在儒家典籍之中。作者/叙事者甚至乐于在玉的意象中随性塑造"真"的象征意义。他的具体手法便是，同时考察从哲学与道德维度探究这一象征意义的可能性。如前所述，"真"

与"假"二者的相辅相成，换言之它们的对立互补造就了一个哲学观念，在其中这两者的界限不断地被颠覆与模糊。当这一彼此交融的观念与一个基于对立二元之间明显不同点的道德观念相碰撞时，人们便会面临选择，应当倾向何者。然而，《红楼梦》自身的复杂性并不能被简化至仅仅在这两个看似矛盾的世界观中做出选择。作为一部被各种学派解读了逾一个世纪的文学作品，《红楼梦》中存在着一种语言结构，后者能在检视者改变批评角度的情况下，持续性地催生全新的表意过程。

在互文研究的现有语境下，考察石头传说与文学之石意象之间复杂的关系网络固然重要，然而考察石头传说和玉的象征意义之间的关系也同样重要。在《红楼梦》中，石与玉的相互作用是最为玄奥的叙事推动力之一。玉无疑属于石头，但同时它又是一种独特的矿物，与石头有所区别，并且不时会站在石头的对立面。这两者的碰撞激增了文本的表意可能性，这是因为，它们各自都是诱因，可以挑战对方自洽的概念体系。因此，石/玉这对不完善的二元关系便由此建立了起来，并且二者相互催生时所产生的吸引力与张力不断维持着此关系。值得注意的是，这对关系中蕴藏着无穷的能量，能持续产生各种概念的组合。这种二元模式创造出了一个空间结构，而石/玉的上下层关系所能产生的所有组合方式都尽在其中。此二者依照结合方式的不同，其关系可以是融合、互补、对立或矛盾。而宝玉在石和玉之间摇摆不定的身份正是再好不过的范例，在其中人们可以检视这对复杂的关系。我认为，正是在这一模糊的双重身份中，我们才能找到《红楼梦》中这对看似矛盾的观念（道德观念与哲学观念）之间的共同点。

石玉之别：真与假的决断
——从道德观念到哲学观念

> 神仙昨日降都门，种得蓝田玉一盆。（《红楼梦》：511）

这是史湘云在大观园中某次作诗游乐时所作的诗，彼时，宝玉和众多女伴们汇聚一堂，欢乐地庆贺他们新成立的诗社"海棠社"。而我想对湘云这句诗中所用的"蓝田玉"典故做出一些说明。此民间传说最早见于成书于晋代（265年—420年）的《搜神记》中。此传说记载了一位蓝田县人士的事迹，一位老者因他的善举，给了他一斗石子，并且让他到山上去种。之后正如老者说的那样，他种出了些许白玉，这份天赐的礼物也让他名扬四海。[64] 这则传说表明，民众有意识地将玉认定为珍贵的物品，并且与一般的石头完全不同。因此，正是由于珍贵的物品竟然能从随处可见且没有生命的一堆石头中长出，这件事才被视为一件奇事。在蓝田玉这则传说中，被神秘化的不仅是石头的孕育之力，还有一件对我们而言十分自然的事情，那便是玉本身就是石头。此故事将玉在自然状态下从石头中的诞生描述为一种超自然现象，并且以此将这两种物体之间复杂且晦涩的关系简化为以差异为中心的关系。

老者的预言"玉当生其中"可能暗示着一种民间的传统观念，它非常确切地将玉与石头视作完全不同的物体。然而六朝

3 石与玉：从小说至道德的预设

时，在上层阶级的文学传统中突然同时涌现出一种风潮，他们开始承认玉和石之间的矛盾关系，该认知超越了《搜神记》中的简单逻辑。此矛盾关系源自于这两种物体之间同时存在的隶属关系与差异性，这也诱发了一般意义上的矛盾都具备的概念性混乱。在《文心雕龙》中，刘勰用玉和石之间隐约的杂糅做比，来形容那些他认为当时的文学批评中典型的价值混乱现象：

> 凡精虑造文，各竞新丽，多欲练辞，莫肯研术。落落之玉，或乱乎石；碌碌之石，时似乎玉。[65]

刘勰在后文中继续解释称，区分渊博深奥的思想与混乱自负的思想事实上极其困难，这是因为后者经常会在文学句法上与前者雷同，从而隐藏自己的真实想法。而当对立二元之间的差别变得难以区分，那么评价也就丧失了其功效，并且最终将变得毫无说服力。对那些与刘勰抱有同样评价观点的人们而言，这种对模糊界限的预见显然是一个窘境。事实上，刘勰撰写《文心雕龙》的初衷之一，便是力图通过建立一套批评准则，来纠正这一混乱的现象，并且后世的作者与批评家能使用这套准则区分优秀与次等的文学作品。为了建立这套评价标准，他将儒家准则这一最为崇高的参照点作为评判优劣的检验标准。上文所引的石/玉的比喻正是用以揭示评价体系之下暗藏的基本逻辑，此逻辑建立在一套二元的思维方式之上——次要的事物与主要的相对，差的对好的，虚假对真实。在此二元价值观中，玉被视为非凡且真实的，而石则是平庸且虚假的。然而，我们不应当就此下定论称，石/玉的比喻仅仅基于了二元对立的逻辑。此比喻只有在下述假设同时成立的前提下才有意义，即我们能意识到，石和玉可感知的共同点存在着引发意义错位的可能性，而此共同点能诱发人们在概念上混淆这二者。在有意义地结合石和玉成为一对矛盾共同体的过程中，相似关系与相异关系同样重要。

"玉石"这一结合体的出现并不能归功于刘勰，在当时这也并非一个新现象。早在战国（前475年—前221年）时期已出现这样的文本，在其中这对关系就被视作对立价值观的化身。在《韩非子》记述的"和氏璧"故事中，我们已经能找到将玉和石理解为两种不同事物的迹象，因为它们各自代表着两组对立的价值观。[66] 相似的暗指也出现在葛洪（284年—363年）所著的《抱朴子》中：

> 真伪颠倒，玉石混淆。[67]

这句话中的平行结构在曹雪芹所在的年代仍然成立。传统观点依然强调着，玉便是真、石则是假的类比。这一平行结构暗示着一种前者优于后者的等级价值观：正如同"虚假"让人联想到的事物必定劣于"真实"，在二元系统中，"石"也是一个低于"玉"的较低语项。此外，人们认为石头中蕴含着潜在的颠覆力量，它时刻等待着取代玉的地位。如同刘勰的比喻一样，葛洪提出的石/玉意象中也存在着一套基于严格等级制度的概念体系，此制度将两个原本拥有诸多相似特性的物体强行拆分开来。在定义石和玉之间的关系时，最主要的参照点实则为差异性，而非相似性。现在，在此关系的研究中只剩最后一项需要考察的项目，那便是这两者之间潜在的相关性，而此相关性的存在其实早有暗示,石和玉经常相互杂糅,并且因此被误以为就是对方。

数世纪以来,石和玉的矛盾一直悬而未决。在语言学上,"玉"和"石"的关联在诸如"玉石混淆"以及"玉石俱焚"等成语的频繁使用中皆有体现,然而直到曹雪芹写就《红楼梦》,此二者在概念上融合的可能性才真正得到了全面探究。过去的批评家在讨论宝玉的身份时,经常会忽视女娲遗石在转变为宝玉生而口衔之玉的过程中暗含的模糊性。我已说明,宝玉和黛玉的道德自我是如何在"真"与"洁"这对共生概念的引导下变得可以理解,而这两对概念都是和玉的意象密不可分的象征性特质。不过,如若我们将"通灵宝玉"视作宝玉生来的标记与名字的来源,并将其视作宝玉道德意识的象征,那么石头事实上与他有着更为紧密的联系:那是他最初的存在状态,并且既是其原初的外在,亦是其原初的本质。我们不禁要问,宝玉真实的身份究竟是何者,是玉还是石?他的名字和他原初的本质有什么关系?叙事者曾不经意间将此玉称作女娲石的"幻相"(《红楼梦》:123),这又是何意?我们将如何借由石/玉的谜题来解读甄贾宝玉这对具有象征意义的镜像命名手法?以及最重要的,这一意义不明的双重身份象征着什么?

身份问题

我们选择从有血肉的真人(宝玉和黛玉)身上具备的悲剧性缺陷入手,而非从神话传说中的仙界存在(女娲石与绛珠仙草)入手,开始深入考察玉的象征意义。此时我们务必切记一个事实,即《红楼梦》是一部由石头讲述的故事,并且从一开始，贾家上演的人间悲剧的意义与女娲神话中悲剧的意义便密不可分，它们都植根于世外的太虚幻境。在《红楼梦》中，人与仙、石和玉、模仿与神话相互交织得异常紧密，以至于批评家几乎不可能仅仅讨论其一，而将其二撇在一旁。然而从策略的角度出发，这项任务已经困扰了数代西方红学家，自20世纪50年代起，他们在学校中便一直被传递着这样的理念，那便是将"有机整体"的概念视为最主要的准则，并且被指引着在实际中应用这一阐释方法。使用此方法可以最为完美地刻画，且大多数情况下都能再现文学作品中这一先入为主的整体性。[68] 而在中国传统文学评点中，学者采用的诸多方法则不会着重于将文本的差异归纳至某个可理解的概念中心，这些传统评点在整个60年代至70年代初都被视为不入流的文学批评思想，且被认为出自典型的"不科学"的中式思维。故而，当西方思维的批评家们开始进行一场庞杂繁复的研究，意欲细致全面地考察《红楼梦》之时，也无怪乎他们总会产生阐释的渴求，这种阐释涉及使用一套高度概念化且抽象的观念来转换一部叙事小说。诸如"叙事结构"[69]"寓言""原型"[70]"神话"以及"第一人称"[71] 等理论要点的作用则是确定批评的立场，它们完全被视作梳理《红楼梦》文学文本的工具，而非阐释的工具。批评家一旦认定，只要将某个文学话语归结成一种向心结构，他便找到正确的有利视角（从高处与外部观察），且因此就优于该话语，这种想法造就的往往都是假象。事实上，《红楼梦》的这种杂糅了神话与模仿的叙事模式真正引发的问题如下：为了在概念存在差异的情况下提出一种高度自洽的批评话语，批评家经常会被动地忽略文本的失调性。相反地，他们更倾向于关注某个特定的阐释模型,在其中,多样化的表意过程受到了固化,而相矛盾的文本的相互作用经常被限定成某种一成不变的固有模式,模型中的所有变量都在进行着向心运动。

故而,在讨论石头这一宝玉神话本质的象征之物时,批评家往往选择忽略玉,也即其世俗身份的代表。相类似地,对寓言的分析也不得不牺牲对《红楼梦》中发生的人间现实的考察。在讨论神话叙事模式时,似乎必定会引入一种剔除了模仿模式的批评话语,反之亦然。或许,将这两种具有潜在矛盾的批评话语相互结合的最大难点在于,如何找到一个趋同点,令这两种话语之间得以平顺地转接。

平顺转接以及无缝结合的概念之所以能维持表面上的整体性,是因为它牺牲了那些相互矛盾、支离破碎但往往有重大意义的片段。不过虽然我对此概念持怀疑态度,此假想的趋同点在该叙事小说中确实存在,它作为一个桥梁,不仅(或许只是暂时地)联系了神话与现实世界的故事,还连接起了石和玉的话语。最为重要的是,正是这一趋同点引发并且促成了《红楼梦》中的道德观与哲学观的融合。这一特别的结合点事实上就是宝玉的身份问题;此问题恰恰颠覆了石和玉的话语之间分明的界限,并且也颠覆了《红楼梦》中的道德话语和哲学话语之间的界限。

在中国传统中,人们将探索身份,也就是"己"的行为视作异端。在儒家与佛家中,"己"都等同于欲望,它有害于社会道德秩序,并且不利于追求精神开悟。在《论语》中,孔子口述了"克己"的重要性[72],而佛陀在宣道时便称,为了达到涅槃就必须泯灭自我。不论是前者提倡的修身还是后者制定的戒律，它们都强调着，彻底消除自我是在道德或精神上"得道"的先决条件。中国文化中大量存在着对自制与克己的天然要求。直到《庄子》的出现，区分自我与他者的概念才完全成为一套独特的哲学思想，而在对抗以"整体""集体"及"同一"为主导的儒家学派的文化历史中，《庄子》这一传统哲学流派的登场次数屈指可数。集体不仅本身就具备同一性与整体性，并且能抵抗任何与之相异的事物的入侵，同时保持自身的稳定。

在叙事小说这一体裁中，对身份的追寻直到明末才发展成一个独立主题。孙悟空在《西游补》中的种种遭遇都是象征意义上的探求自我的过程。董说十分清楚，在三藏取经印度的原版传说的主要人物之中，孙悟空身上所展现出的精神特质已足够复杂，这令他足以完全拥有某些鲜明的个性，以颠覆人们对英雄的固有印象。此书的范本《西游记》对孙悟空心理刻画的欠缺让董说看到了可以一探其不为人知的自我认同的机会。为了去除伪装，揭露掩盖的真相，《西游补》的叙事者让主人公历经了一场脑海中的旅程，而在此，主人公的脑中满是悬而未决的焦虑感，完全没有精力考虑英雄的谋划与冒险的幻想。而这段自我发掘的过程并非发生在清醒时分的哲学沉思中，而是发生在不自知的梦境中，受到抑制的自我在其中犹如一匹脱缰的野马。一个被压抑的自我出现在悟空的梦境中，一个完全不同的自我，他不仅与表面上自制的主体相矛盾，还将后者完全打碎为互不兼容的碎片。这段探求的意义超越了其本身的虚构逻辑，并且向读者呈现了被压抑的自我存在，以此挑战了中国传统概念中结构清晰且高度统一的自我意识,丰富了中国传统文化中极其贫瘠的本体论观点。但是,董说并没有超脱出他创造的虚构意象,他没能将这些描述徜徉在意识中的美猴王的语言转化为哲学观念。他还没有做好准备,也没有意识到他自己提出的观念中蕴含的重大意义,他挑战了将自我身份与整体相联系的传统概念。在此书接近末尾之时,孙悟空的身份追寻之路眼看将要引发混沌自我的出现,后者正在不断地脱离那个固定的中心,然而就在此关键时刻,叙事者抛出了一段使人醒悟的偈文,将梦境自我发展的话语突然截断,并且让悟空从自主发展的梦境以及与精神错乱的无助对抗中解脱了出来。这段偈文还向读者说明了,此梦境是一个妖怪为了诱骗和迷惑我们战无不胜的主人公而精心设计的圈套。因此,本书真正能催生由内而外的革命的机理,是作者对外在机制的控制。当探寻之旅进入了恢复过程,它也失去了继续发展的动力。孙悟空于是从噩梦中醒来。并且他立即找回了原本的人格,变回到一个完整且不可战胜的个体。这场对自我的探寻舍弃了其深刻的暗示,最终不过还是一场对整体性的探求,完美地重现了古老且熟悉的传统策略。

而《红楼梦》中讨论身份问题的方式与《西游补》一样极富想象力。不论是主人公在人间波折的旅程还是他与他的分身诡异的会面,都指向叙事小说的结构和主题发展过程中的同一个重点,那便是探求自我身份的母题。然而,在《西游补》的末尾被再次如实地拾起的整体性,在《红楼梦》中却以一种不太戏剧化却更为确切的方式被彻底颠覆。此故事开篇便抛出了一个急迫的身份认同问题,一块被遗留在一旁的石头在思索着孤独的意义：

> 娲皇氏只用了三万六千五百块，只单单剩了一块未用，便弃在此山青埂峰下。……因见众石俱得补天，独自己无材不堪入选，遂自怨自叹，日夜悲号惭愧。(《红楼梦》：2)

这块石头最终变成了一块奇石，它亲自上演并讲述了它自己的故事。值得注意的是，从一开始起，这块石头就是一个整体当中的多余（残留）之物。此石将自己天生孤独的原因，认定为女娲拒绝承认其价值。被排除在外的念头引发了它内在的焦虑感，以至于我们不禁要问，它悲号的原因是否真的如同文中所称的那样，仅仅来自于惭愧感。事实上人们可以说，此石无法融入整体，仅仅意味着整体化的社会"拒绝"了它的加入。故而，我们可以将此石的"悲"与"怨"理解为它无法掌握差异性的意义。不过我想指出，女娲石之所以情绪失控，并非因为个体形象的受损，而是由于惧怕与他人不同，因而也惧怕成为一个独立的个体。可见，个人身份的问题早已蛰伏在神话序章之中。鉴于"石头"就是讲述自己故事的作者/叙事者/主人公，《红楼梦》可被视为一部建立在虚构框架之上且探寻自我身份之意义的自传。

较之孙悟空，"石头"对其多样性身份的探求之路更为复杂。前者的身份危机在悟空重新成为完整的个体的一瞬间便得到了化解，然而在《红楼梦》中，整体身份一直都处于自相矛盾的状态。宝玉从仙石转世而来，但同时却历经着向其生来所携之玉的转变，后者正是其身份的象征。我们不禁要问，叙事

3 石与玉：从小说至道德的预设

者如此急切地想让他回归的本源，究竟应当暗合玉的本质还是石的本质？

由于玉和石在传统上就被划为完全不同的两类，比如真与假，故而宝玉的双重身份便蕴含着整体性的问题。《红楼梦》的叙事者在刻画宝玉的性格时，经常在玉的象征意义与石的象征意义之间切换，以此，叙事者便赋予作品一种内在的混乱性，而这可能便会最终导致我们主人公的全面溃散。然而当叙事者继续深入，质疑明辨真假以及真伪的传统智慧时，此不寻常的矛盾终于演化为了丰富的矛盾综合体。这种对概念对立的思维方式的挑战催生了一种哲学观念，它基于事物相生的思想，消解了等级概念下的配对手法。它不仅颠覆了优与劣的次序，还解放了各项元素本身的内容，并令其可以转移。故而，宝玉在大观园题词的场景中提出的那些深刻见解，体现出他已经在潜意识中察觉到了诸如"天然"与"人造"这些概念的反转。"有凤来仪"中的雕梁画栋虽看似人为，然而它看上去却比"稻香村"的一派简单的田园风光更为自然，用宝玉的话说，后者虽给人以自然之意，却借由人力穿凿而成。

"古人"武断地区分"天然"与"人造"的执念引发了宝玉的这番怀疑话语，并且在还未意识到相对主义的价值的思维模式中，人们还能凭借它，区分玉和石的价值。韩非与刘勰都使用等级制度的观念，来理论化这一思维倾向：他们赋予平淡无奇的石头以"假"的概念，以此认定石头较低的价值。相反地，玉则被置于极其特殊的位置，这是由于它不仅稀有，并且珍贵。为了保证此平行结构的运作，玉继而与"真"的概念相结合，这进一步巩固了其正面价值。各对关系之间等级关系

(在此例中为玉优于石,"真"优于"假")的稳定被视作维持(不论是道德、政治或文学)秩序不可或缺的条件。对多数儒家思想家而言,哪怕是存在一丝颠覆的可能,都将不可避免地危害到秩序、理性以及整个评价体系。因此,刘勰为他所在的年代中混乱的美学标准感到悲痛,并且谴责任何试图逆转这些二元关系(即"真"与"假"、玉和石)所造就的对称系统的行为。

然而作为儒家思想最为无情的批判者,《红楼梦》的叙事者只有从严格对称的概念模式这一最佳切入点出发,才有机会颠覆儒家学者发展出的缜密的认知论。在第五回中,叙事者抛出了他那句被频繁引用的哲学概念,以此挑战了视知识与存在为高度对立的传统观念:

假作真时真亦假,无为有处有还无。(《红楼梦》:75)

不论我们将这一相互颠倒的观念借用浦安迪的话称之为"互补两极",还是解构主义学者常用的"增补性差异"(supplemental differentiation)[73],亦或使用马克思主义术语称之为"辩证关系",它都体现了一种界限暧昧的离心运动,并且打开了概念体系下的所有封闭空间。差异关系与身份关系(刻画了二元对象的模糊性)在此的相互关联发生在其内部。现在,如若我们再以这一全然不同的视角来审视石/玉的二元关系,我们将会发现这对复合体中暗藏着对旧有价值体系的颠覆。而只要考察叙述者描述缩小后的"通灵宝玉"造型的片段,我们便能发现《红楼梦》中石/玉关系的全新解读方式。在叙事者的眼中,这块小巧的玉正是女娲石的"幻相"。而不论是"幻"

还是"相"都使人联想到"假"与"无",它们都是"真"的副本。与传统的二元结构体现的恰恰相反,玉在《红楼梦》中可以通过与石头互换其价值而彻底改变其传统意象。它可以是真本的副本,真体的假象,在本质上它可以既是人为的,又是衍生的,简言之,它只是石头的幻象。而在女娲石中也存在着颠倒那些强加于其上的旧有价值体系的潜能。作为"通灵宝玉"的本源,石头便代表着天然与真。它是宝玉身份的根源,以及其生命力的源泉,批评家康来新称,此源泉令人联想到天生的且出自本能的原初纯洁性。[74] 另一方面,宝玉和玉的关系则让人想到另一番图景。在石和玉之间,康来新更偏爱前者,因为她将这两者之间的差异理解为真与假之间的差异,以及内在的天真纯洁与外在的老于世故:"事实上,石和玉是硬币的两面。它们的区别取决于是否经受了雕琢。木石与金玉彼此相对立,前者代表着尚未开发的天真,而后者则是俗世的规矩所应允的富贵荣华。"[75]

或许将石头与"真""本"等概念相联系,这本身便是老生常谈,与之相对的概念则是从本质上将玉视作优于石头,此二者都共存于民间智慧中。出自《礼记》的俗语"玉不琢不成器"[76]证实了,将玉和经受雕琢相联系,此概念亦十分流行。不过,虽然君子将玉视作完满达成了修身处世之道的象征,但道家朴实的道士则出于其天然的简洁性而更偏爱石头。《红楼梦》中暗含的玉和石之间的辩证关系也部分反映了儒家与道家观念之间的相互影响。被儒家视为独特参照点的"玉",在道家的比对框架中却被认为次于"石"这一天然纯真的象征。此书背后那位藏身在不同人称之中(石/叙事者,宝玉以及作者/

叙事者）的反传统斗士，一直在对抗着儒家推崇的修身思想，而对于一位与之类似的人而言，石头具有的这种天然的简洁性，其吸引力一定远胜过玉，而后者的美感往往与精雕细琢紧密相关。

不过，这种天然/雕琢的二元关系作为一个概念体系还是过于简单，它完全不能解释宝玉身上不断变动的双重身份的复杂性，此复杂性的根源正是石和玉所造就的矛盾体。虽然一方面，玉同时象征着"洁""真"以及世故，然而另一方面，石头同样也在天然与雕琢这两极之间摇摆。《红楼梦》中的石头还吸收了"通灵石"的意象[77]，故而它不能被简单地认定为拥有天然纯真的本质。恪守信条的道教信徒视天然高于一切，而这一世界观也令其自身同样易受哲学观念的颠覆，此哲学观指出，与其他任何二元关系一样，不论是天然/雕琢的内容还是其特殊的地位都可以逆转。可以说，有鉴于《红楼梦》的哲学观强调对立两极的持续演变，以及不视任何一种观点为真理的终极表述，故而叙事者将"通灵宝玉"称为女娲石的幻相这一暗示，并非就意味着他支持道家的观点。相反地，石和玉的优先等级的改变，应当被理解为叙事者暗中对儒家观念的绝对权威的批判。

《红楼梦》中暗藏着的矛盾观点体现了一位反传统人士的激进观念，他不断揭露着传统表意系统中的差异性。值得注意的是，他一直以既存的概念框架作为起始点，甚至在他完全将其内含暴露在外时亦然。因此，将他认定为石/玉关系中反转两极现象的发现者并不妥当，这是因为，韩非以及刘勰已经在其著作提出的概念框架中，暗示了这两者之间看似固定的关系

3 石与玉：从小说至道德的预设

产生反转的可能性。然而，这些传统儒家批评家关注的是这一可能性的非正统性，而《红楼梦》的叙事者却赞颂这一反转现象，并且将普遍秩序的持续存在视作统治者的专制象征。在刘鹗看来，不断改变的评价标准体现了逃离或否决根本价值观的不祥之兆，但是对非传统的作者而言，它是精神自由与思想自由的曙光。这种自由解放的目标向来都是一个完整、封闭且统一的系统。其内容并非涉及主体回归其本源，而是将主体导入自我矛盾与否定之中。

此间便蕴含着《红楼梦》中的终极矛盾。一方面，我们这位非传统的作者/叙事者认为，任何由回到原点的执念所引发的回溯立场都意味着对固定身份的痴迷，这是因为，有鉴于此身份由此得到了固化，故而它作为一个未受搅扰的整体，依然可以与他者产生冲突，但冲突的对象绝不会是其自身。停滞不前是最坏的情况，也是作者/叙事者一直努力让宝玉避开的危险，直至《红楼梦》最终的高潮时刻，而在此时，我们也仅能见识到解决身份危机的传统手法。在这一特殊的节点，我们才能见到叙事者对"矛盾身份"这一概念的运用。尽管我们的叙事者在先前试图阐释身份一致性的概念，但是我们在结尾看到的却是他彻底放弃了其激进的观念，转而再次拾起了单一身份（即石头），后者本身即一个整体，并且被明确地视为宝玉的"本处"（《红楼梦》：1644）。尽管声称自己是旧习的突破者，然而事实上曹雪芹还是与其前辈董说一样，具有中国传统的回归情结。在下一章中，我们将会讨论曹雪芹创造的全新概念，以及后者在引发和中止宝玉的身份追寻之时的局限性，届时，这一主题将会再次出现。

不论我们对《红楼梦》的矛盾观念最终所下的结论为何，我们必须承认并且称赞此叙事小说在认识论上的突破，它向我们呈现了一个（虽然是暂时性的）相互矛盾的宝玉形象。这位主人公内心深处存在着一个非一致的身份，他不仅在玉和石的本质之间被来回拉扯，还在他自己与其镜像副本"假"宝玉之间挣扎。在此，我们发现了对分裂人格意义的最佳脚注：一个主体之所以在成型中，是因为此主体正在危机中，反之亦然。

甄贾宝玉

甄（真）贾（假）宝玉的主题属于曹雪芹建立的矛盾体系中的一部分，此体系旨在揭示且颠覆我们在概念与认知上的局限性。这是一种塑造人物的手法，用以补充说明诸如石和玉、天然与雕琢、真与假等对立的二元之间潜在的辩证关系。如同正统的二分法批评，这对关系的象征意义为我们提供了一种颠覆性的手法，我们可以借此揭示某些特定核心概念的问题本质，这些概念一直在滋养二元分类这一错误的观念。我们在先前讨论真与假、玉和石之间的矛盾时便能察觉到，诸如"整体"与"身份"等概念就显然是理论体系中不可或缺的基础，而此体系为每一对二元关系都预设了等级结构。

真和假以及玉和石之间的可逆转性不仅挑战着等级秩序的正当性，还挑战着整体与身份的概念。每个概念中都蕴藏着自我矛盾的潜在动机，这也驱使着它们制造差异。统一的实体之所以能成为虚构的人物，是由于它受到其内在自我否定的驱使而处于持续的分裂之中，并反之导致了身份危机。作为这一精神混乱的结果，任何人类主体都会历经同样的蜕变过程。该蜕

3 石与玉：从小说至道德的预设

变的过程使人联想到黑格尔辩证法，后者将挣扎的过程视作"发展"（development）这一概念中最为核心的因素。正是"内心中被矛盾所激发出的对发展的渴望"[78]，才驱使主体展开了对自我身份的探寻，并且帮助他/她渡过各种精神危机。同理，甄贾宝玉的象征意义便是用以隐喻分裂的身份，他在持续不断的自我否定中重新定义着自我。

宝玉双重身份（即甄宝玉和贾宝玉）的象征意义已然历经了广泛的研究讨论，这些研究也囊括了身份相关性的问题。不过应当注意的是，正是主人公精神世界中内在的否定性，而非双重身份的互补性，驱使着他展开精神的探索。只有当这一双重身份相互对峙，且发展成对立关系时，宝玉才能真正将探求身份的动机转化成行动。只有如此，才能解释甄贾宝玉那场历历在目的会面为何会对贾宝玉的精神造成巨大的冲击。这二者的相互否定再次唤醒并释放了内在的否定力量，该力量一直暗藏在宝玉心中，也即那持续在玉和石之间撕扯、对抗的本质。贾宝玉最终发现了甄宝玉在本质上竟是自己的对立面，而非自己的分身，这开启了其身份危机的最终阶段。从与其"分身"的会面中归来之后，宝玉便陷入了某种精神上的魔怔状态："也不言，也不笑，只管发怔。……次日起来，只是呆呆的，竟有前番病的样子。"（《红楼梦》：1576—1577）

王孝廉以及其他众多批评家将宝玉在精神上频繁的转变归因于多次的丢玉和还玉。[79] 我们的主人公的身份危机看似由外因所引发，而非受到内心中渴求变化的动机所驱使。从这一观点出发，我们可以推断，宝玉内心转变的时机一定会吻合由玉引发的外在行为的时机，并且最终这二者必然合一。因此，作为变化发生的外在契机,玉对宝玉展开身份探求的行为负有完全的责任。此批评观点中蕴含的"变化"概念,反映出一种理想主义的思维,它将主体之外的因素认定为转变的原因。这种外因经常被视作某种先验的因素:以玉为例,它被视为天界的代理者,而天界则掌管着人间的法则,就好似人间源自于天界。如若顺着此理想主义的思维推敲,那么玉的神秘消失与突然重现都代表着某种天意,而天拥有意义创造与阐释的终极权威,并以此掌控着整个表意系统。

然而,《红楼梦》却是一本负有雄心的作品,它旨在跳脱出所有那些将知识的本质与存在的意义概念化的传统方式,而理想主义明显是其中之一,也是必须越过的思想障碍。我们的这位极其调皮的叙事者绝不会仅仅满足于将玉设定为提示变化的外因这种呆板的手法。为了颠覆他的大多数前辈们在看待"变化"时都遵循的静态观点,他尝试着使用矛盾的两极与镜像意象的象征意义,来描绘宝玉持续不断的精神转变。叙事者赋予了宝玉同时由石和玉组成的非连续身份,并且借由两位宝玉来探讨其身份的非统一性,以此,他创造出了一种全新的辩证转变过程,而矛盾的主体将持续地经历此转变。他通过内化转变的发生之处,将一位主动推动自我转变的主体呈现在我们面前,并因此让他免于沦为仅受上天操控之人。

这种将真正的主角视为改变中的主体的概念,在中国传统小说的历史中无疑是全新的。此番持续否定先前创立的独特参照点的尝试,是曹雪芹为中国叙事小说的角色刻画美学体系做出的最为重要的贡献。或许正是由于受到他的影响,晚清时期逐渐涌现出了一系列评价人物特性的审美观念,直接挑战了好与坏的传统二元对立观念。一位清代佚名评点家在分析《儒林外史》的人物性格时，将矛盾的概念认定为一项暗藏在人物性格的精神组成中的元素："［迟］衡山之迂，［杜］少卿之狂，皆如玉之有瑕。美玉以无瑕为贵，而有瑕正见其为真玉。"[80]

过于简单的角色评价标准清晰区分了绝对的好与绝对的坏，事实上这种评价标准的诞生要归因于中国的史学传统，正直的史学家建立起了这一体系，而也是他们将史学变成了一场正义的审判。在这些次杰出的史学家的笔下，历史人物被归入两类：高尚与卑劣。撰写历史的目的则是将英雄与叛徒相区分，其手法多是强调前者行为的无懈可击，而同时揭示后者肆无忌惮的自我堕落。这一记载历史人物特性的手法创造出一个对称的模型，在其中好与坏、完美与污点都清楚地被区分开来，而此手法遭到了我们这位清代佚名评点家的强烈质疑。他在上文中提出的这一评价虚构人物性格的观点有些自相矛盾，它暗合了《红楼梦》中的哲学观点，后者则挑战了整体身份的概念。叙事者最早在第二回中，便明确批判了好与坏的传统分类，在此，贾雨村这位叙事者的代言人诉说了一长段他自己对人物特性评判的理论。除却大仁、大恶这两项既有类别，他还提出了第三类人格，此类人正是诞生自好与坏之间的矛盾。这类人"在上则不能成仁人君子，下亦不能为大凶大恶"，然而"其聪俊灵秀之气，则在万万人之上；其乖僻邪谬不近人情之态，又在万万人之下"（《红楼梦》：30）。而那位清代评点家所称的既瑕又真之玉，其中自相矛盾的概念恰恰被囊括在此类人格之中。瑕玉这一隐喻已经演化为一种全新的美学观念，并被现代批评家们认定为中国人格美学理论中最为重要的特性之一。[81] 值得注意的是，此隐喻之所以能被解读，是由于它有潜力再次激活石/玉意象的互文指涉，而《红楼梦》也恰恰囊括了这对意象。玉的这种既瑕又真的矛盾特性正是宝玉反常身份的症结中最为核心的部分，故而我们不可能仅提及它的矛盾性，却不考虑宝玉的形象。反之，如若我们同时考察二者，那就等于考察了《红楼梦》中所有的矛盾谱。

这不禁令人回想起本书在第一章中提出的问题，诸如玉的传说这样的既存表意系统与随后在文学作品中发展而来的玉的意象之间究竟是何种关系。本书提出了一种双向交互的假设：诚然玉的传说为玉的意象提供了结构上的总体框架，然而在吸纳与之相异的种种全新现象（同时这些现象也会挑战它既存的整体性）的同时，其自身也必然会发生改变。作为前文本的总和，它不是也不可能是终极文本，故而在同化随后的文本时，它必然会遭遇到阻力。元语言与个体言语行为之间相互作用的特征便是相互调和，而并非前者的完全覆盖或是后者的无限播撒。而当我们考察《红楼梦》中玉的意象与玉的象征意义的互文网络之间的相互作用时，我们能发现上述意义的重组同时发生在这两个文本空间中。故而一方面，仪式玉的政治道德象征意义在释放着"洁"的含义，并且以此为《红楼梦》的道德观念定下了基调，而另一方面，故事中真玉和假玉之间的矛盾在创造虚幻感的同时，产生了一个强烈的驱动力，后者势不可当地闯入玉的传说中，并且强迫它重新调整其既有的内容。自《红楼梦》的阅读人群大众化之后，文学玉的矛盾特性已然将仪式玉先前稳定的身份转化为了模棱两可的身份。如今，如若我们不抱着矛盾的心态来看待玉的构成，那么我们根本不可能讨论玉，更无从判断玉到底是象征着天然还是人造，或者断言有瑕之玉与无瑕之玉究竟何者更珍贵，更真。

现在让我们回到《红楼梦》中双重身份的讨论中来。我们发现宝玉的精神组成事实上具备双重的复杂性：他不仅同时是"通灵宝玉"与女娲石，并且，作为玉的一部分，他还受支配于玉的意象中所暗含的真/假、洁/浊的矛盾。因此，这样一个角色的道德构成本身便来自于矛盾，而后者亦是叙事者哲学观念的基石——此观念挑战了所有鲜明的价值差异，并以此宣扬了界限融合的概念。在此之中我们能窥见一位具备极高文学素养的作者的天才之处，他一方面觉得必须清晰地表述自己的道德观念，从而让他得以区分宝、黛二人与宝钗等人，而同时他却还能利用宝玉精神中的双重身份这一象征性的人物塑造手法，调和其评价性的道德观念与非评价性的哲学观念之间的潜在矛盾。只有在双重身份所具备的模糊性之中，《红楼梦》的道德观念才能与哲学观念相交汇。

玉的故事确实具有两面性。它横亘在《红楼梦》的道德与哲学话语中，却没有透露出它与石头在根源上的联系。正如小说中展现的那样，宝玉精神中的石/玉联系既真实又合乎逻辑。而任何其他组合都将减弱宝玉的精神探求的戏剧性张力，并且破坏身份危机的象征意义。《红楼梦》中大多数的小说逻辑都建立在玉和石的这种差异与模糊共存的关系之上。在上文中我们已经见到，作为一种具备独特的美学特性与仪式意义的矿物，玉与石在性质上的差异。但是，玉本身也是石头，它亦继承了石头被赋予的所有特性：例如，与石头一样，在古代神话中玉也时常被认定为上天赐予的食物，或是灵丹妙药；以及与石头类似,其声学上的特性也引起了人们的关注。或许这两者之间最为重要的趋同点就是它们都潜在地具备阈限性的多义性。有鉴于此,叙事者选用石头的传说作为故事的开篇,而后则接上玉的象征意义,现在看来,这也并非是一件彻彻底底的特立独行之事。

4 石头的故事：关乎矛盾与约束 173

石/玉的相互作用突出了宝玉的性格内暗藏着的深层次的结构矛盾。而我想说，宝玉性格的趣味性较少地存在于甄贾宝玉的象征意义（这仅是在其主观性发展过程以外的手法）之中，而更多地体现在叙事者描绘的这一可反转的内在双重性（即外玉内石）的主体身上。事实上，一旦我们的主人公展露出一副青年才俊的模样，并且立志做出积极的自我改变，反抗回到其神话的源头（即石头），我们便目睹了由石玉这对共同体的张力所引发的无尽的分解与重构。意欲定义宝玉的主观性似乎十分困难，这是由于当宝玉不自知地展露出玉或石的特性，同时抑制另一方时，这两者的主体位置（subject-position）[1]便会互换。

在最激烈的时刻，宝玉精神世界中不断变换的结构足以强大到自我产生生命力，以至于几乎可以切断它与宝玉最原初且最终极的主观立场之间的联系，而作者/叙事者确切无疑地将后者认定为石头的主观立场。不论《红楼梦》的观点多么偏离正统，它都开始并且结束自一套先验的理论系统，此系统认定，意义产生自对一个固定原点的先天假设。不可否认的是，在宝玉的红尘之旅中，不论他的身份看似多么支离破碎，多么偏离原点，他总是受支配于他诞生的结构体。作为宝玉的预设身份，石头被视作一个中心，它引发、组织并且最终限定了结构本身无尽的再重组过程，而此过程产生自石和玉的对话。因此，《红楼梦》以玉回到青埂峰脚下收尾，在此，玉在物质与本质上都最终被还原为了石头：

> 天外书传天外事，两番人作一番人。（《红楼梦》：1646；楷体处为作者所作强调）

诚然，有人或许会说，这句话建立在二元互补关系的逻辑之上，换言之，建立在真实与虚假，石头在天上的经历与宝玉在人间的经历并无二致的基础之上，然而它依然体现了这样的观点：虽然《红楼梦》的叙事必须以多样性的逻辑展开（两番——"两段生命"，也就是石头的经历与宝玉作为人类的经历），但是作为最终呈现的版本，此小说再次巩固且回到了整体性与同质性的逻辑（一番，英译本将其译作"合一"）。因此，《红楼梦》可谓教了我们有关矛盾的一课，它告诉我们故事的叙述过程就是持续制造差异、变化和矛盾，然而在结尾时，它必须是封闭且圆满的。

石头的这一象征着"完结"与"整体"的身份特性在空空道人的口中得到了最为有力的强调，他在最终回中再次见到石头时如是说：

> 我从前见石兄这段奇文，原说可以闻世传奇，所以曾经抄录，但未见［石头］返本还原。（《红楼梦》：1646，楷体处为作者所作强调）

如今，曾经未续的篇章已经完结，曾经中断的则已在圆满之中落幕。我们可以看到，石头如今被"安放"[2] 在青埂峰下，它的生命力已释放殆尽。与第一回中再三恳求空空道人的石头相比，如今呈现在我们眼前的石头，似乎丧失了所有的主体性，它已不能再与空空道人对话，因为它已然成为了一个静止的物体。矛盾的是，在《红楼梦》的结尾被抑制的精神恰恰是作者/叙事者早先不遗余力试图强调的，换言之，即主体性的概念，以及随之带来的异质性，这些概念都完全排斥静态，并且抵制封闭的概念。宝玉的精神之旅受到了量变引起的质变的推动。不过讽刺的是，只有在这些质变被回归至原点的动机抵消之后，它们才真正诞生，这一原初的量是一个不变的因素，它会挫败任何深层次的重要结构性变化。

由此可见，《红楼梦》展现出了两类无法相互调和的对立观念，即结构主义与解构主义。这令人不禁想问，我们是否可以明确地回答这些问题：宝玉的主体性是在被持续不断地分解，还是它早已存在？并且，身份与结构的凸显是否一定需要牺牲过程与斗争？我们几乎不可能用一个答案来解释《红楼梦》无意间引发的身份/对立问题中的所有矛盾之处。为了避开这一阐释上的僵局，我想要改述一番，批评家在认知某个未定且自相矛盾的观念时，不可避免将会遭遇的核心问题。让我们忘记上述问题，转而将《红楼梦》视作一部可以制造文本的小说，而这些文本则绘声绘色地展示着自己所受的约束。换言之，作为表意的实践，《红楼梦》诚然可能有意地让自己看似与众不同，然而它必然毫无例外地建立在诸如文化、文学或哲学意识等传统强加于它的约束之上。而《红楼梦》之所以与其他较不著名的作品有所不同，是由于它将这些传统中的元素陌生化，并且以此颠覆了其最根本的预设，而其他作品却将它们的存在视作理所当然。故而在《红楼梦》中，小说逻辑是老生常谈的"溯源"概念的伪装，我们必须使用支持它的事物来阐明它。

身份/源头的理论与作者/叙事者有意透露出的矛盾/异质的哲学观念相对，然而值得注意的是，我们恰恰能在那些表面举止荒诞、思想激进，而内心却遵循传统教诲的人物身上，找到这些理论存在的依据，他们在某些特定的时刻精确表述了这些传统观念，提醒着我们颠覆传统的行为的局限性。正是从空空道人的口中我们得知，石头重回了石头的身份，因而"无复遗憾了"（《红楼梦》：1646）。早在脂本（甲戌本）的第一回中，那一僧一道就已预言了，当宝玉的磨难终结之时，他将"复回本质"[3]。而甄士隐在无限酸楚之中，不带一丝解脱之情地说到，石头的"质"与"形"已然"归一"（《红楼梦》：1644）。并且为了强调原初的"真"与身份的"一"，他还使用一个辩白般的设问升华了自己的这番真情流露："仙草归真，焉有通灵不复原之理呢！"（《红楼梦》：1645）鲜有古代中国人会去质疑人文与宗教神话，或者相类似的不证自明的文本，而其中往往充溢着对源头、同质性以及整体性的回望之情，在此，这些情结被完全摊开在我们面前，并且在小说的神话逻辑中被陌生化。

如若我们仔细考察空空道人、癞头和尚以及甄士隐在《红楼梦》中的象征意义，我们将会发现，他们只能，也必须是那些将同质性与源头视作最真最优之人的绝佳代言人。这是因为，作为超越了俗世中时间与空间局限性的人物，他们本身就是同质且整体的，他们就是知识与存在的"起点"与终点。他们每个人都象征着一个既存的、不会改变且无需解释的"本质"。故而，空空道人在两句话的时间内便大彻大悟，这也不足为奇。他的那番在"色""空""情"这些概念之间循环往复的悟道经历[4]，本身就是一段寓言，只有对万物不作区分的心智才能领悟它，此心智必须将矛盾理解并化入一个朦胧的连续体，而此连续体只有借由抛弃了时间、空间、过程与斗争的顿悟才能达到。甚至在全书开篇中曾是一个脆弱的凡人的甄士隐身上，我们也能发现相似的"毫无新意"之处。或许我们可以断言，有鉴于其名字中的象征意义，甄士隐本就不该被视作一个真实的角色，他仅仅只是"真事隐"的拟人化身。

《红楼梦》赋予了这些角色超自然的光环，并且将他们抬升至神话般的地位，以此成功地凸显了他们传递的"戏剧性"信息，这些信息无疑传递出了传统哲学观念中崇尚源头与整体的理念。作者/叙事者以此将传统神秘化，并且将原本为人熟知的事物与思想上的约束虚化。《红楼梦》的新奇性与模糊性便在于此。此小说本身似乎对传统的界限并非全然无知，反而它已经预见到，走出此困局的方式便是将劣势转化为优势。通过这一蜕变的手法，《红楼梦》对约束自己的事物做出了调整，并且利用它们促成自己的戏剧效果。

故而，《红楼梦》这部小说可以在某些时刻戏剧性地表现出自己所受的约束。它显然同样不可避免地受到了约束，这些约束将宝玉身上迫近的自我解放转变成了对自我的压抑，他再次戏剧性地重新回到了身份的哲学框架中。《红楼梦》最终还是没能摆脱那些它自己声称已然跳出的概念和价值观的束缚，这极具讽刺意味。然而真切的是，陌生化的手法引发了我们无尽的兴趣，它将棘手的人文约束转化成为了一个幻象，并且此幻象永远不可能声称并证明自己的真实性。

通过梳理约束的问题，我们现在终于可以开始讨论《红楼梦》中最为核心的闭合手法。有鉴于小说在一开始便是封闭的，即以石头的神话作为开场，故而宝玉的原初与终极身份（石的本质）便成为了我们在讨论《红楼梦》中暗藏的结构约束时，必须着重关注的要点。《红楼梦》最引人注目的特点，便是它试图戏剧化石头的意象，并尝试释放其持续改变自我的潜能。《红楼梦》将石头固有的象征性特征推向了极限，并以此（短暂地）向我们证实了，显见的约束也可以被转化为完全不受制约的虚幻之物。

再生之石：三生石

《红楼梦》中石头的戏剧化形式主要分为两类隐喻：三生石，也即"再生石"，以及通灵石。第一个隐喻偶见于第一回中，我们千万不要将此视作无缘无故的现象，便忽略它，因为虽然它在文本中的存在感极不明显，然而它却是一种内隐的语境，亦可以说是一个概念框架，在此之中，第二个隐喻才能显露出其内含。

此外我们必须注意到，这两个隐喻的相交点便是石头的意识，这是因为，这两者都不同程度地涉及了石头的精神性这一概念。一方面，通灵石天然便暗含着另一个隐喻，即顽石（无知之石），而另一方面，三生石内部则含有三种不同的时间/空间体系，它们分别是今生、前生与来生。在接下来的讨论中，对这两种隐喻的考察，将会带领我们更清晰地接触到互文性与戏剧化之间的张力，具体而言，则是必然与偶然之间的张力，以及向约束妥协与创造虚幻之象的行为之间的张力。

三生石这一隐喻乃是佛教转世神话中的虚构之物,它将石头的记忆这一概念具象化,此概念或许出自于人们对石头精神之力的原始神话/民间信仰。在古代石头传说中,我们随处可见将石头与各式能量相结合的象征手法,例如记述了石头具备繁衍/再生能力的神话,民间传说中的石镜、点头石以及其说话的能力。这些母题都发展自相信石头乃是"地精"以及"气之核"[5]的古代信仰,从中不难看出,它们都蕴含着一个信息,那便是石头中凝聚着极高的精神能量。

提及"气"与"精"(既可指精神也可指精华),人们一般都能联想到中国传统的艺术与文学精英们推崇并不断继承的石头形象,此形象更多地与"能量/原理"相关联,而非"能量/物质"。国画中还有画石的专门大类,它们无不强调石头超凡的精神力量,而孤独的艺术家与作家们则借助这一力量寻求精神的交流。[6]郑板桥便喜画怪石,他与曹雪芹一样都是石痴,他们从石头怪异的外貌中窥见了他们的自我形象。[7]而在赞颂石头的传说中,宋代艺术家米芾(1051年—1107年)与"石兄"之间建立起的精神联系更是一则广为人知的轶事。[8]

"石兄"这一称呼在曹雪芹的时代流传甚广(至少在文人圈内),故而空空道人对女娲石使用这一称呼[9]并非新奇之事,我们反之应当将其视作追随米芾的石头鉴赏家们珍视并继承的崇石行为的延续。而与后人产生精神交流的石头必定会发展出人格,此人格一方面结合了相信石头拥有智力的传统(源自于石镜、长石以及石言等传说),此传统长期以来存在于民间,另一方面则吸收了石头所具备的高远的精神特性,这些石头经常可见于宗教传说与绘画之中,包括达摩面壁石、点头石、与开悟和涅槃有关的石窟以及罗汉与苦行僧打坐冥想的石凳、石台。[10] 数世纪以来，石头在文学作品中的性格在不断发展，而此性格必然结合了石头在审美、风俗以及宗教中体现出的精神力的象征意义。故而，我们完全可以将《红楼梦》中具备极高认知官能的女娲石视作这一三重精神体的化身，这并不牵强。

出于我们的认知，石头在《红楼梦》中经常被视作一个具备自我意识的生命体，与之相比，《红楼梦》中未开悟的角色抱有的世俗想法都显得讽刺十足。而这一略带讽刺意味的时刻可见于第一百十三回中，在此，紫鹃感受到了宝玉对黛玉的真情后，在心中如是劝解自己与宝玉的矛盾：

> 只可怜我们林姑娘真真是无福消受他。如此看来，人生缘分都有一定，在那未到头时，大家都是痴心妄想。乃至无可如何，那糊涂的也就不理会了，那情深义重的也不过临风对月，洒泪悲啼。可怜那死的倒未必知道，这活的真真是苦恼伤心，无休无了。**算来竟不如草木石头，无知无觉，倒也心中干净！**（《红楼梦》：1559，楷体处为作者所作强调）

好一个"无知无觉"！紫鹃此番话语之所以极具讽刺性，不仅因为我们意识到了，尘世与神话存在着对石头命运的不同理解；在更为微妙的层面上，其讽刺性还源自于两类读者群之间的认知差异，一类人群知道，神话与民间传说中石头的互文指涉恰恰包含了紫鹃想当然的反面，即石头是具备认知能力的完全意识体，而另一类则没有意识到。

4 石头的故事：关乎矛盾与约束

在我们开始考察三生石与通灵石的象征意义结构（在其中最为突出的概念便是意识与认知）之前，《红楼梦》中的另一个片段也值得我们一览，它展现了石头的另一种人格，这对紫鹃而言可谓是全然陌生。在脂本（庚辰本）第十八回中，女娲石突然出现在元妃省亲的嘈杂人声之中，闲扯了一段题外话，这在无意间提醒了我们，它是一个拥有自己的故事的小说叙事者：

> 此时自己回想当初在大荒山中，青埂峰下，那等凄凉寂寞；若不亏癞僧、跛道二人携来到此，又安能得见这般世面。[11]

这段石头的独白明确表明了自己是全书的中心人物，且在讲述着他回忆中的人与事。在此，一个拥有自我意识的石头叙事者的形象跃然眼前，有鉴于其回忆往昔的能力，可见他主动将自己的主体位置放置在过去与当下之间。这样的主体之所以有能力叙事，恰恰是因为它自己的历史持续地在指涉过去的行为中令当下产生意义。事实上，这本石头的自传所依者无他，正是它对自己过往的"历史"自知。

这一女娲石的自我定位问题，在空间上可以被视作介于石和玉之间，然而在时间上却令我们联想到三生石的隐喻，而我认为，这便是我们解读《红楼梦》中石头的那种迷人的表意可能性的要点。"三生"这一源自于佛家转世概念的用词，预设了转世轮回的象征状态。袁郊讲述过一个有关李源与僧人圆观之间的不灭友情的故事[12]，其中便提及了三生石。据此传说记载，圆观在死前和他的朋友说，十二年后中秋夜他们将会再次见面。到了约期，李源见到了一位牧童，唱着一首有关因果转世的神秘歌曲，第一句便是"三生石上旧精魂"。牧童以圆观的人格上前问候他的友人，这说明他正是李源的那位旧时友人的转世。由此，三生石被赋予了转世的象征意义，并且被转化为一个符号，连接着旧与新，死与生，以及过去与当下。

不过，如若细致考察这段文本，我们的发现或许会与此不同：在袁郊讲述的这段故事中，"三生"的概念中暗藏的极其重要的时间性并没有得到实现，这是因为，他将瞬时的当下建立在了过去的支配之下。在故事中，时间性的实现似乎遵循的是不断转世的原则，然而在本质上，它却从未跳脱出过去这一固定框架。这段传奇文本中最为有趣的地方，是它对"念"这一原本棘手的佛家概念的简化式理解，更贴切的说法则是对其"虚构性的再语境化"。

如众多学者指出的那样，重生的理论依然充满争议，这是因为"诸法无我"的概念（所有生命体或曰法中都不存在永恒的"我"）与另一个同等重要的佛家理念相冲突，即"不断演变的自我意识的连续体"[13]。为了理解这一理念，我们需要考察"念"与"阿赖耶识"（即第八识，也称藏识）背后的理论。玄奘在《成唯识论》[14]中如是定义了这些概念：

> 云何为念？
>
> 于曾习境令心明记不忘为性，定依为业。谓数忆持曾所受境，令不忘失，能引定故。于曾未受体类境中全不起念，设曾所受不能明记，念亦不生。[15]
>
> [什么是念？

> 念便是记住不忘曾经历的事物，它是禅定的前提。也就是说，不断地回忆曾经历的事物，令其不被忘却，并因此引发入定。而未曾经历的事物则完全不会产生念，如果曾经历事物没有被记住，那么念也不会出现。]

> 此能执持诸法种子令不失故，名一切种。离此余法能遍执持诸法种子不可得故。此即显示初能变识所有因相。[16]

> [它能执持所有生命的种子，使其不失，因此又名一切种识。除去它以外，没有其他的生命有能力可以普遍地执持所有生命的种子。这就是初能变识的所有因相。]

上述释义背后的核心概念是"阿赖耶识"，"念"与"诸法种子"都藏身其中。此"识"由演变于万事万物中的意识构成，它虽然看似连续，然而却不能被视为同质体。

我认为，上文所引的圆观转世的传奇故事传递给我们一种错误的"同质性"印象，而正是在其中，人们找到了三生石虚构化之后的佛家概念的蛛丝马迹。这是因为，与佛家通常认为的"永恒的我与流动的身"这一概念（如《本生经》中记载的佛陀多次转世的故事）相反，在圆观的故事中，牧童清楚地指出了自己与其前世的关联，因此动摇了其中的模糊性，而恰恰是模糊性令重生与"念"这对矛盾关系充满张力。在论述"念"于我们清醒的意识中所处的位置时，《成唯识论》有时显得十分暧昧。上述"念"的定义清晰地指出了它与禅定的紧密关系，它以此告诉我们，只有历经艰苦的禅定，才能回忆起前世的记忆，并且只有开悟之人才能将阿赖耶识中"念"的能量完全释放出来。事实上,"念",也即"业的记忆"不应当被认为是常人所具备的天赋,它是开悟之人不断进行精神修行的结果。《成唯识论》称,依护法*所言,前五识可以有"念",因为其有"微劣念境";然而安慧**则认为,前五识不可能有"念",因为它们"恒取新境无追忆"。[17] 在《成唯识论》中,作者紧接着这些论述,立即提出主张称,只有成佛之后,前五识才能拥有并完全释放"念"的能量。[18] 上述阐释证实了我们对"业念"的通常理解,一位非修行者可能在某些刹那的开悟时刻感知到"业念"。它存在于意识之下,非开悟者可能会以"无法解释却独具魅力的记忆,一段被意识忘却,然而在意识深处潜伏着的梦境所带来的不安定感"[19] 的形式感悟到它。

由此看来,唐代的故事中牧童对过去天生的记忆不仅错误地暗示着不可能发生之事,即圆观已然成佛(此主题在故事中完全没有提及),它还意味着,此故事完全否定了下述矛盾转化发生的可能性,即前生的意识被转移至今生的意识之中。我们应当认识到,今生的意识之所以能存在于当下,并非因为前生意识与它存在着关系,而是由于其前世中存在的"因"。故而有偈颂曰:"不是从一因而生一果或多果,亦非从多因而只生一果。"[20] 了解到这点之后,我们便可以从这样的角度出发,来理解为何牧童能毫不费力地激活了他的"业念":事实上它突出了身份的问题(即牧童与僧人事实上是一体的),并且破坏了因果之中的"连续"状态这一模糊意象,同时还削弱

---

* 护法,梵文名 Dharmapala,唯识十大论师之一。
** 安慧,梵文名 Sthiramati,唯识十大论师之一。

了这段记述转世的佛家神话的理论问题。当牧童走向他的老友,以圆观的言语习惯与清醒的意识与其交流时,当下便成为了过去。当下的意义也必须在过去中找寻。而通向未来的道路却被完全切断了。因此,袁郊所引的"三生石"在时间上从"三生"缩减成了"两生",并且,它去激进化了一个原本旨在颠覆传统时间性的概念,在这件事上,此文本显然先于《红楼梦》。

在《红楼梦》的第一回中,我们被告知,当年逍遥自在的女娲石化身为神瑛侍者,常在西方灵河岸行走。书中说到,他见到"西方灵河岸上三生石畔,有绛珠草一株"(《红楼梦》:8)。在此处特意提及的这块石头,立即唤醒了圆观三生石的互文。正是后者中暗含的象征性的轮回含义,让"三生石"在小说中的引用直接产生了意义。我们能立即推断,此故事有关轮回之间的纽带(虽然在熟悉佛教中"观"的概念的读者看来,此间的互文关系应当涉及三生石中暗藏的更为理论化的结构,即"业念"),并且我们还能如同将死的圆观那般预测到,这二者,也就是石头与仙草将在他们的后世再次相见。这一互文机制似乎无需任何多余的解释,因为最核心的互文不仅十分容易识辨,并且更为重要的是,它的内容在《红楼梦》中几乎没有被改变。

不过,我对这一隐喻感兴趣之处却仍在他处,此兴趣并非出自其不证自明的互文性,相反地,却是源自于此处存在着的互文化过程,在其中,两个版本的"三生石"都与某些模糊的互文文本产生了微妙的对话,这些文本令"石"与"三生"这两个词位得以相互组合,构成了有意义的语义单元。故而,我对圆观传说的这种表面互文文本所引发的宗教象征意义并不是特别感兴趣，相反地，我感兴趣的是那些石头传说中的文本与"三生石"之间的互动关系，它们并没有在该隐喻上留下显而易见的印记。在我们开始研究石头传说在"三生石"的文学象征意义中的互文组合之前，我们必须分析一下此象征意义的时间结构，我们在下文中将会见到，时间结构正是"三生"与"石"这二者相结合，并创造出"三生石"这一隐喻的关键所在。

隐喻"三生石"的内在逻辑设定了广阔的时间与空间，它们同时将"此时此地"向前向后外延。似乎此隐喻的生命力源自于从一个固定时刻向下一个演变的连续进程中的历时感。生命并不是扎根于某一特定的场所，而是在一个连续体中不断前行。它拥有一定的流动性，这不仅打破了死亡这一坚实的边界，并且完全否定了死亡中所蕴含的终结的概念。相较于生与死这种一维体系，"三生石"中蕴含着的是生/死/重生的循环过程。并且这一循环似乎会一直自我延续。因此在理论上，我们可以推断，僧人圆观会不停地转变成其他人，此生是牧童，再下一次或许就是渔人。而转世并非身份的重现，而是"业种"的转移，后者结合了所有三种人格；它确保了任何一种人格都不可能被还原为本体，因为根据轮回的逻辑，真正的本体根本不存在。然而圆观故事却没有表现出这一核心概念。原初的身份在此十分明显，它并没有如期待的那样被压制与取代，此处也不存在一个超然于外，又连接一切的演变连续体，圆观与其随后的人格这两个身份之间坚实的分界并未被打破。

不出意料的是，《红楼梦》在引用这篇传奇故事的互文时，并未改变"三生石"隐喻的构架，它依然抛弃了"三生"的象征意义中最为重要的含义。一方面，在它身上残留了一部分"三生"这一佛教概念最初的历时性结构，在此，过去毫无疑问地在当下留下了无法抹去的痕迹，然而它继续前进，并且将自己转化为了一个迥然不同且不可逆转的形式。理论上而言，圆观不可能再度成为僧人圆观。他应当演变成了不同的身份，即一位全不相干的牧童，如他那首暧昧不清的诗歌暗示的那样，后者仅在潜意识中保留了其前世与其身份的记忆。过去演变为当下，而当下则变成未来。与无边界的历史类似，佛家中"三生"的理论构架中暗含着无限的演变过程。但是，我们并不能从灵河岸上的"三生石"中见到这一概念。与其早先的传奇互文一样，我们只能在它身上找到自限边界且自含的形象，它自相矛盾地在其有限的边界内累加内在的无穷性。这一边界的界定方式是将过去这一停滞且封闭的时刻神圣化，而不是将当下、偶发以及体验作为定义意义的核心参照点。因此，虽然佛家的"三生"概念强调了当下与过去之间模糊且无形的联系，并且将当下建立在过去之上，然而《红楼梦》中"三生石"的故事却将过去神圣化，并置于当下之上。事实上，《红楼梦》的神圣化手法较之圆观的故事要更胜一筹，在此，当下的意义虽被压制，然而它并没有完全被归入过去之中。请回忆一下牧童（即当下的身份），而非圆观（即过去的身份），后者只是表意链中的一个环节，如果没有牧童的诗歌，圆观曾经的预言完全没有任何意义：过去的意义取决于当下吟唱的诗歌中的指涉框架，而后者也同样取决于前者。相反地，《红楼梦》中"三生石"的隐喻向我们展示了完全不同的表意手法。它对当下抱有怀疑态度，在此当下中，它并没有回到过去，去寻找其存在的根本原因。因此，不论宝玉多么偏离原先的时间与空间体系，他总是一个无意义且空荡荡的主体，直到过去被清晰地忆起并理解，并且还必须被真正地恢复。宝玉的磨难来自于找寻他已经忘却的记忆，那些过去/先前的经历，包括他在太虚幻境中的神游，以及在三生石畔的徘徊。从比喻意义上，《红楼梦》的故事象征着宝玉使用有意义的往昔回忆来逐渐填充自己空虚的躯体。由于他与"三生石"的隐喻紧密地结合在一起，故而他的人格结构与精神之旅不仅完全取决于他的经历（他在青埂峰下的个人过往），而且还与这些往事完全等同。

"三生石"在唤起历史哲学观方面胜过《红楼梦》中其他所有的手法，此观念将当下回溯至其最本源的开端时刻。这一隐喻中暗含的前进倾向经常受到回溯行为的阻滞。虽然"三生石"的构造涉及自知的历史，但是它自相矛盾地否定了其独特的历史观，此观念暗藏于"三生"这一宗教概念中，它使用了"赠予""建基"以及"开端"* 这传统的三重意义作为历史的定义与基石。在该虚幻的隐喻中存在着一个零点，这是一个简单的起始点，与历史的流动性相矛盾，而正是此概念首先启发了佛家思想家们创造出了"三生"这一术语。

作为叙事小说的象征性手法，"三生石"时刻提醒着读者注意先前既定之事的重要性，以及引述其内含的必要性。当下

---

* 此为海德格尔在《艺术作品的本源》中定义的诗的本质，此处译文选自《海德格尔选集（上）》：295—296，孙周兴选编，上海：上海三联书店，1996。

的时间与空间结构经常会囊括他处的空间。宝玉在凡间的历程就给人一种云里雾里的朦胧感与不安全感，这是因为其所指存在于他处，并且只要他没有关注他处，此状态就不会改变。不论这一他处的形式是石头神话发生的场所还是太虚幻境，它都潜藏在意识之外。《红楼梦》大部分的戏剧性趣味就在于找寻他处，更具体地说，便是找寻潜意识的入口。

有趣的是，与此入口相伴的几乎总是痛苦的经历，它经常伴随着"通灵宝玉"的神秘遗失，而此玉正是象征着宝玉清醒自知的意识。然而，"通灵宝玉"的消失只是外在的机理，它无法孤立地完全召唤出被抑制着的过去/潜意识。我认为，宝玉是依靠主动的回忆，才最终找到了连接着过去的他处与"此时此地"二者的结合点，并且赋予了后者意义。

或许正是由于回忆拥有的巨大能量，能将叙事拉回至起始点，并且因此提前完成了叙事，《红楼梦》并没有充斥着回忆，直到叙事的末尾时才一改前态。不过这一与记忆有关的场景在故事的早期也出现过，这是为了提醒读者，宝玉天生便拥有记住他在神话世界中的过往经历的能力（即便只是一些记忆片段），甚至无需任何外因的诱导。在第三回中，宝玉第一次见到黛玉时，二人都感受到了一种似曾相识的既视感：黛玉吃惊地看着宝玉，因为她觉得宝玉是"何等眼熟"，而宝玉当即便称："看着面善，心里就算是旧相识，今日是作远别重逢，亦未为不可。"（《红楼梦》：51）这种描述"陌生的熟悉感"所具备的强大力量的含蓄手法，将在宝玉精神之旅的末尾再次出现，那时它将昭示着完全且无条件地回归过去，以及其对当下意义的侵占。

在第一百十六回宝玉主动地进入过去的那一刻，"陌生的熟悉感"这一自相矛盾的语义结构的奥秘终于被完全揭示，并且可以说被完全化解。这是因为，一旦潜藏在意识之下的那个太虚幻境空幻的存在被人类的语言与知觉完全破译，那么谜题也就被破解了，符号中蕴藏的超自然魔力也完全消失殆尽，而"陌生的熟悉感"中的那些陌生事物也自然地丧失了其存在的理由。唯一符合逻辑的故事走向，便是随着此回中故事的展开，宝玉应当逐渐摆脱其情感的朦胧感，后者深埋在难以描述的感受之中，并且当他遭遇先前知晓但现已忘却的人与事之时，此朦胧感都会被唤起。然而，直到他拼尽全力主动尝试着，逐一再次熟悉他认为的陌生之物之时，化解"陌生的熟悉感"的动力才真正出现。当他重游太虚幻境之时，我们见到了一个自知的宝玉，现在他下决心"要问问因果来去的事了"（《红楼梦》：1582）。在此决定之后发生的每个事件，都带领他一步步接近那个早已忘却的过去，带领他完全揭去其面纱。在存放《金陵十二钗正册》的大柜前，他突然意识到："我少时做梦曾到过这样个地方。如今能够亲身到此，也是大幸。"（《红楼梦》：1582）而当宝玉将册本取来观看时，他再次急迫地感受到了过去的记忆的涌动："我恍惚记得是那个，只恨记不得清楚。"（《红楼梦》：1583）

自此以后，当下的存在与今生的意义对宝玉而言不再重要，他将精神活动都集中在回忆过去之上。当他从太虚幻境的梦中醒来后，他仅使用过去来界定与理解当下。他沉湎于"细细的记忆"（《红楼梦》：1588）他在另一个世界中的往事。宝玉找回了其记忆的全部力量的时间点恰恰暗合他回忆起《正

4 石头的故事：关乎矛盾与约束

册》中预言惜春命运的判词的时间点，这并非偶然：

> 宝玉想"青灯古佛前"的诗句，不禁连叹几声。忽又想起一床席一枝花的诗句来，拿眼睛看着袭人，不觉又流下泪来。众人都见他忽笑忽悲，也不解是何意，只道是他的旧病；岂知宝玉*触处机来，竟能把偷看册上诗句俱牢牢记住了*。（《红楼梦》：1589，楷体处为作者所作强调）

惜春出家为尼，袭人最终离开宝玉，这些对未来的预言能真正实现的唯一方式，便是回忆被抑制的往事。在此，真正的当下并不存在，这是因为它已经包含并融入了过去，后者被认为是引发随后一切事物的根源。不过我们应当提醒自己，宝玉被唤醒的回忆能力具有自己的宗教意义，即他完全想起自己的业念的时刻与其开悟的时刻恰好重合。《红楼梦》中对"三生"与"念"中暗藏的宗教意义的再语境化为另一种阐释方式开启了可能性，它可能与这二者原本的佛教含义完全矛盾：不断追忆自己的过往等同于将过去的能量强加于当下之上，这反过来破坏了向未来转移的能力，然而在其中时间依旧存在。讽刺的是，在石头对自己的过去产生了自知的同时，"三生石"在时间上的演变已然完成。它回归了过去的自我，以此否定了自己。因而《红楼梦》的结尾事实上包含了三重回归，即"通灵宝玉"，其记忆以及其原初的身份。

《红楼梦》最终还是接纳了"三生"的宗教互文文本中的时间空间模式。它抑制了渐进向前的时间概念，并以此突出了其广阔的空间观念。在《红楼梦》的末尾处，随着"三生石"的神话行将完成一整个轮回，宝玉从开端看到了其自身的存在：他同时看到了他的三生，他的前世、今生与后世。并且由此，他借由一个隐喻将自己转化为了客体，一位没有私欲且完全去人格化的旁观者，他目睹着那个终极的、可预知的未来，在其中，时间性被完全抛弃，一同消失的还有随之而来的危险性与可能性。[21]

《红楼梦》中"三生石"的隐喻说明了，跳脱出时间极难被人理解，更确切地说是跳脱出最初的原点，例如作者/叙事者在故事开始抛出的那样。此隐喻不断强化着封闭感，并且将空间置于时间之上，以此向我们传达了最为根本，然而却经修改且通俗化之后的佛教世界观。

《红楼梦》在开篇中看似漫不经心地引用了"三生石"，其作用是为这篇囊括了两生，并且隐约预示着（在结尾却又被否决）第三生的存在（也即未来）的小说，创造出一种微妙且几乎难以察觉的语境。有鉴于我们先前的讨论都建立在从"三生"的概念引申出的那个未实现的时间法则之上，故而我们仍需考察，这一影响力深远的宗教概念究竟如何与石头的词位结合，并产生意义。

作为一种概念/修辞机制，"三生石"由两个词项构成，前者明显是一个符号，而后者的内容虽说乍看之下十分自由，然而事实上却仍被抑制。换言之，虽然第二个词项"石头"与第一个词项同样是一个强大的能指，但是提起它时，并不能立即令人联想到与第一项的符号结构（在不是完全匹配的前提下）相互补的所有符号内容。"石头"在此成为了一个空白喻矢，它承载了"三生"所指的内容，这事实上提醒了我们，对石头传说的互文引用在此被完全遗忘了。然而，"三生石"作为一个语义单元已不加怀疑地被完全接受，不论传统评点家还是现代批评家都完全忽视了它，这反之引导着我们得出下述极其重要的猜测，那便是，此组合之中存在着某些极其为人熟知且浑然天成之物，与之相比，其他组合，如"三生木/金/玉/珠"都显得十分荒谬，令人完全无法接受。自相矛盾的是，中国读者一方面完全忽略了"三生石"的所引文本，然而同时，他们在数世纪以来一直在无意之中接受并理解着"三生石"这一隐喻中石头所释出的符号密码。

那么我们或许要问，石头究竟拥有着怎样的表意可能性，令它能够与宗教词条"三生"共同组成了一个虚构却可理解的结构？让我们来考察一下《红楼梦》中一段极其重要的文本，它能为我们揭示石头传说在此问题中展现出的独特表意链。在九十八回中，重病在身的宝玉发现他在神智不清期间娶了宝钗，而非黛玉。清醒过后，他想要知晓黛玉在何处。在此要紧之时，宝钗突然向他宣布了黛玉的死讯，意欲使用休克疗法将他从神智不清中解救出来。然而宝玉无法承受这则令人痛苦的消息，原本就在崩溃边缘的宝玉再次失去了意识，并且陷入了昏迷之中，这将他的魂魄引向了阴司黄泉路，并开始搜寻黛玉的去向。在此，他遇到了一位阴间的使者，后者嘲笑他的举动，称其"无故自陷"，因黛玉并非凡人，其魂魄在阴间无处可寻。这位使者让宝玉修身养性，并称如此而行，有朝一日或许能再次与黛玉在天界相见，随后此人"袖中取出一石，向宝玉心口掷来"（《红楼梦》：1381）。此后宝玉立即清醒了过来，又重新回到了人世。

触发宝玉回到红尘的竟然是石头上所附的玄妙魔力，这实在耐人寻味。在以神秘的女娲石为背景的宏大神话体系中，这块小小的石头或许仅仅只是偶然出现的小说手法，它可以在宝玉不自知的情况下快速将他从一处带向另一处；不过，单凭此石能让我们的主人公在时间与空间中穿行这一点，我们就有理由相信，这并不是《红楼梦》的作者/叙事者无意安排的。如果要忽视此手法的有意性，那我们不仅要无视仪式/民间传说之石可以产生的表意链，还需忽视此手法与其他与石头有关的手法之间微妙的关系，它们只有同处于一个"可相互理解"的网络中，才能表意。故而，九十八回中使者扔出的这块石头无疑由其他神话组成，包括"三生石"以及其他各种石头传说中的互文变体。

而找到这些不同互文文本之间的表意联系极其困难。我们或许应当退一步，只考虑那些与我们对《红楼梦》的讨论有直接关系的文本。让我们从第九十八回中的石头开始，因为它看似只由一个意义单元构成，即石头只是作为外因而存在。作为一个能引发改变的动因，此处的石头令人联想到众多民间传说与民间仪式，在其中石头或是发生改变的媒介（祈雨仪式中象征性地敲击石头，以及用以祭祀的石牛），或是改变发生后的最终产物（涂山石与石女）。石头以其外因的意象，跻身两处地点之间，或模棱两可地处在易变之物（祈雨石）的交点处，或位于永恒之物（化石般的石女）的交点处。石头在表意空间的内部同时拥有两类相对立的意义，这着实极为自相矛盾：一方面它象征着不变之物，如刻字石碑、石女等，它们不受时间与历史的侵蚀，并且保证了其携带的口头信息延绵不绝地如实流传，而另一方面它又潜在地象征着改变与转移。正如鞭打祈雨石会唤醒其潜在的引发改变的能力，阴间的使者向宝玉投掷石头也促成了宝玉进入另一处地点。而新受礼者往往选择石室或洞穴作为肇始仪式的场所[22]，这并非巧合。不论在原始文化还是小说世界中，石头都有着神秘的光环，它被视为一个外因，能够引发神奇的转变。

在叙述转变这一概念的同时，我们自然不能忘记，洞穴与坟墓这一象征意义之间亦存在关联。事实上，许多人都声称，我们的祖先尊敬石头，并将它视作拥有神力的物体，这些行为都代表着石头崇拜的遗存，该崇拜最早可追溯至旧石器时代，当时洞穴不仅是人类的栖居地点，它还是埋葬死者的场所。中国的山顶洞人就会在自己的洞穴中举行丧葬仪式。[23] 洞穴因而被赋予了奇特的意义，它是生与死的交汇点。而恰恰是在转变的象征意义中，我们找到了"石"与"三生"这两个"三生石"中看似无关的语义元素的相交之处。

由此可见，九十八回中将宝玉从阴间召回其卧房的石头应当被视作隐喻"三生石"的互文文本，这是因为，这二者都传递出了时间与空间的转换这一玄幻的概念（虽然在"三生石"中，此转变经常象征着回到原点）。单独看来，它们之中的互文文本网络（即本书所称的"石头传说"）都显得十分突出，这是因为此网络早已存其中，我们甚至都无需意识到，它在给定文本中占据着固定的位置。在试图找出两类不同的语义组合时，这种互文指涉卓有成效。一方面，我们可以将"三生石"与民间传说之石的对话视作改变的符号。然而这并非意味着在"三生石"的表意过程中，后者的反面意象（即刻字石碑与石女展现出的恒定符号）没有参与其中。认识到上述第二类逆向语义表述现象对我们尤为重要,因为它在相应的一维理论模型中,成功地在石头传说与给定文学文本之间创建起了互文性。

祈雨石与石碑分别具备转变与永恒的象征意义,而这矛盾的二者却应当同时穿过"三生石"的虚幻空间中,以此才能体现出,表意之所以能真正发生,正是由于矛盾的元素以及同源的语义层面之间产生了互动。与"三生石"持续演变的意象相比,刻字石碑是一个固定、静态的符号,然而它与"三生石"之间依然具备互文联系,这是因为它同样保有过往的遗存。石碑中蕴含着极深的铭记历史的责任,特别是刻写下的过往,因此,它才成为了历史意识强有力的符号,单凭这点,它就能被视作"三生石"的孪生意象。"三生石"的隐喻固化了过往的回忆,而与之类似,石碑则是过往曾存在的坚实证明,因为此过往已经写就,且可直接触及。然而,该过往的意义并未因其被尘封而消失。相反地,这是一段被加密的过往,正等待着破译,并且略显矛盾的是,它还在等待被重塑。正是由于"三生石"中过往的意义拥有这样的灰色地带,我们才能借此在该隐喻中感知到石碑这类民间传说的微妙存在感。更确切地说,只有从石碑玄秘的特点出发,"三生石"中重视过往的时间结构才能真正产生意义。这是因为,只有当过去被视为一道奥妙的谜题时,它才能被记住、被破译,从而影响当下。

在此,我们还需考虑《红楼梦》中的另一处石头意象。它不是别人,正是那石上所刻的故事,也是空空道人按石头的要求如是抄录下的"石书"。鉴于此"石书"本身既是一块石碑,又是一则讲述了历经两段时间与空间的神石的故事,故而我们可以推断，其作用正是连接民间传说中的石碑与"三生石"这一隐喻。而石头的故事被写成了"石书"，这本身就已然阻碍了"三生"实现其时间上的循环，这是因为，石头这一主体已然被刻成了某条固定的历史记录。它只能永远与原初的自己保持一致，因为该记录只能被抄录，但无法变更。由此看来，"三生石"中的第三个时空，未来，就等同于回溯过往，回到最初刻在石头上的故事中。

石碑这一主题十分重要，值得彻底地研究。我们将在本书第六章中讨论它在《红楼梦》与《水浒传》中终止故事的功能。至此，我们须再次谨记，曹雪芹的"石书"中暗藏有一条表意链，它横跨了"三生石"与民间传说中刻有神秘信息的石头的互文空间。

通灵石与顽石

《红楼梦》矛盾地继承并扩展了"三生石"的隐喻，以此呈现出宝玉与过去的决裂。虽然"三生石"最终破坏了其本身的时空转移逻辑，它依然是一个强大的隐喻，这不仅由于它强调了演变的可能性（虽然《红楼梦》并没有很好地呈现出这点），还在于它再创作了民间传说的互义义本，在此之中，石头拥有或囊括了某些意识与认知能力。正是由于这种表意方式，我们才能将"三生石"视作顽石与通灵石的象征意义中缺失的语境，这是因为，此二者都引发了一场戏剧，在其中，三生石所暗藏的所有静默且琢磨不透的表意可能性（不论是演变的动因还是其认知的潜力）都被完全暴露在外。

在《红楼梦》中，顽石与通灵石是另一处被过去的批评家所忽视的隐喻手法。在一般读者的眼中，它们无疑十分引人入胜，不过只有将它们放置在《红楼梦》的虚构叙事框架中来理解，它们才显出其意义。然而清代的评点家显然不了解顽石与著名的宗教传说中出现的"点头石"之间的互文关系。不过也有可能，在曹雪芹的年代，文人圈已十分熟悉石头传说，以至于他们根本不需要提及顽石的互文。

> 宝玉，顽石也，僧道三度之而后去，何点头之晚乎？[24]

在上述《红楼梦》的点评中，二知道人明确地指出了通灵石这一民间传说的互文文本。他联系起了曹雪芹所称的顽石与"点头"的象征意义，令人意识到了"点头石"这一源文本，同时也点出了民间传说之石具备开悟的潜力。这段极具洞见力的点评背后暗藏着对顽石与通灵石（"无知"与"开悟"的石头）特性的了解，更确切地说是对这二者之间可逆性的了解。

不过，"点头石"依然是《红楼梦》中缺失的互文文本。或许我们可以推断，顽石这一隐喻在《红楼梦》中拥有不同的表现形式，它包含了"点头石"早先的互文文本，更为重要的是，它将后者重新命名为"通灵"，以此揭示了其中的符号内容。顽石与通灵石的符号系统对我们理解《红楼梦》的宗教观与哲学观至关重要，故而我将首先仔细检视"通灵"这一模糊的词语中的语义项，然后再开始分析它们的表意过程。这是因为，除非我们能完全地理解该词语中蕴含的意义，不然我们不可能理解以"通灵石"替换"点头石"这一行为背后的小说逻辑,并且"通灵石"在《红楼梦》中作为一个符号,也就完全丧失了其意义。

"通灵"一词最早见于《顾恺之传》。顾恺之生活在晋代(265年—420年),是一位作风古怪的书画家与文人。传记记载,一日其友人为了捉弄他,窃取了其众多画作,顾恺之发现后却称,他的画自有灵气通天,飞升而去了:"妙画通灵,变化而去。"[25] 这段文本中"通灵"的概念不仅指出了人间与仙界两处不同世界的存在以及二者交流的可能性,它还暗示了,只有当人间之物化为仙界之气时,这一交流才会发生。而正如我们对民间传说之石的分析那样,"石头"这一词位已然包含了"天人间的联系者"这一同项,故而"通灵"与石头的结合事实上巩固了精神交流这一概念。同时,它还将联系的功能转变成了变化的功能,并且以此完全展现出了"点头石"的象征意义。这是因为正是石头本身自发地产生了改变[26],才令"点头石"(更确切地说是"点头")在宗教与非宗教语境中产生了有意义的指涉。

在《红楼梦》的语境下,我们能就这一转变的石头提出一系列的问题。首先,"通灵石"从何物转变而来?其次,我们如何从语义的角度定义这类转变?换言之,它仅是简单的语义逆转,还是以抛弃二元对立概念的方式?或许,我们可以返回"点头石"的互文中寻找解开这些问题的答案(或线索)。为人熟知的成语"顽石点头"如今在各种语境中都有广泛的使用,它在四字之间不仅揭示了石头转变之前的人格(即"顽石"),而且还告诉我们,此人格与"点头石"(正由前者转变而来)之间的关系事实上自相矛盾,由此可以推断,后者应该是前者的逆象。然而我不会就此断言，该推论完全正确，因为此结论没有全面地考虑"顽"字所能引发的众多表意可能性。直到仔细检视了"顽石"与"通灵石"的文学意义与象征意义之后，我们才能卓有成效地回答这二者之间语义转变的问题。现在，既已考察了"通灵石"的语义结构，让我们来看看其孪生意象"顽石"。

《红楼梦》中提及顽石的段落最早可见于第八回，那是宝钗第一次见到宝玉的玉，并且发现其上所刻的文字十分巧合地与其金锁上的文字恰好对仗。正当她想开始读玉上所刻文字之时，叙事者的声音突然插入，告诉我们此玉"就是大荒山中青埂蜂下的那块顽石的幻相"[27]。而此后还紧接着一首诗，叙述了石头的真实身份与其神秘的源起。它本应光洁透亮，然而"堪叹时乖玉不光"（《红楼梦》：124）。在第一百十五回中，浊的象征意义再次出现，当宝玉终于见到其分身甄宝玉时，他自称道："弟至浊至愚，只不过一块顽石耳。"（《红楼梦》：1573）宝玉的这番自我形容，清楚地展示了顽石的象征性面貌：它愚钝、无光，给人以蠢笨的印象。

如若我们浏览一下《红楼梦》中描述宝玉性情的段落，我们会发现"顽石"并非为正面意象，事实上，宝玉经常被形容为"愚""傻""痴""俗"，这些形容词都与蠢笨有关。而在《红楼梦》中，这块顽石甚至还被称作"蠢物"[28]，这一更具贬义的形容词进一步推进了"愚笨"的象征意义。不过，"顽"的多语义性事实上有可能削弱了这一稳定的词位，这是因为，据米乐山在专著《小说的面具》（*Masks of Fiction*）中所称，"顽"中亦包含了"玩"的概念。[29] 我们须意识到，宝玉的愚钝"既是其引以为傲之处，也是令他蒙羞的原因"[30]，同时愚也是"直觉、敏感与想象力的象征"[31]，米乐山为我们完美地指出了此形容词之中暗藏的多义性。因此，虽然在"愚"与"浊"这两个不断在小说中出现的词语的语境下考察"顽"的意义十分重要，我们还必须考虑"顽石"在"愚钝"与"顽（玩）皮"之间所处的位置，在此之前，"顽石"的象征意义还无法完全展现出来。

在上文的基础上，现在我们便能开始考察"顽石"与"通灵石"之间多样的关系。首先，我们须谨记，这两个石头意象之间最重要的关系是转变，然而此"转变"并非必然会完全且永远逆转既有词项。从上述讨论中，我们或许能看出"顽石"的词义模糊性是如何阻止我们断定，从一者向另一者的转变是绝对且无法逆转的。在此时，考察一下洪秋蕃的评点将会大有益处，他做出的推断展现出了某种微妙性，远胜于将"顽石"与"通灵石"简单粗略地两相比对："［宝玉］初则顽石，煅炼则成通灵，幻化而为神瑛，明其不顽也。"[32] 这段评点中的不明确之处在于最后一句话中的矛盾性，简而言之可以称之为"顽石不顽"。这意味着，最初的词项在历尽转变之前，已然包含了它的镜像意象。而这一矛盾性直接动摇了语义完全逆转的理论。此外，"顽石"绝不可能仅仅转变为"通灵石"。洪秋蕃的此番推断，假设了不止一种原词项转变的可能性，而是从"顽石"到"通灵石"再到"神瑛侍者"。因此，这两个石头意象的对立性绝不成立，因为此处幻化的过程是迂回的，而非一种可预测的二元模式。故而，上引文本中提及的这一转变不仅超越了二元结构（视"通灵石"为"顽石"的完全逆转），它还彻底否定了"通灵石"将会成为某种终极的、不再变化的物体的猜测,由于此物成功地逆转了其原始词项的内容,故而一旦认定了这种猜测,它也必将阻滞连续的转变之流。

事实上,对此还存在着更为直白的理解,那便是假设"顽石"直接与"通灵石"完全对立,并且认定,前者所代表的正是后者所缺失的,也即一个完全缺失"认知"与"意识"的实体。这种二元对立的设定显然极具欺骗性。对此,我们只需回忆一下癞头和尚与女娲石第一次见面时所说的一番意味颇丰的话语,便能理解"灵"与"蠢"之间的辩证关系:"若说你性灵,却又如此质蠢。"[33] 一方面,"顽石"特有的"性浊"似乎与"通灵石"具备的"灵性"完全对立,然而另一方面,类比宝玉内在自我的镜像意象即为"愚",而宝玉又时而蠢笨时而聪慧,"顽石"亦是如此,它也具备两种矛盾的意义:"粗蠢"与"顽(玩)皮"。"顽"的这一非此非彼的中间状态在翻译时极难把握。"顽石"的英文翻译"无知之石"(unknowing stone)无疑是为了理解更为便利,然而它却没能传递给读者调皮的概念,而后者则是"顽石"产生转变的动因之一。当我们定义"通灵"时,同样的问题依然存在,因为仅用几个单词无法囊括这二字所产生的广阔意义。例如,周汝昌在解读"灵性已通"(《红楼梦》:2)四字时,罗列了四个不同的特性,每条都指向"通灵"的词位之中的一条意义:"知觉""意识""思想""感情"。[34] 如果我们还想将"顽石"这一孪生意象整合进"通灵"的词位内容中,那问题将会更为复杂。如若从转变的角度看待"通灵"与"顽石"的关系,那么唯一合理的翻译便是将所有能够佐证这些关系的概念囊括其中。"通灵石"

的翻译"开悟之石"（enlightened stone）没有包含"精神""神灵""意识""改变"等意义，而这些都围绕在一个基础概念周围，此概念拥有着某些精神力量（联系顾恺之的画作），它原为看似静态的物体，然而在此则成为了有能力与神灵交流的主体，并且因此拥有了知晓仙界之事的能力。因此，"知神石"（stone of divine intelligence）或许是"通灵"更好的翻译。[35] 此翻译之所以有意义，是由于它已然暗含了对"顽石"的语义内容的指涉，而"顽石"本就应当与"通灵"相关联。

上文所说的指涉，特指"顽石"中"愚"的象征意义，更确切地说，指向的是其众所周知的"无知"的特性。然而正如上文所述，如若我们想要将"愚钝"与"顽（玩）皮"彻底分离，我们必须消解"顽"这一概念中的表意潜能。现在，让我们回头考察一下"顽石"的语义之谜，同时也问一下自己，某个实体处于两个对立意义之间究竟意味为何。从微观角度出发，我认为"顽石"特有的这一语义的矛盾性同样适用于"通灵石/顽石"的转变逻辑。现在，我们已经站在了（不论是民间传说中的还是小说中的）石头的核心象征意义之前，那便是阈限性的隐喻。

阈限之石

熟悉生殖崇拜用石的人们绝对能捕捉到《西游记》中的石卵以及石猴的诞生中暗藏着的孕育之石的影子。事实上，我们完全可以尝试在精力充沛、内含着自我改变这一概念的石猴意象中找出禹石、涂山石，以及祈子石的互文性。然而，诚然孙悟空的身上体现出了石头明显的民间传说身份，但是《红楼梦》中那青埂峰下的女娲石却看似与孕育之石毫无联系。除去赤霞宫中的那段描述，女娲石的人格中并未显见孕育之石的主要特点，而这块女娲石虽发端于女娲神话的主要互文文本中，但是似乎逐渐远离了具有孕育之力且与天相关的五色石意象。

在《红楼梦》中，逐步脱离石头的民间传说身份这一行为具有多义性。一方面，人们可以说，它从未完全与史前神话的石头脱离关系，赋予生命的石头的互文性依然蛰伏在"欲"的主题之中，而此主题正是该故事的神话逻辑的一部分，而怀有情根的下凡之石也暗合了高媒石与其他古代生殖崇拜用石所蕴含的性暗示。不过另一方面，较之孕育的象征意义的互文指涉，《红楼梦》中的石头与"顽石"以及"通灵石"中暗含的"转变"隐喻之间的关系更为密切。

事实上，具备意识的"通灵石"的意象从无意识的繁育石卵出发，历经了漫长的演变过程。随着《红楼梦》故事的展开，我们发现，女娲石从一块拥有弥合能力与宇宙能量的神话/民间传说之石转变成为了一块拥有全新且虚构的人格的石头，并且同时具有两种变化多端（或对立）的特征，分别隐约地对应着"顽"与"通灵"。此时，石头涉及的问题不再关乎它的孕育能力，而是认知行为的多义性与其本身的矛盾性，之所以具备矛盾性，是由于"愚"和"智"这两类认知隐喻描述了宝玉所处的中间状态，换言之，即宝玉在《红楼梦》的故事中时而疯疯傻傻，时而悟性极高的状态。而同样地，悟空在西游记的取经历程也展现出了这种涉及认知与开悟的挣扎状态，只是程度略浅。在这两个案例中，民间传说之石对自身认知潜能的热切探索很快就超越并掩盖了其孕育能力。

长期以来，《红楼梦》与《西游记》二书便是广为接受的案例，它们的叙事方式打破了一切界限，包括人类与动物、仙界与妖道、神话文本与模仿文本，以及最重要的儒释道三者之间的界限。而除了这些边界关系，我还想再额外引入一组关系，它暗藏在宝玉和悟空模棱两可的精神世界之中，那便是石头的思维方式。这两位主人公半仙半人，融合了人类与动物/静物，他们都印证了不断变化的界限的存在。宝玉和悟空都处在有意识与无意识的不稳定平衡之中，并且一直使用着两种意义的话语，此话语中的多义性源自于"愚"和"知"的矛盾性。《红楼梦》与《西游记》的神话逻辑中暗藏着一种矛盾的概念，即最天然最无知的个体同时也是最智慧的个体。当宝玉的故事揭开了其神秘的面纱，我们才发现故事的开端已然包含了结局，"通灵"的种子早就埋藏在女娲石愚钝笨拙的意象之中。故而，对石头认知能力的探索最终将我们引向了一种独特的思维模式，我将它定义为阈限模式，这也是石头有能力引发的一种象征意义。

在文化人类学中，初次受礼者所处的边缘状态被称为"阈限阶段"（Liminal Phase），它被认为是"通过仪式"（Rites de Passage）中最重要的阶段。阈限一词源自拉丁语 *Limen*，意为"临界/门槛"，它标志着仪式主体正在经历的过渡状态，在此时，该主体已然通过了社会结构中某一既存的固定点，但是还未进入下一个全新的状态。此仪式主体处于一种既是生又是死的象征性状态之中。[36] 阈限阶段的人格具有两面性与多义性，它脱离了所有类别："阈限的实体既不在这里，也不在那里；他们在法律、习俗、传统和典礼所指定和安排的那些位置之间的地方。作为这样的一种存在，他们不清晰、不确定的特点被多种多样的象征手段在众多的社会之中表现了出来。在这些社会里，社会和文化上的转化都会经过仪式化的处理。所以，阈限常常是与死亡、受孕、隐形、黑暗、双性恋、狂野、日食或月食联系在一起。"[37] 刻画了成年仪式以及其他肇始仪式的阈限特性似乎巩固了列维-斯特劳斯的理论，他认为未开化的头脑也可以产生我们现代人所熟悉的精神特质（比如二元对立）。一份对原始部落仪式的研究指出，其最主要的结构特征可以用交叉二分法排列出来。[38]

我们在其他各种仪式符号中都能找到同样的二元组合与阈限矛盾体。米尔恰·伊利亚德与埃里克·诺伊曼都认为，古代符号中令人费解的二元对立关系都与原始的无意识所表现出的一致整体性有关。[39] 比如蛇，它既能代表男性的生殖器，又能组成代表女性的衔尾蛇（Uroboros）符号；又如洞穴，它不仅是人间的子宫，还是阴间的坟墓；再如杰德柱（djed pillar），它既象征着大母神，也象征着太阳神之子奥西里斯（Osiris）身体的一部分。[40] 在原始的全体性特有的男女同体特性中，我们也能找到五行与增殖的象征意义。

神话/民间传说之石便是这样一个阈限实体，它徘徊在两类对立的特性之间。在围绕石头传说的讨论中，我们已经注意到了偶然发生的由某个词位之中共存的对立二元所引发的语义偏移。比如五色石同时具备固态与液态的特性；祈雨石往往成对出现，如阴阳双石，他们在祈雨仪式中的功能也往往相对立，一个引发降雨，另一个则抑制降雨；涂山石以及当代的石女传说涉及孕育与不育的语义之间的相互作用；点头石则假设了"顽"与"悟"、"缄默"与"言说"（将点头视作一种"肢体语言"）之间的阈限状态。

神话/民间传说之石具备多种象征意义，而其中的每一项都产生自静态与动态、天界与人间的互动。因此，民间传说之石展现出了潜在的阈限特性，并且设定了一个模棱两可地介乎固定意义两极之间的过渡特性。石头的种种自相矛盾的特性可见于下列二元组项：

孕育（滋养）/不育（贫瘠）

神圣/世俗

缄默/言说

愚钝/睿智

固态/液态

静态/动态

天界/人间

相互比对神话/民间传说之石的阈限状态与宝玉和悟空的边缘特质，我们可以发现众多的互文性。在这两位角色的精神世界中，上列的种种对立组项经历了或细微或剧烈的转变。在"顽石"与"通灵石"、"甄宝玉/贾宝玉"以及玉和石这几组关系中，没有一方高于另一方，它们之间连续的可逆性（短暂地）颠覆了身份与整体的传统[41]，并且强调了阈限性的播撒特征，后者也是民间传说之石拥有的特性。

民间传说之石本身就是一个确切的阈限实体，这也赋予了"顽石""通灵石"这对矛盾关系一丝悲壮感。《红楼梦》可以被视作对边缘状态的刻画与歌颂,这种边缘状态在我们非传统的主人公身上也有所体现。事实上在第一回中,石头对自己身上所刻故事做出的评价,既体现出了它维护全新小说形式的态度,又是其脱离道德和社会约束的宣言。从叙事逻辑与道德观念的角度出发,《红楼梦》都在试图捍卫那些引发边缘化且挑战传统的动因。

《红楼梦》以女娲补天后将石头弃在山下为开头,在此时我们便能体会到本书对边缘状态的强调。此石是苍穹拼图的残片,秩序排列后的遗存。在苍天补全,万物秩序恢复之后,它只能躺在山脚下,此时,它的存在变得极其暧昧,此石是天神的弃物,反常地被自洽的天界排除在外,它融合了世俗与神圣。如若仔细考察,我们便能发现,石头在介绍其记述的内容时,使用了一套古怪的逻辑[42],它在对其价值的深信不疑与自我嘲弄的夸夸其谈之间摇摆。叙事者/作者一方面将石头讲述的故事认定为荒谬之言,而另一方面却又强调,其作者历经十年艰辛才写就它,如此这般,叙事者/作者便给予了我们一对矛盾的信息,并且在我们试图解读此故事时,成功地引导我们的观点不断在"合理""荒谬"之间往复。

维克多·特纳(Victor Turner)以及其他结构人类学家已经在社会习俗的语境下研究过了边缘实体的意义。从阈限性的基本原则可以推导出"如果没有身处低位的人,就不可能有身处高位的人;而身处高位的人必须要体验一下身处低位的滋味"[43],有鉴于此,他们推导出了如下矛盾,即边缘实体身上固有的弱势事实上拥有着力量。而通过分析民间传说与文学中的阈限角色(例如"神圣乞丐""第三子""傻子""好撒马利亚人"以及《哈克贝里·费恩历险记》中的逃亡黑奴吉姆),他们发现,正是他们"低下"与"局外人"的地位让他们拥有了弱者身上的救赎之力。[44] 因此,穷苦之人与样貌奇异之人往往被赋予不寻常的精神力量,他们在精神上被拔高,远远超过了其世俗的卑微感,而在具备组织结构的社会中,他们经常会直言不讳地传递出道德感,并且透露出独特的人性与博爱精神。

处在高位与低位之人,神圣与世俗之人,注重精神与沉溺俗世之人交换身份的体验无疑是一个辩证的过程,这也正是宝玉在精神之旅中所经历的,他以不属于任何一个世界的边缘身份,从较低层的世界中慢慢进入较高层的世界。自故事的开篇始,宝玉的前世,那块被遗弃的女娲石就已然存在于边缘世界中。它足以引起癞头和尚的注意,然而却没有好到能让女娲选中成为补天的材料。宝玉一直拥有这种模棱两可的光环,我们在整本书中都能见到,他不断地表现出时而愚钝时而通灵的状态。他从低处向高处的路程渐进但迂回,在此期间他在两个互相依存的人格间往复,那便是"顽石"与"通灵石"。宝玉从一个人格向另一个的短暂转变明显表现出了"弱者的力量",并且刻画出了瞬息万变的阈限性中暗藏的辩证性往复运动。

《红楼梦》中最显而易见的变动出现在第一回中,它触发并且在某种意义上造就了"顽石"/"通灵石"这对阈限隐喻。事实上,不论作者/叙事者的本意是不是要颠覆开端的概念,"开端"似乎都是十分独特的场所,是意义诞生之处。如,甄士隐于半梦半醒之中听到了一僧一道谈及那"蠢物",当他上前问询时,那两人向他展示了一块美玉,上刻"通灵宝玉"四字。在此，叙事者向我们呈现了"顽石"与"通灵石"的矛盾身份，它们之间奇妙的关系似乎违背了这两个意象的对立关系，此对立关系源自于暗淡（无光）与光洁、愚钝与开悟这对隐喻。

然而，这种对立的现象注定会被阈限现象所掩盖，因为对于一个不断推迟其结果到来的过程而言，前者只是大体概括了一下此过程，并且这也是徒劳的尝试。"顽石"与"通灵石"之间的转化方式多种多样，且极其艰难，它绝不是单单一次不可逆的转变。《红楼梦》引发的正是该过程，它漫长且不可预测，在两类石头意象之间徘徊。事实上，"顽石"/"通灵石"的象征意义所产生的谜团可以用更为简单的方式概括：愚钝和敏锐交替出现（更准确地说是同时出现）究竟意味为何？

毋庸置疑，此问题的关键之处便在于阈限状态的意义，更具体地说，正是鉴于阈限性的不稳定性，我们才不禁要问，它如何令意义制造成为可能？我认为，在《红楼梦》中以及更为活泼的《西游记》中，宝玉和悟空的精神之旅（这也是这两部小说中的表意核心，或者特别的表意之处）的功效恰恰暗藏在阈限性的概念中。换言之，阈限性预先决定了这两位主人公的旅程的本质（或是结果），也是它们的先决条件。

"顽石"与"通灵石"身上的阈限特性分别为固有的愚钝与顽（玩）皮，以及身为世俗却能与天交流的潜能，而从象征意义的角度出发，这些特性从一开始便消除了宝玉原本戏剧性的旅程的荒谬性。阈限性具备类别一致性，并且我们推导出，它必然会产生无边界的小说世界，单凭这两点，阈限性便能完全刻画出一场发生在精神世界中的旅程，并且此精神世界不被包括在任何世界之中。只有阈限性的逻辑才能真正切合精神之旅的母题向文学空间结构发起的挑战。从叙事的角度出发，阈限性使得相矛盾的类别得以产生以及互动；而矛盾的是，阈限性在促成精神之旅走向最后的圆满之时，还部分地起到了推动作用，换言之，它保证了大量对立互补实体存在的合理性，包括处在高位与低位之人，神圣与世俗之人，蠢人与圣人，以及"顽石"与"通灵石"。

在此，我们还需做一件大有裨益之事，那便是粗略考察一下阈限性在宝玉精神之旅的叙事结构中所处的关键位置，与此同时也思考一番，如何使用诸如"愚钝"与"敏锐"等非象征性的词汇表述阈限性的象征代码（"顽石"与"通灵石"的隐喻）。

在宝玉的人间之旅中，他的认知力从头至尾都体现出一种矛盾的模式。在完成其开悟仪式之前，宝玉一直处于疯与醒、愚与智、谦逊与傲慢的边缘道路中。在这一中间状态的阈限期内，他历经了各种各样的情欲考验。色（佛家意义）与死的阴影对他步步紧逼，并且在他的脑海中向他（短暂地）揭示了弱者的力量。他经历的众多磨难唤醒了"通灵石"沉睡着的神圣性，并且同样重要的是，这些磨难复苏了"顽石"中暗藏着的顽皮敏锐的精神，在多数情况下，此精神都处在被其孪生意象"愚"取代的危险边缘。在《红楼梦》其他角色的眼中，宝玉既精明又疯傻，既聪慧又愚钝。[45] 在较早的章回中便反复出现了暗示其矛盾且孪生的精神状态的段落，这一塑造人物的手法体现了"顽石"与"通灵石"的矛盾。

然而，诸如"疯疯傻傻""憨顽""痴顽"等大量对宝玉的负面评价，偶尔也会被不同的观念部分抵消，相较于那些自欺欺人的凡人做出的评价，这些由警幻仙子提出的观念让人感觉更为正统。例如，在宝玉翻阅《金陵十二钗正册》时，警幻仙子慌忙掩上册子，因为她知道宝玉"天分高明，性情颖慧，恐把仙机泄露"（《红楼梦》：81）。对立词项的可逆性以及该可逆性完成时刻的推延（暗藏在仙子随后发出的"痴儿竟尚未悟"的叹息中[46]）在所有阈限结构中都是两个极其重要的语法特点。由此可见，虽然《红楼梦》最初意在强调阈限性的推延（警幻仙子很有心机地阻止了宝玉继续观看《正册》），然而《红楼梦》并未将这一推延转化为最后高潮时刻的转变，宝玉并没有明确且不可逆地演化成为"通灵石"，故而《红楼梦》没有完成开篇抛出的这一重要暗示。一旦"聪颖"（重新）占据了上风，它与"愚钝"之间持续存在的对话便会被这两者之间既存的等级关系所替代。"已然完成"的阈限性，也即逆喻抛弃了被回归行为压制的过程中蕴含的逻辑。在此，我们得出的结论与先前讨论《红楼梦》的哲学观念时推导出的结论一样，这部叙事小说最终不得不妥协于它一开始提出的问题。起始的概念以及随之产生的身份的概念（最初被颠覆的传统）最终反过来阻滞了全新的修辞方式与阈限性。从叙事逻辑与文化无意识的角度出发，《红楼梦》可以被视作一部讲述约束所拥有的致命诱惑力的故事，亦或是一则关乎半途夭折的意识革命的悲剧。

虽然《红楼梦》本身由各个章回构成，这些章回记述了"怪"与"顽"以及"颖慧"的符号之间不断改变的对话，然而矛盾的是，"顽石"/"通灵石"这对阈限隐喻却阻滞了宝玉的精神之旅。当宝玉的阈限性格（一方面是石和玉，另一方面则是"顽石"与"通灵石"）被转化为石头与"通灵石"这些单一身份时，对最后一回中出现的女娲石而言，唯一合理的场景便是它成为了一个缄默的无生命体，这是因为，它的旅程已经完成，其创造的能量（任何阈限实体都具备的特征）也因此完全消耗殆尽。如果从"顽石"/"通灵石"这对阈限矛盾体最终结局的角度出发，脂砚斋在庚辰本十九回的点评仅仅道出了宝玉精神探求之旅一半的真相。如我们一样从头到尾关注《红楼梦》中阈限结构的人士一定不难发现，其负面因素的辩证关系（正如脂砚斋在下引中指出的那样）中真正的精神远远超出了《红楼梦》展现出的正统思想体系的触及范围：

[宝玉]说不得贤，说不得愚，说不得不肖，说不得善，说不得恶，说不得光明正大，说不得混账恶赖，说不得聪明才俊，说不得庸俗平凡，说不得好色好淫，说不得情痴情种。[47]

然而我们还是要说，阈限性的隐喻依然是《红楼梦》对中国传统叙事小说所做出的最重要的贡献之一。虽然我们已经认定了它在《红楼梦》中的核心表意地位，然而我们还不能就此中止这场讨论，在此有必要顺便提及一下另一项有趣的隐喻，此隐喻与石头的意象没有多大关系，而是与宝玉的爱情观有关。"情不情"的隐喻刻画了情欲的阈限状态，它是曹雪芹对宝玉的情欲特质的最终判词。此隐喻出自现已佚失的《红楼梦》原最后一回的警幻情榜中。

"情不情"这一来自作者的点评在甲戌本与庚辰本的脂批

中共计被引用与分析了四次。[48] 而庚辰本的脂批者似乎对其含糊其辞的表述略显迷惑,并没有对此多作解释:

> 余阅此书,亦爱其文字耳,实亦不能评出此二人终是何等人物。后观《情榜》评曰"宝玉情不情","黛玉情情",此二评自在评痴之上,亦属囵囫不解,妙甚![49]

而在甲戌本中,批者对其所引的"情不情"给出了简洁的定义,在此,宝玉被认定为一位无私的用情者,其爱意一直延伸至世间所有的物体:

> 凡世间之无知无识,彼〔宝玉〕俱有一痴情去体贴。[50]

有趣的是,在三十一回晴雯撕扇的场景中,庚辰本也给出了如下理解:

> "撕扇子"是以不情之物供娇嗔不知情事之人一笑,所谓"情不情"。[51]

最后,在庚辰本第二十一回中,批者给出了下列一大段批语,此批语最具洞见性地解读了这对含糊不清的词语:

> 茜纱公子情无限,脂砚先生恨几多。
> 是幻是真空历遍,闲风闲月枉吟哦。
> 情机转得情天破,[52]情不情兮奈我何?

这段评批简练地为我们指出了"情"与"不情"这两个对立词项的矛盾。在上文所引中,"情不情"这个阈限词汇被解读为"无情的有情之人",在宝玉所有的阈限特征中我们都能见到这一难解的称谓,它将石头在人间的逗留理解为色与空这对矛盾关系上演的一出大戏。而蕴含在"情欲"隐喻之中的情欲的辩证关系则需使用另一套批评手法解读,这已经超出了此书的研究范围。我们只需知晓,宝玉是一位在各个方面都具备阈限性的角色,其人格上的模棱两可(石/玉)甚至外延至了认知(愚/智)与情欲(情/不情)的层面。

行文至此,我们可以做一个总结。女娲石从补天材料转变为扇坠形制的美玉,这种物理上的转变进一步证明了其阈限状态。在此,粗糙与精致的暗中比照巩固了"顽石"与"通灵石"之间结构完善的差异性。有趣的是,宝玉的阈限特性不仅体现在"顽石"与"通灵石"之间不断改变的对话中,还体现在其半玉半石的这种模棱两可的实体特征之中。这两者被囊括在出生与重生、愚钝与聪慧,以及真与假这些生成意象中。在前几章中考察玉和石的话语时,我们已经说明了这二者分别特有的暧昧身份究竟为何;这种双重表述如何与它们相对应的民间传说内容建立联系;以及最为重要的,石和玉这两种话语如何相交,以激发出阈限性强大的象征意义。

而玉坠则仍是替代性的精神守护者,是神秘力量缄默的证物。这是因为,宝玉在人世之旅的全程期间都未曾忘记石头的记忆,或者摆脱其愚钝的石头本质。正如我不断强调的那样,不论我们的主人公看似多么边缘化,作者/叙事者的回归情结只会巩固古老的传统智慧。这意味着结尾不仅代表着闭合,它还从一开始便引发向其封闭体系的退化。当宝玉完成了精神转变之时,他的物理存在也因而退回(或者从隐喻的角度而言是被迫返回)至原初的石头状态。虽然《红楼梦》的道德话语中充满了玉的象征意义,然而讲述故事的主体是石头,制定《红楼梦》的叙事结构的也是石头，促成"顽石"与"通灵石"（从较为隐晦的角度出发也是色与空）这对矛盾之间的互动的还是石头。

《红楼梦》存在开端吗？

我们的主人公最终再次回归了石头的本源，这与曹雪芹的声称完全相悖，他称自己已然跳脱出了文学传统（最为重要的是开端的传统），这一传统大大约束了先前的作者写就的小说话语。在《红楼梦》最终的高潮时刻，石头的话语被置于玉的话语之上，不过这并非简单地从两种叙事手法中择其一者，更确切地说，是在偏向于起始点或着重于过程之间做出选择，前者意味着叙事必然回归其原点，而后者则将所有的回归方式视为结构上的闭合。我认为，曹雪芹选择的循环叙事模式，最先亦是最主要地道出了"回到固定且均质的原点"这一文化中的普遍谬误概念，并且以此，他揭示了文化无意识在其文学作品上施加的约束。对反对文学传统或文化传统的作家而言，叙事的开端在其思想斗争的过程中显得尤为突出。如何开始与终结叙事具有极高的急迫性，甚至那些完全不关心叙事小说有无严谨结构的作家也不可幸免。"《红楼梦》存在开端吗"这一问题显然极具价值，并且与思想观念这一层面更为紧密相关。在下文中，我将考察石头在激发思想观念的矛盾中占据的独特表意地位，该地位虽被作者压制，然而该书的叙事却在不经意间将它透露给了我们。

虽然我们认同，写作主要就是进行涉及互文性的活动，然而，这对古代中国诗人而言是一件尤为困难之事，他们在此陷入了两难，一方面他们尝试着进行创新，但是另一方面他们又深受历史悠久的诗歌传统的影响，此传统充满了典故，以及建立在无数引述之上的诗歌用语。不过，对小说家而言，情况没有如此严重，因为他们身上没有如此沉重的文学传统，因而也没有如此沉重的互文性传统。曹雪芹也的确认为他可以超越，或者更甚，颠覆这些传统约束。前八十回的作者以石头的口吻谴责了陈腐的旧规，并且保证自己讲述的故事必定"新奇别致"（《红楼梦》：5），与从前的小说套路不同。在此，传统手法中"皆蹈一辙"的设定以及直白的道德伦理说教（《红楼梦》：4）受到了特别的批判。有鉴于中国存在着根深蒂固的史学传统，故而当作者/叙事者激进地提出，彻底反对"皆蹈一辙"的设定时，我们完全有理由感到惊奇。早在第一回，他就已然开始扩展虚构性这一传统概念。为此，叙事者有意反复玩弄着开端的概念。曹雪芹认识到，写作传统中之所以暗藏着"皆蹈一辙"的设定，不仅因为中国人痴迷于追求正统性与真实性，还在于他们对开端的痴迷，而后者则是从史学传统演变而来的另一项古老的形式约束。

米乐山分析，《红楼梦》存在五至六种不同的"开端"[53]，如此看来，第一回中对开端传统的颠覆是成功的。在此，一个单一固定的开端被嘲弄，甚至完全被抛弃了。似乎叙事者早在序章中就已经成功抵抗住了寻求（不论空间或时间上的）起点的追求。然而，此问题比表面看来更为复杂。第一回中的线索（事实上在剩下的一百多回中亦然）透露出了叙事者不断试图达成其先前的声称，即做到与众不同。然而此处最重要的问题是，如第一回这般在"开端"之间不断移动，是否真的就能一劳永逸地颠覆（或是胜过，批评家如米乐山可能会使用该词）开端这一传统概念。

曹雪芹"激进"的立场与颠覆上述问题的企图在诸多方面都极其暧昧。为了深入考察此问题，我们首先必须更细致地检视一下开端的概念。此概念不仅指向了时间与空间中的某一点，如石头与叙述者理解的那样，它还体现了"原初"在文化中的概念。这是因为，"开端"与"结束"不仅仅简单地定义了文本的边界，并为文本提供了一个显见的结构框架，它同时还向外传递着概念框架，甚至是意识框架，以此，它暗示了一组概念的高优先性，并且降低了与其相对的另一组概念的优先级，前者包括"原初""超验""天然""存在""身份"等等从开端引申而来的词，后者则包括"衍生""人造""缺失""不确定性"等等，这些概念都能动摇前一组概念确保的稳定性。换言之，开端不仅意味着一个固定且终极的引用点，它还处在较高的优先级中。

作家在是否选择拥有开端的叙事手法上具有完全的主动权。他/她可以选择推延开端，或是从中间开始一段故事。而曹雪芹在选择叙事模式时，似乎完全没有犹豫。开端并非仅是一种框架性的修辞手法。从行文风格的角度超越开端，并非意味着必须一次性将其完全颠覆。一方面，我们可以认定，叙事者确实成功地反抗了先前的开端传统，但如若说要判断叙述者是否完全摆脱了深植于开端的概念之中的哲学概念，这有很大的难度。该问题的关键并不在于作者/叙述者是否可以选择不以传统的方式开始叙事，而在于作者/叙事者是否能选择在意识或文化无意识之外正常叙事。似乎意识自主性与文本自主性一样都极具欺骗性。

以此,我们可以在《红楼梦》中找到"原初"概念的众多痕迹,它们因叙事结构的需要而不断出现。虽然叙事者拒绝使用一个可辨认的开端,然而他却从未忽视根源/原初的概念。遍历整篇叙事,我们能发现他不断地提醒我们宝玉的"本质"。在甲戌本中,不论在主旨上还是结构上,故事的结局早在第一回就已经被完全设定好了,在此,癞头和尚道出了一个早已存在的时间与空间的原点。在回应石头的一番极具说服力的转世请求时,癞头和尚透露了上天为石头规划的未来:"待劫终之日,复还本质。"[54] 此处空间上的原点包括了石头重生前的物理实质与物理位置。而时间上的原点也由"终""还"等概念限定。虽然与这二者各自相对的词("始终"的"始","还原"的"原")并未出现在文本中,但是它们依旧占据着主导地位,因为"本质"一词已然足够唤起缺失的另一半,并且还证实了这二者的矛盾角色——既是石头的原点,也是它的终点。因此,癞头和尚不仅预言,还决定并口授了宝玉旅程的结局:在结尾,他将由和尚本人带回时间与空间上的原点,正如叙事者携带其故事一样,此原点也是主人公与故事开始之处。从这番意欲回到一个无瑕、完整且永远处于当下的原点的雄心中,我们可以窥见《红楼梦》试图抑制的意识观念。叙事者对开端这一概念的否定仅仅在修辞的范畴上取得了成功,因而这仅是表面上的成功。在我看来,中国文人在试图跳脱出回归情结的无形束缚,以及中国写作传统中特有的回溯立场时,经常会陷入自我欺骗之中。

不论将寻觅原点视作找寻一个终极的准则文本,还是找寻石头在青埂峰下透露出的超验身份,这种寻觅都重复着同一套自循环的动作:衍生或模仿之物回到一个已然存在的标准点,后者无瑕、稳定且处于理想状态。在《红楼梦》中,远离这一标准点几乎从未被从演化角度视作一种转变,相反地,它被认定为从本质的偏离,并且是一项可悲可叹的损失。在第八回,宝玉第一次把自己的"通灵宝玉"展示给宝钗看,当此时,叙事者向我们透露了他对此玉意义的理解,或者更确切地说是对其意义缺失的理解:

> 这就是大荒山中青埂峰下的那块顽石的幻相。后人曾有诗嘲云:
> 女娲炼石已荒唐,又向荒唐演大荒。
> 失去幽灵真境界,幻来亲就臭皮囊。
> (《红楼梦》:123)

玉在凡间的实体被视作一种副本,因其在本质上是衍生之物。它被视作幻相,是存在于真与洁的仙界中的石头真体的复制品。一旦离开了仙界,玉就失去了石头固有的真实、天真、无瑕、神性以及天然的本质。我们能否解读这段文本中暗藏的石与玉之间的对立关系,取决于我们能否正确地阐释"幻"与"真"二字。此二字在《红楼梦》中不断出现,这说明它们具备构建出与其有关的概念框架的重要功能。[55]

虽然曹雪芹在第一回中成功模糊了真与假的界限,然而这二者的对立关系在上述诗句中被微妙地再次激活。叙事者在此透露了"真"与"幻"的对立二元,也因此透露了"真"与

"假",并且明显地指出了此二者中何者应当高于优于另一者。为了防止我的论点淹没在石和玉的讨论之中,我想在此先总结一下我的论点。此处的主要问题并非在于石头是否在真或假的象征意义之中高过玉(此主题我们已在上一章中讨论过),而在于曹雪芹是否在不经意间将开端/原点的概念置于特殊的地位(比如"石头"是宝玉真正的本质,而"玉"则是石头本体的幻相)。我们应当注意,诚然叙事者在讲述《红楼梦》时未设开端,然而叙事者还是赋予了宝玉的本质(即石头)特殊的价值,并且将石头的演化(即石头转世为玉并开始俗世的旅程)视作远离"真"的行为,并且从"幻"与"次"的角度看待它。这一认知观点视原点为永恒,为本质,而随后产生的事物则是替代者,已然位居次等,并且在本质上短暂且次要。

在故事的最后一回,贾雨村与甄士隐的对话再次重申了同样的概念框架,后者在此说出了一段禅宗公案般的谜语,试图向前者说明宝玉和黛玉神秘的转世之谜:"仙草归真,焉有通灵不复原之理呢!"(《红楼梦》:1645)甄士隐说的这番话,恰恰暗合了癞头和尚早些道明的宝玉"复还本质"的命运。癞头和尚与甄士隐都将我们引向了一个奉恒定的外在体系为优的观点,并且最终阻滞了小说逻辑的内在动因的发展。这种外在体系无异于可预测的"复原"行为。

因此,《红楼梦》受到了一个包罗万象的神话逻辑的影响,后者天然地与小说逻辑互为矛盾。小说将宝玉送上了自我探求之旅,并且完全接受这一不知前景的旅程可能会带来的断层与非连续性;它无法也不能预示此旅程的后果,因它是一件即时发生之事。而相反地,神话逻辑却基于自我复原,它对叙述作出了严格的要求，它需要时刻知晓动机，并且从一开始便步步为营。每一次动作都指向过去，并且反映出原点。前行的叙事持续受到回溯的暗流的干扰。一方面，《红楼梦》自然产生的小说逻辑如若任其发展，将会把宝玉带入无法预知的目的地，而另一方面，神话体系超然于所有变化与不稳定之外，它必然会将终极的"真"视为先验的真理，并因此阻滞播撒的行为。

为了达到最佳的效果，这一神话体系必须由正确的人，在正确的时间表述。而作为代言者，没有其他人能优于甄士隐与癞头和尚，他们在故事开始不久便获得了半人半仙的身份，并且叙事者将透露该体系的时刻布置在故事的开头与结尾，也看似最为合适。从策略上看，对一位无助地深陷于原点、本质与开端的大矛盾之中的作家而言，此框架手法可谓是最为可行的方案。尽管这部小说复杂的框架极其精巧，也很有深度，但是作者似乎更清楚它的功能为何，却不太清楚它抑制的事物为何。

仔细考察一下甄士隐的措词，将会帮助我们更好地理解叙事者在开端问题中所处的立场，并且理解他如何在无意之中不情愿地限制了自己的视野。"还原"这一双关语（同时指"恢复"与"回归本原"）再次令我们联想到循环、追溯的行为。宝玉的命运看似发生在两极之间，包括开端与终结，背离与回归。并且它还暗示着，宝玉能否回到真正的本质取决于他能否回到其原初的存在，即石头。可见，原点不仅对不断的变化保有优势，并且，身份还被视作可追溯之物，故而它也被视作连续且内化的整体，免受任何侵蚀与改变。叙事者几乎没有认同过"差异"的概念，他将精力集中在本质的"真"之上，而事实上叙事者本应该认识到，差异对纯粹的身份而言是一个威胁，这一身份的内部已然完全自洽，故而对外界的入侵完全免疫。甄士隐与癞头和尚都微妙地暗示了身份危机最终会结束，并且最终的"复原"便是解决宝玉自我演化（彻底转变）的窘境的关键，而此演化必然遭致有关明确身份的神话的破灭。

宝玉历经的每个磨难都在侵蚀着他对完整自我的感知。各式各样的事物将他包围，不断地挑战其身份的整体性。而我们的这位主人公之所以与先前千人一面的角色有所不同，正是因为在他生命中的每个重要时间点，这一有趣的过程都在逐渐化解他那稳定的自我/身份。在黛玉离世后，宝玉身份的内核更易遭受到进一步的分解，我们目睹他无可救药地分解为了某个不可理解、漫无目的且杂乱无章的存在。正是在这一片全然的混乱之中，宝玉对身份的追寻发展到最为激烈且关键的时刻，而那两位预言家却突然出现，中断了此过程。我们不禁要想，如若叙事者放任主人公在一片意识与精神的混乱中自我发展，那么《红楼梦》将会迎来何种结局：我们或许会见到对真正的自由究竟意义为何的截然不同的描述。它是否依然如同叙事者讲述的那样，发展为一场目空一切、遁入佛门的逃避，在一番苦行之后完全消灭自我，亦或是发展为主人公深陷于无穷尽的自我否定与漫无目的的人生之中？

不过，这两位预言者及时出现，完全否定了不可预知且无结构的发展结果。他们不仅提醒我们叙事框架手法的约束功能的存在，还再次令我们想起了叙事者早在第一回就否定的传统认知论，它基于绝对对立的二元关系，包括"真"与"假"，存在与不存在，身份（相似）与差异。原本已然敞开的又再次闭合，原本已然分崩离析的也被重整秩序。返回本质的行为重申了身份的重要性，使得异质性再次让步。对立二元之间被模糊的边界再次变得清晰。

借由癞头和尚与甄士隐这两位虚构人物，我们得以窥见叙事者偏爱原点的观念，以及他复原的冲动。在第一回中，叙事者明显地戏谑模仿了开端的传统，而有鉴于此，此行为现在看来未免显得有些暧昧不清。让我们再次回顾一下整篇叙事的第一句话："你道此书从何而来？"（《红楼梦》：1）这句话被公认包含着讽刺意味。但是我认为，这其中包藏了一部分叙事者精心藏匿起来的意识立场，只有通读全书后再次回顾才能揭示其中的意义。乍看之下，叙事者打趣的口吻十分直白，几乎没人会忽视它。我们几乎可以听到他在愉悦地说："你想要一个开始吗？我来给你一个，不过，千万别当真。"在此，原点的体系（即开端的传统）与叙事者的观念（嘲弄且破坏了原点）之间的差异，在文学解读与另类的讽刺解读之间创造出了尖锐的对比。读者在此有必要严肃对待叙事者的开放言论吗？首次展卷的读者对此可能会坚定地回答"不"，他们更容易接受讽刺的解读方式。我认为，只有读者读罢全书之后，他们才可能改变自己先前对此的反应，在那时，倘若想再确切地回答"是"或"否"就显得有些困难了。有人或许会说，一方面老于世故的读者可能更喜见讽刺的语句，而愤世嫉俗的读者则更有可能字字追究，若用叙事者喜爱的词来说，那便是更喜爱复原出句子的本意，并且同时享受叙事者有些自我挫败的初衷。换言之，读者将会更严肃地对待叙事者的开篇之言，并且沉浸于（至少是思索）自我欺骗所释放出的无情之力。

我们已讨论了一位作家在挑战如此古老的传统时所面临的局限性，此时以回顾性的方式解读开端的传统将会更显意义。不过首先我们应当认识到，如若开端这一概念没有天然地包含持续与外延的意图，那么它便不再拥有意义。而外延则遵循着一定的进程，这是因为开端是"有目的性的意义产生的第一步"。[56]

最典型的开端意图一般都涉及同一种开端，它"可预见源自于自身的持续性"。[57] 不论《红楼梦》的叙事者在开篇时表现得多么戏谑，多么有意且毫无顾忌地贬低开始的概念，女娲神话的段落无疑设立起了一个无所不包的体系，而故事就是从它发展而来。因而，"意图"是一个棘手的问题，因为抛弃开端的意图往往会遭致相反的效果。无意中选中的开头一旦被限定在原本开端所处的位置，那么它便被强迫性地赋予了开端的功能。对所有意欲颠覆传统的作家而言，开端都因其所处的独特位置（高于随后的事物），而成为了特别的负担。或许这便是曹雪芹写就的这则故事落入的思维陷阱。过多地思索开端问题往往很危险，即使与此同时你对此概念全无兴趣。

在我们认识到开端的矛盾所引发的所有复杂后果之后，此时再看女娲的段落，我们不禁要问，它是否值得被称作一个非正统的开端。它伪装在偶然的口吻之下，但是在真正的"本质"之中，它的功能与其他正统的开端完全一致，它们都预见并确保了持续性。这是因为，女娲石的神话由神话逻辑的核心组成（即先前讨论过的外在体系），此神话逻辑不断引导并安排着宝玉的精神之旅。或许叙事者完全了解他无意选择的开篇段落中暗含的矛盾性，即，此开篇既出于有意，也实属偶然，这或许正是他有意向读者展示的思维把戏。又或许他并不意欲将自己排除在他嘲弄的对象之外。他嘲笑那些呆板地使用目的明确的开端开始故事的前人，但与此同时他也故意嘲笑着自己。

我们在其他方面也能发现，这位自知的叙事者懂得个中规则。他当然知道，没人可以无中生有地开始一段故事。他甚至知道，看似新颖的开头也必然需要引用某些旧物。因此，这项选择极其矛盾：一方面，叙事者使用一个与时间和空间特性都全然无关的神话开始故事，这暗中颠覆了开端的传统，并且以此颠覆了真确性；另一方面，此神话并非一般的神话，它是一则创世神话，是"从混乱通向秩序之路"[58]，它讲述了世界的开端。故而此矛盾似乎有些不言自明：对一位极力试图跳脱出开端概念桎梏的作者而言，他有可能会在无意之间选择创世神话作为自己故事的起点。

细细看来，叙事者选择女娲神话作为开头，这体现出他对（不论是文学还是文化）传统非同寻常的偏爱。我们可以设想一位作家，在不经意间深受文学传统中开端概念的影响，他难道不会同样深陷于文化之中的回归情结吗？而事实上叙事者选择女娲神话开始故事，这就已经从微妙的角度证明了这一情结的存在。这是因为，此神话涉及复原的象征意义，并且其内容便是一个文化中回归行为的早期版本。叙事者以此神话为开端，为接下来将要讲述的故事定下了基调。下接的故事背后的动因便基于复原这一主题，并且暗合了女娲神话的神话逻辑，这完全在意料之内。娲皇仪式般的补天行为只是我们的这位叙事者将这块奇石"复原"的神话版本。此神话中的关键点是苍写的完整性，而在《红楼梦》中则是个体的完整性。因此，女娲神话对叙事者的魅力不仅局限于五色神石这一直白的主题，它还契合了叙事者潜意识中讲述故事的动机。

上文中讨论的潜意识中回归的动机以及"开端"的问题，在小范围内塑造出了一个虚构观念，它可以告诉我们，在中国传统的文本性/互文性中，究竟哪些因素最为重要：文人将儒家经典奉为终极文本，而所有后来的文本在有意的模仿之中完成了回溯的行为。曹雪芹在《红楼梦》中原本的提议事实上是一种可行方案，即创造一种开放式结尾的文本，它将明显差别于人们熟知的文本以及经典儒家典籍。并且当我们的作者/叙事者拒绝模仿与连续的概念，而偏向于改变与非连续之时，这一提议已经完成了一半。但是"开放式结尾的文本性"仍然还仅是一个概念。这是因为我们已然说明了，在开篇时被有意嘲讽的原点概念并没有丧失其功能，也没有停止控制叙事的走向。出于同一原因，女娲神话的篇章也不能被视为一个激进地完全抛弃了时间概念（以及随之而来的开端与终结的概念）的时间性手法。

处于支配地位的终极文本与追求开放式结尾文本之间的对峙所带来的结果或多或少可以预测：在故事的发展中，曹雪芹短智颠覆的开端概念一直隐秘地存在着。这场失败的颠覆行为告诉了我们两件事：这位不落俗套的作者不仅没有跳脱出被他视作问题的传统，他还向我们透露了他对同一问题压抑着的偏爱，即找寻一个原点，一个叙事最终必须回归的所在。同样地，女娲神话也戏剧化了复原的行为。虽然神话的时间超然于历史时间的框架之外，但是它依然以不同的方式激活了开端的概念。正如同所有新年仪式都是"将时间向开端的重置"[59]以及"创世行为的重复"[60](以此,人类真实的时间再次恢复了活力,并且被投向了神话的时间)一样,娲皇补天的行为也具有重生仪式的意义。这些仪式都神圣化了开端的神话时间,那是一种原始、同质的状态,纯洁且完整,因为它还未被划分为对立的事物。[61] 在此意义上,女娲神话再现了神话上向原初整体的回归。因此,神话特殊对待原点的热忱不亚于历史文本。"神话的时间"或许没有终结,但是它与其自己的历史时间一样,体现了对开端的追溯之情。

故而《红楼梦》的叙事逻辑事实上关乎文学文化传统如何与连续和变化所引发的不断发展的矛盾产生反应。对富有创造力的全新观念而言,原点的约束力是极其棘手的问题。但这并非意味着,曹雪芹设置的叙事者没有超越束缚其前人的种种限制:不论多么的不完善,他确实颠覆了开端的修辞手法,并且引导我们注意独创性与小说创作之间的联系。而我们对原点与开端的讨论揭示了《红楼梦》中的大部分固有的结构与思想约束,并且就神话框架手法的功能提出了一系列问题。这些问题有:奇石的神话是否仅仅是约束?作为宝玉的原初本质与终极身份,石头是否其实是一个超然于宝玉的存在之外的静态实体?其功能是否仅是提醒我们注意主人公的来处?与主人公的真实存在相对,我们是否应当将神话中的石头仅视作一种补充,一种边缘状态,一个毫无缘由的多余之物?以及最终,上述问题合而为一:作者是否在无意之中选取了石头神话作为故事的开头,它对宝玉的故事是否只有一个意义(仅作为一个称手的结构约束)?我们先前围绕着玉和石的象征意义探讨的问题，大部分都旨在为我们理解上述问题寻找一个切入点。例如从"三生石""顽石"以及"通灵石"这三个隐喻之间的主旨交流入手，我们已经刻画出了石头在《红楼梦》中占据的重要表意地位。一方面女娲的五色石神话将其表意链外推至这些隐喻中，而另一方面框架手法显得不那么不合文法与毫无缘由，它成为了小说与思想层面上目的性明显的双重话语的一部分。

5 色与空的矛盾：互文化的石猴

如同参加肇始仪式的主体一样，悟空与宝玉都是阈限存在，游荡在俗世与仙界之间，前者是"色"的牢笼，后者则是所有一切的终极本源，也就是一个矛盾的"空"，世间万物既从中流出，也流入其中。乍看之下，"色"与"空"这对关系似乎发源自孕育与不育这对古老的对立原型："色"之中暗藏着感官本能与愉悦，暗藏着生存与繁育的意愿，而磨灭一切欲望与繁育的动力则意味着"空"。然而，不似先前的章节中所列的仪式中的那些二元关系，"色"与"空"二者都没有产生明确的静止点。它们二者都是模糊不定的。并且事实上，它们各自都自成一个阈限实体。根据道家的"相生"辩证法以及佛家《心经》中指出的哲学思想，这两者都无穷尽地指向无尽的播撒行为。它们各自都拥有对方的种子。这二者永远处于相互融合的过程中，它们一直处在空与满之间的一种不断变化的状态中。在此，我们需注意"顽石/通灵石"与"色/空"的阈限矛盾在互文性上的差异。后者能够无限地延续阈限性的关键话语，而前者却提前终止了它，这是因为我们能为后者找到一个完全符合其理论上的潜能的坚实喻矢。一方面，在《红楼梦》的结尾，前者被重新分类并放入了一个具备稳定时间与空间的框架内，而另一方面，后者却不断扩散其内容，并且向无尽处移动，这已然颠覆了阈限性中的二元对立概念。此话语不断地向无穷处延展，如下所示：

```
        色                    /              空
       色/空                  /             色/空
      ⌒    ⌒                /           ⌒     ⌒
     色/空  色/空             /          色/空  色/空
     ⌒    ⌒                /           ⌒     ⌒
     …… ……  …… ……           /          …… ……  …… ……
```

然而，当这一难以把握的概念体系在一位虚构角色身上暂时实现时，其开放式的体系意料之中地闭合了。正如"顽石"势必演化成"通灵石"那样，悟空这只深陷于"色"（既是相又是欲）的陷阱中的石猴也势必会实现他自己的名字所象征之事："悟到空"。"色/空"这对原本没有内容的矛盾隐喻一旦被运用到充满象征意义的虚构角色中（宝玉和悟空就是范例），它们便生成了无数的内容。这种赋予内容的行为正是评价不稳定的隐喻与问题的行为。不出意料的是，"色/空""顽石/通灵石"这些矛盾都经历了同样的生成困境：它们并没有诉诸某个与创生有关的无法理解的混沌，而是在不经意间将自己转化为一个普遍存在的虚幻约束。在下文中，我们将考察多种引文，它们令石猴成为一个处于追寻之中且有意义的主人公，并且与《红楼梦》中的宝玉一样，他也具备与之类似的阈限特性。在我们考察多变的石猴暗含的阈限特性时，我们将发现"色/空"这对矛盾体在无意间产生的约束的特点。

正如杜德桥（Glen Dudbridge）在分析中国早期文学中的猿猴母题时指出的那样，涉及《西游记》的影响研究学者已然研究过了悟空这位小说角色与其文学前身之间的互文连续性。这些分析提出了以下问题：悟空作为佛家弟子与半仙之身，如何与传说中的猿猴形象产生联系？而后者最大的特点却是动物直觉，且被描绘成一个充满欲望、绑架女子，一心只想着繁育幼崽的生物。[1]

虽然某些学者倾向于接受悟空发展自民间传说中的白猿[2]，杜德桥却反对该理论假设，他的理由是，石猴与传说中的白猿几乎没有相似之处，后者的性格特质中没有任何宗教含义。[3]他总结道："从起源与所作所为的角度出发，有关'唐三藏'的文献与白猿的传说之间存在着差异。这二者中的猿/猴主人公都拥有各自的特性——虽然唐三藏的徒弟时而会作出无理、胡闹的行为，但白猿自始至终都是野兽般的存在，是待消灭的对象。"[4]然而我认为，杜德桥将猿猴直接排除出了悟空的民间传说源头，这样的结论有些牵强。他太过狂热地试图找到一个完备的原型，从而过早地忽略了重要的信息源。他可能会意识到，在研究《西游记》中悟空的原型时，最主要的难点在于这位主人公并非仅受到单一文本的影响，而是受到了一系列迥然不同的元素的影响，既有世俗的也有宗教的，既有外国的也有本土的，所有元素都在石猴/悟空复杂的形象中留下了印记。交织而成的多种世俗母题进一步完善了悟空的形象，但这些主题在猿猴的神话中却仅存在一种。因此，在单一的信息源中逐一辨认出构成（不论是佛家的还是世俗人格的）悟空的总体意象，这注定是徒劳的尝试。

在怀疑悟空与白猿的关系时，杜德桥似乎认定，孙悟空的终极来源必然只能追溯至一个原型，而后者必须包含美猴王这个小说角色身上所有不协调的特征；由于这一原型无法找到，他最终放弃了，转而做起了其他方面的调查。[5]相反地，我认为应当从不同的角度切入该问题，将注意力放在悟空的性格特点上，即关注其佛性与兽性的矛盾共存，也即他源自宗教的特性与来自民间传说的特性。因此，我们所提的问题也必须更改一番，我们不应当问，是否能找到一个美猴王的终极来源；而应当问，究竟有哪些元素组合参与了表意的过程，并且塑造了悟空阈限特性的互文空间。

贪淫的猿猴：中国与印度的记述

从我们对互文性的研究出发，盗妇之猿与石猴之间"表面上的相似点"[6]（或许它们看似十分偶然）对我们解读阈限性问题而言是一个十分重要的线索。我们绝不能忽视悟空的兽性之中暗藏着的猿猴的肉欲。然而，我们必须认识到，叙事的互文空间中（我们随后将回到此话题）还存在其他母题，它们将猿猴的肉欲导向了其他方向，并且最为重要的是，它在阈限对象"色"的对立关系中加入了另一项阈限特性"空"，也就是开悟的可能性。而在讨论仪式用石与愚者（Trickster）*原型的互文引文的过程中，我们将会发现悟空这只自负且深陷于"色"之中的石猴逐渐向佛陀演化的方式。而对其欲望的本质（象征意义上而言则是他对"色"的痴迷）的初步考察将会奇妙地引领我们进入此阈限矛盾的另一端：开悟，而后者已然写在了欲望的话语之中。

在加入三藏的取经之旅之前，悟空是一位行为冒失且拥有

---

* 此处取申荷永的译法，然而读者应当注意，"Trickster"的含义不仅局限在"愚"，它还有"戏弄""诙谐""插科打诨"等多种含义。

各种欲望的半仙。他想要成为一位不朽之人,逃脱时间与死亡的制裁。"年老血衰"[7]的顾虑令他害怕,因他想要征服万物,即使死亡也无法阻挡他。当成功地完成了追求永生的愿望之后,不出意料地,悟空先前的欲望转变成了对天庭中权力的渴求。在故事中,美猴王傲慢的习性与沉浸在膨胀的自我中的形象跃然眼前,令我们印象深刻。他最为人津津乐道的一次情绪爆发,发生在他发现天庭赐他的第一份职位弼马温仅仅是最低级、最微不足道的养马官时:

"老孙在那花果山,称王称祖,怎么哄我来替他养马?养马者,乃后生小辈,下贱之役,岂是待我的?不做他!不做他!我将去也!"(《西游记》:42)

悟空对至高无上的权力不断高涨的渴求,以及其以己为中心的自我赞颂不仅体现在他自立的名号"齐天大圣",以及每次与妖精和天兵天将交战时都喊出的著名口号之中,还体现在他不以为耻地承认他对玉皇大帝头顶皇冠的渴望,甚至在其贬低仙界鼓吹自己的美德时也有体现。悟空对永生与权力的欲望一直占据着小说的前半部分,直到取经的主题出现。此欲望在小说后半部分略有缓和,在此,"心猿"的人格出现并且与贪淫的猿猴形成了互补。而这两个人格的融合有力地让明了"心"与"欲"这对佛家隐喻从根本上就不可分割。让我们仔细考察一下两处场景,它们微妙地展现了美猴王欲望的根源。

悟空暗藏的情欲体现在六十回与八十一回中他与两个女妖精的交锋中。在六十回中,孙悟空与罗刹女的缠斗奇妙地转向了与性有关的行为。在最后一次试图从罗刹女手中窃取芭蕉扇

时,悟空实施了一次危险的伪装行动,假扮起了罗刹女的丈夫,并且沉溺于调情之中:

> 酒至数巡,罗刹觉有半酣,色情微动,就和孙大圣挨挨擦擦,搭搭拈拈;携着手,俏语温存;并着肩,低声俯就。将一杯酒,你喝一口,我喝一口,却又哺果。(《西游记》:732)

这段描述中暗藏的色心似乎吸引了董说的注意力,并且为他提供了其著作《西游补》中大圣对欲望的精神探求之路的开端。董说使用一系列混乱的符号来体现"欲望"的各种表现形式,而其中肉欲的意象占了大多数,悟空的取经之路被描绘成穿越一片色欲丛林的精神之旅,而这片丛林唤醒了其潜意识中受到抑制的欲望。毋庸置疑,董说以此证明了自己的确超越了他的时代。

而《西游记》八十一回的场景不似罗刹女的场景那般充满着色欲的浪漫感,这段悟空更近距离地接触肉欲的段落更详尽地描绘了强烈的性渴求:

> 那风才然过处,[悟空]猛闻得兰麝香熏,环佩声响。即欠身抬头观看,呀!却是一个美貌佳人,径上佛殿。行者口里呜哩呜喇,只情念经。那女子走近前,一把搂住道:"小长老,念的甚么经?"行者道:"许下的。"女子道:"别人都自在睡觉,你还念经怎么?"行者道:"许下的,如何不念?"女子搂住,与他亲个嘴道:"我与你到后面耍耍去。"行者故意的扭过头去道:"你有些不晓事!"女子道:"你会相面?"行者道:"也晓得些儿。"女子道:

5 色与空的矛盾：互文化的石猴

"你相我怎的样子？"行者道："我相你有些儿偷生抵熟，被公婆赶出来的。"女子道："相不着，相不着。我

不是公婆赶逐，不因抵熟偷生。

奈我前生命薄，投配男子年轻。

不会洞房花烛，避夫逃走之情。

趁如今星光月皎，也是有缘千里来相会。我和你到后园中交欢配鸾俦去也。"行者闻言，暗点头道："那几个愚僧，都被色欲引诱，所以伤了性命。他如今也来哄我。"就随口答应道："娘子，我出家人年纪尚幼，却不知甚么交欢之事。"女子道："你跟我去，我教你。"行者暗笑道："也罢，我跟他去，看他怎生摆布。"

他两个搂着肩，携着手，出了佛殿，径至后边园里。那怪把行者使个绊子腿，跌倒在地。口里"心肝哥哥"的乱叫，将手就去掐他的臊根。行者道："我的儿，真个要吃老孙哩！"（《西游记》：981—982）

此章节的奇妙之处在于，虽然悟空立即察觉到了这位美丽女妖精的本性，然而急性子的悟空却没有如我们期待的那样行动。他没有当场揭穿诡计并立即打死她，而是继续让她色诱自己，并且用他自己的诘说，意欲"看他怎生摆布"。在个别暗藏着色欲的棘手场合，悟空的杀戮冲动都让位于另一种冲动，由于他对此不是特别熟悉，故而这种冲动显得别具诱惑力。对肉欲兴趣的由来始于新手的好奇心带来的刺激，他想知道"她"要对"我"做些什么。因而，女妖精许诺会"教"给美猴王令他想入非非的事物，这在与美猴王的交锋中占了先机。

"搂""亲""携手"等前戏虽然看似漫不经心,但却引领美猴王进入了一个他并不完全熟知的精神世界。如这般暧昧的时刻令人产生了无数遐想,但是《西游记》并没有详加解释。而正是董说这位解读潜意识的大师为我们提供了鲜明的补写,他将所有充满性暗示的段落都扩充为了欲望的话语。董说在《西游补》中对悟空被压抑的色欲的描写可以称得上是中国文学中首个精神分析的范例。

《西游记》中少量记述了悟空与各种伪装下的"欲望"的交锋,这些段落似乎指向了猿猴传说的明显特征,即色欲的刺激。悟空在色欲世界中的(不幸)经历都体现出了兽性的粗野,这是一种还未被其佛家弟子的本性约束与改善的猿猴天性。其名字"悟空"中的阈限象征意义源自于"色"与"空"这对矛盾。它因而引发了"色"与所有与它相关的(感官与精神)欲望之间无形的互动。故而,民间传说中贪淫猿猴的意象,微妙且碎片式地参与构建了"色"的象征意义,而"色"则暗含在悟空的名字之中。

值得注意的是,在文学理论上,肉欲和对"空"的顿悟之间的关联已经可见于明代民间话本《陈从善梅岭失浑家》中,在此,盗妇之猿"申阳公"向一方丈打听如何斩除其无法控制的爱欲,我们被告知,这位"申阳公"经常来寺庙中听僧人说讲禅机。一天,这只猿猴与长老的对话如下:

> 申阳公告长老曰:"小圣无能断除爱欲,只为色心迷恋本性,谁能虎项解金铃?"长老答曰:"尊圣要解虎项金铃,可解色心本性。色即是空,空即是色。一尘不染,万

法皆明。"[8]

这则话本故事使用"色即是空，空即是色"的矛盾，将盗妇之猿与开悟的潜在喻矢联系在了一起。悟空的形象是否就是建立在这一游离在色欲和开悟之间的半人半兽的形象之上，批评家对此存在着分歧。然而不论"申阳公"最终被证实是悟空在文学上的前身还是后继者，"色"的词位（虽然与猿猴传说有着千丝万缕的联系）都已经偏离了其最初"色欲"的含义，并且转而成为了一个阈限词位，与"空"建立起了矛盾的对话，正因为此，它接纳了其他众多"欲"的含义，比如佛家中"相"的概念。诚然，各个猿猴的形象都具备着"色"的不同含义，但是"申阳公"与悟空都是一个阈限实体，他们都有能力在语义以及（最终）在实体上将"色"转化为其二元对立的对象"空"。

在过去的数十年间，《西游记》的批评家一直关注着孙悟空的起源问题：他是本土的产物，还是外来的原型？认定美猴王源自本土的学者，以福建地区当地（自晚唐起已存在）的猿猴崇拜[9]为佐证，并且将唐代写就的《补江总白猿传》中的猿猴形象视为悟空在中国文学中的原型。然而其他阵营也向该学派提出了一些质疑，挑战了民间信仰与传说中猿猴形象的"中国性"，想要证伪这些质疑无疑略显困难。而认定外国影响理论的学者则大多将《罗摩衍那》中的神猴，猴王的顾问哈奴曼（Hanuman，也写作 Hanumat）视作这只唐朝猿猴的终极原型。这位哈奴曼在东南亚与印度史诗中拥有多种变体，他"几乎一直被描述成白猴或白猿"以及"盗妻者"。[10]虽然有关本土或外来原型的讨论与我们现在探究的猿猴性格的互文性并没有多大关联，但值得注意的是，唐朝的猿猴形象最早可追溯至汉代的《易林》以及晋代的《博物志》。[11]这些文献表明，四川山区中长期以来就存在着多记述贪淫的盗妇之猿的中国本土神话。如果说福建地区猿猴崇拜的真确性值得商榷，那么四川地区的猿猴则几乎不可能受到印度或东南亚地区的影响。

虽然涉及悟空的文化/民族来源的讨论为中国前现代通俗文学这一重要研究提供了诸多丰富的材料[12]，但是它经常会模糊重要的线索，这可能将我们对"孙悟空"的研究引向另一种模式。其中一条线索长期淹没在这两类影响研究学派的争论中，并且某些学者坚持认为应当重点关注盗妇白猿与孙悟空之间认知能力的差异[13]，这也掩盖了这条线索。此线索便是"色"（肉欲，或任何与此有关的外在体现）与"空"之间在象征意义上的连续性，这指出了这两类猿猴形象的人格之间潜在的可逆性，即盗妇淫贼与佛门弟子之间的可逆性。

此外，正是这种"色"的象征意义以及它与"空"的辩证互动让我们得以从不同的角度理解悟空和他的印度原型之间的互文关系。我在此无需遍历那些能证明神猴哈奴曼就是中国的猢狲取经者的原型（据外国影响学派）的所有特性。哈奴曼是其君主的理想顾问，并且他拥有着大力士般的力量[14]，这些特性不言自明且无可辩驳地佐证了孙悟空的创造过程中有着哈奴曼的参与这一假设。但是，此假设却排除了孙悟空的其他互文变体存在的可能性，甚至是存在于《罗摩衍那》文本中的变体。

5 色与空的矛盾：互文化的石猴

我认为，贪淫白猿这一若隐若现的形象重塑了悟空的身份之争中的问题条件，并且再语境化了我们对蚁垤（Vālmīki）所著的印度史诗的理解。[15] 换言之，当我们想到佛家隐喻"空/色"时，我们必然会想到哈奴曼忠诚侍奉的魅力无限的猴王，后者让我们联想到悟空以及中国的贪淫猿猴的形象。我在此提到的猴王须羯哩婆（Sugrīva）与哈奴曼一样，也是一只神通广大的猴子，拥有大力士的所有特性。迦槃陀（Kabandha）间接提到了他的力量，称其"能随意变形"[16]，并且通晓终极的知识（"在这个世界上，没有他不知道的东西……只要太阳照耀光千缕"）。[17] 从这段话看，须羯哩婆潜藏的英勇与智慧几乎与哈奴曼别无二致。我还想补充一点，迦槃陀所提及的须羯哩婆王国的模样，简直惟妙惟肖地描绘出了悟空早年所待的"水帘洞"那一番世外桃源之境。[18] 文中还存在其他章节，描写了须羯哩婆的动物本性，有一章还特别描绘了猿猴军队进入神秘洞穴的危险之旅[19]，这些段落都令人联想到《西游记》早期未开化的悟空和猴群探索水帘洞的景象。对传统影响研究的学者而言，上文中的第二段记述（虽与当下讨论关系不大）是研究中国文本与印度文本之间的互文性的重要节点。而我们对《罗摩衍那》的兴趣则集中在第一组记述中，即对猿猴符合伦理道德的人格描述，它们突出了我们在中国猿猴传说中也能找到的同项——"欲"。

在罗摩的帮助下，须羯哩婆成功地继承了猴国的王位，但随后他沉迷于肉欲的欢愉，忘记了他对罗摩许下的诺言，在此，须羯哩婆的动物本性暴露无遗。史诗中可见多处详细描绘须羯哩婆自我放纵的片段：

须羯哩婆已达到目的，对达磨和利的追求放松；他走上的坏人的道路，一心想追求淫欲放纵。同自己心爱的老婆，同梦寐以求的陀罗（Tara），他日日夜夜地戏乐，什么事情也不想做……[20]

对"色"（色欲）的含义最直白的解释可见于陀罗[21]对须羯哩婆精神状态的描述之中，当时她被她的爱人派去安抚愤怒的罗摩派来的信使：

他［须羯哩婆］从前受尽了磨难，现在忽把天福来享；他竟忘记了时间已到，他沉湎于肉体享受，他淫乐还没满足；你不应该这样生气，没有了解原委底细。[22]

我们可以明显地看到，似乎中国与印度传统中猿猴的人格都具备色欲这项特性。然而，一方面印度的文本不仅忽视了猿猴的精明，并且将色欲置于"达摩与利"（Artha and Dharma）的直接对立面，而相反地，中国的猿猴传说发展演化为了诸如上文所引的话本故事般的暧昧文本，这些文本直接质疑了"色"与"空"的对立关系。这种来自中国的质疑最终催生了《西游记》，这本小说将猿猴早期的沉溺肉欲、"半开化"[23]的形象变成了一个喻矢，后者能够产生与其自身完全相对的形象，即注重精神与开化的形象，并且同时还能容纳猿猴所有涉及肉欲和色欲的原有特性。

我要指出的是，虽然对石猴的阈限特性而言，猿猴的形象是极为重要的互文参照，然而如若认为悟空佛性身份的谜团已就此解开，那未免有些太过想当然。这段关系之中还缺失着无数的链条，或许我们永远都无法找到它们。如若猿猴传说为我们提供了民间传说中"色"的含义的线索,那我们又该如何解释与"色"相伴的"空"这一阈限概念?我们如何解释石猴与"空"的关联?佛家的哲学框架能在一定程度上为此关联提供大致的概念,然而它无法回答一系列关键问题,也无助于解答悟空在《西游记》中模棱两可的状态。比如,这位民间宗教传说的主人公为何拥有动物的本质,且在故事开头是一位天地秩序的破坏者?最重要的是,为何他是一只源自于石头的动物?

阈限性的民间传说之石

第二个问题将我们引向了传说中的石头,后者拥有着潜在的阈限特性。我们已经在之前罗列了一系列极其模棱两可的石头仪式,并且从中发现了阈限的特性。如若细细审查,我们将发现《西游记》中的石猴确实体现出了某些仪式用石的阈限特点。《西游记》这样描述孕育美猴王的石卵:"每受天真地秀,日精月华。"(《西游记》:3)在全书早期的章回中,我们能频繁地发现天地交合以及日月结合的记载,这说明了悟空超凡的能力源自于天界(《西游记》:6,8,13)。有鉴于天与地、日与月分别代表着阳与阴,因此这毫无疑问地体现了石猴的阈限特性。由于阴阳调和这一男女同体的状态象征着自洽、力量以及完备[21],故而我们可以认为,悟空的生命力便继承自这一丰饶、同质、中性、具备创造能力的整体之中。孕育悟空的石卵与仪式用石拥有着同样的阈限特点,它们都强调天与地、俗世与天界的联系,这似乎并非巧合。此处的互文趋同让我们认识到,小说虚构行为如何从过去与熟知的事物中获得灵感,以及互文性如何渗透到各个（不论是小说还是其他）文本的制造之中。

除去介于天地、阴阳之间的特点，石猴还透露给我们另一组神话仪式之石的阈限特性，也就是"既智又顽"的两可状态。《西游记》中不止一次将悟空描述得与"顽石"相当，他包含着智慧之种，但同时却无比愚钝。石猴的这种根深蒂固的愚钝在许多场合都受到了他人的嘲弄。在悟空被如来佛祖压在五行山下之后，王母娘娘便称被制服的悟空为"顽猴"（《西游记》：79）。在取经的途中，悟空时常无情地打死伪装为人的妖精，这让唐三藏颇为怨怒，在此气头上，三藏总是说他"凶顽"（《西游记》：172，239）。

想要理解"顽"这一夸张的修辞与《西游记》的宗教象征意义之间的关系，我们须考察第一回中叙事者做出的结论性总结：

> 打破顽空须悟空。（《西游记》：13）

> 意欲打破顽固的"空"必须体悟"空"。（《西游记》余国藩英译本：82）

这句话十分简明地揭示了"顽"与"悟"之间的阈限关系，并且告诉我们，"顽"的意义被象征性地藏匿了起来。叙事者对石猴名字中暗藏的阈限象征意义做出的这段评点，透露出了"顽空"与"悟空"矛盾的相关性。而余国藩的翻译似乎更注重解释"空"字中的双关意义，因为他绕过了基于"顽"与"悟"这对二元关系的第二层意义。故而，为了体现出这句话中辩证互补的关系，我们须采用另一种翻译方式，将"顽

空"与其共生意象"悟空"对立起来,以此释放它们各自的象征意义:

> 意欲打破"顽"的自我,须一个"开悟"的自我。

这其中的矛盾揭示了石猴的性格中共存着这对相互冲突的精神特质。悟空的孪生体,即愚钝、顽固的本性一直等待着受制于那个开悟之后真实的自我。

一旦我们将"顽空"理解为悟空的精神构成,那么"顽猴"的称呼也不再显得毫无来由,反而它的象征意义成为了我们理解"心猿"这一隐喻的重要线索。自从点头石的民间传说广为流传之后,顽石与开悟之间的关系已存在良久。每每提及"顽石"一词,我们几乎都能联想到民间传说中记述顽石点头的文本,一堆天然的石头一致地点着头,对他人讲述的禅机表示赞同。提及"顽石",脑海中便自然地出现了缺失的谓语"点头"。因此,悟空看似愚钝的特性预先告知了我们其最终的开悟,而取经之路则可以被视作引发点头的过程,它讲述了一块愚钝的石头是如何与仙界产生共鸣,并且最终点头的过程。

如果说,仪式/民间传说之石为我们发现悟空性格中的石头元素提供了一丝线索,那么只有在找到悟空身上兽性/佛性的阈限性谜团的关键之后,我们才能彻底理解其佛性的阈限性。这又将我们带回了先前提出的问题,那便是我们该如何解释这位宗教传说的英雄却有着动物般且顽皮挑事的天性?我们又该如何理解悟空是佛家子弟的同时也是野兽这一荒谬的不协调性?在此我们需注意,"顽皮挑事"依然暗藏在了"顽猴"的称号之中。事实上,余国藩在他的翻译中已经在多处将"顽猴"翻译为了"顽皮的猴子"（mischievous Monkey），这也同时略去了"愚钝"这另一种含义。因此，"顽猴"向我们呈现了一个负面的悟空形象：他既愚钝又顽皮，既与石头有关，又极具兽性，然而讽刺的是，在精神上历尽了剧变的正是这位角色。

愚者

在梅维恒有关"孙悟空"的论文中，他极富洞见力地重新整理并表述了石猴矛盾身份的问题所在："或许存在着两类与猿猴形象有关联的传统文本：一类强调了猿猴的妖魔性、邪恶的特点……而另一类则赋予了猿猴可施行宗教行为的形象。"[25] 虽然梅维恒继续推测，这两种类型可能同时源自于"中亚与东南亚的不同《罗摩衍那》版本之中所描述的哈奴曼形象"，故而他事实上巩固而非挑战了单一身份的理论，但是，他的猜测无疑重新定义了石猴性格差异中的核心问题，这也需要我们使用全新的阐释方法来解答该问题。为了找到解决该问题的另一种方式，我将在下文中指出，兽性/佛性的阈限性既产生自"两类与之相关"却较为模糊的传统文本，也源自于愚者这一角色原型。

愚者是一种虚构的形象，在各种文化的民间传说中，人们津津乐道于它奇妙的变化，以及其难以捉摸的能力。它是一种"顽皮/调皮的超自然存在，在不同民族的早期神话中有各种不同的体现"[26]。在中国通俗文化中，愚者这一调皮的形象早在六朝时期便出现了。在志怪故事中，人类戏弄鬼怪的故事屡见不鲜；其中最巧妙的一则见于《列异传》[27]，在其中一个人三次成功地骗过了一个鬼，并且最后把它当羊卖了一大笔钱。[28] 志怪故事中的这些段落都记述了戏弄脆弱的鬼怪的事迹，并且强调人类的智慧是对待闹鬼的房子与物什最有效的手段。值得注意的是，在中国早期记述愚者的故事中，人类经常胜过鬼怪，并且体现出肆意作乐的民间精神，此精神完全无视滑稽与神圣之间可能产生的宗教象征意义。在一则故事中，宗教传统本身（儒释道）甚至成为了主要的笑点。[29]

直到八世纪至九世纪间的佛教禅宗大繁荣时期，民间故事中的"智慧"才脱离了其简单的取乐原则，转而演化为一个宗教词汇。由于"智"在禅宗传统中与公案的"编"与"解"都有着密切的联系，故而禅宗为"智"与"悟"（也即滑稽与神圣）的融合提供了肥沃的土壤。许多禅师都在不经意间展现出了他们愚者般的伪装。寒山禅师（余国藩称其为"禅宗的典型代表"）就以其诗歌中辛辣的幽默感著称；在其追随者的眼中，他经常以幽默的形象出现，却携带着颇具戏弄性的光环。[30]

禅宗对"智"（机智或智慧）的"定义"本身就是一则谜语。牛头宗的法融禅师（593年—652年）在一次与徒弟的辩论中被问及"何者是智"，他回复道："境起解是智。"[31]《大乘无生方便门》中有言："心不动，是定、是智、是理。"[32]这些对"智"的简洁描述指向了禅宗中最根本的一条宗旨：知法无知[33]，即"知晓'法'（达磨）的人是无知的"。所有上述引文告诉我们，在禅宗的认知架构中，"智"被视作一种矛盾且难以捉摸的概念，只有在其短暂、自主、直观且自发的分解中，它才能真正开始产生意义。

在一定程度上，孙悟空不是一个禅宗中"智"的合格原型。虽然愚者这一民间角色逐渐融进了禅宗的角色中，后者既知也不知，既空又满（或许最佳的状态是"本来无面目"），然而悟空在《西游记》中经历的开悟过程似乎传递给我们稍许不同的信息，它告诉我们，"悟"不仅存在于我们的本质之中（如禅宗所言），它甚至可以在失去之后再次被获得。孙悟空在《西游记》中须完成之事，实际上是一场再获得，这将他与真实生活中如寒山一样奇异的禅师区分了开来。后者的乐园是此处此时（事实上他从未离开），而石猴已经失去了他的乐园，并且在一开始就成为了恶人，但正是这些才让他的下半程冒险产生了意义，也即他的成佛之路。

石猴正是游离在"失乐园"与"复乐园"的空间之中，因而我认为，禅宗中"智"的理论模型只是悟空的精神组成中次等重要的原型。[34] 孙悟空之所以是一位"卓越的愚者"，正是由于他既是戏谑者又是救星的双重身份对中国文学的语境而言是全新的结构。卡尔·荣格（Carl Jung）提出的解释性模型可以很好地描绘出《西游记》中的这一形象背后的理论框架，他将"在流浪汉故事、狂欢宴会与嘉年华以及人们在宗教上的恐惧与狂喜中"反复出现的愚者作为原型进行了分析，他认为"从其明显的表现形式分析"，此形象"忠实地反应了完全同质的人类意识，对应着一个几乎没有脱离动物层面的精神状态"。[35]

在荣格对人类审美倾向中的共同点的跨文化研究中，他发现"愚者"母题不断出现在文学史与艺术史中。它在世界文学作品中的出现之频繁，让荣格开始将它作为人类的集体意识现象的一部分加以考察。如同其他原型母题一样，愚者在古代神话与当代文学中不断出现，意味着大多数现代人的"精神意识"与我们大多数先辈的"精神无意识"之间产生了重要的联系。荣格在考察愚者形象的特性时，觉察到了一个普遍的模式，它似乎掌控着文学文本中角色的性格发展。他将该模式称作"愚者循环"。有趣的是，孙悟空的阈限特性也符合这一模式。而我认为，《西游记》中出现的这一愚者形象与其他神话与民间传说中普遍存在的愚者形象并无二致。

荣格研究了各种神话中的愚者形象，包括印第安神话、中世纪基督教神话以及更现代的格林童话中的"神话"。在他的研究中，荣格以"精灵墨丘利"（Spirit Mercurius）这一童话角色为例，来说明他的理论。他分析，墨丘利具备下列主要特性，因而体现出了愚者母题的存在：他半人半神，淘气且偶尔恶毒狡黠，有强烈的自我满足倾向（换言之，他在精神上大体处于无意识状态，因此受支配于寻欢作乐的冲动），能依照自己的欲求改变物理形态；然而他既受到伤害，也加害他人，并且一旦受到了伤害，他便会自发地脱离其狡黠与自我满足的性格，进入圣人或救赎者的身份——为救赎他人而受难。愚者在性格上从自我满足的唯我主义转变为利他主义，标志着原始的无意识精神状态向开化的有意识状态的转变。荣格使用大篇幅详述了愚者身上类人的精神状态的人类化过程：

> 开化的过程始自愚者循环的框架中，并且显然，主体已然跳脱出了最初的状态。……深度的无意识特征已经从

他身上剥离；愚者的行为不再粗暴、野蛮、愚蠢、事出无因，他在循环末端的行为开始变得有益、明智。神话中对他早期无意识的贬低甚至都十分明显，我们不禁要问，其邪恶的性格究竟经历了何种变化。思维直接的读者或许会认为，黑暗面一旦消失，便不复存在。……然而事实上，有意识的精神状态如今将自我从它对邪恶的执迷之中解放了出来，并且不再不由自主地受制于它。[36]

与墨丘利类似，《西游记》中石猴的性格发展也有趣地暗合了荣格有关愚者循环的理论。在叙事开篇，石猴神奇地诞生自一颗仙石卵。这一半仙半兽的存在的出世意义重大，甚至短暂地吸引了天庭中玉皇大帝的注意，然而其地位又十分卑微，他甚至还能与森林中无意识的动物进行交流。随着他的性格开始发展，我们目睹了其无意识倾向的扩散过程。在第二回中，悟空找到了祖师以期求得长生不老的奥妙，祖师问他："你今要从我学些甚么道？"悟空回道："只是有些道气儿，弟子便就学了。"[37] 在悟空看来，任何知识都毫无差别，他的头脑在本质上依然完全同质。在无意识之中，所有事物都没有清晰的定义，直到意识将意义赋予它们为止。或许悟空的回答看似微不足道，然而它在一定程度上证明了，悟空的精神状态还处于儿童般（或是原始状态）的无意识之中。祖师随后以猜谜般的方式问了悟空一系列问题，试探其兴趣所在，然而悟空的每个回答都执着地关注获得永生这一个概念。他如同不满足的孩童，不得所想，誓不罢休。在这段精神发展时期，悟空对永生的渴求并非出自获取知识的目的；相反地，他显然发现自己活得十分快活，故而只是简单地想无限延长这种快活。换言之，他的渴求更多地出自无意识的执迷，而不是有意识地希望得到开悟。

悟空成为祖师的弟子并跟随祖师学习了一段时间后，获得了与愚者相称的技能：与墨丘利一样，他也能随意变幻形态[38]，变出自己的分身，并且施展各种法术。这位调皮捣蛋的悟空随后闯入了天庭，在此，他的无意识驱使他做出了各种顽皮荒唐之事。蟠桃盛会的段落进一步说明了，悟空的无意识精神状态中不受控制的冲动可能为他遭致的灾难后果。在尽情享用了仙桃之后，前来摘桃的仙女发现他偷吃了仙桃，悟空便在她们身上施下了定身法术。随后他从容地离开了他的首次作案地点，来到了蟠桃会举办的瑶池前，在此他变出几个瞌睡虫，将在场准备宴会的众人挨个放倒。随后，悟空就着酒缸痛饮一番，直到酩酊大醉。这些荒唐事迹体现了悟空完全受到其满足感官愉悦的欲求的支配，在此，我们见到了贪淫猿猴和愚者的奇妙融合。其肆无忌惮的反社会行为显然有悖于他所处的早期愚者循环状态。而墨丘利与悟空之间的相似性非同寻常地高，荣格写道："另一方面，他在很多方面都比动物还要蠢，接连不断地陷入一个个荒唐的窘境中。虽然事实上他并不恶，但是他全然出于无意识与漫不经心，却做出了最为骇人听闻之事。他不慎将头卡在麋鹿头骨中的段落，说明了他仍受困于动物的无意识状态之中，而在随后的段落中，他将鹰头限定在自己的肠子中，并以此解决了之前的困局。"[39] 在大闹蟠桃会之后，悟空继续追随他自己的动物无意识，偷吃了太上老君的仙丹，这进一步触怒了玉帝与王母。

当悟空最终遇见如来佛祖时，我们目睹了他在愚者循环中向前迈进了重要的一步。佛祖与他的对峙更多的是一场智力的较量，而非力量的较量。最终我们发现，悟空被自己的粗心大意和所耍的把戏拖累。佛祖在规劝悟空时，如是说道：

> 你那厮乃是个猴子成精，焉敢欺心，要夺玉皇上帝龙位？……你那个初世为人的畜生，如何出此大言！不当人子！不当人子！折了你的寿算！趁早皈依，切莫胡说！但恐遭了毒手，性命顷刻而休，可惜了你的本来面目！（《西游记》：76）

如来说出这一番有意识的警醒之言是为了制止毁灭性且无法无天的无意识冲动。然而，悟空继续坚持着其不受约束的动物无意识，完全无视了这番规劝真言。他固执地抱紧自己的动物天性，落入了佛祖为他所设的陷阱中：他被佛祖制服，压在了五行山下，在被三藏解救之前，他将经历长年的苦难。此段落中描绘的惨败与随后的受困，是悟空精神发展的漫长旅途中至关重要的转折点，这是因为，他这样一位戏弄他人的角色在此反被自己做出的戏弄之举所害。在他性格发展的这一阶段，我们能觉察到他开始了人类化，这也预示着最终阶段的到来，即愚者将会成为一位圣人。

三十九回中的段落最为清晰地显示了悟空的精神转变。在此，八戒因之前悟空捉弄他，意欲伺机报复，故而哄骗唐三藏说，悟空能让乌鸡国国王死而复生。这是一个极其困难的任务，因为八戒还说服了三藏，不许悟空去阴间找阎王索要魂魄。正当悟空抱怨此事太难时，三藏念起了《紧箍咒》，让他生不如死。在这极度痛苦之中，悟空向三藏妥协，并想到一计，去太上老君那儿求要一颗九转还魂丹。三藏听后停止了念咒，并同意悟空去天上走一遭。而悟空临走前的一番话语体现出了他身上发生的巨大变化，与他先前性格中贪淫的动物性截然不同：他以少有的敏感真挚之情，请求三藏在死者身边安排一个举哀人，甚至还说，除非他的要求被如实执行，否则他拒绝去求还魂丹。他在性格上从原先追求纯粹的自我满足变成了遵守文明的习俗，这种转变标志着悟空脱离了长期笼罩在他心头的那些黑暗的冲动。

悟空随后干净利落地完成了他的任务，救活了国王。虽然他因先前诸多得罪之事，受到了太上老君粗鲁的对待，然而悟空在对答时收住了脾气，这标志着其进一步的人类化。而在回应国王的感激之情时，他并没有如往常一样自吹自擂一番，反而自谦地将功劳推让给三藏："师父说那里话？常言道：'家无二主。'你受他一拜儿不亏。"（《西游记》：472）在此，我们见到了愚者正在经过循环之路，走向圣人/救赎者的形象。悟空主观意识的出现，源自于他的自控，以及他能将他人的价值与提出的要求置于自己之上。

荣格还使用萨满与巫医的形象来补充解释愚者形象，他的下述分析与我们正在讨论的孙悟空有着一定的联系："在世界上的许多地方，人们在'成为巫医'的过程中都会经历各种事件，其中大多数都存在着肉体与精神的痛苦，这些都可能导致永久性的精神伤害。因此，他'向救赎者的转变'是理所当然的结果，他必须让自己坚信一个虚幻的真相，那便是受伤的人才是治疗的发起者，而经受折磨的人将移除痛苦。"[40]

心猿这一隐喻的出现[41]，以及悟空在《西游记》末尾逐渐向最终开悟的靠近，让我们看到了愚者循环的完成。从上述讨论出发，悟空最终被授予的称号"斗战胜佛"别具意义，因为它表示着悟空在精神上的发展历程。在本质上，悟空有意识的精神状态终于成功战胜了无意识状态中肆意妄为的本能。当他们的旅程越来越接近最终的终点，悟空的转变也显得越来越明显：

> 此时八戒也不嚷茶饭，也不弄喧头。行者、沙僧，个个稳重。只因道果完成，自然安静。当晚睡了。（《西游记》：1192）

在这段描述中，悟空开悟的心境平复了他先前性格中无法满足的欲望。他从追求感官的愉悦中解脱了出来，达到了心境的清净，进入了完满的状态。他的思维集中、受控，不再如碎片般跟随着直觉与冲动。在故事的最后，悟空头上的金箍儿消失了，这其中暗含的象征意义或许是悟空从无意识状态中解脱的最佳证明。

我们可以回忆一下，在一开始，正是悟空对金箍儿的好奇与贪欲导致了他受困于金箍儿：他自己的欲望与动物般的性情在悟空身上施加了它的惩罚之力。它消失在取经之旅的结尾，意味着悟空对其精神状态的纠正便是他能从囚笼中解脱的真正原因。因而面对悟空去除金箍儿的要求，三藏如此回应：

> "当时只为你难管，故以此法制之。今已成佛，自然去矣，岂有还在你头上之理？你试摸摸看。"行者举手去摸一摸，果然无之。（《西游记》：1196）

5 色与空的矛盾：互文化的石猴

金箍儿的消失象征着悟空的超我完全融入了他的精神之中。在先前，金箍儿是一个外在的工具，用以抑制其无法控制的冲动，而随着悟空的开悟，它的这项抑制功能逐渐被内化，这也意味着这种外在的控制之力最终必然会消失。在故事的结尾，随着悟空的得道成佛，我们目睹了其精神发展的完结，它生来为一股无意识，而如今成为了神化的有意识。

荣格在其假设中称，愚者循环中的渐进式发展与人类从原初的精神状态向更高的精神层面的发展有着直接的对应关系。有鉴于此，我们可以将悟空在神话中的旅程的每个阶段都视为一段寓言，它们精妙地说明了人类精神状态的发展过程。而悟空所追求的正是这种精神状态。故而在我们对悟空精神阈限性意义的研究中，愚者循环补上了其中缺失的一环。愚者原型与诸如传说中的猿猴形象以及阈限性的民间传说之石等等其他互文指涉紧密交织在一起，它向石猴的形象中引入了一种完全不同的意义层级。在此我须提醒大家注意，文本性本身便是互文的，并且互文性先于我们便设定下了一系列不可改变的前文本，这些错综复杂的前文本或相似或相异，它们没有来源，同时也没有边界。因此，任何一个文本，甚至一系列相似的文本，都不可能单凭自己便承担起复杂的意象。就此而言，不论民间传说之石还是猿猴和愚者的文本都不足以单独地解释围绕在石猴性格周围的谜团。或许有人会说，这三类互文指涉都分别体现了石猴阈限性格的某一个方面。但是，绝不可能存在一个终极的源头，既能从各个方面被引用，同时还绝不会破坏互文性的同质性与匿名性。

我们对这三类互文指涉的讨论，可以提醒我们文本创造机制的复杂性，同时告诉我们，如同石猴这样看似简单的意象，实际上可能由多种脉络的互文性相互交织而成。这一认知极其重要，从中我们还可以知道，真正让石猴正确表意的原因，实际上是各种不同的互文性之间无尽的对话，而非单单一个统一的互文文本。在制造悟空的阈限性格的过程中，猿猴、民间传说之石与愚者之间微妙的互文对话可见图1。

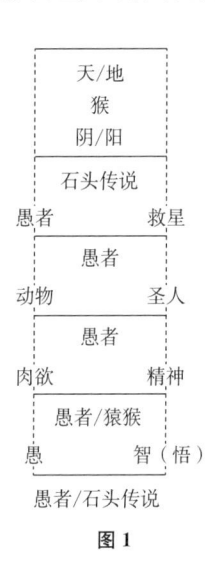

```
          天/地
           猴
          阴/阳
         石头传说
   愚者         救星
          愚者
   动物         圣人
          愚者
   肉欲         精神
        愚者/猿猴
   愚         智（悟）
       愚者/石头传说
```

图 1

注意到图1中的阈限组合偶然地相互重叠，这表现了互文性特有的相互依存法则。而各个阈限系列之中都不存在一个完整的三相趋同，这意味着我们不可能从单一的源头找到悟空精神构成的终极原型。此外，如果考虑到在制造悟空的阈限性格中，愚者与民间传说文本之间存在着频繁的互动，我们可以推断，它们二者在《西游记》中占据着主导地位的互文存在，可能会弱化第三类互文文本，即贪淫猿猴的意象，并且因而导致悟空的性格中肉欲主题的弱化与抵消。

智石

在考察有生命的石头在唤醒悟空与宝玉的精神的过程中所起的关键作用时，我讨论了神圣的仪式用石的互文指涉，它的生命与孕育能力在点头石潜藏的精神之力中得到了最佳的体现。在文学文本中，"智"石这一有生命的意象清晰地显示了"开悟"之石的发展。在开悟的石猴与神奇的通灵石身上，我们可以偶尔窥见显然来自于民间传说之石的印记，这二者象征着原始石头崇拜合情合理的巅峰。从原始的五色石这个非生命体，到鸣石这一发出声音的物体，直至最终的石言与点头石这两个通灵的生命体，我们可以完全了解到石头在精神上多样化的发展潜能。我们还能推测，诸如刻字石碑与石言传说中记述的民间传说之石所具备的语言表达能力，最终必定会发展成为更高级的认知行为，并且催生出两类"灵"石：其一受到外在的人类之力的影响（点头石），其二则（在表面上看来）受到其本身智力的驱使（智石）。

在《红楼梦》与《西游记》暗藏的追寻主题的象征意义中，智石这一主题处于核心位置。作为石头的化身，悟空和宝玉都经历过凡间的存在，并且最终都觉醒了。在此，智石都象征着开悟的潜在可能性。悟空诞生自仙石卵这一事实已然预言了他后来的开悟；而同样地，敏锐的读者早在第一回便能识破《红楼梦》的别名"石头记"中暗藏的阐释密码，并且知晓这是一个有关开悟的故事，即讲述顽石"点头"的故事。认识到智石与开悟之间的紧密关系，能够有条理地指导我们的阅读，并且帮助我们分辨与分类相关的主题序列。

在讨论"色/空"这对矛盾中暗藏的阈限性时，我已经说明了，佛家的哲学观念框架在这对关系（理论上）的持续播撒过程中起到了何种决定性作用。我认为，与民间的想象力互动的正是佛家中"空/色"这对矛盾，并且也是这对矛盾在点头石既存的阈限特性中加入了一个关键维度。开悟的点头石的意象与"色/空"矛盾之间的相互簇拥催生了智石的意象总和。

点头石与佛家象征符号的交织还体现在《西游记》选定执行开悟的角色之上：真正传递了《心经》中的矛盾思想，并且作为取经之路中精神发展的中心人物的是悟空，而不是赫赫有名的圣僧三藏。在先前分析悟空的阈限状态时，我已说明，为何开悟的种子已然暗含在了他的名字"悟空"中，并且为何该种子已经在象征意义上被囊括进了石卵中。或许这种根深蒂固的仙界根源（日月精华，天地所生）就是悟空出自本能、天生就能理解《心经》的原因。在整部《西游记》中，我们发现悟空一直都在向他的师傅解释"色/空"这对矛盾，以期望三藏能明白，这一路他们所历经的劫难的虚幻本质。在二十四回中，悟空使用了"灵山"这一隐喻，它不存在于凡间，却存在于人心的深处，也即"空"的根源（《西游记》：288）。在旅途的间隙，有关这对矛盾关系的讨论从未停歇，他们时而引用哲学理论，时而使用即兴想到的格言。有一次悟空大笑着说道：

若功成之后，万缘都罢，诸法皆空。（《西游记》：383）

5 色与空的矛盾：互文化的石猴

在随后几个章回中，我们发现悟空曾长篇大论地解释月相的变化，并将它理解为修炼身心的象征性指标（《西游记》：442）。在另一处段落，悟空再次让三藏小心六根（眼耳鼻舌身意）虚幻的本质（《西游记》：521—522）。在八十五回，悟空总结了"灵山"的隐喻，精确地指出了它与修心之间的紧密联系（《西游记》：1024）。

因此，悟空精神上的重生在取经之路上处处都在部分地进行着。他在精神上死去了两次：第一次是他被压在五行山下，他失去了贪淫的自我；第二次则发生在凌云仙渡，四位取经人在又惊又怕之间神奇地目睹了他们肉身的寂灭。从"渡过"的隐喻出发，死亡与重生在这一有些酸楚却异常简洁的时刻融合在了一起：

> 霎时撑近岸边，又叫："上渡！上渡！"三藏见了，又心惊道："你这无底的破船儿，如何渡人？"佛祖道："我这船：
>
> 鸿蒙初判有声名，幸我撑来不变更。
> 有浪有风还自稳，无终无始乐升平。
> 六尘不染能归一，万劫安然自在行。
> 无底船儿难过海，今来古往渡群生。"
>
> 孙大圣合掌称谢道："承盛意，接引吾师。——师父，上船去。他这船儿，虽是无底，却稳；纵有风浪，也不得翻。"长老还自惊疑，行者叉着膊子，往上一推。那师父踏不住脚，毂辘的跌在水里，早被撑船人一把扯起，站在船上。师父还抖衣服，垛鞋脚，抱怨行者。行者却引沙

僧、八戒，牵马挑担，也上了船，都立在艀艒之上。那佛祖轻轻用力撑开，只见上溜头泱下一个死尸。长老见了大惊。行者笑道："师父莫怕。那个原来是你。"八戒也道："是你，是你！"沙僧拍着手，也道："是你，是你！"那撑船的打着号子，也说："那是你！可贺，可贺！"

他们三人，也一齐声相和。撑着船，不一时，稳稳当当的过了凌云仙渡。(《西游记》：1169)

这段关键性的段落包含了色与空的无尽演化过程，以此，虚幻的阈限性石猴以一个固定的形象出现，在其中，"色/空"这对矛盾与民间传说中的点头石共同出现，并且融入了智石这一单一意象中。

值得注意的是，与《红楼梦》一样，这种融合体现出了存在的空间概念，此概念或如《红楼梦》那般，在主体遭受危机时便诉诸以词义为中心的源头（遵循强烈的循环性），或似《西游记》那样，在结尾处诉诸一个单一、终极的身份。这两种方式都否定了存在的时间模式这一现象学上的理解。恰似宝玉回到了一个静态的原点（一块丧失了感知力的石头），师徒四人以更夸张的方式不仅否认了他们在时间上的存在，还否认了他们作为单一个体的存在。在他们登了"彼岸"之时，留在他们身后的不仅是他们先前沉湎在"色"之中的肉身，还有那些令他们彼此不同的东西。因此这场象征性的死亡不仅仅意味着"顽"心的死去。他们异口同声的说辞，以及将这具尸体无差别地认定为他们四人的肉身，这些都体现出了同质性的强大力量，因为差异与多数在此被化简为了单一的身份。如此看来，悟空、八戒和沙僧有趣的呼喊也变得不再那般具有庆祝意味，这代表着自己与他人之间界限的消失，如今他们都进入了一个集体的（尽管是精神层面的）身份之中。

故而，不论乍看之下多么荒谬，《红楼梦》（若稍放宽一些条件，也包括《西游记》）中不断外延的阈限性道路不能也不会在叙事框架内一直持续下去。在《西游记》中，当"色"在凌云渡让位于"空"的那一刹那，"色/空"这对矛盾就已尘埃落定。而正如我在本书前几章中论述的那样，宝玉的性格中那种不断播撒的潜能，也受到了深受回归情结影响的写作传统的约束。因此，"回归"的叙事逻辑描述并且事先决定了女娲石的最终归宿，并且它以不那般戏剧性的程度预言了悟空的旅程将在哪里结束，以及如何结束。在这两例中，我们都见到受到约束的播撒冲动，并且目睹它最终被回归与复原的紧迫感所驯服。不断推进的叙事完成了循环，而显见的播撒式的阈限性则在最后时刻被转化为了循环式的阈限性。

因此，悟空的经历应当被视作始自石卵的连续变形过程，首先他变成了一个具备人类意识的动物，之后则是一个半佛半人的实体，最终他再次回到了最初的天然状态，然而却是以佛的形式。而宝玉作为诞生自仙界的石头的化身，历经了一系列包括精神上的死亡以及演化等等磨难，最终回到了原点，"复原"成了其最早的存在形式。这两个石头的化身都返回了其出发的原点，并且激活了精神重生的隐喻。

该循环模式在《西游记》中可能没有如此明显，因为悟空的开悟似乎早在其旅途结束之前就已发生，而凌云渡的段落似乎只是为一个既成事实加上正式的结尾。然而《红楼梦》却并非如此。宝玉求索之路的循环特征暗藏在故事的主题框架与结构框架中，并且更为复杂精妙。在女娲石复合的构成成分中，我们同样能发现阈限石与佛家的"色/空"概念之间紧密的交流。第一回中空空道人在"色"与"空"之间来回往复之后开悟的场景已然体现出了一种循环的道路，而我们的主人公随后也将走上这条道路。在《红楼梦》的精神发展循环中，石头扮演的角色更为关键：宝玉生来便带有一块玉，它代表着宝玉最终走向开悟的可能；而失玉会导致宝玉意识的减弱，找回它则使宝玉的精神再次振奋。虽然玉的失而复得是否可以触发一段全无女娲石记忆的精神之旅，全凭作者/叙事者的选择，但是《红楼梦》却选择了一段最终返回原点的道路，这令许多激进的读者始料未及。故而，宝玉每次找回佩玉时，都意味着他向着其原点更近了一步，也即逐渐地找回他忘却的仙界记忆。在整篇叙事中，我们都能见到循环的趋势围绕在宝玉阈限人格的播撒潜能周围，并且最终将后者完全纳入循环的模式中。[42]不论在中国文学还是西方文学中，循环的象征意义都来自于宗教，或是源自于佛教中流传广泛的转世思想（这不同于禅宗中"色/空"对立的思想），或是源自基督教神话中的重生与古希腊于年怪（Year-Daimon）的崇拜。

由此看来，叙事者最终使用循环解决了宝玉精神危机的行为，应当被视作既存神话逻辑自然而然的实现，而非如俞平伯指出的那样，被视作一场道德的救赎。俞平伯基于宝玉早期对追逐名利与严肃学习的不屑中流露出的根深蒂固的反儒家思想，指责后四十回的公认作者高鹗，称他的续写违背了作者的初衷，他认为高鹗武断地把反叛一切的主人公扭转成了一位自我纠正的书生，后者竟然在其精神开悟的那夜顺利通过了科举考试，这无疑集中体现了他对儒家理念的追求。俞平伯极度反感主人公在后期对非正统概念的"说教精神"，他认为宝玉在性情上的突然逆转极其唐突，无法令人信服，并且这实际上体现的是高鹗自己对儒家思想的全身心臣服。[44] 从该论点出发，他将宝玉在思想上的转变理解为一种简化的道德手法，从而将它与其中包含的神话暗示完全剥离开来。[45] 俞平伯对宝玉"改过自新的过程"的论述还进一步扩展到对《红楼梦》后三十回情节发展的分析。在这段讨论中，他质疑了宝玉玉佩的得失在整体叙事上的关联性，并因而再次提及了循环的神话逻辑这一重要问题："（第九十回、第一百十六回）既是要他失玉，又何必复得？况且，玉底来去，了无踪迹，实在奇怪。说得好听些，是太神秘了；不好听呢，便是情理荒谬。"[46] 在此，俞平伯显然对"循环回归"的情节感到困惑，他没有将它认定为一个既不"神秘"也不"荒谬"的现象，反而（顺着上述引文的精神重组其话语）认为：说得好听些，它遵循了最终必然回归的神话原型；不好听呢，它只是简单地跟随着充满回归情结的叙事传统，永远渴望着回归，并且特别关注着原点/起点。

因此，甄士隐在最后一回中所作的总结正切中《红楼梦》小说逻辑的要点。它以一个雄辩的问题回应了俞平伯的疑问，此问题简洁地提醒了我们一个与人类历史一样悠久的冲动的存在：

"仙草归真，焉有通灵不复原之理呢！"（《红楼梦》：1645）

我想在此总结一下先前的论述。宝玉与悟空的精神构成中暗藏的智石的象征意义，体现了石头传说文本中的点头石与"色/空"这对禅宗意象之间时而微妙时而意料之中的互动。作为点头石的潜在化身，智石再现了点头石的阈限特性，同时逐渐吸纳了"色/空"这对矛盾中的主要暗示。因此，智石的虚构逻辑一方面完全打开了无限再生的播撒能量，另一方面它还能再次引发万能的回归冲动，并以此制约播撒的能量。原本向前推进的事物在此往往陷入停滞，或者更甚，返回了起点。最紧要的并不是释放能量，反而是"恢复能量"。这点在《红楼梦》中尤为如此，上文讨论的复原在此似乎更为躁动，这是因为早在回溯原点的情结出现、并且约束已然撒播的事物之前，作者/叙事者就已经承诺并且明确告知了我们，这一壮观的场面很可能会在结尾实现。

至此，我大概无需再对《红楼梦》与《西游记》中的两个仙石的化身之间若隐若现的相似性作出更多的解释。我们已经目睹，这两者是如何被赋予了活力，从而分别赋予了悟空自我改造的能量，以及女娲石的孕育之力。同时，这一生命体中不竭的精力也外延至精神领域，石猴便从后者中汲取了他对权力、永生以及开悟的渴求，而对女娲石而言，则是无论如何也要费尽口舌地求得踏上红尘之旅。随着他们源起于石头的故事进一步展开，这两个石头的化身都演化成为了智石的形象，这为精神之旅提供了至关重要的结构框架。

我们需认识到，虽然《西游记》体现了民间传说文本强加在悟空的"石质"人格之上的互文约束，然而此处石头的文学象征意义事实上经历了更为复杂的生成过程，这不能简单地使

5 色与空的矛盾：互文化的石猴

用石头传说的生成语法来解释。如若仔细考察《红楼梦》与《西游记》中智石的矛盾，我们将发现，它从未真正完全在互文的意义上趋同于点头石的民间传说。女娲石与石猴之所以独特，不仅由于我们发现了其阈限性的道路，还在于它们在理论上有能力引发播撒行为，此行为从各方面来看都完全超脱出了二元对立这一民间的惯用手法。所有互文性的研究都必然会涉及解释影响文本创造的两个矛盾机制，换言之，便是互文引用在"复现"与"转换"这对同时发生的孪生行为中如何体现。在智石的母题中，我们必须认识到，其深处潜藏着古代石头传说的身影，并且在遭遇其他互文文本时，此身影有时会被再次触发，有时则会产生巨大的变化；它在文化无意识中迂回曲折地来回穿梭，而我们能在富有创造力的作家写下的穿越了各个时代与世代的旅程之中窥见这一穿梭行为。

6 刻字石碑

在先前的章节中，我已讨论了《红楼梦》中玉的象征意义，并且说明了女娲石与《西游记》中石猴之间的连接点正是民间传说中的"灵石"。现在让我们转向另一个主要的石头意象——石碑，重点研究它在《水浒传》与《红楼梦》的循环叙事结构中起到的推动作用。

这两部作品向我们展示了完整的神话逻辑循环，在结尾处都将故事带回了其原点，即神秘的石碑。在《红楼梦》众多开头的其中之一中，空空道人发现了一块刻了字的石碑，最终在故事的结尾，空空道人再次遇到了这块石头，如今它依然晶莹润泽，然而早已修成正果；而《水浒传》戏剧性的故事开始于洪太尉发掘出一方埋在土中的石碑，并以一块与之类似的从天而降的石碑收尾。《红楼梦》的小说逻辑基于的是再现女娲石上所刻的内容，而《水浒传》的逻辑则是解开埋在土中的石碑上的谜语，以及执行天降之碑上刻写的天命。引发了梁山好汉传奇故事的神秘石碑同样出现在《红楼梦》中，在其中其角色虽小，却十分重要。它出现在第五回中，当时正值宝玉进入太虚幻境之时，警幻仙子引着宝玉进行了一次肇始仪式。在此，我们的主人公没能理解石碑上所写的谜语，这也预先告诉了我们，他随后理解《金陵十二钗正册》《副册》的企图也必将失败。在这两则故事中，谜题的答案一方面向我们展示了轮回的存在，也因而揭示了天意；另一方面则揭露了（梁山一百单八将）真正身份，或是再次激活了（"假"宝玉的）真实身份，他们或是天罡地煞星,或是一块"真"的"宝玉"。

"伏魔殿"内掩在土中的石碑与太虚幻境前所立的石牌坊都是仙界的标志物,其作用是联系天地。现身人间的石碑上刻写的谜语则是上天的意志,其预言未来的本质显然需要解读,并且需要专人来执行。在去除神话色彩的世界中,天意只能通过矛盾的事物来传达,想要成功地揭示天意则可能需要人心与天意的融合。因此,神秘的石碑事实上是对有限的人类智慧发起的挑战。在与这位沉默的信使命中注定的交会中,人间的主人公往往应对欠佳,或是有意地忽视它。因此,洪太尉和宝玉都没能成功地读懂天意,前者误解,而后者直接忽略了镌刻在石碑上那极具讽刺意味的真相。

在梦境的入口,宝玉看见了一座石牌坊,上书四个大字"太虚幻境",而牌坊两侧的小字对联则进一步解释了其中的含义:"假作真时真亦假,无为有处有还无。"(《红楼梦》:75)从《红楼梦》的小说逻辑出发,深植在贾宝玉姓名中的真/假矛盾指出了真实虚假的本质,并且此矛盾还是一条晦涩的天意,我们的主人公远远无法解读。在《水浒传》中,没有依照天意行事导致了一个极其讽刺的转折。不似宝玉那般从未对谜题产生反应,洪太尉真心诚意地在破解它们,但是,他自以为是的心态却没能令他意识到,在尝试解读谜题的过程中,他已经慢慢偏离了天意,并且成为了放出封在石板下的妖魔的始作俑者。这段描述揭示了一个对人类而言有趣的两难境地:一方面天意需要人类的解读与执行,但同时它又嘲弄、藐视凡人的智力。洪太尉就是这一悖论的受害者。他跳入了一个精心设计的陷阱,任何自负的凡人都不可能避开,他信心十足地履行着上天的命令,这已触犯了上天的禁忌。因此,在顺利完成了寻到张天师以消除盛行的瘟疫的诏敕后,洪太尉已经在无意间将自己绑在了天意的滚滚车轮之上。在随后游览道观期间,洪太尉见到了一个阴森的大殿,他立即被其神秘的气息所吸引:

> 一遭都是捣椒红泥墙;正面两扇朱红槅子;门上使着胳膊大锁锁着,交叉上面贴着十数道封皮,封皮上又是重重叠叠使着朱印;檐前一面朱红漆金字牌额,上书四个金字,写道"伏魔之殿"。太尉指着门道:"此殿是甚么去处?"真人答道:"此乃是前代老祖天师锁镇伏魔之殿。"太尉又问道:"如何上面重重叠叠贴着许多封皮?"真人答道:"此是老祖大唐洞玄国师封锁魔王在此。但是经传一代天师,亲手便添一道封皮,使其子子孙孙不得妄开。走了魔君,非常利害。……"
>
> 洪太尉听了,心中惊怪,想道:"我且试看魔王一看。"便对真人说道:"你且开门来,我看魔王什么模样。"……
>
> 真人等惧怕太尉权势,只得唤几个火工道人来,先把封皮揭了,将铁锤打开大锁。众人把门推开……众人一齐都到殿内,黑洞洞不见一物。太尉教从人取十数个火把点着,将来打一照时,四边并无一物,只中央一个石碣,约高五六尺,下面石龟趺坐,大半陷在泥里。照那碑碣上时,前面都是龙章凤篆,天书符箓,人皆不识;照那碑后时,却有四个真字大书,凿着"遇洪而开"。……洪太尉看了这四个字,大喜,便对真人说道:"你等阻当我,却

怎地数百年前已注定我姓字在此？'遇洪而开'，分明是教我开，看却何妨？我想这个魔王都只在石碣底下，汝等从人与我多唤几个火工人等，将锄头铁锹来掘开。"（《水浒传（上）》：35—36）

如此这般，众人便掘开了石龟，另一块方形石板出现在眼前，其下便是世代锁镇着的上古妖魔。无论惶恐的道士如何警告劝说，洪太尉还是将它打开了，从而放出了一百零八个天罡地煞星，它们便转世成为了赫赫有名的梁山好汉。

在考察这段记述时，我们惊讶地发现，其间竟反复出现了石头的母题，包括刻字石碑以及镇妖石板等等。在此，我们发现了民间传说的意象向文学主题转变的痕迹。这块具备魔力，用以镇压妖魔的石板，显然有着民间传说中泰山石敢当的身影。石敢当这一具备镇守功能的保护神被赋予了神秘的力量，能驱散邪灵。在它被挖开之前，《水浒传》中的这块石板具备着同样的魔力，能将妖魔永久地囚禁在地下。在此关头我们或许还能想起另一块在《红楼梦》中具备类似辟邪功能的石头，那便是宝玉生来所携的那块上面写着"除邪祟"的玉佩（《红楼梦》：124）。由此看来，宝玉的神智不清还能被视作他受到邪灵搅扰的体现，因为失玉使他失去了庇护的魔力，从而令其暴露在各种恶灵之中。

我已经指出，洪太尉之所以破除了镇锁石板上的魔咒，恰恰是因为他全然照做了"伏魔殿"中央竖着的石碑上所写的指示，这无疑极具讽刺意味。而石头作为天意的代言者这一母题在民间故事中经常出现。我们可以在石头传说中找到大量有关石碑的例子，它们都携带着同样神秘且不能被解读的口头信息。在第二章讨论写有文字之石时，我说明了谜语般的信息与无可置疑的天意之间存在着紧密联系。我们可以说，石头作为宇宙系统中的工具这一现象，似乎是石头即天的化身这一古代信仰的残存。随着石头逐渐褪去其神圣感，它与上天的联系完整地保留在了所刻的文字中，后者向人们释放着一种虚幻的神圣感。镌刻在石头上的谜语（有时则是荒谬的矛盾话语）因而被畏神之人奉为天意的体现。

或许《水浒传》中出现的刻字石碑，其民间传说的本质不言自明，然而它在《红楼梦》中却经历了一些改变。在后者中，我们不仅见到了两块这样的石头，每块都展现出不同的联系功能，而且我们还在刻字石言中见到了口头话语与书面话语的融合。

"通灵宝玉"之所以是天地间的联系者，不仅因为它身上预言性的刻字展现出了上天与人类的沟通行为，还在于它事实上是神圣的女娲石在凡间的体现。癞头和尚将其变幻为一块玉之后，它就是神话世界与人世凡间的唯一联系。在展现出联系人间与仙界的功能后，刻字的"通灵宝玉"已经告诉了我们它源自于民间传说。如若我们考察另一块刻字石，即出现在《红楼梦》开头与结尾的"石书"本身，我们将发现，民间传说的意象不再处于主要地位，并且常常受制于小说写作的逻辑。毕竟正如叙事者戏谑地说道，"石书"乃"假语村言"。[1]《红楼梦》的故事全部来自一块刻字的石头，该事实不仅在我们眼中十分陌生，这简直就是一种难以置信的叙事手法。对18世纪的读者而言（空空道人是他们的绝佳范例），小说必须受制于真实。至曹雪芹的时代，源自史学传统的叙事小说所通用的传统手法，依然由各种虚构手法组成。最常用的手法是设置一位故事之外的叙事者作为故事的见证人，他能真实地记录并转述故事，而此故事往往都被置于"可追溯的朝代"之中，以此进一步巩固其真实性。正如18世纪的英国现实主义使用日记与书信来展现这一手法，中国的叙事者为了说明其故事的真实性，往往会不遗余力地解释本故事的手稿落入自己手中的方式。所有这些传统手法都致力于使读者相信，故事或小说都诞生自某个真实的原型。而如若小说的记述者是一位荒谬的非人类，更确切地说是一件无机物，其存在无法追溯至任何朝代，自然而然地，这段故事就落入了纯粹虚构的世界中，这打破了过去所有的手法，并且将自己的"诗的真实"建立在全然不可能的事物之上。不过，叙事者虽抛弃了先前的文学传统，但他依然就其所声称的另一种故事的真实性做出了一番解释。故而，《红楼梦》的开篇戏剧化了这一吸纳虚构性的过程，它批判了先前常用的传统手法，并且为自己故事的真实性辩护了一番，这段批判与辩护在石头与它的第一位读者空空道人之间的对话中清晰可辨。

面对空空道人对"石书"真实性的刻板批判，女娲石不仅"引述"了迂腐呆板的旧有叙事传统，还将它们"暴露"在无情的批判之中。石头逐一批评了流行叙事体裁的缺陷，它称野史、风月小说与闺房小说满篇陈词滥调，都不如它自己的故事"新奇别致"。而在极力推销自己的故事时，我们发现这位非人类的叙事者也在极力说服读者相信自己故事的真实性：

> 竟不如我半世亲睹亲闻的这几个女子……至若离合悲欢，兴衰际遇，则又追踪蹑迹，**不敢稍加穿凿**，徒为供人之目而反失其真传者。（《红楼梦》；5；楷体处为作者所作强调）

这种极力说明故事源起的急切之情涉及调和乍看之下显得奇怪的事物。石头迎合了我们对"真传"的通常理解，确保了传统读者将会自发地将怀疑放到一边，赞赏叙事者的真诚，并且相信这段悲哀的忏悔的真实性。

在与《风月宝鉴》的直接读者空空道人的争论中，石头事实上在向书中不存在的普罗大众宣讲，以期大众的不同解读方式可以促使他们理解这种全新的小说模式。在此，我们见到了石头的另一种跳脱出民间传说的方式，此方式并不涉及其叙事方式，反而与其上所刻的内容有关。换言之，小说中的石头所假定的联系功能完全超出了联系天与人的功能，它便是借此脱离了其民间传说的原型：它是史上第一块刻有人类（或许有人会说是石头）所写的小说的石头，它已经不再能被视作不可见的上天的代言者，而应是集体意识的代言者。这块刻字之石的能力产生自联系着读者与小说作者的口头叙述框架之内。天意的仙界逻辑向读者的接纳程度作出了妥协。因此，写有文字之石从民间文化的约束中解脱出来，走入了小说那富于想象力的世界。

上文提及的《红楼梦》中的两块刻字石应该足以说明，虽然玉佩一方面作为天意的代言者，展现出了它与民间传说之石的关联性，另一方面，我们在女娲石身上却见到了另一种激进的观点，它是自省的记述者，并且遵循着自我调节的文学规则。前一块石头以绝对中立的形象联系起了天与地；后一块则以自述的方式联系起了读者与作者。

毋庸置疑的是，民间传说的传统与文学意象之间微妙的关系乃《红楼梦》的众多妙处之一。作者将女娲石设定为一个工具，用以探索具备自我意识的元小说，此元小说毫无保留地透露了自己的虚构过程，将自己的虚构性展露在读者面前，这无疑是极其天才的手法。然而，在考察与刻字石紧密相关的另一种叙事手法之前，我们还无法完全理解曹雪芹在叙事观念上的尝试。

在讨论自己身上所刻文字的价值时，女娲石俨然成了一位能言善辩的论者，它说服了空空道人，让后者认同"石书"确实是一部"实录其事"（《红楼梦》：6）的故事，此极其矛盾的说法中暗藏的讽刺性便在于"真"与"假"的关系。在这场谈论之中，我们发现了石头记述者的另一个身份，即石头叙事者，他不断出现在刻写在自己身上的文字之中。在石头打破沉默的那一刻，石言与写有文字之石之间便建立起了奇妙的联系。当叙事者与记述者合二为一时，石头的语言创造能力便达到了巅峰。这一口头话语和书面话语的结合构成了《红楼梦》的叙事总和。

石头叙事者的人格在不经意间出现在了某些角色中，这打断了第三人称对故事的转述，如同在其中插入了各种点评。在离题闲扯时，石头往往会暂时将读者拉出激烈的人间故事，并且以第一人称提醒读者注意其全知的能力。在甲戌本第六回讲述刘姥姥进大观园之前，石头先是以戏谑的口吻说了这样一番话：

> 诸公若嫌琐碎粗鄙呢，则快掷下此书，另觅好书去醒目。[2]

假若插入这番话语的作用是为了承接一段全新的故事线，那么庚辰本十八回在描述大观园一派繁华盛极的景致之时，却突然毫无缘由地插入了石头回忆前世的段落，这段感情丰沛的独白这样写道：

> 此时自己回想当初在大荒山中，青埂峰下，那等凄凉寂寞；若不亏癞僧、跛道二人携来到此，又安能得见这般世面。本欲作一篇《灯月赋》《省亲颂》，以志今日之事，但又恐入了别书的俗套。按此时之景，即作一赋一赞，也不能形容得尽其妙；即不作赋赞，其豪华富丽，观者诸公亦可想而知矣。所以倒是省了这工夫纸墨，且说正经的为是。[3]

在七十八回宝玉正要宣读哀悼他最喜爱的丫鬟晴雯的祭文前，石头颇具戏谑性的声音再次出现：

> 诸君阅至此，只当一笑话，看去便可醒倦。[4]

这些石头叙事者零星出现的打趣调剂段落并不总是事出有因。当原本连续的故事被随意地拆分开，以添上"作者"心血来潮的独白时，口头话语和书面话语之间的差异便可能显现，并且如上述引文中那般，石头的话语往往看似荒谬、多余。

石头作出的最为重要、也最可能出自"作者"的点评可见于十五回中，王熙凤把宝玉的玉佩放在她的枕头边，以防过夜时丢失。因此,玉作为全书的集体意识,失去了目睹宝玉和他的密友秦钟神秘约谈的机会;有鉴于需要忠实地遵守本书的叙事观念中的主要原则,石头只能如实承认,它完全不知道此间发生了什么事,因此也全然不知这对青年之间的关系如何发展:

> 宝玉不知与秦钟算何账目,未见真切,未曾记得,此系疑案,不敢纂创。(《红楼梦》:207)

赵冈与陈钟毅偏爱这段作者的独白,并且认为它是极其天才的悬念制造手法。[5] 这是因为,此段所隐去的重要信息不仅暗示了这两位男性之间的同性关系(如若直白地写出则显然不合乎当时的礼数),它还同时遵循了最基本的叙事原则,即第一人称所见与叙事者所说之间须完全对应。虽然石头本身的评论很少显得如此有意义,但是《红楼梦》依然为我们提供了一个独特且天才的转换案例,那便是石言和写有文字之石这两个民间传说之石的意象合并成为女娲石这一单一的人格。

较之民间传说中的原型,《红楼梦》中的石言在两方面有所发展:它发展出了自己组织语言的能力,而不仅仅传递上天的信息;围绕在民间传说中的石言周围的神秘光环在此则被纳入了小说逻辑之中,显得十分自然。《左传》中提出的那个"石何故言"的问题在此失去了其讽刺性,因为《红楼梦》的认知模式显然就是建立在神话之上。[6] 因此,书中石言的逻辑完全自洽。它传递的口头信息意义明确,完全无需人类再做解释。石何故言?它思故它言。

因此,在《红楼梦》的开篇,我们能在女娲石这一个角色的语义空间中找到多层意义。它知晓自己故事的意义，并且渴望被他人知晓。石头说的话时而有理有据，时而极其荒谬，以此取乐于我们。它首先是自己故事的主人公与记述者。说话与知晓，知晓与被知晓，编故事与讲故事，有理有据与极其荒谬，等等，这些互补的关系都神奇地相互交织在一起，共同组成了《红楼梦》中奇异的通灵石这一复杂的总和。

《水浒传》中的石碑同样出现在开篇中，并且还是完结叙事的手法，它与上天建立了另一种联系。梁山好汉究竟是一群嗜血的草寇，还是一群忠实按照上天的指示行事的英雄，对此批评家们有很大的分歧。现代的读者往往无法理解这群草莽英雄不断寻求复仇的行为。他们尤为难以接受这群人对通奸的妇女抱有的强烈憎恨之情，为何在性事上的放纵总是遭致最为残忍的报复。夏志清对这群英雄的这一性格特点的评论，阐明了众多批评家与读者为何会厌恶自视正义的梁山好汉的原因："说书人当年讲这些故事，唯以取悦听众为务，未必会注意个人英雄与团伙行凶的区别。这些故事至今流传不衰，实在与中国人对痛苦与杀戮的不甚敏感有关。"[7] 而当夏志清以同样的同情心看待李逵与武松时，他发现他很难认同李逵的"嗜血成性"与武松"鲁莽的屠杀行为"。[8] 然而不论这些草莽英雄嗜血的狂怒在如今敏感的读者眼中是如何不可理喻，不可否认的是，在《水浒传》的小说逻辑中，这种行为模式确实受到了上天的认可。

在金圣叹（约 1610 年—1661 年）评批版本的四十一回*

---

* 原文误作四十七回

中，梁山好汉头目宋江在梦中见到了神秘的九天玄女，玄女传了宋江三卷天书，以示仙界对他的任命。在传天书的同时，仙女还口授旨意如下：

> 汝可替天行道，为主全忠仗义，为臣辅国安民，去邪归正。(《水浒传（下）》：116)

这段对话为七十回中神秘的天降石碑埋下了伏笔，这块石碑将小说再次带回了其神话的原点，并且揭示了这些草莽英雄的身份正是洪太尉从埋在土中的镇妖石内放出的天罡地煞星。因而，叙事以同样的石碑意象结尾，闭合了神话循环，并且创造出了一种文本对称性，这是一百二十回的《水浒传》所不具备的。让我们暂且将循环叙事与金圣叹改短的七十回本优点的问题放在一边，转而关注一下一百单八将在梁山泊汇聚一堂参加祭祀大典时，那块从天而降的石碑。

我们必须完全破解这场祭祀大典的真实意义，这样才能理解这块天降石碑的功能。宋江明确地指出，此祭典一方面为了禳谢无辜被杀的生灵，另一方面则是报答上天的眷顾，保全了他们的人马与性命。然而，他之所以举办此次祭典，远非出自这些对众人宣称的无私动机。宋江直到祭典结束时才透露出了真正的原因。在仪式的最后一天，宋江一众人马已是万众一心，共向上天起誓："梁山泊义士同秉至诚，共立大誓。"[9] 他们的起誓内容以及与上天交流的独特方式令人联想到古代的封禅仪式，这是君王们在其统治开始时，为了巩固上天的至高统治与他们之间的关系而进行的仪式。

正如我们在第二章中讨论的那样，这场皇家仪式往往就安排在君王完成大业之后，即依靠军事力量刚刚建立起统治政权之后。因此，此仪式便象征着君王的就职仪式，在此，皇帝向上天宣告他的成功，同时以象征性的天人交流方式，寻求上天对其王权的支持。因此，宋江提议举办的这场祭典可以被视作为其自身利益服务的行为，其中同样透露出了一位领袖渴求得到天意的认同，祝福他登顶权力的巅峰。宋江并不关心祭奠死者，也不在乎去寻求上天赦免他们一干人等犯下的罪行，他更关心巩固其统治的合法性，以及确保今后统治的稳定顺利。

封禅仪式涉及君王的祷文，以及刻写并竖立起石碑，有时还会封入玉检，其上记述了君王祭拜天帝时所用的虔诚祷文。而《水浒传》中文学版本的封禅仪式体现出了其民间传说的特性，在其中石碑被赋予了极为重要的地位，而在此民间传说的原始母题产生了极大的变化，整个故事就在这一高潮中收尾。

在历史上真正的仪式中，君王的祷文仅仅是单方面的交流。虽然祷文意在求取天意，然而君王向上天传达的口头信息注定成为一场独白。天永远维持着高深莫测的沉默。而双方的交流行为只会出现在最虔诚的祈告者自己的想象之中。然而当我们转而考察小说时，我们发现交流的通道已经打开，甚至我们已经目睹了上天对人类祈告的回复。《水浒传》中上天的回应以极其戏剧性的方式呈现在我们面前，唯一能与之比拟的场景或许只有《圣经》中从天而降的摩西十诫石：

> 是夜三更时候，只听得天上一声响，如裂帛相似，正是西北干方天门上。众人看时，直竖金盘，两头尖，中间阔，又唤做"天门开"，又唤做"天眼开"；里面毫光射人

> 眼目，云彩缭绕，从中间卷出一块火来，如栲栳之形，直滚下虚皇坛来。那团火坛滚了一遭，竟钻入正南地下去了。此时天眼已合，众道士下坛来。宋江随即叫人将铁锹铁锄头，掘开泥土，跟寻火块。那地下掘不到三尺深浅，只见一个石碣，正面两侧各有天书文字。当下宋江且教化纸满散。（《水浒传（下）》：516）

石碑上不仅写着梁山一百单八将的名字，还刻有两列四字共八字的天意："替天行道，忠义双全。"而这一上天的指示恰好暗合宋江先前从九天玄女处接到的指示。由此我们应当认识到，这群好汉将"忠"与"义"视为等同。故而随着天意展示在众人面前，宋江寻求朝廷赦免的私心获得了"理论上"的支持。从天而降的石碑巩固并促进了这群草莽英雄自愿忠诚地归顺朝廷的行为。一方面，石碑透露了天地的运行法则，这是因为每位英雄的身份都与一百零八颗天罡地煞星相对；而另一方面，此石碑也象征着这些草莽英雄与上天之间订立了契约。从此，这些受了天命的草莽英雄将顺遂天意，代表天与人君实施"义"举。

宋江使用封禅仪式与天秘密订立了誓言，终于洗去了这一干人等源于天罡地煞星的邪恶光环。上天的回应令这场仪式出奇成功，这可以被视为一种小说手法，意在解决之前出现的矛盾，即转世的邪灵竟能成为思想高尚的英雄。作者/叙事者将开篇中的天罡地煞星邪灵转换成为了结尾时受到上天褒奖的高尚义士，意欲以此除去《水浒传》的道德准则暗含的模糊性。我们不禁要问，作者/叙事者是否真的考虑过，梁山好汉应当被视为暴力的强盗还是英勇的豪杰。如若他们应当被视作民间的英勇豪杰（正如《水浒传》描述的那样），那么我们该如何解释他们源自于邪灵的前世，又如何解释叙事者先前的预言，称放走这些"妖魔"将会降祸于人间。

解决这一矛盾的方法似乎便在于梁山好汉们的一次真正的转变，但是这又带来了另一个问题——该如何说服读者，让他们相信这一群人的土匪道德观真的转变成了符合朝廷要求的行事观念？我们只需回忆一下这群好汉在整篇故事中反抗地方贪腐的官僚与老奸巨猾的太师的行为便可知，他们因形势的突变转而接受他们先前反抗的政权的招安，这十分不合逻辑。或许只有当它以极度象征性的方式发生时，此转变才最为有效且具备说服力。而七十回本《水浒传》的结尾便是这样一个解决方案，这一直接的超自然方案以最为有效的方式破除了围绕在这些英雄的道德准则周围的模糊性。以此，封禅仪式的象征意义被注入了其中。而石碑的从天而降则是一个强有力的手法，为这一转变提供了稳固的理据。这一解围之石显现了天意，所有人，不论善恶都必须臣服于它。由此可见，在决定是否接纳新近收到的招安令时，这一天命的降临消解了这群好汉心中出现的犹豫与他念。它以武断却略显自我辩解的方式驱除了早先施加在这些英雄身上根深蒂固的邪灵。这便是暗藏在此书中的小说逻辑：只有上天才能收回祂自己播撒的邪灵。

在梁山好汉的精神与政治立场的戏剧化转变中，石碑起到了重要的作用，但是《水浒传》的评点家们几乎没有注意到这点。除了联系功能之外，石碑在诸英雄身上投上了神圣的光环，以此祛除了他们邪恶的人格。石碑不仅是一个意识工具，它还具备另一项功能，这也可以部分解释，为何金圣叹会充满争议地去修订一百二十回本的《水浒传》。

金圣叹与《水浒传》的关系不仅体现在书中出现的繁多评注上，还在于他前无古人地将原本修订至七十回，并且将原本的开篇与第一回合并为一回，即"楔子"。而为了给叙事收尾，他创作了卢俊义梦到所有梁山好汉都被朝廷处决的段落。大量的批评家都曾就金圣叹这一重大修订的价值展开过争论。大部分学者都认同金圣叹在删减冗余文本以及不连贯的文本的工作中做出的贡献[10]，并且他们还认为，七十回后作者写作技巧的明显恶化严重削弱了本书前半部分已然达成的艺术成就[11]，然而，在探讨金圣叹修订本的意识观念时，批评家对此基本持负面态度。金圣叹将后五十回中占大部分的招安主题删去，体现了他自己对忠的理解，以及其封建思维的道德观念，这已是公认的事实。

为了更好地理解该修订本，我们必须考察一下，为何金圣叹出于极其复杂的意识观念，而非简单的文学审美观念，删去了《水浒传》原本的第二部分。如所有中国传统文人一样，金圣叹与朝廷和它宣扬的儒家正统有着紧密的联系。通常说来，其效忠皇帝的官员身份远高于他的其他专业追求，大概他在文学上的追求与其在朝廷中的工作一样，都没有多少自主权。在儒家道德观念的束缚下，文学长期都与政治保持着共生关系，从未有过多少自主权。最为高超的文学鉴赏家甚至都无法逃脱出史学传统无处不在的影响。金圣叹绝对不是唯一一位经历了文学追求与政治追求之间的内心斗争的文人。

在阅读金圣叹的水浒评点时，我们时常会发现其矛盾的心态，一方面他同情梁山好汉的单一个体，然而同时他又坚定地批评他们整个群体的逍遥法外。下引的评点绝佳地展现了他对梁山好汉的矛盾态度："《水浒传》独恶宋江，亦是奸厥渠魁之意，其余便饶恕了。"[12] 在此，我们能发现金圣叹的身份在文学批评家与儒家历史学者之间摇摆不定：他将《水浒传》称为"第五才子书"，因此可见他已经完全认同了这群草寇的鲜活形象，而与此同时，他又完全无法接受他们接受招安，认为这违背了天意。[13] 金圣叹所处的年代动荡不安，明朝正被两股无法无天的叛军骚扰，即张献忠（1605年—1647年）军与李自成（1605年—1645年）军，处在分崩离析的边缘，他坚定地相信，哪怕在小说中给予这些反抗者一个最好的结局，也能促进梁山好汉的道德观的传播，而朝廷对这些恶徒的招安只是一个妥协，这只会进一步促进官员的腐败，最后影响的都是普通百姓。

金圣叹惊讶于《水浒传》中皇帝与梁山好汉们达成了共处协定，因而决定截断后五十回文本，以此拯救全书道德逻辑的完整性。他对这群草寇的强烈谴责还体现在他加写的那段梦境中，此梦以寓言的方式预先告诉了我们这群草寇的悲剧结局，在金圣叹的眼中，这也是他们罪有应得的下场。在卢俊义的梦中，金圣叹处死了这一百单八位好汉，以自己的手伸张了"诗的正义"，而作为此行为的结果，他大大地损害了其作为文学批评家的正直性。金圣叹出于己见对原文的篡改被认为是七十回本《水浒传》最不可弥补的错误。胡适对金圣叹的批评或许最具洞见地评价了这位被政治热情蒙蔽双眼之人："圣叹是一个绝顶聪明的人，故能赏识《水浒传》。但文学家金圣叹究竟被春秋笔法家金圣叹误了。他赏识《水浒传》的文学,但他也误解了《水浒传》的用意。他不知道七十回本删去招安以后事正是格外反抗政府。"[14]

诚然金圣叹的政治思想阻碍了他欣赏一百二十回本《水浒传》,但我们仍能问自己,他大胆改写的版本是否具备较高的文学价值?大多数批评家都认为,虽然虎头蛇尾的后五十回完全没有"达到前文的艺术成就"[15],然而出于补救全书的艺术构思的目的,武断地截去后五十回依然不具任何说服力。[16]有鉴于定义"艺术成就"与"艺术构思"有一定难度,我将避开这些批评术语,转而使用另一种不同的评价策略:我们可以将金圣叹修订本的核心问题转述为一个选择问题,在循环型与直线型叙事情节之间做出选择。

金圣叹曾分析过施耐庵在情节发展与角色刻画之中运用的十五种手法[17],由此可见,他极其关注《水浒传》的写作技法。对这样一位论述各种文法的精妙之处,并责难一般读者忽视了手法的存在的文人而言,《水浒传》的结构框架必定是十分重要的技巧,并且与《水浒传》中的道德用意一样,必然特别吸引其注意力。金圣叹之所以认为《水浒传》需要修订,很可能不仅出于纠正其中的道德用意的目的,还在于改良其美学价值。从他在《水浒传》最后一回中留下的评注中我们能发现,对结构完整性的密切关注无疑是其修订行为最有力的理由:

或问:石碣天文,为是真有是事?为是宋江伪造?此痴人说梦之智也,作者亦只图叙事既毕,重将一百八人姓

名——排列出来,为一部七十回书点睛结穴耳。盖始之以石碣,终之以石碣者,是此书大开阖;……[18]

正如这段评注所言,金圣叹并不关心天降之石的真假,而是在意文学的虚构结构,特别是结构的整体性。七十回本的结构在石碑的神话框架中闭合,这正是源自于"回归"这一神话逻辑自发的驱动力。[19] 在此,让我们回忆一下女娲石以及悟空,他们都历经了生—死—再生的故事,这证实了这一神话逻辑的功能。在《水浒传》中,我们也见到了较为不明显的循环式表现形式,因为一百单八个天罡地煞星在凡间的这段旅程的结局,在一个版本中走向了无可挽回的悲剧性死亡,在另一个版本中则转向了思想上的转变,而此转变模糊地暗示了他们在神话意义上"向上进入了一个全新的理想状态"[20]。金圣叹所做的事便是修正了叙事的神话逻辑。他再次使用与天界有关的石碑结束了这伙亡命之徒的故事,以此成功地将我们的注意力从未完的叙事循环引向了结构的对称性,并有力地向我们展示了神话故事发展式的逻辑。

从文学审美的角度出发,金圣叹选择删去梁山好汉随后逐渐向悲剧发展的故事,此行为可以被视作将虚构小说纳入神话之中的无意识选择。他或许没有料想到,做出这样的选择便意味着他将神话逻辑置于了文学对现实与悲剧的诉求之上。我们可以断定,他对《水浒传》的修订不仅出于个人的文学品味与政治理念,还出于他对某类叙事体裁的偏爱。因而我们不应视修订为心血来潮的念头而忽视它,也不应低估其中暗藏的艺术动机。我认为,恰恰基于这些原因,我们才能评价与探讨金圣叹在文学上的鉴赏力与在评点上的敏锐感。

在先前的讨论中我已说明，石碑的母题如何造就了《水浒传》的主题连贯性与结构一致性。此处的石碑囊括了"谜语""天命""联系天地"等义素，这些都是其民间传说中的原型的主要语义项。对《红楼梦》与《水浒传》的情节发展而言，石头的双重功能（即"联系"与"信息载体"）至关重要。石碑的神话并非仅是"不合文理"地无端出现，这已经毋庸置疑：它与石头传说之间进行了值得玩味的对话，并且以此对民间流行的母题进行了更具活力的文学探讨。故而我认为，这三部小说中的石头意象必须以互文性的方式共同探讨，方能充分理解其意义，此结论并不算牵强。

我们能从石头传说的互文文本中不断地发现民间传说原型向文学主题的转化、积累与雕琢的动态过程。我们对石头传说的考察不仅为仙石的阈限性人格，以及载有天命的石碑的表意可能性提供了全新的思路，它还让我们发现了这三本小说中的道德与思想话语，以及其复杂的循环叙事结构。在将这三部文本视为整体研究的过程中，我们发现了以不同形式复现的石头母题。在《红楼梦》中，被娲皇遗弃的石头渴望涅槃，它恢复了其石质的存在，以便向读者讲述一个幻境破灭与开悟的故事；在《水浒传》中，镇锁一百单八位邪灵的石碑再次从天而降，重申了英雄之道；而在《西游记》中，悟空自故事开始便拥有的非凡的石头本质已然预示了其随后在精神上的得道。在所有这些文学转变中，石头都造就了故事的主题与结构的循环性，扮演着重要的角色。每部小说的结尾不仅与开头的状态对应，还（矛盾地）逆转了这一状态。不论是宝玉和悟空的开悟，还是梁山好汉的前世身份的揭露，都一方面祛除了他们最初无知的思想状态，另一方面引领他们回到了"有序"的天然状态中，而此状态有如他们原初状态的镜像一般。

有鉴于石头既属于仙界又属于凡间，既具备孕育又具备不育的特性，并因而在语意上拥有模糊性，因此，结束一个永远处于阈限状态的故事似乎并没有意义。我们是否应该顺着列维-斯特劳斯的思路，将石头视作联系生死的阈限结构（生死这对矛盾关系一直吸引着人类的关注，并激励着他们解决其中的矛盾）？因而或许石头代表着另一个"暂憩点或平衡点"，在此人类能更加了解他们所处的困境，并发现所有与他们自身相关的两难困境中的要素？

结语

约翰·B. 维克里（John B. Vickery）在研究《金枝》（*The Golden Bough*）的文学影响时，深入探讨了"过去"若隐若现的存在性，并得出一个洞见，令人联想到列维-斯特劳斯提出的中介理论。[1] 维克里认为，涉及古代神话/仪式的文学作品中不断出现的神话结构，意在进行一场关乎文化与自身存在的反思，并且一方面"在其平凡日常的时间存在中"发挥文学作品的作用，而另一方面，则"将它们与更遥远、更原始的过去联系在一起；或是试图在它们中找到一些隐喻，这些隐喻与当下连续地连接在一起，凸显了其最关键的矛盾"[2]。受《金枝》的启发，当代文学作品中存在着诸多神话创造行为，这些行为在多种形式上说明了文化意义上的当下长期具备的矛盾，这一当下也佐证了"人类学意义上的原始过去"[3] 的存在。

在人类学家、神话学家、民间传说研究者以及经典文学研究者的眼中，遥远原始的过去在文化意义上向完全不同的当下延伸是一个紧迫的问题。我们可能会问，在本书所涉及的批评方式的框架内，不断播撒孕育功能的仙石隐喻是否也能用以解释人类存在的意义这一哲学追问。或者更确切地说，介于静与动、顽与灵、天与地之间的仪式用石身上的阈限多义性是否能被视为人类的未解困境的一个隐喻，人类高傲的精神在永恒的挣扎中渴求挣脱他们脆弱的凡间肉身的束缚。并且最为重要的是，某些人敢于设定一个不受若隐若现的"过去"的意义所束缚的未来，那对这类人而言，小说中石头最终的成就（即《红楼梦》与《水浒传》由石头收场）是否起到了警醒作用？

以上这些都是在研究神话与小说的互文性时会出现在我们脑海中的终极问题。单单提出这些问题，就能帮助我们理解阐释行为的开放式本质，我们可以不断地提出类似的猜测，其内容可以从纯语言学的角度到寓言、哲学、形而上学以至政治，无所不包；它还能帮助我们发现，不论从文本阐释、符号学、（后）结构主义或是神话学角度出发，所有的阐释方法都必然将我们带回到文本所暗含的主观用意中。因而，上文提出的最后一个问题最为有趣，也尤为紧迫，这是因为它提出的问题（即闭合的思想，古代中国最天才的文学家都受其影响，包括曹雪芹与金圣叹）一直都刻画着发生在现当代中国文人精英自己身上的困境。而最为重要的是，两类截然不同的批评模式正是最终在最后一个问题中走向趋同，其一建立在传统红学研究之上[4]，其二则仍在以文本为中心的年轻中外文学批评家的完善中。

作者身份是传统红学研究学者最为关心的问题。曹雪芹是前八十回的作者，高鹗是后四十回的作者，这已是大家普遍认同的事实，故而过去很多学者都致力于研究前后两部分的文本差异，以及揭示曹雪芹的"本意"。大部分传统红学家深受传统史学的观念与方法论的影响，他们背负着沉重的思想包袱，总认为续书的价值受制于原本的故事，这是因为他们在认识上从一开始就将续书视作较差的版本。而更值得注意的则是流行于这些红学家之中的另一种趋势，即他们因高鹗的政治意识而轻视续书。吴世昌就提出过不满，称高鹗逼迫宝玉参加科举，将他变成了一个"禄蠹"。[5] 余英时则更关注寻找一种全新的批判方式，以期将注意力从以作者为中心转移至以文本为中心，不过他仍然赞同前八十回的"全部意义"在高鹗的手中"无法贯通"这一普遍看法。[6] 而周汝昌则是高鹗最猛烈的批评者，他将续书认定为一场政治阴谋。他批评高鹗，称他不仅改变了宝玉的最终命运，违背了曹雪芹的初衷，更为重要的是，他修订与续写未完成的手稿的背后有着其不为人知的"政治斗争"目的。[7] 周汝昌根据高鹗在程本中所作的序言，推断这一政治斗争定是出自思想审查的原因，执行者便是封建思想的拥护者，目的便是为了让此书"不谬于名教"。[8] 随后他推测，高鹗作续书很可能受命于朝廷中某位位高权重之人。[9] 不论他们措辞的强弱，这些对改变原意的续书的批评背后都暗藏着一个基本假设，即反传统的曹雪芹与拥护传统的高鹗之间存在着巨大的意识差别，并且此差别的本质便是作者究竟接纳还是反对某些儒家价值观。

因此，争论的焦点可以总结如下：从思想意识层面出发，高鹗的续书是否极大地偏离了曹雪芹在前八十回中所做的铺垫？为了解答这一问题，我提议我们首先需谨慎地辨别文本之间的细微差异与思想差异[10] 这二者的区别，这是由于前者属于语言学与艺术范畴，并且虽然它们不该被视作无关项而忽视，但是与"篡改思想"相比，它们显然没有如此邪恶。将文学审美问题放在一边之后，我们现在终于能专注于考虑传统红学家提出的主要问题。曹雪芹因为花费了大量精力刻画女娲石与贾宝玉的反传统精神,故而必定会反对高鹗将他的主人公送去参加科举,并且还安排他高中举人,这一观点乍看之下似乎极具说服力。然而我认为,科举考试本身依然远没有触及《红楼梦》的思想意识中心。有鉴于"作者的主观意图,可能与他作品的客观思想意义一致,也可能不一致"[11],故而单一且自洽的"作者意图"概念无法站稳脚跟。对"作者意图"虚幻的本质最好的政治解读或许见于鲁迅对《红楼梦》的阐释中。他几乎没有认同前现代作家在思想上与中国封建旧制度所做的斗争。鲁迅完全明白,哪怕是最具洞察力的人都无法逃脱封建中国的社会文化约束,他将我们的注意力引向了自欺自知的反传统文人心中暗藏的思想矛盾之上。以曹雪芹为例,他指出了这一思想矛盾源自于作者根深蒂固的宿命论,这种宿命论可见于警幻仙子在《金陵十二钗正副册》中的预言:"[这些女子的]末路不过是一个归结:是问题的结束,不是问题的开头。"[12]

鲁迅对曹雪芹思想中的暧昧性的评论,在精神上暗合了我在《红楼梦》中发现的被藏匿起来的思想意识核心。我们在前文中对玉和石的象征意义的大量讨论都揭示了这点,文本本身抑制了这一思想无意识的深层结构,而有时却又揭示了此结构。这一被藏匿起来的思想核心不断出现在我们的批评过程中,它正是返回原点的回归情结,它将原点等同于天然、真确、同质,简言之便是将它视为一个可以复原的身份。《红楼梦》没有展现给我们一个开放的故事,在其中石头在人间的旅程充满了不可预知的结果,相反地,它安排了一出返回原点的故事,石/玉的双重身份走上了一条稳固且可预知的返程路,变回了一块无生命的石头。女娲石与宝玉恰恰象征着理想的思维模式，它促使人类回顾自己的一生，理解它的整体状态，赋予开始与终结以意义，装出一副漠不关心的态度，换言之，认同空间概念中的存在。我们绝不能将它与创作虚构作品的过程中呈现在作者脑海中的整体艺术观混为一谈。创作虚构故事的过程与我们对现实的开始与结束之处的感知有着紧密的联系，与此类似，文学审美也深植于思想意识之中。由此可见，解构主义者秉持的语篇自由概念完全不可能发生。而本书所持的观点则是，有鉴于作者永远都受制于某一类思想约束，故而作者最终只能将一部分的表意行为付诸实践。这也暗示着，曹雪芹的儒家背景，以及他对道家与佛家的倾向性最终只会将其限定在唯一一种叙事策略中，那便是"返本归真"。

先前我已讨论过儒家思想对原点以及受该意识框架内回归情结所眷顾的特殊所在的偏爱，在此我将不再赘述。仍待考察的是佛家世界观中"本"与"真"的意义，道家中"还原"的意义，以及儒家、禅宗与道家观念的相似之处对我们理解曹雪芹的叙事逻辑有何意义。

为了考察道家对"归根"与"归璞"这些概念的痴迷，我们应当从《道德经》出发，此书乃后世道家术士的灵感来源，李约瑟（Joseph Needham）称，这些道士遵循一种"思想体系"，设想能够"坦率地颠倒五行标准关系"，以至于"可以阻止事物发展的正常进程并使之倒转"。[13] 事实上，支持这一内丹修炼行为的早期理论可见于《道德经》中：

    万物并作，吾以观复。夫物芸芸，各复归其根。归根曰静,是谓复命。[14]

常德不离,复归于婴儿。[15]

上文所引的内容表明,在道家概念体系中,人生命中最重要的阶段是婴儿,它沉浸在物质与精神的愉悦感中,这对应着新生、纯粹、本性、真确以及天然,简言之,此阶段对应着天然与不尽不竭的隐喻。

如果说婴儿是道家痴迷于"原点""根源"的铁证,那么佛家中类似的隐喻则更为抽象。禅宗最为基本的概念为"本性"。不论它意味着"本心""般若""自性"[16]"本性"[17]"真空"[18]或是"本来面目"[19],这一概念都被视作净与空。这是自然且自足的特性,因为本性中总是并且已然自动地包含了"般若"这一智慧。[20]因此,"若识自性,一悟即至佛地"[21],并且"若识本心,即本解脱"[22]。所有这些说法都指向一个事实,那便是"不生不灭"[23]的"本性"即佛性。或许,慧能那句著名的偈文的最后两句话最能说明这一无念状态的隐喻:"本来无一物,何处惹尘埃。"[24]因而,"净"与"空"的隐喻共同刻画了净的本质,这也是本性所具备的特点。在此处暗藏的认知概念中,佛家依然重视本源的概念,并且赋予了它"真""静""虚""无"等概念。

从上述例证中可见,佛家与儒家、道家之间存在着某些相似点,这表现在它们将原点视作真确的认知观念,并且最为重要的是,它们都强调了返回原点的必要性。佛家典籍总是更加侧重于阐明"本性",而非开悟的过程。对儒家思想的拥护者、佛教拥护者以及在某种程度上对道教拥护者而言[25],从原点

"偏离"不仅意味着不可避免地沾染杂质,还意味着整体性与同质性存在的丧失,这体现在儒家的"道统",佛家的"本心""本性"以及道家的"元"中。[26] 因此,偏离成为了佛家与道家中的精神困境,而在儒家思想中则是一个影响深远的政治后果。所有已然的偏离必须复回原点。由此可见,"迷途知返"这一成语具有浓重的儒家与佛家含义。

现在让我们回到《红楼梦》的讨论中,代言人癞头和尚的口中说出的"返本归真"背后暗藏的小说逻辑,体现了曹雪芹同时受到三种思想的影响,即儒家的回归情结,道家对"无"的追求,并且最重要的佛家对"本性"的坚持。而此逻辑正是基于"纠正"的冲动,此"纠正"可以涉及道德、精神亦或是宗教。有鉴于这一逻辑的代言人都来自佛地(包括甄士隐与妙玉),故而这可能会令我们对其套话般的内容信以为真(即将它认定为不言自明、众所周知的宗教道理),并且可能令我们忽视深藏于其中的第二层思想。不过,正是借由这第二层含义,我们才能运用另一套思想来解读小说逻辑,而我认为,在我们比较讨论曹雪芹与高鹗的过程中,此逻辑掌控了其中的关键。

假若我们同时将这一小说逻辑认定为《红楼梦》的主题、结构与思想中心,那么高鹗已然按原意忠实地执行了"作者意图"。我们须注意,此逻辑在程高本的第一回中已经出现,而在甲戌本中,癞头和尚也清楚地强调了它。最后一回甄士隐向贾雨村说明"仙草归真/通灵复原"的逻辑时,他仅仅重申了癞头和尚在第一回中的预言。这说明,恰恰是曹雪芹本人,而非续书的作者将整部故事放入了这个思想框架中,而这显然与它声称的对儒家思想的全面反抗相矛盾。因此，我们应当从传统红学家所提出的研究方法中走出来，从不同的角度研究这两位作者之间的思想差异：我们不该试图将他们中的某位，或是都将他们划归为"儒家文人"，相反地，我们应当认识到，作为一个社会政治个体，没有哪位作者能跳脱出文化与思想的约束，而阐释总是在思想约束存在的前提下才能进行。就此而言，曹雪芹与高鹗之间的思想差异，较少地体现在他们对科举抱有的态度中，反而更多地体现在他们各自写下的作品里暗藏的思想无意识中。

上文对文学作品中思维眼界的讨论告诉我们，互文性研究往往会将其批评的触手伸向更为广阔的政治、历史与思想意识领域，而这些也是传统批评家尤为关注的领域。而从更狭义的角度出发，在涉及石头传说与石和玉的文学象征意义的互文性研究中，我们还能发现这三部小说的作者/叙事者根深蒂固的神话意识与艺术观念。

我们对文学之石与其神话/民间传说的原型之间的互文关系研究，揭示了文学中众多神话创造行为的存在。过去在当下的意义是一个极其有趣的问题，它一直引发着各学科学者的兴趣。假若我们要开展一项融合了人类学观点与文学观点的研究，那我们还必须考虑到文化人类学与思想史学这些过渡学科的研究成果。而本书的研究还无法触及这些领域。我们可以说，本书阐明的事实仅仅只是过去在当下的意义的一个方面。我揭示了可指认的神话与仪式的总和究竟如何刻画出这三部小说组成的巨大互文空间，并以此说明了我们如何借由集体（无）意识的回响来理解当下。女娲石、顽猴以及梁山好汉的神秘石碑这些生动的形象，不时地唤醒民间传说之石的碎片，这些碎片在各种各样的文学体裁持续不断的引用行为中被保留了下来，并逐渐被改变。

仪式之石向文学之石的复杂虚构话语中的渗透，体现了互文性如何在延续过去的同时颠覆过去。没有哪位作者能同时一方面与古人持有不同的看法，另一方面又避免从中找到自己的身份[27]，有鉴于此，一类相矛盾或相容的互文同源项在文学作品的直观空间中的穿梭，这便产生了差异或联结点。在我的分析中，其他类型的互文组合往往会补充，甚至有时完全决定文学之石与其民间传说原型之间的潜在密切关系。在刻画女娲石与石猴复杂的阈限性时，佛家的"色/空"隐喻与愚者原型是最为重要的两类互文模型，它们与石头传说持续进行着活跃的对话。在细致考察三部小说中石头的复合象征意义的过程中，我说明了石头传说不仅是过去事物的明显残存，它还是一个处在不断变化之中的混合物，在不断同化其他相关事物的同时，它也在更新着自己的活力。这是一个以转化与倍增的方式推进的自我更新过程，此过程牵涉到所有可参与其中的符号与文本，它们之所以参与，是为了防止强大的元语言体系将其完全淹没。而元语言必然会令创造力失去其独特性，并且以转换的名义同化所有异质性。

《红楼梦》中石头神话引发的矛盾最为悲壮地体现了这对约束的持续反抗。作为一种框架手法，女娲石神话控制着叙事的走向，并且预言了宝玉最终的复回本质。事实上，所有框架手法都必然会引发循环叙事。然而，《红楼梦》并非单单与石头神话有关，它还涉及大起大落的"通灵宝玉"的故事。正是由于《红楼梦》整合了玉的母题,叙事才被引向两难的境地:宝玉是一个独立自主的主体,还是一个被天意操控的傀儡?

《红楼梦》的悲剧无疑极具深度与广度,这是由于其结构蕴含着张力,这包括石和玉、天界与凡间以及石头神话与个体的戏剧性之间的张力。宝玉的悲剧不仅在于其异质的本质(石质与玉质的混杂)必然产生无尽的挣扎,还在于他对闭合的小说手法的反抗也注定将失败,因为主人公作为自我矛盾的人类主体,其自主的演化不断遭受着此手法的打压。叙事者借用石头神话作为《红楼梦》的开头,以此触发了矛盾的进程:在刻画宝玉时,是否应该更强调过程而非身份?是否应该强调他经历的挣扎,而非循环的结构?或者,是否能让宝玉从玉和石之间不可预测的对话中发展出自己的身份?亦或者宝玉是否应当被置于石头机制(而此机制正等待着将他变回一个稳定的身份——也即在某个神话之中静静躺着的石头——以此抵消其分裂的主体性)所生成的结构限制之中?

这场人间戏剧与天界神话之间的结构张力在叙事中创造了差异,它经常令人怀疑本书神话框架的有效性。然而正是这一互不兼容的结构张力才造就了诸如《红楼梦》这样伟大的作品中特有的深度与复杂性。同理,正是该矛盾观念的缺失,才令《西游记》原本极具潜力的开头成为了一个心血来潮且不太顺理成章的框架手法。孕育悟空的仙石卵让我们联想到原始的孕育之石的同质身份。之所以如此,是由于它逐字引用了一个已然是静态的形象,而正是它意象中的纯粹造就了这种静态。这两类神话框架的对比告诉我们,一篇语篇中挪用的元素越为异质,越为矛盾,其表意可能性便越多,其表现力也越持久。

这种所有语篇中都存在的挪用行为再次凸显了卦象学暗藏的原则："物相杂，故曰文。"[28] 不论从中国的"杂"的隐喻出发，还是从维特根斯坦（Wittgenstein）提出的"线"的隐喻看，文本性的概念都告诉了我们同一件事：它是一个异质的集合，且具备互文性。正如"绳的强度并非在于有一根贯穿绳的全长的纤维，而是在于许多纤维互相重叠"[29]，本书突出三部小说中石头传说的语义关系的尝试，也不应当被视作对表意一致性的宣称。而既存的意义网络与独具慧眼的写作天才之间的碰撞，也不会止于一者完全胜过另一者。在热拉尔·热奈特（Gérard Genette）看来，这便是天才所引发"无尽震动"（infinite shock）与传统所保有的已达成的期望之间微妙的互动。[30] 在本书对石头这一传统主题的研究中，互文性的作用并不仅仅在于为我们提供一个意义框架的语境，让我们可以穿过大量的文本，以触及"先于这些文本存在的沉默文本"[31]，最为重要的是，互文性还令文本"在其自己的复杂性中显现"，并且清楚地告诉我们，意义在走向值得玩味的路途中究竟如何转变与分化。

注释

1 互文性与阐释

［1］施耐庵,《水浒传（上）》,引自《金圣叹全集（一）》,36。

［2］吴承恩,《西游记》,3。

［3］曹雪芹,《红楼梦》,3。

［4］Kristeva, *Semeiotiké*, 146；据 Kristeva 原文："tout texte se construit comme mosaïque de citations, tout texte est absorption et transformation d'un autre texte."

［5］此处显然不适合就"文本"的现代理解长篇大论一番。不过,对那些认为文本就是封皮之间的"作品"（故而也认为"互文性"就是研究两则作品之间的关系）的传统人士而言,我们还是有必要展开说明一番。首先,我们必须区分传统的"文本"概念与本书中认同的文本概念之间的差异。传统的文本概念指一个自足的语篇,拥有开头与结尾,整部作品自洽自证,能以标题区分,后结构主义长期研究这种文本。雅克·德里达（Jacques Derrida）与罗兰·巴特（Roland Barthes）已经阐明了"文本"从自足、有限的作品如何演化全一个无限的表意过程。下文所引或许能给我们些许启发,让我们对文本产生全新的理解：（一）"'文本'不再是已完成的作品,而是一个差异化的网络,一个踪迹的结构,无尽地指涉其他非自身的事物,其他不同的踪迹。"（Derrida, "Living On/Border Lines", 84）（二）因其对当代理论的重要意义,巴特对"作品"与"文本"的经典定义值得我们长篇引用："须注意的是,我们不应当认为作品是古典的,而文本是前卫的。并非简单地用现代的方式列出一张表单就能区分这二者。一

部极其古老的作品可以包含'某些文本',而许多当代文学作品中几乎没有文本。它们的区别如下:作品是有形的,它占据了一部分书本空间(如图书馆),而文本占据的则是方法空间。作品能拿在手中,而文本只存在于语言中。由此可见,文本不可能止于例如图书馆书架边,文本的基本运动方式是穿越(Traversal):它能贯穿一部或多部作品。"(Barthes,"From Work to Text",74—75)这些引文应当足以说明,文本处在无尽的表意链中。换言之,它包含着不同的表意结构,这些结构一直向"外部"敞开着,而这些外部"永远都不会真正地处在其外"。(John Frow,"Intertextuality and Ontology",收录于Worton and Still,48—49)

有人或许会说,这种全新的"文本"概念对中国传统文学作品而言是一种外来的批评类别,对此我的反驳如下,早在《系辞》(儒家十篇《易经》解读中最权威的一本)中就出现了"文"的概念,它是中国最早的与"文章"有关的概念,其含义丰富多样:文字/符号/纹理/结构/文本/文本性/文学/文化,这无疑说明了中文中"文字/文本"的概念在一开始就被纳入了独白写作空间之中。"文"的来源见于《系辞》中记述的一段神话:"古者包牺氏之王天下也,仰则观象于天,俯则观法于地,观鸟兽之文,与地之宜,近取诸身,远取诸物,于是始作八卦,以通神明之德,以类万物之情。"(《系辞》下:卷八,3b)

这段被频繁引用的段落佐证了一个公认的观点,即文字诞生自类比的思维模式。孔子在天文(天地间的符号)与人文(人类的结构)之间建立起了类比关系,这至关重要,它削弱了包牺氏最初"观鸟兽之文"、联想日月多变的形象等等行为中无尽的表意可能,将其变为了某种"外部"封闭的事物,这一上层结构不仅足以设定人类的基本结构,它还自然地成为了一个完善的产物。然而,天文中既有真实的事物,又有符号的事物,既包含了基础,也包含了上层结构,并且仅当它被用作人文的模型时,它才从纯粹的开放空间中走出,成为了"文德""文体"与"文章",这些概念消除了天文概念天生的(无)道德与空间概念中的模糊性与灵活性。然而这段讨论不足以让我们下结论称,中文中"文"的概念与后结构主义中"文本"的概念完全一样。它只能说明，虽然包牺氏自然地将天文作为人文的原型，但是它同时也动摇了后者的逻辑自洽性。类比象征的运作方式应当不同于孔子在这则注释中提出的方式。它应当意味着，天文/人文这对孪生意象的概念类别的完全开放。

[6] "归妹"，《周易正义》，卷五，19a。这段引文引自孔子《象传》中对《周易》"归妹"卦象的解读。在此，交合与性的隐喻似乎不言自明。尉礼贤（Richard Wilhelm）对《象传》中此条目的注解进一步为我们揭示了，暗藏在此卦象中的人类与宇宙交合这一重要概念："天（乾）退至西北方，而西方的长子（震）是生命的创造者。地（坤）退至西南方，位于西方的小女儿（兑）承担了孕和育。因而此卦象暗示着两性关系的天地准则，以及生命的循环。"（R. Wilhelm，665）

《象传》对卦象"姤"（此字本身显然已经包含了交媾的概念，或许有交合完成的概念）的注解同样体现了"文"的出现与性之间的关系："天地相遇，品物咸章"（万物以不同的"文"彰显出来）（《周易正义》，卷五，3a）。上文所引的两则对卦象的解读都将"文"的概念从思维结构扩展至感官之中。不论"文"被视作宇宙秩序还是万物规则（这些都难以理解，无法感知），我们仍须谨记，这些抽象概念有时会以"交合"这一有形意象呈现，自然这也意味着两性的交合。

值得注意的是，在西方传统中，"互文性"作为一个后结构主义术语还包含了"雌雄间性"的概念。罗兰·巴特这位著名理论家阐明了这两者之间错综复杂的关系。他在"互文性"两性化方面的尝试可见于他提出了"体为文本/文本为体"这对可逆转的形象，亦可见于其早期将作者称作话语交叉口上的娼妓，还可见于他为当时的话语设想了一系列"淫乱"关系。（见 Barthes, *Roland Barthes*, 及 *Pleasure of the Text*. 还可见 Diana Knight, "Roland Barthes: An Intertextual Figure", 收录于 Worton and Still，92—107）

《周易》中还存在着其他段落，也以感官与性的隐喻强调了天地与人文的关系。或许对多数人而言这颇具争议，但这确实是一个值得我们关注与阐释的现象。

[7] 蒋树勇，113（引朱熹）。

[8]《系辞》下，卷八，13b。

[9] 左丘明，《国语》下，卷十六，516。

[10] 吴均，卷二，7a。

[11] 值得注意的是，随着中文的互文性概念的逐渐发展，文本性概念的发展也在同步进行。它们都源于诞生自八卦与六十四卦的"文"与"象"这两个原始概念。在中国文化史中，"文"这一传统的发展并未总是遵循儒家正统典籍所规定的规范道路。诚然，儒家思想显然是互文性/文本性发展过程中反复出现的主题，然而在中国历史中，它也遭遇了许多逆流，特别是当社会政治的动荡与外族文化的强烈影响同时发生时，这挑战了儒家思想的主导权，并且催生了另一些思维模式，如道家与禅宗。在中国文化史中，东汉（25年—220年）与魏晋（220年—420年）时期便是这样一个去中性化的时期：虽然这并不是中国史上第一次各个思潮竞相争艳的时期，然而东汉与魏晋的文人与哲学家确实是首批播撒了多样的互文性/文本性理论的种子，并且为中国写作传统中后来不断出现的矛盾元素做出了铺垫的学者。不论他们在当时处于次要还是主要地位，不论他们的某些观念乍看之下多么地正统，王充、王弼、李贽、刘勰、葛洪等人都促进了与儒家文学传统相悖的思想的繁荣增长。他们都发展出了一套自己的思想体系，不仅与"寻源"与"连续性"等完备的传统相悖，还阻挠了儒家文人试图同质化与同化互文性/文本性概念的尝试。"异""变"这些重要概念的思维种子造就了一个不断改变的互文机制，而非不断趋同的机制。

[12] 在考察围绕在儒家典籍周围的神圣光环时，我们几乎不可能忽视"个人语境"在典范化的过程中所起的决定性作用。在典范化智者仁者的作品时，起到关键性作用的并非仅仅是我们对文本的美学评判，还有我们对作者性格的褒贬。"个人语境"在文本上施加了不容忽视的影响，并且掩盖了文本自主性的概念。"人格"被视为"文格"的先决条件。牟宗三将中国传统人格分为两类，一类发展自儒家道德观，而另一类则源自我们对作者"才性"——"艺术性的精神性情"（牟宗三，46）——的审美评判，这一评判潮流深植于魏晋玄学

的传统之中。然而，我们必须注意到，儒家思想中将作者的道德置于审美之上的传统早在魏晋之前就已然十分完善，并且它继续在主流的人格评判中施加影响力，在后期的传统民间文学中尤甚。这种魏晋流派的人格评判方式主要流行于文人精英的小圈子内。它在流行文学中的影响力有限。而"人格"概念下还暗藏着一个概念，即作者的道德素养（即其致力于修身自律的行为）的力度能赋予其作品一个光环，并且以此突出并刻画了其审美倾向。当个人/道德融入文本/审美之时，儒家典籍中的文学范例便逐渐成形。修身即高尚，高尚则在艺术上也卓越异常。这便是个人语境掩盖文本自主性的范例。

[13] 五经指《周易》《诗经》《礼记》《春秋》《尚书》。

[14] 我想感谢约瑟夫·艾伦（Joseph Allen）在其"内互文性"（intratextuality）的论述中首创了该词，见 Michigan Papers in Chinese Studies 出版的 *In the Voice of Others: Chinese Music Bureau Poetry*。

[15] 姜夔，63。

[16] Alter，115。

[17] 曹雪芹的生卒年月如今依然存在争论。一般分为两类观点：周汝昌提出的1724年—1764年；俞平伯提出的1715年—1763年。见周汝昌，《红楼梦新证（上）》，173－182；余英时，《憩斋诗钞》，245－258；赵冈、陈钟毅，上，27－29。

[18] 对此传说的详尽描述与分析见本书第二章"点头顽石"段落。

[19] 值得注意的是，传统的中国叙事小说评点人必定会对这种基于自我的阐释方法感到陌生，对那些以封闭叙事解读《红楼梦》的评点人而言尤其。现代批评家往往会贬低前现代评点学者所用的基于印象的批评话语，然而几乎所有人都能体会到后者自由地穿行在一个接一个的文学文本之间的那种纯粹的喜悦之情，尤其当"作者意图"的问题被不经意地搁置之时，此时往往能产生精彩的评点，虽然这种时刻十分罕见。众多上述《红楼梦》的评点中流露出的互文指涉的无尽可能性告诉我们，某些著名的《红楼梦》评点者不仅彻底理解，并且认真地执行了互文阅读中的基本概念（即"词语激活历史"）。他们的批评话语的灵活性常见于标题之中，试举几例：《阅红楼梦随笔》

《痴人说梦》《读红楼梦杂记》《红楼梦杂咏》。

[20] 出现于 20 世纪 70 年代的互文性概念在 20 世纪 80 年代历经了广泛的探讨。虽然此术语已经逐渐消失在文学学术研究的批评语汇之中，但断言此概念仅是昙花一现还为时尚早。此术语的匿名性在逐渐增加，可见它已经被吸纳为一种批评准则。它主张批评应从读者/文本的角度出发，这直至今日依然是文学批评界的主流观点。从中我们能发现后结构主义和后现代主义的众多概念所基于的基本概念。那些接受了后结构主义时期的理论假设的批评家与读者也十分接纳它，故而此概念也逐渐为人熟知。因此，市场上不断涌现使用互文性概念来讨论与解读传统与现代经典作品的书籍，这也就不足为奇了。试举几例：O'Donnell and Davis, *Intertextuality and Contemporary American Fiction* (1989); Worton and Still, *Intertextuality: Theories and Practices* (1990); Gelley, *Narrative Crossings* (1987); Caws, *Textual Analysis: Some Readers Reading* (1986); Hutcheon, "Literary Borrowing… and Stealing: Plagiarism, Sources, Influences, and Intertexts" (1986)。

[21] 本书中《红楼梦》主要人物名采用企鹅出版社 David Hawkes 与 John Minford 译本中的拼音的罗马化名字。

[22] 有关曹雪芹"三生石"隐喻中"三生"的再语境化的讨论可见本书第五章。

[23] 黄庭坚（1045 年—1105 年）的诗文理论是少有的向我们展示了这一困境的文章。黄庭坚在本质上是儒家典籍的拥护者，他使用禅宗的思路来思考模仿这一古老的概念，使其再次充满活力。他将写作训练重新定义为思维的训练。对于呆板的模仿（就此而言即用典）的困境，黄庭坚提出了一种交流方式，它并非基于古诗文与新诗文的形式一致性，而是强调精神上的贴合。他微妙地否定了原创性的概念，而这种否定又与其使用炼丹转化作比来研究"创造力"的方式矛盾地融合在一起。在下引段落中，我们能感受到一位儒家文人的深刻认知，他既渴求遥不可及的原创性，又清楚地认识到写作本质上就是挪用行为，并且深知这二者之间的矛盾："自作语最难，老杜作诗，退之作文，无一字无来处。盖后人读书少，故谓韩、杜自作此语耳。

古之能为文章者，真能陶冶万物，虽取古人之陈言入于翰墨，如灵丹一粒，点铁成金也。"(黄庭坚，316)

后世的批评家仅从黄庭坚提出的转化隐喻中看到了更为精进的模仿理论。然而，我认为他的想法展示出了对诗文互文性的独到见解。写作被视作激活复杂的历史文档的过程，它在创造全新措词的行为之下强加了模仿行为作为基础。故而，模制、熔炼、铸造与转化都成为了隐喻，用以形容互文性的内在系统所具备的词汇组合与再分配的特性。在黄庭坚的理论中，诗文的创作不再被视作短暂且无意识的灵光一现，也不是英雄般不知疲倦地追求，它至多就是艰苦卓绝地适应已有的词汇规则，并且与互文约束相妥协的过程。

[24]"自去自来，可大可小"这两句话由高鹗后来添入脂本的原文中。周汝昌引用此例，以说明为何程高本较脂本差。周汝昌称，高鹗赋予女娲石这一可变幻形态的特征是一个极差的决定。他坚称，据作者"原意"，石头不能"移动"与"变幻"。他认为，高鹗增添了八字之后，"《红楼梦》的石头就差点成了《西游记》里的水帘洞石猴"。最后这段评论尤其体现了周汝昌缺乏对互文性机制的认知。不论是写作还是阅读都不可避免地引发互文性。石猴成为了女娲石的蓝本完全没有周汝昌认定的这般值得批判——这仅仅体现了写作的自然过程。一方面周汝昌极力说明曹雪芹的女娲石的自主性，而另一方面他本人运用互文阅读方法发现了《红楼梦》与《西游记》中两块石头的互文关系，这让人觉得颇为讽刺。见周汝昌，《红楼梦新证（上）》，14—15。

[25]见 Foucault, *Archaeology of Knowledge*：130-31，206-7。福柯将"档案"定义为"包含了陈述（Statement）的排列与变化的系统"(130)，此系统过于庞杂且琐碎，无法复原，因为它无法从整体进行描述。然而，这一定义往往会与福柯的另一个涉及历史语境的矛盾论述同时出现。福柯的论述都在可定义的历史文本的框架内展开，不过他完全了解其中的差异性与非连续性。一方面，他将语境理解为一种"可定义的经系统性删节后的式样，这是一组订立了规定的认知结构群"(Leitch，150)，换言之，这是一个超验且无所不包的结构主义网络，它在文化与历史档案中确保了文本性的功能；而另一方

285

面，他又宣称，各个文本的视野和语境不能被视作一个可理解且连续的整体（Foucault,"Nietzsche, Genealogy, History"）。福柯对档案的定义存在着概念上的游移，这或许可以被认为是一位具备自我批评自知的结构主义者的思维方式。

[26] 见 Barthes, *S/Z*，此术语代表"某些已被阅读、见过与经历过的事物"（20）碎片的整体集合。既读感主要包含五大类：阐释符码、义素符码、象征符码、动作符码以及文化符码。每类符码都是引述的幻象。巴特的目的是创造出一个由这些符码构成的和谐整体，换言之，一种慢动作下文本的瓦解（12）。

[27] Riffaterre, "Textuality", 2。

[28] Riffaterre, *Semiotics of Poetry*, 23。"潜藏符谱"是一组既存的文字群。它是"过去的符号与文学实践"（83）的产物。

[29] Culler, *Structuralist Poetics*, 138-60。事实上，"似然"的意义是"真正的外在，即对某些体裁而言，由传统限定或要求的外在"（139）。"似然"是所有知识的总和，它之所以看似自然，是由于它源于文化——一种"整体、模糊且能被称之为'集体观点'的文本"（139）。在阅读文本时，我们倾向于复原与归化（不论是否自知）对我们而言陌生的、不熟悉的以及虚幻的元素。换言之，我们将文本中的陌生元素都与"似然"相联系，而后者我们已然熟悉。

[30] 刘勰，卷六，519。

[31]《襄公二十八年》，王伯祥，464。此处语境的概念受到了限制，仅被局限在上下文的文本内空间中。

[32] 刘勰在《文心雕龙》中提出了"通变"的概念，用以解释整体的变化与连续性（也即一个文本与其文学传统的关系）。刘勰书中"通变"章节的概念框架源自《系辞》：

> 阖户谓之坤；辟户谓之乾；一阖一辟谓之变；往来不穷谓之通。（《系辞》上，卷七，17a）

"通"和"变"的交替被视作两类运动的互相运动。其一被称作"往来"（向前与向后），其二被称作"阖辟"（开与闭）。因此，"变"的运动永远不会是单向的。特别地，"通"的概念同时强调了前进与后退。而过去和未来的"往来"需要持续不断地疏通，以确保其连续性。

此概念本身就看似矛盾，这是因为它包含了两类相互冲突的概念："变"与"通"。一方面，刘勰坚称，文学措词的更新取决于作者对不断改变的文学潮流的灵活应变与适应，而另一方面，我们能从其讨论中看到儒家形式主义的强大影响，后者强调模仿与师古，不推崇催生差异的刺激因素。刘勰的传统文人精神经常阻碍着他对新鲜事物的感知，即使他十分认同文体改变是历史的必然。他抗辩道："竞今疏古，风味气衰也。"（刘勰，《文心雕龙·通变》，321）最终他还是赞同了师古的价值，强调了坚持中庸之道与习得文采的重要性。在对"通变"的定义中，他清晰地改动与限定了"变"的概念，以适应儒家传统特有的兼收并蓄的文学观。因此，"通变"事实上是"知道哪些元素需留，哪些元素需变"（323）的能力。

［33］Leitch，124。

［34］Heath，74。

［35］传统红学使用历史学的方法建立他们的理论构架。20世纪早期主要存在两大学派：以蔡元培为首的学派（以蔡元培《石头记索隐》［1915］为准则）主要关注作者的政治动机，他们将《红楼梦》解读为宣传汉族推翻满清统治的政治小说；另一派以胡适和俞平伯为首（以胡适著《红楼梦考证》［1921］为范本），主张将《红楼梦》理解为自传小说。在后者的眼中，贾宝玉即作者曹雪芹本人。这两派都将现实与象征、历史与当代部地混杂在一起。除了这两派争论的历史学问题，批评家最关心的问题是曹雪芹、脂砚斋与贾元春的身份，大观园的真实所在，以及不同脂本的年代与它们之间的不同，等等。传统红学的各种理论可详见余英时《近代红学的发展与红学革命》一文。

［36］除去注35中所讨论的两类学派，20世纪50年代在新中国还出现了一批从马克思主义政治思想中发展而来的学派。此学派以李希凡为首，他于1973年出版了《曹雪芹和他的〈红楼梦〉》一书，其中尖锐地抨击了胡适和俞平伯一众人提出的自传说。李希凡以马克思的阶级斗争概念为出发点，称曹雪芹在创作《红楼梦》时带着揭露

18世纪中国的社会不公与无情的阶级斗争的目的。由此,曹雪芹便成了一位伟大的"反封建"革命作家。李希凡的更多观点总结详见李希凡、蓝翎,上,1—17。

[37] 诚然在《红楼梦》中石头绝非一直是叙事者,然而在第一回与空空道人长篇大论一番之后,石头叙事者的人格并没有消失,它之后还在些许场景中突然再次出现,打断了第三人称的叙事。对"石言"的叙事功能(或反作用功能)的讨论可见本书第六章"刻字石碑"。

[38] Derrida, *Speech and Phenomenon*, 141。亦可见 Derrida, "Différance", 396—420。

[39] Anthony Yu(余国藩),"Introduction", 58。亦可见 Anthony Yu, "Religion and Literature in China", 130 及后数页。余国藩指出,唐三藏的取经之旅是一场象征性的旅程,象征着他回到了净土,这是他的前世,如来佛祖的二弟子金蝉子的居所。他还(在随后与作者的交流中)指出,师徒一行人最终的成佛应当被视作回到最初的极乐之中(佛教与道教意义皆然)。从"回归"的叙事逻辑出发,涉及师徒四人在旅途结尾成佛的用意的讨论,可见本书第五章"智石"小节。

[40] Anthony Yu, "Religion and Literature in China", 130—33。

[41] 见上注 9。

[42] Culler, *Pursuit of Signs*, 110。

[43] 周春,77。

[44] 引文见 Jameson, *Prison-House of Language*, 6。

[45] 列维-斯特劳斯以略微不同的方式,对其在南美神话学方面所做的工作给出了一种更微妙、更谦逊的解释,从解读互文性的开放/闭合关系中不断演变的矛盾的角度出发,列维-斯特劳提出的立场与我提出的颇为相近。他称:"假若有人批评我,在研究南美神话前没有给出一个完善的编目,那么他们完全弄错了这些文献的功能与本质。某一个人类社会的神话总体与其语言类似。除非这群人在肉体上与精神上彻底灭绝,不然这一整体永远都不会完整。……实践证明,一位语言学家可以仅从很小数目的句子中推断出某种语言的所有语

法，这些句子的数目或许在理论上比他已然收集到的要少得多，……故而我也不可能认定，我必须完全知悉神话全体的样貌，这是因为这种需求根本没有意义。"(*The Raw and the Cooked*，7)

[46] 在过去的数十年间，西方学界对元语言的本质争议颇多。罗兰·巴特的洞见与其说解决，不如说更多地调和了围绕此问题所产生的互不相容的见解："我们慢慢从其他学科认知到，研究必须逐渐接受两种长期被认为不相容的思想的融合：一类注重结构，而另一类关注无限的组合。"("Textual Analysis"，137)

[47] 试举一些案例：当孔加斯（Kongas）与皮埃尔·马兰达（Pierre Maranda）将列维-斯特劳斯设立的规则作为所有民间传说项的绝对结构模型之时，他们便独尊"系统"，走入了一个极端，有关他们的阐释步骤的详情，可见 *Structural Models in Folklore and Transformational Essays*。而威廉·亨德里克斯（William Hendricks）使用类似的规则将《献给爱米丽的一朵玫瑰花》（A Rose For Emily）的文本分解缩减为了一系列句法链，见"Methodology of Narrative Structural Analysis"，*Essays*，175 及后数页。

[48] Jameson，"Foreword"，xv。

[49] 这一看法让我们看到了阐释行为的另一个内在问题：一个阐释系统的科学程度能有多高？它能在多大程度上替代直觉与理解力？巴特在《批评与真实》(*Critique et vérité*)中问道，人如何才能"不依靠方法论模型而完全探明某个结构"？(19)这是一种对使用系统性方法推导出的模型所拥有的无所不能的特性的盲目信任，在结构主义盛行的时期，人们对这一盲目信任普遍持怀疑态度。难道没有地图、公式或三角尺，阐释就寸步难行？或许直到海德格尔才真正将此问题阐述清楚，他提出，理解具有前结构特性："以有所事的方式对切近之物的素朴的看源始地具有解释结构"(Heidegger，*Sein und Zeit*，149；英译见 R. Palmer，135；中译见陈嘉映、王庆节，183)。由此，他简单明了地总结道："解释并非把一种'含义'抛到赤裸裸的现成东西头上。"(Heidegger，150；Palmer，136；见陈嘉映、王庆节，183)大多数批评的问题源自于对这一预设的滥用，而非这一预设的存在。

[50] Lévi-Strauss, *From Honey to Ashes*, 356。列维-斯特劳斯解释了神话域的多维特性，在其中每个神话都与一组神话相联系，这种联系便是转化过程。研究这一神话的结构涉及研究它与其他聚合关系集合的交叉关系。

[51] 对此，列维-斯特劳斯有言："假如某个神话的某方面看似无法理解，那么它可以合理地被理解为其他神话的同源特点的转化，不论是在初始阶段还是假设层面上皆然。"(*The Raw and the Cooked*, 13)

[52] 例如以"叫/咆哮"(bark) 词位为例。它的义素核心为"由动物发出的尖锐声音"，并且补充有诸如"人类"与"动物"等语境义素。在某一个语境中正确解读"叫/咆哮"，依赖于相关的语境义素与不变的义素核心的正确组合。比如此句：男人向其妻子咆哮。在此语境中，想要正确解读"叫/咆哮"，就必须选择"人类"而非"动物"作为语境变量，并且与"由动物发出的尖锐声音"这一义素核心相结合。因此格雷马斯认为，一系列可变的语境义素能产生意义的多样性。

[53] Greimas, *Structural Semantics*, 46。

[54] Maurice Merleau-Ponty, *Le visible et l'invisible* (Paris: Gallimard, 1964), 243；英译本见 Merleau-Ponty, *The Visible and the Invisible*, 189。

[55] Culler, *Structuralist Poetics*, 87。

[56] Greimas, *Structural Semantics*, 102。"文化栅"是读者拥有的文化"似然"。这一规定性认知的存在似乎质疑了客观语义分析的可能性。对此矛盾格雷马斯没有立即解答。而从卡勒（Culler）的论点出发，我们可以说，对"文化栅"的运用并不会必然抵消客观语义分析的正确性。而另一方面，最细致的感知力与文化记忆都与解释过程中需用到的语义理论有着互动关系，并且这两者往往同时发生。

[57] Greimas, *Structural Semantics*, 59。格雷马斯认为，有鉴于义素拥有迭代性，故而它更清晰地解释了"意义整体"(meaningful whole) 这一模糊的概念，在叶尔姆斯列夫（Hjelmslev）的理论中，后者被定义为一个先决条件。某一文本的"意义整体"是"一个表意

总和的整体所指",其表征为同质语义的一致性,而非既存的无差别实体。此外,在辨别主观理解的错觉时,他称:"在我们现有的认知水平下,从原理分析的角度出发,这一栅格难以把握,这意味着,描述在很大程度上依然取决于分析者的主观理解。"(102)

[58] Riffaterre,"Textuality",2。

[59] 虽然模仿理论在传统中国文学领域占据主流地位,然而对一系列从"变"发展而来的周期性出现的思想而言,它或多或少起到了推动作用。纵观前现代文学的历史,人们能发现,许多文人都醉心于"变"的概念,该思想可追溯至中国最伟大的知识源本《周易》。早在汉代,王充就表现出了对历史相对主义的认识。他认为,经典作品的创作与现代文本并无优劣之分,只是有所不同罢了。他对"变"的理解主要基于语言演化理论。他将文学历史具体地理解为文学风格的交替。王充的美学相对主义背后的用意无人问津,直至明代(1368年—1644年)李贽与袁宏道等文学怪才的出现。他们发声反对传统道德与文学中要求人们必须遵从的规则。袁宏道对"变"的理论所做的贡献虽有些碎片化,但依然严正地挑战了模仿理论。袁宏道显然不是拥护"变"的理论的先锋,然而他无情地抨击了"前后七子"所提倡的拟古与模仿行为,而此抨击在前现代文学史中依然早于其他的主要抨击者。并且在"史"中发现"变"的概念,他是第一人。袁宏道认为,与历史的接触并非一定要出自对回归的痴迷。这涉及积极地培养一种历史意识,人们可以在历史中体会到"变"的预示与产生连续性的动因。然而我想指出,袁宏道与其兄长袁宗道都不是传统学说的坚定批判者,他们都将古人的作品视作理想文本的终极化身。对这两位文人的文学理论可见周质平,1—20,特别是10—11。

[60]《周易》中"变"的概念拥有两个主要义素"变易"与"不易",它们乍看之下完全矛盾。"不易"指的是天地的位置,以及人类社会的等级关系(《周易正义·序》,3a)。值得注意的是,《周易》阐明的"通"的概念囊括了发生在自知的互文空间中的有秩序且不停歇的"文"的往来。互文排列不遵从可测的法则这一激进的概念对《周易》而言十分陌生。在《系辞》中,我们能发现"通变"的原则被设置了边界:"变通莫大乎四时。"(《系辞》上,卷七,17b)换言之,

"通变"必然发生在可预测且自洽自足的四时交替之中。从自洽自足的概念中,我们能看到一种可控且最终可追溯的互文/文本模式。由此可见,《周易》中"变"的概念持续地受到来自其自身之中趋于稳定的对立项的挑战。

[61] 例如 H. Wilhelm, 20。

[62] 杨雄, 179。

[63] Tu Wei-ming(杜维明), "Profound Learning", 12。

[64] 在对《周易》的注解中,王弼成功使用"象"这一极其丰富的概念解释了庄子提出的语言困境。王弼在本质上究竟是一位披着儒家外衣的道教信徒,还是打着道家旗号的儒家人士,此问题需另行讨论。钱穆称,虽然王弼与何晏都是公认的魏晋玄学中的先驱人物,然而我们应当更多地将他们视作儒家人士,而非道家。然而,钱穆没有解释为何这二者会使用道家的观点来解释儒家经典。见钱穆, 68—73。

[65] 王弼, 609。

2 石头的神话字典

[1]《东方国语辞典》, 680。

[2] 新村出, 106。

[3] *Random House College Dictionary*, 1294。

[4] Greimas, *On Meaning*, 3—4。

[5] Perron, xxv。

[6] F. R. Palmer, 30。帕尔默称,"涵义涉及语义结构,而指称义则涉及与我们经验有关的语言之外的意义"(31),也即,前者是语内关系,而后者则是经验层面上的语言功能。

[7] 虽然帕尔默指出,只有当语义理论囊括了语言的"指称"特点,它才能被视为一个全面的理论,但是他在其著作中仅使用了一章来考察语言的指称特点。见 *Semantics*, "The Non-linguistic Context", 43—58。

[8] 见 F. R. Palmer, 93:"组合关系指一个语言单元和另一些

单元之间的关系，后者必须与其同时出现在同一个语句中，而聚合关系指一个语言单元与另一些可替换或代替它的语言单元之间的关系。"

[9] Palmer 94—96，引 Firth，*Papers in Linguistics*。

[10] Lévi-Strauss，*From Honey to Ashes*，356。

[11] 格雷马斯并非不知道列维-斯特劳斯使用聚合关系分析话语的不足之处。在《符号学约束的关系》（The Interaction of Semiotic Constraints）与《叙事语法的元素》（Elements of a Narrative Grammar）中，格雷马斯向弗拉基米尔·普洛普（Vladimir Propp）与列维-斯特劳斯致谢，感谢他们帮助他发展了自己的方法论观点，此观点将句法研究和语义研究相结合，并且将聚合轴投射在了组合轴上。（*On Meaning*，48—83）有关此结合方式的理论模型可见其 "Toward a Semiotics of the Natural World" 一文，佩龙（Perron）称，它向我们展示了一个"有关话语的句法和语义的（行动素）模型"。（*On Meaning*，xxvi）

[12] Greimas，*On Meaning*，4。

[13] 同上。

[14] Katz，33。

[15] Katz，33—34。

[16] 我们可以基于二元对立关系确定义素这一"最小语义单元"。我们之所以能从一个词项中得到"坚硬"这一义素，是因为认识到了"柔软"义素这一与其对应的潜在二元关系。其他的义素组包括"人类/动物""地/天""男性/女性"以及"出生/死亡"。

[17] Katz，37。

[18] Saussure，122 及后数页。

[19] Lehrer，71—72。

[20] 高本汉之所以反对葛兰言，是由于后者选取了他的原始资料，却没有谨慎地重建古代中国的社会与宗教史。见高本汉，346—349。

[21] 屈原（前 340 年—前 278 年），卷三，16b。亦可见袁珂，《古神话选释》，16。

[22] Karlgren，229。

[23] 袁珂，《古神话选释》，16；Plaks, *Archetype and Allegory*, 30。

[24] 屈原，卷三，16b。

[25] 刘安（卒于前122年），《淮南子》，卷十七，4b。

[26] 许慎（55年—149年）是《说文解字》的编纂者，此书是中国最早的词源学字典，共30卷。

[27] 袁珂，《古神话选释》，19。

[28]《说文解字》，卷十二，4b。

[29] 洪北江，《山海经·大荒西经》，收录于《山海经校注》，卷十六，839。亦可见袁珂，《古神话选释》，39。

[30] Neumann, *Great Mother*, 29。

[31] 袁珂，《古神话选释》，20，引《风俗通义》，编纂者应劭（活跃于189年—194年）；此段尚存文本可见李昉（925年—996年）等编纂的《太平御览》第一册，卷七十六，5a中的引文。

[32] 值得注意的是，此神话也体现出了社会不平等现象。女娲在玩弄黄土时涉及到"抟"土与"穿/甩"黄泥两种动作，前者造出的人属上层，而后者属下层。"抟"是一种有意创造出某种形状的行为，而"穿/甩"黄泥则完全与之对立。在特定语境中，此行为令人联想到一位懒散的手艺人，她让黄泥随处溅撒，自成形态，脑海中全无预想的蓝图。显然，相较于"抟土"那般精力高度集中的单个制造，这种量产方式的质量较难以保证。故而在人类诞生的神话中，不平等的种子已被种下。这则创世神话中暗含的神话逻辑以一种无伤大雅的方式证明了社会不平等的存在。

[33] 许慎在《说文解字》中将女娲定义为"古之神圣女"（卷十二，4b）。

[34] Karlgren, 229。

[35]《淮南子·览冥训》，卷6，7b。亦可见袁珂，《古神话选释》，23；英译见Bodde, 386—87。

[36] 袁珂，《中国古代神话》，46，注9，10，11。

[37] 在许多文本中，共工都被刻画成一个半人半兽的丑陋生物。郭璞在《山海经·大荒西经》中注引《归藏》："共工人面蛇身朱发。"

(《山海经校注》，卷十六，388)《神异经·西北荒经》中有言："西北荒有人焉，禽兽顽愚，名曰共工。"(袁珂，《中国古代神话》，60，注16)

[38]袁珂，《古神话选释》，32—33。袁珂将共工和颛顼的斗争解读为前者对腐朽的政治秩序的反抗，以及对颛顼建立起的古老王权的挑战。共工因此被认定为被压迫人民的捍卫者。

[39]袁珂，《古神话选释》，29。引自《论衡·谈天》，王充（27年—97年）撰。

[40]列御寇（前4世纪），《列子》，卷五，60。

[41]司马贞，《三皇本纪》，见《史记会注考证》，11c。

[42]袁珂，《古神话选释》，39，引自《世本》(《世本两种》，1)。

[43] Plaks, *Archetype and Allegory*，28。

[44]袁珂，《古神话选释》，21，注6。

[45]《周礼·地官司徒·媒氏》，见《十三经注疏》，卷十四，15a—16b。英译见 Plaks, *Archetype and Allegory*，31。

[46]《诗经·大雅·生民》，卷十七，1b。英译见 Waley，5。

[47]《诗经》解读主要分四家：鲁、齐、韩、毛。前三家的文本已散佚，故而毛公的存世注疏与解读成为了权威文本。

[48]《诗经》，卷十七，1b。

[49]《太平御览》第三册，卷五百二十九，4a。

[50]《隋书·志第二·礼仪二》，第一册，卷七，146。

[51]闻一多，110，注30。亦可见袁珂《中国古代神话》，56。

[52]闻一多，97—99。在其文中，闻一多研究了"高唐""高密"和"高禖"这三者逐渐趋同的过程。

[53]见《史记·夏本纪》中注释，收录于《史记会注考证》，41c。据此引，禹和其统治地区都被称为"高密"。亦可见闻一多，99。

[54]《世本两种·吴候大夫谱》，20。亦可见《世本两种·帝系篇》，3，4，8。

[55]《清华杂志》19 (1935)，827—865。引《吴越春秋·越王无余外传》，卷四，124，赵晔（活跃于40年—80年）撰。亦可见闻一

多，99。

[56] 宋玉，卷十九，393—397。

[57] 闻一多，99。闻一多称，"高"是"郊"的变体。而"唐"即"杜"，它们的音与"社"相同，因此"唐"也即"社"。

[58] 罗泌，《路史·后记》，卷二，11a，注引《风俗通义》。亦可见袁珂，《古神话选释》，20。

[59] 罗泌，卷二，12b。

[60] 郑玄（127年—200年），《郑志·卷下》，31。

[61] 闻一多，100—102。

[62] 闻一多，98。

[63] Neumann, *Great Mother*，260。

[64] 见《史记·夏本纪》（索引）中注释，收录于《史记会注考证》，38c。

[65]《世本两种·帝系篇》，8。亦可见王孝廉，66。王孝廉所引《世本》内容与原文有所差异："禹的妻子涂山……"

[66] 袁珂，《古神话选释》，309—330，引《吴越春秋·越王无余外传》（赵晔，卷四，129）。

[67] "女憍"见于《帝系·大戴礼》，引自《世本·帝系·涂山氏》中注（见《世本两种》，8）；"女趫"见于《汉书·古今人表》，卷二十，880；"有蟜氏"见于左丘明撰《国语·晋语四》，下册，35b。"有娲氏"见于《史记·三皇本纪》，收录于《史记会注考证》，11d。

[68] 王孝廉，66。王孝廉将"女憍"与"女趫"认定为"女娲"。

[69] 闻一多，116。

[70] 颜师古注《汉书·武帝纪》，卷六，190。

[71] 闻一多，116。

[72] Neumann, *Origins*，120及后数页。

[73] 司马贞，收录于《史记会注考证》，11c。

[74] Karlgren，303。

[75] Neumann, *Origins*，131。

[76] Neumann, *Origins*，133。

[77]《山海经·海内经》注引《归藏·开筮》，收录于《山海经校注》，卷十八，473。

[78]《初学记》，徐坚（659年—729年）等编纂，卷二十二，引《归藏》。

[79]屈原，《天问》，卷三，5b。

[80]《淮南子·修务训》，卷十九，7b。

[81] Karlgren，309。

[82]王充，《论衡·奇怪篇》，卷三，19b。

[83]王符，《潜夫论·五德志》，卷八，30a。原文为《潜夫论·交际》，有误。

[84]张守节，《史记正义·夏本纪》注引《帝王纪》，收录于《史记会注考证》，41c。

[85]郝懿行，《山海经笺注》，收录于《山海经校注》，50。

[86]《史记·夏本纪》，收录于《史记会注考证》，49b。

[87]袁珂，《中国古代神话》，230，注2，引林春溥，卷一，9。

[88]王嘉（卒于前2年），《拾遗记》，卷二，38。

[89]《淮南子·本经训》，卷八，6b—7a。据文中记载："舜之时，共工振滔洪水，以薄空桑。"

[90]荀况，《荀子·成相》，卷十八，4a。《成相》有言："禹有功，抑下鸿（洪），辟除民害逐共工。"

[91]李昉（925年—996年）等编《太平广记·李汤》，卷四百六十七，2b。亦可见袁珂，《古神话选释》，305—306。这两则资料中都详细描述了禹如何制服洪水之神无支祁。

[92]《山海经·海外北经》，收录于《山海经校注》，卷八，233。英译见Karlgren，309。

[93]《淮南子·泛论训》，卷十二，22b。

[94]朱熹（1130年—1200年）注《四书章句集注·论语·八佾》，17—18。

[95]《太平御览》第三册，卷五百三十二，3a，引《礼记·外传》；《太平御览》卷五百三十二，5b有言："石主将迁于社宫。"

[96]《淮南子·齐俗训》，卷十一，8a。

[97]《宋史·志第五十五（礼五）》第四册，卷一百零二，2484。

[98] Karlgren，308。

[99]《周礼·地官司徒·媒氏》，收录于《十三经注疏（3）》，卷十四，17a。

[100] 王孝廉，48。

[101] 龙的形象可见白居易（772年—846年），《白孔六帖》，卷二，7b，陶龙与绘画中的龙的形象见卷八十二，5b；亦可见 Eberhard，462。对该问题的详细讨论可见 Cohen，246，注6。

[102] 王充，《论衡·顺鼓篇》，卷十五，14b。

[103] 王孝廉，51。

[104] 盛弘之（活跃于南朝刘宋，420年—479年），《荆州记》，卷二，10b。此书已散佚，陈运溶根据虞世南（558年—638年）编纂的《北堂书钞》（卷一百五十八，12b—13a）所引，在其著作《麓山精舍丛书》中部分再现了此书。有关此书更多信息以及引文的英文翻译，可见 Cohen，250，注20。

[105] Cohen，250。

[106]《太平御览》第一册，卷五十二，2b。亦可见陈耀文，《天中记》，卷三，31b，引《荆州记》，卷二，10b。

[107]《荆州记》，卷三，31b，引晋（265年—420年）裴渊撰《广州记》。

[108] 詹姆斯·乔治·弗雷泽（James George Frazer）在其研究原始宗教与巫术的著作中称，原始社会中最高祭司与部落首领的献祭行为体现了极为盛行的举行繁育仪式的习俗。此习俗需定期处决一位部落中的替罪羊或代表人，以保证生命力的更新。见 Golden Bough，308—668。

[109] 张守节注《史记·封禅书》，收录于《史记会注考证》，496b。

[110]《史记·封禅书》，注引《五经通义》，收录于《史记会注考证》，496c。

[111] 李杜，14—15。周王朝的统治者使用天命的学说来神化周朝对殷商的胜利，并由此巩固王权天授的神话。宗教教条为人类统治

阶层的政治利益而服务,也成为了涉及因果的道德准则。

[112]《诗经·大雅·文王之什》,卷十六,10a—11a。

[113]《诗经·周颂·清庙之什·昊天有成命》,卷十九,1b。

[114]《尚书·周书·康诰》,97。

[115]《诗经·大雅·荡之什·云汉》,卷十八,17a。

[116]《尚书·周书·召诰》,117。

[117] 见《史记会注考证》,496c 中泷川龟太郎的注文。据注释者称,封禅仪式始于秦朝,在汉武帝时期被广泛接受。葛兰言称"汉武帝于公元前110年举行了史上首场封禅大典"(113),此表述恐有误。

[118]《史记·秦始皇本纪》,收录于《史记会注考证》,119a—119b。

[119]《汉书·武帝纪》第一册,卷六,191。

[120]《初学记·礼部上》,卷十三,26b,引应劭《汉官仪》上卷,42。

[121]《说文解字》,卷一,7a。

[122]《礼记》,卷三十,12b。

[123]《礼记》,卷三十,13b。

[124]《周礼·春官大宗伯》,卷十八,24a—24b。

[125] Williams,235。

[126] 封演(唐),卷四,22b。

[127] 史游(活跃于前48年—前33年),卷一,24b。

[128] 王象之,第二册,卷一百三十五,8a。

[129]《缙古丛编》,卷三十六,14a。

[130] 王孝廉,71。

[131]《大中记》,卷八,34d,引《荆州记》;《天中记》,卷八,37b,引唐郑常撰《洽闻记》。

[132]《旧唐书·志第十七》第四册,卷三十七,1350;亦可见《天中记》,卷八,39b—40a。

[133]《天中记》,卷八,31b—32a。

[134]《天中记》,卷八,39b。

[135]《天中记》，卷八，40b。

[136]《旧唐书·列传第一百一十九》第十三册，卷一百六十九，4407；亦可见《天中记》，卷八，43a—43b。《天中记》所引与原文本存在两处差别：其一，王璠之子的名字从"遐休"变为"瑕休"；其二，老人的结论"此非吉征"被改为"庸作吉徵"。

[137]《天中记》，卷八，32a，引汉郭宪撰《洞冥记》。

[138]（明）李时珍，第八册，84—133（《坤舆典》第五十一册，卷九，43a至卷十三，10b）。

[139]《山海经·中山经》，收录于《山海经校注》，卷五，141。

[140]《天中记》，卷八，52b，引宋乐史（930年—1007年）编纂《太平寰宇记》。

[141] 王溥（922年—982年），第一册，卷二十八，534。

[142] 段成式（卒于863年），卷二，182。

[143]《天中记》，卷八，47b，引宋欧阳修（1007年—1072年）编纂《集古录》。

[144] 段成式，卷十，80。

[145]《北史·列传第五十四》第八册，卷六十六，2322。

[146]《太平御览》第一册，卷五十二，4a，引晋袁山松撰《郡国志》。

[147]《天中记》，卷八，50b，引《太平寰宇记》。

[148]《山海经·中山经》，收录《山海经校注》，卷五，138。

[149] 同上，郭璞所注引自《晋书·五行志》第二册，卷二十八（志十八），854。

[150]《天中记》，卷八，36a，引南朝刘宋刘敬叔撰《异苑》。

[151]《天中记》，卷八，36a，引南朝刘宋雷次宗撰《豫章记》。

[152]《太平广记·器玩三》，卷二百三十一，1b—2a，引唐张鷟（660年—732年）撰《朝野佥载》，卷三，36。

[153]《尚书·禹贡》，卷六，11a。

[154]《天中记》，卷八，46a，引宋张洎撰《贾氏谈录》。

[155]《天中记》，卷八，51a，引《洽闻记》。

[156] Todorov，25—26。托多洛夫引述俄国神秘主义者弗拉基米

尔·索洛维约夫（Vladimir Solovyov）："在纯粹的想象之中，我们总能找到一个外在的、形式上的对现象的简单解释，然而同时，此解释完全剥除了内在的可能性。"（25—26）一旦我们在众多领域中选其一者，我们便离开了（不论是稀松平常的还是令人惊奇的）"临近体裁"的想象世界。因此体裁的想象仅存在于某人阅读体验的不确定性之中。

[157]《左传·昭公八年》，卷四十四，21b—22a。

[158] 王嘉，《拾遗记》，卷五，116。

[159]《天中记》，卷八，33a，引汉刘歆（前45年—23年）撰《西京杂记》，卷一，3b。

[160]《天中记》，卷八，54a，引晋张僧鉴撰《浔阳记》。

[161]《天中记》，卷八，54a，引刘义庆（403年—444年）编纂《幽明录》，71。

[162] 缪天华，839，引清翟灏撰《通俗编·地理》。

[163] Hay，64。

[164]《辞海》，2066。

[165] Eliade，*Myths*，*Dreams*，174。

[166] 据诺伊曼："结合正与反的特性以及一组特性的现象是原始原型的重要特点。原始原型的这种二元对立的结合，这种矛盾刻画了无意识这一原初状态，此时意识还没有分化为对立项。早期的人类就是生活在好与坏、友善与恶意这样的矛盾共存状态之中，也时刻体会着整体的神性。"（*Great Mother*，12）。

[167] 王象之，卷八十一，5a；《天中记》，卷八，53a，引《世说新语》。

[168]《天中记》，卷八，49b，引《太平寰宇记》。

[169]《东方国语辞典》，680。

[170] Hay，18。

[171] Plaks，*Archetype and Allegory*，170。

[172] 浦安迪称，中国园林使用了一套天地圆满的观念，它表现在园林风景的组合对称方式中，造园师使用二元对立关系的互动来达成这一目的，包括软硬、明暗、高低、远近、全景与近景、内景与外

景等等。见"The Chinese Literary Garden", *Archetype and Allegory*, 146—77。

[173] Hay, 86。

[174] Hay, 84。

[175] Hay, 100。

[176] 杜绾, 72 (《坤舆典》第五十一册, 卷八, 37b)。

3 石与玉：从小说至道德的预设

[1] 张新之, 《红楼梦读法》, 收入一粟编《红楼梦卷》第一册, 154。张新之是一位传统评点家, 他以道德哲学的角度解读《红楼梦》, 并且带着道德说教的目的撰写其点评。在《妙复轩评石头记自记》中, 他称其作为评点家的任务便是"救本书之害", 并且修正"人心世道"（34）。有关张新之的解读立场的详尽讨论见韩进廉, 125—133。亦可见周汝昌《红楼梦新证（下）》, 1139。此处所引有关《红楼梦》与其他三部小说的互文关系, 仅仅代表了张新之对古典叙事小说的结构与文学性做出的一小部分评论。

[2] 赵冈、陈钟毅, 《红楼梦研究新编》, 177。

[3] 在二十三回与二十六回中, 宝玉和黛玉都引用《西厢记》的词句戏弄对方, 在四十九回中, 黛玉和宝钗也讨论过文中的段落。除了直接引述, 故事中还存在大量间接指涉与间接提及《西厢记》的段落, 见下注5。

[4] 脂砚斋最初评《红楼梦》都以红字批注, 故自称"脂砚斋"。《红楼梦》的原稿与评注随后还被誊抄了好几份。而脂砚斋的批注以黑与红两种颜色被抄下。批注具有多种样式：（一）双行黑字小字夹批, 专批单独段落或词句；（二）批在每回开头之前的总批, 另用纸页, 同样为黑字, 共计十八回；（三）黑字回末总批；（四）红字眉批；（五）红字侧批；（六）红字回末总批, 共计六回。

脂砚斋的身份一直备受争议。现存两种主流的假设：周汝昌和吴世昌都认为, 脂砚斋和畸笏叟（原稿的另一位主要批注者）应当被视为使用了两个笔名的同一人, 而俞平伯和赵冈/陈钟毅则认为, 脂砚斋不应与畸笏叟混为一谈。在"同一身份"的框架下，周汝昌认定脂砚斋即史湘云（见周汝昌，《红楼梦新证（上）》，833－940），而吴世昌反对这一说法，他坚称脂砚斋事实上是曹雪芹的叔父曹硕（见吴世昌，《红楼梦探源外编》，1－18）。在"两种身份"的理论中，俞平伯不确定脂砚斋的真实身份（见俞平伯，《脂砚斋红楼梦辑评》：6－9），赵冈与陈钟毅认为，脂砚斋乃曹雪芹的堂兄弟曹天佑（见《红楼梦研究新编》，73－138）。虽然我们无法确定哪种假设是正确的，然而我们却可以推定，胡适的猜测（认为脂砚斋即曹雪芹）十分牵强。而周汝昌的猜测也不如吴世昌的假设可信。

[5] 脂砚斋在批注中多次提到，曹雪芹在刻画《红楼梦》中主要角色的性格与话语格调时，有意地模仿了《西厢记》与《金瓶梅》。例如，脂砚斋在二十五回批道："余所谓此书之妙皆从诗句词中翻出者，皆系此等笔墨也。试问观者，此非'隔花人远天涯近'乎？"（《脂砚斋红楼梦辑评》，344），此处暗指《西厢记》第二本第一折《寺警》。有关《金瓶梅》与《西厢记》对《红楼梦》的影响的详细讨论，可见《红楼梦研究新编》，177－178。

[6]《红楼梦研究新编》，177；俞平伯，《红楼梦研究》，226。亦可见胡适，405，在其中胡适指出，警幻情榜类似于《水浒传》中的"石碑"以及《儒林外史》中的"幽榜"。值得注意的是，有关"情榜"来源的考证中，最有趣的一则要数周汝昌在《红楼梦情榜渊源论》中的论述。周汝昌认为，曹雪芹设情榜的想法来源于冯梦龙（1574年—1646年）的《情史》，此书成书于17世纪早期，乃一部爱情故事的总集。此书共二十四卷，每卷都围绕着某一类"情"编排，例如"情缘""情爱""情痴""情憾""情幻""情灵"等等。现在我们几乎无从得知，曹雪芹在决定"情榜"排位时依照了何种标准。余英时根据七十八回本（胡适称"庚辰本"，吴世昌称"脂京本"）中的一句批文"通部情案，皆必从石兄挂号，然各有各稿，穿插神妙"（四十六回，《脂砚斋红楼梦辑评》，449），提出了一个极具说服力的论断，他称各女子的排位顺序必定由她与宝玉的亲密关系决定（余英时，《红楼梦的两个世界》，40－42；亦可见余英时，《眼前无路想回头》，91－113）。虽然对情榜最初的排名依然存在颇多争议，然而我

们可以认为，冯梦龙《情史》中的分类方法对曹雪芹的影响极大。曹雪芹的"情情""情烈"等写法明显对应着冯梦龙的构词逻辑。而《情史》与《红楼梦》的别名也进一步巩固了这条假设，前者又名《情天宝鉴》，而后者则叫《风月宝鉴》。有关《情史》的介绍以及部分选段的英译，可见 Mowry, *Chinese Love Stories*。

[7]《脂砚斋红楼梦辑评》，228，256。

[8] 见 Wu Shih-ch'ang（吴世昌），*Red Chamber Dream*，157—158。

[9] Wu Shih-ch'ang, *Red Chamber Dream*, 266。见胡适对上注 6 中警幻情榜作为封闭叙事的结构手法的评论。

[10] 吴世昌认为，情榜将叙事引回至"全书开篇中出现的基于神话与转世的故事"，因此"他处—此处—他处"这一大循环才算闭合（*Red Chamber Dream*, 160）。

[11] 有关女娲石对女娲不认可其价值的看法，秉持"自传说"观点的红学研究者有不同的解读。由此出发，"无才补天"（《红楼梦》，4）可以视为被社会排斥在外的曹雪芹的自我写照。石头的自怨自艾因而有了全新的意义：这是作者以神话的角度对这种排斥的抱怨之情。见周汝昌，《红楼梦新证（上）》，15。在此我想提一首诗，红学家对此诗的作者身份存在疑问，然而它有可能为曹雪芹所作。在这首五言诗中，我们能在两句对句中发现可以证明"自传说"假设的证据，当然前提是此诗确为曹雪芹所作："有志归完璞，无才去补天。不求邀众赏，潇洒做顽仙。"见余英时，《近代红学的发展与红学革命》，28。

[12]《红楼梦》的各个版本如今主要分两个体系，一为手抄本，多有脂砚斋批注；二为刊印本。手抄本现存八个版本，每个都包含曹雪芹原稿以及批注，批者有脂砚斋、畸笏叟以及其他曹雪芹的同代人。在这八本手抄本中，十六回本、七十八回本、己卯（1759 年）与戚蓼生（1732—1792）作序的戚序本（有正本）是被讨论与引述最多的版本。前两本的抄成年代至今在红学界仍有争议。胡适首次将十六回本与七十八回本的抄成年代分别定为甲戌（1754）与庚辰（1760）年。这一命名方式广为使用，以至于就算吴世昌极其令人信

服地反驳了胡适考证年代的方法，学者们依旧在使用胡适为这两本抄本设定的命名方式。吴世昌为了改正胡适的错误，使用了不同的名字代替了胡适的命名，他将十六回本命名为"脂残本"，将七十八回本命名为"脂京本"，并且提出了两个不同的抄成年代。吴世昌认为，脂京本抄成年代不早于 1767 年，而脂残本不早于 1774 年（141）。有关吴世昌对胡适观点的批驳及其自己提出的观点的详细讨论，见吴世昌，《红楼梦探源外编》，96－200。刊印本由高鹗和程伟元修订。此版本主要分两类，程甲本（1791 年）与程乙本（1792 年）。有关此二本各自的好坏之处，可见《红楼梦研究新编》，73－111，245－258。亦可见 Wu Shih-ch'ang, *Red Chamber Dream*, 1－11, 267－277。

[13]《乾隆甲戌脂砚斋重评石头记》，6。英译见 Miller, 37－39。译注：亦可见《红楼梦》，2－3。

[14] 原书此处为作者自译。

[15] 叶嘉莹质疑了王国维将"玉"和"欲"相提并论的理论，并且声称王国维误解了《红楼梦》中暗藏的用意。她认为，"通灵宝玉"的象征意义不能使用叔本华提出的自由意志的思想来解读，它应当基于佛家的哲学理论，强调了"本性"走向开悟的潜能。叶嘉莹似乎不愿意承认佛家思想的矛盾本质，它关注"欲"的程度与关注我们能否从中解脱的程度不相上下。有人或许会认为，中国人对《红楼梦》的痴迷，更多地体现在曹雪芹描写主人公充满"情/欲"的旅程之上，而非其下暗藏的"人本性纯"的宗教"真理"。如若叙事侧重于大众熟知的佛家开悟的主题，那么《红楼梦》显然将会不再显得如此与众不同。世间已存在着大量论述"本性"的佛家典籍，《红楼梦》从中脱颖而出的真正原因，恰恰在于它关注了欲望"堕落的本质"，而非老生常谈地提起那些被讲师、禅师、哲学家以及包括吴承恩在内的小说家传述了数十年的宗教道理。见叶嘉莹，141－144。

[16] 王国维，11。

[17]《脂砚斋红楼梦辑评》，3。

[18] 王国维，12。

[19] 此处阈限的英文词根 *Limen* 为拉丁语，意为"临界/门槛"。在文化人类学中，它专指仪式主体介于过去的社会结构与他们第一次

被带入的新结构之间的中间状态。有关此概念的详细论述,见下文第四章"阈限之石"。

[20] 那志良,《古代的葬玉》,332。

[21] Goette,35。

[22] Laufer,103。

[23]《周礼·春官宗伯》,收录于《段注十三经经文》,30。

[24] Hansford,86。

[25] 此段文本中此玉的第三条特性与预言尤为相关,它似乎源自于上文中皇家祭天仪式中仪式用玉的某项重要功能。上文提及的六器,特别是玉璧的作用便是唤起神灵的力量,以消除天灾。见 Rawson,29。

[26] Laufer,299。据信,只要用玉封住肉体上所有的孔洞,体内的阳气便不会受到地底阴气的破坏。这一习俗体现了汉朝盛行的道教思想。

[27] 曹雪芹、高鹗,《红楼梦》,28。

[28]《乾隆甲戌脂砚斋重评石头记》,6b—7a。

[29] 那志良,《古代葬玉》,103—104。

[30] 唅蝉与复生的关系在各种有关玉的论文中都有探讨。见 Laufer,299—301。

[31] Lyons,4。

[32] Rawson,64。

[33] 童中台,8。

[34] Laufer,325。

[35] 那志良,《祭祀天地四方的六器》,8。

[36]《周礼》,收录于《段注十三经经文》,30。

[37] Hansford,59—60。

[38]《礼记·聘义》,收录于《段注十三经经文》,133。

[39]《说文解字》,卷一,7a。

[40] 罗曼莉,29。

[41] Coward and Ellis,78。

[42] 值得注意的是,传统的中国评点家与当代美国学者都详细

论述过黛玉和宝钗的名字与道家五行思想的关系。见 Plaks，"Allegory"，195—196。亦可见 Plaks, *Archetype and Allegory*，54—83。浦安迪可能受到了传统评点家张新之用五行之说研究黛玉和宝钗名字的启发，见张新之，《红楼梦读法》，156。据这两位批评家的说法，五行元素相生相克、周而复始的相互关系能极好地解释宝玉和黛玉之间注定悲剧的爱情。有关这一观点的详细分析见 Jing Wang（王瑾），"Poetics of Chinese Narrative"。

[43] 大部分的传统评点家都指责宝钗的迂回狡诈。脂砚斋的批注或许代表了最权威的观点。甲戌本与庚辰本都包含了脂砚斋对"小红"段落（二十七回）的点评以及对宝钗精于算计的批评："可是一味知书识礼女夫子行止？写宝钗无不相宜。"（《脂砚斋红楼梦辑评》，377）此处试举几例《红楼梦卷》中收录的其他评点家对宝钗的类似评价：徐瀛，《红楼梦论赞》，收录于《红楼梦卷》第一册，127；话石主人，《红楼梦本义约编》，第一册，181；解盦居士，《石头臆说》，第一册，191—192，195；西园主人详细论述了宝钗狡诈的本性与如何装愚，见《红楼梦论辨》，第一册，201—202；许叶芬，《红楼梦辨》，第一册，229。宝钗的拥护者不多。王希廉是其中之一，他认为黛玉心胸狭窄，而宝钗则"有德有才"（《红楼梦总评》，第一册，150）。而张新之同时批判了这两人，称"这两种人，都做不得"（《红楼梦读法》，第一册，155—156）。朱作霖中立地给出了此二人的优点与缺点，见《红楼梦文库》，第一册，160—161。而野鹤与他人都不同，他认为我们不应当将宝钗与黛玉相互比较（《读红楼札记》，第一册，286）。

现当代评点家对这两位的评价几乎平分秋色。太愚（王昆仑）将宝钗划归为"正统思想的现实的功利主义者"，而称黛玉为"和现实环境对立、反抗统治力量"的一类人（见太愚，《红楼梦人物论·花袭人论》）。俞平伯认为，曹雪芹并未有意比较钗黛的高低，他称："书中钗黛每每并提，若两峰对峙双水分流，各极其妙莫能相下"（俞平伯，《红楼梦研究·作者底态度》，112）。韩进廉称宝钗为封建守旧之人，而称黛玉为反封建斗士（241）。

有些批评家秉持"兼美"的理论，认为宝钗和黛玉为同一身份的互补两面。这套理论源自于曹雪芹之弟棠村在《红楼梦》手稿中写的一段原序:"钗玉名虽两个,人却一身,此'幻笔'也"(《脂砚斋红楼梦辑评》,434)。吴世昌反对棠村这段批注的逻辑,并给出了令人信服的抗辩。吴世昌称,棠村的这则批注与他的其他序一样,只针对曹雪芹早期手稿的原始构思。由于棠村在年轻时便去世了,也就没有机会见到修改过的手稿,而在此,宝钗和黛玉已经与曹雪芹最初的构思相去甚远。见吴世昌,《红楼梦探源外编》,182—197。

[44]那些充分了解这一审美倾向的历史结构与性别政治之间的关系的读者,一定不难再次调整他们对这两位女主人公的个人喜好。此问题超出了本书研究的范畴,然而我想顺便提及一下,性别研究不可避免将会遭遇到的有趣问题。身体政治不仅特别地向女性提出了一套行为准则,它还限制并且以此控制了舆论与"诗的正义"的判定标准。由此看来,黛玉和宝钗之间的竞争关系比表面上看来更为复杂。它不再仅是爱情上的竞争,还成为了获取公众认同的竞争。长期以来,黛玉在这场竞争中获得了公众的认同,这是由于中国的性别政治预设了,女性娇弱者为美,以及弱者将会矛盾地获益。然而,我们对性别政治操作大众审美的认知却提出了另一个问题,那便是黛玉是否如同性别政治认同的那样真的是位胜利者? 我认为,黛玉或许比宝钗更为失败,不但因为她失去了宝玉,还由于她深陷推崇中国的性别政治的文化审美之中,这种性别政治以虚幻的"诗的正义"为体弱的女子矫饰其在真实世界中的失败。仿佛将她奉为理想的女性,"诗的正义"就能将她从失败者变为胜利者。

对林黛玉的追捧完美地展示了这种聊以自慰的心态。这位女性被认定为中国传统文学中最具吸引力的女子。她是理想女性的化身。故而《红楼梦》中的道德矛盾可以理解如下:黛玉是否在真实世界的竞争之中失去了宝玉,这并不重要,因为同宝玉建立起精神共鸣,并且俘获宝玉真心的是她,而不是宝钗。故而,虽然受到了责怪与伤害,然而她成为了《红楼梦》中最主要的女主人公。这是自18世纪以来最为大众所接受的主流解读。只要忽视性别政治提出的众多问题,对黛玉的追捧的象征意义就完全合情合理。然而一旦我们转向强调性别政治的批评方法的思路中,这些问题便很快会涌现出来。例如我们需考察，理想化一位脆弱无助的美人，并且将其竞争者的体征设立为她的对立面的政治用意。最终的考察结果必然会挑战此概念的症结，即我们理想的女主人公才是弱者。当这一评判准则受到了性别政治无意识的影响之时，美学或道德的评价将如何展开？在这一概念体系下，我们或许会产生不同的理解，将我们导向完全不同的方向。黛玉呈现出的弱者姿态或许会引发种种不同方面的同情心，而对宝钗善于弄人的指责也将不再那么站得住脚。

[45] 康来新，60。

[46] 见下文第四章，"《红楼梦》存在开端吗？"一节。

[47] 见唐长孺，298—310。

[48] 有关仁、义、智、勇这四美德的定义，见上文第二章，"封禅仪式"。

[49] 见"The Story of Jade"，904。

[50] 徐守基，卷四，28。

[51] Hay，122。

[52] 如前所述，晚明时期涌现的反抗儒家主流思想的浪潮与王阳明（1472年—1529年）的心学同时出现。此学派发展自宋代哲学家陆九渊（1139年—1193年）的心学思想，它更关注主观，而非客观的先验性。心学假定主观性的所在在于"心"之中，因而人们只能通过"心"的感知来定义外在事物的物理本质。在王阳明的认知框架内，"心"被视为自洽自足的整体，即"良知自知之"（王阳明，第二册，211）。在心学中，对"心"的修正意味着以原初的、无差别的状态来感知"心"。这种强调利用心的本性来获得直觉认知的方式，是陆王心学与程朱理学最大的不同，后者则强调理性地执行儒家传统中的修身准则。

[53] De Bary，II，196。

[54] 有关儒家思想不重视童年的意义的讨论，见 Jing Wang，"Rise of Children's Poetry"，57。

[55] 李贽，《童心说》，368。

[56] 李贽，370。

[57] 曹雪芹在思想上与李贽的渊源或许比公认的还要更深。林

黛玉著名的《葬花吟》中便化用了两句李贽悲叹人生无常的诗句："看花不是种花人"，以及"花开花谢总不知"。见李贽，《七言四句》与《牡丹诗》，收录于《焚书·续焚书》，卷六，243。

[58] 提及"傻""疯""呆"的段落在《红楼梦》中随处可见，特别在前八十回。而同时提及这三者的段落见于第七十一回，《红楼梦》，1014。

[59] 孙桐生，引张新之（自号"太平闲人"），第一册，40。

[60] 在程伟元的刊印本中，此处的用语略微不同："装愚"。相较"藏愚"意指宝钗好似愚钝，"装愚"一词更具贬义。见程伟元，65。

[61]《礼记·聘义》，收录于《段注十三经经文》，133。

[62]《荀子·君子》，收录于《荀子新注》，408。

[63] 荀子在《君子》篇中将"节"称为"死生此者也"（《荀子新注》，408）。在另一篇中，他也做出了类似的论断："若是，则士大夫莫不敬节死制者矣。"（《荀子·王霸》，收录于《荀子新注》，187）

[64] 干宝，卷十一，137。

[65] 刘勰，《文心雕龙·总术》，447。

[66] 见韩非，卷四，13（第一册，238）。据记载，卞和发现了一块璞玉，遂献予朝廷。制玉的匠人却没能发现此玉的价值，坚称卞和带来的仅是一块石头，历经两次酷刑后，卞和终于证明了这块璞玉的价值。

[67] 葛洪，194（卷三，18a）。

[68] 有关西方红学家的解释框架的详细分析，见 Jing Wang, "Poetics of Chinese Narrative"，255—68。

[69] 见 Wong Kam-ming, "Narrative Art of *Red Chamber Dream*"以及 "Point of View"。

[70] 见 Plaks, *Archetype and Allegory*。

[71] 见 Miller, *Masks of Fiction*。

[72]《论语·颜渊》，77。

[73] Ryan，10。

[74] 康来新称："出于他和顽石的关系，宝玉无疑看似一个纯粹、天然、原始的个体"（康来新，234）。

[75] 康来新，231。

[76]《艺文类聚》（下），卷八十三，142b。

[77] 有关"通灵石"的详细定义与讨论，见下文第四章"通灵石与顽石"一节。

[78] Lenin，196。

[79] 可见王孝廉，88—91。

[80] 李汉秋，《卧闲草堂》，118。

[81] 吴功正，596。

4 石头的故事：关乎矛盾与约束

[1] 保罗·史密斯（Paul Smith）在《识别主体》（*Discerning the Subject*）一书中讨论"主体"概念时使用了"主体位置"这一概念。他反对整体性与主体性，因为一个主体总是受制于不止一项社会形态与政治话语，这两者必定同时变化。每种形态与话语都组成了一个主体位置，此主体位置与其他的主体位置相竞争，以使个体完全受其控制。这些各种各样的主体位置不可能相互共存，组成一个不矛盾的个体（见 Smith, "Note on Terminology", xxxiii-xxxv）。值得注意的是，当代中国理论家也为"主体"的论题做出了重要的贡献。随着极左分子的失势，中国进入改革开放，"人类主体"成为了 20 世纪 80 年代的流行用语。有关中国现代化的争论主要集中在改革开放以后对创造性主体（亦可说是自主主体）的发现。不论马克思主义理论家、教条主义者或是类似的非主流理论家，还是有创造力的作家都广泛地探讨过社会人文主义的话题。到目前为止，其中最具影响力的理论家是刘再复，他有关这方面的著作开启了一个讨论"主体"在美学、本体论与政治等方面可能造成的影响的时代。刘再复的《性格组合论》是论述人格二元结构的重要作品。他提出的概念框架是原本基于一维人格的中国审美的重大突破，此框架基于对"组合"（正如其书名）的共存主体的假设与肯定，而不是对各种对立关系的无尽分解与外延，例如"内里"与"表面"，"未定"与"已定"，"高超"与"荒唐"，"善"与"恶"。他重视二元组合的机制，从中我们可以发现一种基于

存在与认知的二元观念的哲学思想，它完全被囊括在一个可知且高度一致的整体之中。

[2] 闵福德（John Minford）将"安放"译为"lying still"（*Stone* V：374）。而我的翻译"safely placed"更接近原意。"lying still"更多地强调石头是一件（虽然是无生命的）主体，而"安放"则显然在句法上视石头为一个客体。"safely placed"的句法中暗藏的物化手法意味着，石头作为一个存在已不是主体，而是一个无法对其自身的活动负责的客体，甚至"lying still"（静躺）在青埂峰脚下也不行。

[3]《乾隆甲戌脂砚斋重评石头记》，6。

[4] 空空道人在与石头讨论了其上所刻故事的价值之后，便突然开悟。书中这样描述此过程："因空见色，由色生情，传情入色，自色悟空。"（《红楼梦》，6）

[5]《初学记·地理部》，24a，引晋杨泉撰《物理论》。

[6] 明清时期的画家似乎更关注他们所画的自然之物的内在景致，而非他们所见之物。韩庄认为，清代画家尤为喜爱通透有孔的怪石（Hay，118—119）。他们貌似更乐于捕捉石头内部的空白空间，而非石头本身坚实的质地。

[7] 郑板桥在他的石头画作上曾题字曰："燮画此石，丑石也。丑而雄，丑而秀。"（见张维元，《文人与丑石》）曹雪芹的满族友人敦敏（1729年—1786年?）将曹雪芹画的一幅画石描述为反传统的作者象征性的表态："傲骨如吾世已奇，嶙峋更见此支离。"（敦敏，《题芹圃画石》）

[8] 见元脱脱等撰《宋史·米芾传》第一版（共四百九十六卷）：卷四百四十四，5620；叶梦得（1077年—1148年），卷十，155。

[9] 在与石头讨论《石头记》的价值时，空空道人称石头为"石兄"（《红楼梦》，4）。

[10] 韩庄将画有形象怪异的罗汉的画作描述为"树与石怪异的组合"（Hay，63）。这些画包括藏于大都会博物馆的《十六罗汉》（1591年），藏于纳尔逊-阿特金斯博物馆的《五百罗汉手卷》；以及一幅佚名作者的17世纪《菩提树下的释迦摩尼》画像。

[11]《脂砚斋红楼梦辑评》，132；亦可见《红楼梦》，245。

[12] 见袁郊，258—259。

[13] Jayatilleke，82，128 及后数页，152 及后数页。

[14]《成唯识论》是唯识宗（源自瑜伽宗 Yogacara）的基本论典，它是《唯识三十颂》的完整中文译本。玄奘在这部典籍中还加入了印度十大论师的诠释。

[15] 玄奘，377。

[16] 玄奘，107。

[17] 玄奘，385。

[18] 玄奘，385—387。

[19] O'Flaherty，220。

[20] *Visuddhi-Magga*，239。中译选自《清净道论》，558。

[21] 佛家将对此状态的解读融入了"大慈悲"的概念中。而据杜克大学宗教学系的罗杰·科利斯（Roger Corless）教授称，道教将此状态纳入了"飞升"（crystallization）概念之中。此概念针对的是诸如石头等永不朽坏的存在。科利斯教授将此概念的发现归功于爱德华·谢弗（Edward Schafer）。

[22] 在唐人传奇小说《杜子春》中，主人公经历肇始仪式的场所便是一个封闭的石室，见李靖，230—233。《冥报记》中记载了一位在石室中抄经的僧人，见唐临（约活跃于 660 年），卷五十一，789。更新世时期的澳洲中部存在一种古老的宗教仪式，在其过程中，部族会排成一列，去往被视为圣地的洞穴中依次拿取圣物（Levy，36）。冰河时期的澳洲巫医也会去往洞穴中就寝，以执行其仪式上的死亡睡眠与随后的重生（Spencer，480—484）。G. R. 利维（G. R. Levy）指出，"随时各个文明都在洞穴或教堂地下室中进行过这种仪式，他们将洞穴视作母亲，而自己将会在其中重生"（Levy，53）。威廉·欧文·汤普森（William Irwin Thompson）在论述洞穴与子宫/坟墓的象征意义的关系时，例举了马耳他岛的巨石神庙中发现的考古证据，它的建筑平面看似同一位"略胖的旧石器时代大女神"（Great Goddess）（Thompson，264）。马耳他的神庙与位于斯卡拉布雷、威尔士以及埃及的其他古代神庙都不停地出现同样的"墓穴即子宫"的布局，这其中的矛盾都源自于大母神的双重身份。

不论在中国还是澳洲，将洞穴与神圣感相联系的行为似乎都意味着，这一象征生成的行为源自于可追溯至石器时代的洞穴的原始作用，它既是温暖的居住地，又是避难场所。然而我认为，虽然中国与西方都将洞穴视为肇始仪式与宗教活动的场所，然而相较于西方，洞穴的意象中暗含的子宫的象征意义对中国人而言并没有如此大的影响力。或许将母亲纳入洞穴的象征意义是西方文明中独有的现象。然而这并没有削弱中国文化中少数母神（如西王母与观音）的力量，只不过这些母神形象的流行似乎都有某种自主性，且几乎没有被纳入一个单独的大母神概念之中。印欧语系文化中崇拜大女神的这种普遍宗教行为在中国并不存在。可以说，虽然中国人民一定也会崇拜他们居住并埋葬死者的洞穴，或许与西方人民崇拜洞穴的程度不相上下，然而西方在铜石并用时代中对"洞穴子宫"象征意义的痴迷在同时代的中国并没有十分明显的表现。将洞穴认定为子宫，并因而认定为母体的概念，似乎在新石器时代与铜石并用时代西方人群的思想中并没有想象的那般普遍。

[23] Cheng Te-k'un（郑德坤），*Prehistoric China*，35。

[24] 二知道人，102。

[25]《晋书·列传六十二》，2405。

[26] 在现今的语境中，"顽石点头"一般用以形容自我改正，或是一位误入歧途之人的幡然醒悟。

[27] 霍克思（David Hawkes）在翻译时没有译出"顽石"的象征意义，他译道："此玉便是那块石头的变幻之形……"（*Stone* I，189）中文原文见《红楼梦》，123。

[28] 霍克思将"蠢物"译为"荒唐可笑之物"（absurd creature）（*Stone* I，54），因而失去了蠢的含义。大体上而言，霍克思都没能译出"顽石"一词中暗含的"愚钝"之意，他仅将其译为"无生命的石头"（lifeless stone block）。在翻译"通灵"一词时，此错误依然存在。他将其译为"神奇之石"（Magic Stone），完全抛弃了"蠢""顽"和"通灵"之间微妙的关系。他的翻译还引发了对点头石的互文指涉，这完全阻止了"顽"和"通灵"这对矛盾词语并置时可能会发生的戏剧性转化。鉴于这对石头矛盾的身份构成了《红楼梦》的认知与

符号框架,霍克思对这两个词语翻译上的偏差不仅削弱了"通灵石"中暗藏的寓意,还使得宝玉的阈限性精神结构特征化为乌有。

[29] Miller,36—37,注76。

[30] Miller,82。

[31] Miller,179。

[32] 洪秋藩,238。

[33] 此评语见于甲戌本第一回,见《乾隆甲戌脂砚斋重评石头记》,6b。

[34] 周汝昌,《红楼梦新证》(上),14。

[35] 余国藩认为,该词与"神灵之感"(sense of numinous intelligence)有关联,不过他更关注虚构的主体在接纳了这种"灵"之后,将如何通过朦胧的状态去实现。而我认为,这种将主体代入与神的交流之中的如梦似幻的过程可以使用"阈限性"的概念来刻画,我将在下一节中详细介绍此概念。见 Anthony Yu,"History",17。

[36] 维克多·特纳称:"而在介乎二者之间的'阈限'时期里,仪式主体〔被称作'通过者'(passenger)〕的特征并不清晰;他从本族文化中的一个领域内通过,而这一领域不具有(或几乎不具有)以前的状况(或未来的状况)的特点。"(Turner,94;中译选自维克多·特纳,黄剑波、柳博赟译,95)

[37] Turner,95;中译选自维克多·特纳,黄剑波、柳博赟译,95。

[38] Turner,38;中译选自维克多·特纳,黄剑波、柳博赟译,37。

[39] 见本书第二章"石女"一节。

[40] Neumann, *Great Mother*,242。在古埃及神话中,奥西里斯与生殖崇拜仪式密不可分。在神话中,伊西斯(Isis)、奈芙帝斯(Nephthys)、赛特(Set)与奥西里斯是四位兄弟姐妹。伊西斯与奥西里斯结为了夫妻。而奥西里斯被他凶恶的兄弟赛特杀死了两次,第一次,他被关进了雪松做成的棺材(象征着杰德柱)中,并被推入尼罗河中溺死,伊西斯找到了棺材并复活了他;第二次则是被分尸。对古埃及人而言,木象征着有机生命的存世时间。而奥西里斯从木棺材

中复活，混合了生与死的意象，以此成为了变化与重生的象征。而杰德柱也因而成为了奥西里斯神的象征，并且被视作男性生殖器的符号。而木质的杰德柱也被视作万树女神（Great Tree Goddess）。因此，诺伊曼在《大母神》中分析道："从与女性养育、创生与变化所等同的象征意义的角度出发，树、杰德柱……之间并无二致。"(243)

[41] 亦可见本书第三章"石玉之别"一节。

[42] 米乐山详细分析了这一"古怪的逻辑"。他将叙事者自我嘲弄的倾向理解为一种伪装手法，从中作者/叙事者得以向我们展示其革命性的小说概念。见 Miller, 206, 221—222。

[43] Turner, 97; 中译选自维克多·特纳, 黄剑波、柳博赟译, 97。

[44] "所有这些具有神话性质的类型，在结构上都是处于低下或'边缘'位置的。但是，他们代表着亨利·柏格森（Henri Bergson）称之为与'封闭的道德'（closed morality）相对的'开放性'，前者的中心意涵是有边界、有结构、有特点的规范化体系"（Turner, 110; 中译选自维克多·特纳, 黄剑波、柳博赟译, 111）。

[45] 霍克思没有认识到"顽"与"通灵"之间的语义张力，这也导致了他时而会误译刻画宝玉性格的重要词语。例如"憨顽"被译为了"任性"（wilful）（*Stone* I, 98）; "痴顽"被译为了"痴"（silliness）（*Stone* I, 137），而米乐山将该词译作"痴傻"（silly dullness），这更接近原意，见 Miller, 94。

[46] 霍克思在此句上没有把握住"悟"的深层含义，他译道："痴儿！竟然还没有明白"（*Stone* I, 145）。

[47]《脂砚斋红楼梦辑评》, 256。

[48] 脂砚斋对此语的批注见于甲戌本第八回，庚辰第十九、二十一以及三十一回中。

[49]《脂砚斋红楼梦辑评》, 256, 此段英译可见 Wu shih-ch'ang（吴世昌）, *Red Chamber Dream*, 155。

[50]《脂砚斋红楼梦辑评》, 135。据吴世昌称，这段三十一回前的总评并非出自脂砚斋，而是来自曹雪芹的弟弟棠村，他写了几篇基于自己理解的小序，并将它们抄在了《红楼梦》旧手稿各回开始前。

吴世昌认为，出于怀念，脂砚斋保留了所有棠村早期所作的小序。有关其详细论述见《红楼梦探源外编》，11。

[51]《脂砚斋红楼梦辑评》，405。

[52]《脂砚斋红楼梦辑评》，287。英译可见 Wu shih-ch'ang（吴世昌），*Red Chamber Dream*，93；然而吴世昌并未翻译倒数第二句。

[53] Miller，35—36。

[54]《乾隆甲戌脂砚斋重评石头记》，6。

[55] 在庚辰本中，"幻"字意在提醒读者《红楼梦》的本旨。"此回中凡用'梦'用'幻'等字，是提醒阅者眼目，亦是此书立意本旨"（《红楼梦》，1），前引段落读起来令人感觉作者未润饰便闯入叙事中。吴世昌认为，此段亦是棠村在《红楼梦》旧手稿所写（吴世昌，《红楼梦探源外编》，184）。鉴于"幻"对揭示作者意图极其重要，霍克思的翻译便显得极其不妥：他用"变化"（transformation）替代了"幻"。此译法极具争议，因为它避开了"真"与"幻"这一二元对立关系，故而也避开了"真"与"假"。

[56] Said，5。

[57] Said，76。

[58] Eliade，*The Myth of the Eternal Return*，56。

[59] Eliade，*The Myth of the Eternal Return*，54。

[60] Eliade，*The Myth of the Eternal Return*，20。

[61] 见 Neumann，"The Creation Myth: the Uroboros"，*Origins*，5—38。诺伊曼认为，意识的演化始于自我于无意识中的沉浸，后者的神话象征为环。他将其称为"衔尾蛇"，以此代表自含的所有方面，这是一种完美状态，在其中，二元关系还未从原初的非异质整体中诞生。而一旦人类发现其自我意识，这一神话无意识的整体便立即分裂为对立关系。

5 色与空的矛盾：互文化的石猴

[1] Dudbridge，116。

[2] Dudbridge，126—127。据杜德桥称，太田辰夫认为传说中的

白猿与孙悟空这一小说角色关系紧密。太田辰夫称，"悟空"的名字便来自于这一语境，出于对白猿劫掠女性的行为中性暗示的解读（太田辰夫，11）。

[3] Dudbridge, 126—127。

[4] Dudbridge, 128。

[5] Dudbridge, 166。杜德桥还提出了其他问题，例如，为何玄奘这位宗教民间英雄的徒弟会是动物，以及为何猴子在其中扮演了最为重要的角色，等等。

[6] Dudbridge, 128。

[7] 吴承恩，《西游记》，6。

[8]《陈从善梅岭失浑家》，11。

[9] Mair, 694，引孔另境与矶部彰的研究。

[10] Mair, 679—671。梅维恒的主要论点之一，便是"早在他[吴承恩]的时代数世纪之前"，《西游记》中悟空形象的创作与积累就已发生，此过程便发生在哈奴曼的神话从东南亚国家向中国传播的过程中。他还引用了柳存仁的结论，后者称，唐代的故事证明了，"在我们的故事中，哈奴曼确实披上了中国的外衣"（712）。

[11] 见《补江总白猿传》，18 页批注。焦延寿在《易林·坤之·剥》中记载："南山大玃，盗我媚妾。"张华在《博物志·卷三》中记载有："蜀山南高山上，有物如猕猴，长七尺，能人行健走……同行道妇女有好者，辄盗之以去，人不得知。"

[12] 从该问题的影响研究中引申出的问题极其重要，例如，猴子在何时且如何成为了《西游记》与《罗摩衍那》的中国佛教文本，以及东南亚的口头文学与表演艺术中的重要角色？它们不仅为中国、印度与东南亚流行文学的比较研究提供了切入点，还为我们开辟了更全面地了解《西游记》的途径。有关孙悟空起源问题最全面的研究，见 Mair, 659—752。

[13] 见 Mair, 718，引黄孟文："从各个方面来看，他[好色的妖怪]都完全不像一位'白袍学者'[悟空]。"梅维恒还引用了杜德桥对此问题的看法："白猿最主要的特点……是诱骗劫掠妇女，这些都完全不是《西游记》中悟空的特点。"（Mair, 719—720）

[14] 有关哈奴曼神力（跳跃，变化，疾速移动）的详尽描述见阎婆梵对哈奴曼的描述，第六十五章，"阎婆梵劝哈奴曼跃过大海"，Vālmīki, *Srimad Vālmīki Rāmāyaṇa*；英译见 N. Raghunathan, *Rāmāyaṇa* II, 320—22；中译见季羡林，《罗摩衍那》（四），415—422。

[15] 研究中国、东南亚与印度等其他记述或口述的《罗摩衍那》版本中，须羯哩婆是否与蚁垤所描述的猴王完全一致，已然超出了本书的研究范围。

[16]《罗摩衍那》（三）第六十八章"迦槃陀劝罗摩与须羯哩婆结盟，拯救悉多"，426；英译见 *Rāmāyaṇa* II, 154。亦可见第五章"须羯哩婆和罗摩对火发誓，结成同盟"，其中记述"众猴之王须羯哩婆，变成了人的模样"，以迎接罗摩（《罗摩衍那》（四），29；英译见 *Rāmāyaṇa* II, 178）。

[17]《罗摩衍那》（三）第六十八章，427。

[18] "满树繁花的哩舍牟迦山……那里有一个极大的石窟，……门闩是石头做成，那里是非常地难以进入。在那石窟的门前，有一个大清水池塘；那里有很多果子和根茎，有各种树木在那里生长。"（译注：英文原文树木为野兽，此处依中文文本；《罗摩衍那》（三）第六十九章，433—435；英译见 *Rāmāyaṇa* II, 294—296）。

[19] 此段落可见《罗摩衍那》（四）第五十章"娑严钵罗婆描绘绀伽那森林"，340。

[20]《罗摩衍那》（四）第二十八章，186。

[21] 值得注意的是，波林（Vāli）忠诚的妻子陀罗在此已是须羯哩婆的情人。须羯哩婆在他兄弟死后"夺取"了陀罗，然而不论是作者/叙事者还是史诗中的角色对此都没有做出任何评价。我认为，须羯哩婆占有陀罗可以被视作贪淫猿猴这一主题的微妙变体。

[22]《罗摩衍那》（四）第三十四章，230—231。

[23] 蚁垤将须羯哩婆的猴群描述为"半开化"（half-civilized）。见 Sarma, *Ethico-Literary Values*, 201。

[24] Eliade, *Myths*, *Dreams*, 175。伊利亚德引用了各种展现出男女同体迹象的神话形象，如阿提斯（Attis）、阿多尼斯（Adonis）、

狄俄尼索斯（Dionysus）以及库伯勒（Cybele）。伊利亚德认为，男女同体现象象征着原始的非异质这一完美状态。这样也是为何我们的神话祖先与至高之神皆为男女同体。

[25] Mair，720。

[26] *Random House College Dictionary*，1403。

[27]《列异传》的编纂者为魏文帝（186年—226年），一说为张华（232年—300年）。

[28]《搜神记·宋定伯》，卷十六，199；英译见 *The Man Who Sold a Ghost*，1—2，"The Man Who Sold a Ghost"。

[29]《幽明录·卷四·新鬼觅食》，131—132；英译见 *The Man Who Sold a Ghost*，105—106，*Yu-ming lu*，"The New Ghost"。

[30] Anthony Yu，"Religion and Literature"，137。

[31] 印顺，111，引延寿《宗镜录》，卷九十七。

[32] 印顺，138。

[33] 印顺，120—121，引法融《心铭》。

[34] 有关禅宗与悟空解谜行为（如悟空和其第一个师傅之间费解的对话与妙语，他对打死六个强盗的宗教意义的直观理解等等）的详细讨论，见 Anthony Yu，"Religion and Literature"，136—138。

[35] Jung，260/465。

[36] Jung，266/477。

[37]《西游记》，15。余国藩此处的翻译为："Your pupil would gladly learn whatever has a smidgen of Taoist flavor"。

[38] 我还想指出，许多学者都认为，悟空的"七十二变"发源自《本生经》以及其他印度神话传奇故事（见 Mair，716）。在我们讨论愚者原型时，这些自唐代起便以口口相传的方式进入中国流行文学的外来母题也能起到补充作用。

[39] Jung，264/473。

[40] Jung，253/455。

[41] 我认为，"心猿"一词中不仅暗含着佛家"躁动之情"的概念，还囊括了民间对猴子"反复无常的性情"的认知。例如在《罗摩衍那》中，哈奴曼将须羯哩婆心神不宁的心境称为典型的猴性流露

(《罗摩衍那》(四)第二章"须羯哩婆命哈奴曼去见罗摩",14;英译见 Rāmāyaṇa II,172)。

[42] 在此我想点评一下王孝廉对《红楼梦》循环神话逻辑的分析。他将《红楼梦》的叙事结构分为三个部分,即原始、历劫与回归(王孝廉,91)。各个阶段都围绕着某个石头的象征意义展开:含玉、失玉以及还玉。王孝廉的论述似乎过度强调了石头作为《红楼梦》结构元素的作用。而他使用民间传说来解释上文中的循环结构的来源,也体现出了其化约主义的思维方式:

> 中国的爱情神话传说,通常是以固定的格式表现出来的,这种神话传说的构成往往是:
>
> 原始——历劫——回归
>
> 许多传说是先说明作为此传说人物的原始起源,如天上的仙女或星宿、青埂峰下的石头。然后是爱情的历劫,也就是一种悲恋的过程。最后是回归,来自天上的仙女再回到天上去,来自海中的龙女回到龙宫。或是[石女]透过变形而超越时空呈现一种化石般的存在。(王孝廉,75—76)

当他使用石女传说来解释《红楼梦》叙事中的"生"与"再生"的循环时,这段论述似乎已然略显不妥。这是因为,石女这则有关女子守贞的民间传说并没有包含如王孝廉所说的"神话回归"的主题。女子等待远在异乡的丈夫/恋人从而化为石头的故事,完全不能被视作循环结构。她最终的石质存在并不意味着回归大地,反而应当代表她抛弃孕育能力的缄默象征,以及她与远在异乡的爱人之间永存的精神联系的证明。在此,大理石般岿然不动的特性与济慈(Keats)的《希腊古瓮颂》中的阈限性逻辑极为相似,在后者中,人类虽释放着强烈的渴求,然而却被封冻在了永远静止的一瞬。同理,"石女"的民间传说清晰地表达了欲望与不育的并存。王孝廉没能认识到悲怆哀婉的石女中蕴含的阈限特性,故而过度放宽了民间传说文本的条件,以证明所谓的中国爱情神话传说中固定格式的存在。

[43] 见 Northrop Frye, "theory of mythos", *Anatomy of Criticism*, 158—159。他这样理解神话的三元模型:"在神祇的世界中,

主要的过程或运动指某个神的死而复生、消失和重现,或转世和隐退。人们通常把这种神性活动与自然界的一两种循环过程等同或联系起来。如果这神是太阳神,他便在夜间死去、白昼再生,或者每年到冬至时又复活过来;如果是植物之神,则在秋季死去、春季复生;或(像在关于佛之诞生的故事中所讲的)可能是个具有化身的神,那么他便会若干次地经历人或动物的生命周期。"(中译选自《批评的解剖》,226,陈慧等译,天津:百花文艺出版社,2006年)

[44] 俞平伯,《红楼梦研究》,51,68。

[45] 俞平伯称,高鹗"也中了通常小说'去邪归正'的毒,必使宝玉到后来换成一个人"(俞平伯,68)。

[46] 俞平伯,40。

6 刻字石碑

[1] 米乐山将"假语村言"译作"假语粗言"(fictive language and vulgar words) (Miller,112)。

[2]《脂砚斋红楼梦辑评》,132。

[3]《脂砚斋红楼梦辑评》,281—282。

[4]《脂砚斋重评石头记》,1925;英译见 Wu Shih-ch'ang,204。

[5]《红楼梦研究新编》,193。

[6] 值得注意的是,某些红学家将"石言"的手法认定为一种寓言。吴世昌指出,清代早期的诗歌多次暗中提及"石言",他引用了一首富察明义的《红楼梦》题诗,并让我们特别注意下引诗句:"石归山下无灵气,纵使能言亦枉然"(《绿烟锁窗集》)。基于这句诗以及其他唐诗中对"石言"的提及,吴世昌断言,《红楼梦》中的"石言"与其《左传》中原型的功能并无二致:它是社会批评家的代言人。由此,石头讲述的故事不再是它自己的故事(也即曹雪芹自己的故事),甚至都不是虚构的故事,它是一篇具有深刻政治用意的社会批判。见吴世昌,《红楼梦探源外编》,77—78。

[7] Hsia 96;中译选自夏志清,《中国古典小说史论》,95,胡益民等译。

[8] Hsia 96；中译选自夏志清，《中国古典小说史论》，95，胡益民等译。

[9] 金圣叹，《水浒传》（下），527。

[10] 鲁迅，《中国小说史略》，154。

[11] Wang Ching-yu（王靖宇），*Chin Sheng-t'an*，59。亦可见Irwin，91。

[12] 金圣叹，《读第五才子书法》，收录于《水浒资料汇编》，32。

[13] 见金圣叹，《第五才子书施耐庵水浒传序二》《序三》《宋史纲批语》《宋史目批语》《读第五才子书法》，收录于《水浒资料汇编》，24—38。

[14] 胡适，52。

[15] Irwin，91。

[16] 比如，理查德·艾尔文（Richard Irwin）与王靖宇（John Wang）都质疑了金圣叹对一百二十回本"道德正确"的修订所体现出的美学效果。艾尔文指责金圣叹破坏了叙事本身呈现出的内在整体性（underlying unity）："难道他没有认识到，故事本身的整体性与外在体现出的细节同样是本书之所以伟大的原因？出于保持整体性的原因，他或许不会改动任何文本，因为其天赋显然不足以进一步改善它。"（Irwin，91）

然而进一步论述时，艾尔文并没有清晰地指出这一所谓的"内在整体性"究竟为何，是主题整体性，亦或是结构整体性？王靖宇在评价金圣叹时展现出了同样矛盾的否定态度，他在其批评中不断重申作品的完整性，不过是以印象主义的角度："作为一部令人热血沸腾的小说的读者，我们自然会猜想，一百单八位好汉齐聚梁山之后将会发生何事，但是金圣叹却截短了小说，他破坏了小说作为完整的整体这一基本构思。虽然小说以章回为结构，然而此书的背后却暗藏着一种'宏大的文学概念'，当施耐庵将'其素材组合成一部宏大的悲剧'的那一刻，此概念便存在于书中，'这些草莽英雄只要不与朝廷妥协，且没有被朝廷赦免，他们就是成功的，其结局只能是一个接一个地死去'。"（Wang Ching-yu，*Chin Sheng-t'an*，59；王靖宇所引见 Jaroslav Prusek, "Boccaccio and His Chinese Contemporaries", *New Orient*

7/3［June 1968］,68)

虽然王靖宇试图更清晰地阐释《水浒传》的"内在整体性",然而他并不确定,究竟该从主题还是结构的角度来看待这一整体性。王靖宇对其批评的切入点的矛盾态度,体现在他将小说的"基本构思"与"文学概念"相等同,这些批评词汇实在太过模糊,几乎不具备任何阐释性的价值。起初,王靖宇似乎着重于区分一般读者意欲知晓故事发展的意图(以情节为主的研究),与批评者对艺术层面上整体性的兴趣(使用作者的"基本构思"与"文学概念"等词表述),然而在下一步中,他讲"章回结构"与"悲剧"这一主题元素相对应,这无疑犯了大错,因为这样一来,他便将"基本构思""叙事结构""文学概念"与"悲剧"这一整体概念相提并论,并且放入了一个无差别的概念框架中。王靖宇的批评缺乏关注点,这极大地削弱了他对金圣叹七十回版本的美学价值所做出的评价的正确性。

［17］金圣叹,《读第五才子书法》,36－38。

［18］金圣叹,《贯华堂刻第五才子书水浒七十回总评》,224。

［19］诺思罗普·弗莱（Northrop Frye）与罗伯特·斯科尔斯（Robert Scholes）都在他们对神话叙事结构理论的研究中指出,"循环活动"（cyclical movement）（Frye,158；Scholes and Kellogg,220）与"对称世界"（symmetrical cosmology）（Frye,161）这二者是神话的结构规律的基本特征。斯科尔斯与凯洛格（Kellogg）称,神话这一最古老的叙事形式是一种对仪式的"粉饰",这些仪式与人类对自然的原始崇拜关系紧密。这些仪式中上演着自然界中的周而复始之道,而其中最受崇拜的便是植物的循环活动。而弗莱则研究了不同的叙事行为模式,并得出结论称这些叙事行为中最基本的模式便是循环,如兴旺与衰退、费劲与从容、生与死之间的转换。

由此这三位批评家宣称,神话叙事中的情节元素一定会涉及循环路径,不论在主体上还是叙事结构上。斯科尔斯将这一不断再现的仪式般的模式归因于人类对季节与植物每年周而复始的崇拜（Scholes and Kellogg,220）。而弗莱将神话叙事结构的循环模式分为四大类循环象征（Frye,160）,这四类分别是一年中的四季、一天中的四时、水循环中的四个特点,以及生命的四个阶段。

[20] Scholes and Kellogg，224。这两位批评家认为，神话的叙事模式是对称的：它涉及从完美天界的堕落与向全新理想状态的升华。

结语

[1] 列维-斯特劳斯认为，神话展现出一种逻辑模型，即"中介实体"，它能通过矛盾与逆转的方式解决社会现实中的矛盾。见"Structural Study of Myth"，229—230。亦可见 Douglas，52—56。道格拉斯（Douglas）称，列维-斯特劳斯提出的神话的"联系功能"，体现了他深受黑格尔哲学中的辩证分析法的影响。她将其概念总结为："神话结构是一种辩证结构，在其中，对立的逻辑立场被清晰地给出，而对立事物在重申立场的同时被联系起来，而一旦此重申行为的内在结构变得清晰明了，它便会催生另一种对立事物，同时继续被联系或消解，如此循环不息。"（52）

[2] Vickery，143。

[3] Vickery，149。

[4] "传统红学研究"特指以胡适和俞平伯为首的"自传说"学派，以及现当代以"考据学"为主的中国批评学者，包括周汝昌、吴世昌、赵冈/陈钟毅以及勉强可算在内的余英时。

[5] 吴世昌，《红楼梦探源外编》，272。

[6] 余英时，《近代红学的发展与红学革命》，27。

[7] 周汝昌，《红楼梦新证》（下），875—927，1153—1167。

[8] 高鹗，《红楼梦序》，18。

[9] 周汝昌，《红楼梦新证》（下），1161—1162。

[10] 周汝昌逐一例举了高鹗续改本中的这些文本与思想的差异。它们小到细微的改动、某些词句的删添，大到对修订者而言"荼毒思想"的段落的重大改动。有关这些差异的具体细节，见周汝昌，《红楼梦新证》（上），15—27。

[11] 程步奎，119，引张毕来，94。

[12] 鲁迅，《论睁了眼看》，220。

[13] Needham，VI/5，25；中译选自邹海波译《中国科学技术

史》第五卷第五分册，24。

[14] 老子，9。

[15] 老子，16。

[16] 这三个术语引自《六祖坛经笺注·行由品第一》，7a。

[17]《六祖坛经笺注·行由品第一》，23b。

[18]《六祖坛经笺注·般若品第二》，27a。

[19]《六祖坛经笺注·行由品第一》，17b。

[20]《六祖坛经笺注·般若品第二》，30a。

[21]《六祖坛经笺注·般若品第二》，33a。

[22]《六祖坛经笺注·般若品第二》，33b。

[23]《六祖坛经笺注·行由品第一》，11a。

[24]《六祖坛经笺注·行由品第一》，13a。慧能接任其师傅弘忍，成为禅宗六祖的故事，是一则广为流传的佛家传奇。慧能改动了同门师兄神秀的一首偈，受到了其师傅的赏识。慧能作的偈文为："菩提本无树，明镜亦非台。本来无一物，何处惹尘埃?"（英译见 De Bary I，351）

[25] 虽然《红楼梦》中道家思想看似被诸如"顽石点头"等佛家概念所遮蔽，然而我想指出，宝玉事实上是《庄子》以及其他道家典籍的忠实拥护者。值得注意的是，在其人间之旅的末尾，叙事者告诉我们，宝玉最喜爱的闲时读物便是道家书籍。为了更好地为临近的科举做准备，宝玉"出来将那本《庄子》收了，把几部向来最得意的，如《参同契》《元命苞》《五灯会元》等之类，叫出麝月秋纹莺儿等都搬了搁在一边"（《红楼梦》，1615；英译见 Minford，*Stone* V，332）。除却最后一本书，宝玉最喜爱的书籍都与道教理法与瑞应有关。有关《参同契》与《元命苞》的详细介绍，见《红楼梦》，1615，注1。

[26] 老子，1。"元"与"玄"等同，后者有多种含义，包括玄秘、玄奥、黑色、既是始又是终的玄元。

[27] 姜夔，卷一千一百七十五，63。

[28]《系辞》下，卷八，13b。

[29] Wittgenstein，32；中译选自李步楼译《哲学研究》，48。

[30] Gérard，16—17。

[31] Foucault，*Archaeology of Knowledge*，47。

参考文献

中日史料及文献

白居易,《白孔六帖》,台北:新兴书局,1969。

班固,《汉书》(共 8 册),北京:中华书局,1975。

北京大学《荀子》注释组,《荀子新注》,北京:中华书局,1979。

《补江总白猿传》,收录于《唐人传奇小说》,15－18,台南:平平出版社,1975。

曹雪芹、高鹗,《红楼梦》(共 3 册),北京:人民文学出版社,1982。

陈耀文,《天中记》,台北:文海出版社,1964。

程步奎,《红楼梦与社会史》,收录于《海外红学论集》,117－126。

《辞海》第三版,台北:中华书局,1969。

丁福保笺注,《六祖坛经笺注》,台北:天华出版事业股份有限公司,1979。

《东方国语辞典》,台北:东方出版社,1976。

杜绾,《云林石谱》,收录于《古今图书集成》(8),72。

段成式,《酉阳杂俎》,收录于《丛书集成简编》第 116、117 册。

段玉裁,《段注十三经经文》第三版,台北:开明书店,1968。

敦敏,《题芹圃画石》,收录于《红楼梦卷》第一册,6。

二知道人,《红楼梦说梦》,收录于《红楼梦卷》第一册,83－103。

《翻古丛编》，收录于陶宗义撰《说郛》（四）（影印涵芬楼本）（共 8 册），台北：商务印书馆，1972。

房玄龄等撰《晋书》（共 5 册），北京：中华书局，1974。

封演，《封氏闻见记》，收录于《说郛》（一）。

冯梦龙，《古今小说·陈从善梅岭失浑家》，收录于《古今小说》（据明天许斋本影印）（共 2 册）上册，卷二十，1b－15b，台北：世界书局，1958。

干宝撰，汪绍楹校注《搜神记》，北京：中华书局，1979。

高鹗撰，《红楼梦序》，收录于程伟元印《红楼梦》，18，台北：文华图书公司，1980。

葛洪，《抱朴子·外篇·尚博》，收录于《景印文渊阁四库全书》第一版第 1059 册（共 1500 册），193－195，台北：商务印书馆，1983。

古典文学研究资料汇编《水浒资料汇编》，台北：里仁书局，1981。

韩非，《和氏篇》，收录于陈奇猷校注《韩非子集释》（上）（共 2 册），238－239，上海：上海人民出版社，1974。

韩进廉，《红学史稿》，石家庄：河北人民出版社，1982。

洪北江，《山海经校注》第二版，台北：乐天书局，1981。

洪秋藩，《红楼梦抉隐》，收录于《红楼梦卷》第一册，235－242。

胡适，《跋乾隆庚辰本脂砚斋重评石头记抄本》，收录于《胡适文存》（第四集卷二）（共 4 册），396－407，台北：远东图书公司，1961。

胡文彬、周雷编，《海外红学论集》，上海：上海古籍出版社，1982。

话石主人，《红楼梦本义约编》，收录于《红楼梦卷》第一册，179－183。

黄庭坚，《答洪驹父书》，收录于《中国历代文论选》第二册（共 4 册），316－317，上海：上海古籍出版社，1979。

姜夔，《白石道人诗集提要》，收录于纪昀等编《景印文渊阁四库全书》第一版（共 1500 册），台北：商务印书馆，1983。

蒋树勇，《中国古代艺术辩证思想的哲学传统》，收录于《古代文学理论研究》（八），111－124，上海：上海古籍出版社，1986。

解盦居士，《石头臆说》，收录于《红楼梦卷》第一册，184－197。

金圣叹，《第五才子书施耐庵水浒传序二》，收录于《水浒资料汇编》，24－25。

金圣叹，《第五才子书施耐庵水浒传序三》，收录于《水浒资料汇编》，25－29。

金圣叹，《读第五才子书法》，收录于《水浒资料汇编》，32－28。

金圣叹，《贯华堂刻第五才子书水浒七十回总评》，收录于《水浒资料汇编》，128－225。

金圣叹，《水浒传》，香港九龙：友联出版社，1967。

金圣叹，《宋史纲批语》，收录于《水浒资料汇编》，29－30。

金圣叹，《宋史目批语》，收录于《水浒资料汇编》，30－32。

康来新，《石头渡海：红楼梦散论》，台北：汉光出版社；New York：Highlight International，1985。

老子，《道德经》第三版，台北：世界书局，1969。

《礼记》，收录于《十三经注疏》（5）。

李杜，《中西哲学思想中的天道与上帝》，台北：联经出版社，1978。

李昉等撰《太平广记》，台北：新兴书局，1973。

李昉等撰《太平御览》（共 4 册），北京：中华书局，1960。

李汉秋，《儒林外史研究资料》，上海：上海古籍出版社，1984。

李靖，《杜子春》，收录于《唐人传奇小说》，230－33，台南：平平出版社，1975。

李时珍，《本草纲目》，收录于陈梦雷等编纂《古今图书集成》（8）（共 100 册），84－133，台北：文星书店，1964。

李希凡、蓝翎，《评红楼梦新证》，收录于《红楼梦新证》（上）（共 2 册），1－17，北京：人民出版社，1976。

李延寿，《北史》（共 10 册），北京：中华书局，1974。

李贽，《七言四句》《牡丹诗》，收录于《焚书·续焚书》，卷六，243，台北：中华书局，1975。

李贽，《童心说》，收录于霍松林编《古代文论名篇详注》，368－372，上海：上海古籍出版社，1986。

列御寇，《列子》，收录于王云五编《国学基本丛书》第55册，台北：商务印书馆，1968。

林春溥，《竹书纪年补证》，收录于《竹书纪年八种》第二版，台北：世界书局，1967。

刘安，《淮南子》第二版，台北：中华书局，1971。

刘勰，《文心雕龙》第一版，台北：明伦出版社，1974。

刘歆，《西京杂记》，收录于《四部丛刊初编》（二十七），台北：商务印书馆，1965。

刘昫等撰《旧唐书》（共16册），北京：中华书局，1975。

刘义庆，《幽明录》，收录于鲁迅编《古小说钩沉》（共2卷）第一卷，香港：新艺出版社，1976。

刘再复，《性格组合论》，上海：上海文艺出版社，1985。

泷川龟太郎，《史记会注考证》，台北：洪氏出版社，1981。

鲁迅，《论睁了眼看》，收录于鲁迅先生纪念委员会编纂《鲁迅全集（1）·坟》（共20册），217－222，北京：人民文学出版社，1973。

鲁迅，《中国小说史略》，北京：北新书局，1923－1924。

《论语》，收录于朱熹注《四书集注》，台北：世界书局，1974。

罗曼莉，《玉器的起源与发展》，载于《艺术家》30（1977），26－31。

罗泌，《路史》，收录于《四部备要》第88册（共611册），台北：中华书局，1965。

缪天华，《成语典》第五版，台北：复兴书局，1980。

牟宗三，《才性与玄理》，台北：学生书局，1980。

那志良，《古代的葬玉》，载于《大陆杂志》5.10（1952），330－335。

那志良，《古代葬玉》，收录于《古玉论文集》，101－109，台北：

国立故宫博物院，1983。

那志良，《祭祀天地四方的六器》，载于第 105 期《华夏周刊》，见《中央日报》，1988 年 6 月 5 日第八版。

欧阳询等撰，《艺文类聚》（共 2 册），上海：上海古籍出版社，1965。

钱穆，《魏晋玄学与南渡清谈》，收录于《中国学术思想史论丛》（三）（共 7 册）：68－76，台北：东大图书公司［原文为东大书局，疑有误］，1977。

《乾隆甲戌脂砚斋重评石头记》第三版，台北：胡适纪念馆，1975。

屈原，《楚辞》，收录于洪兴祖撰《楚辞补注》第三版，台北：艺文出版社，1968。

《尚书》，收录于屈万里编注《尚书今注今释》，第二版，台北：商务印书馆，1970。

盛弘元，《荆州记》，收录于虞世南撰《北堂书钞》（下）（共 2 册），卷一百五十八，12a－13b，台北：文海书局，1962。

《诗经》，收录于《十三经注疏》（2）。

《十三经注疏》第三版，台北：艺文出版社，1965。

史游，《急就篇》，收录于王应麟撰《玉海（八）（影印至元庆元路儒学刊本）》（共 8 册），台北：华文书局，1964。

司马迁，《史记》，收录于《史记会注考证》。

司马贞，《三皇本纪》，收录于《史记会注考证》，11－12。

宋玉，《高唐赋》，收录于萧统撰《文选》第二版第二册（共 2 册），卷十九，393－397，香港：商务印书馆，1960。

宋衷注《世本两种》，长沙：商务印书馆，1937。

孙桐生，《妙复轩评石头记叙》，收录于《红楼梦卷》第一册，39－41。

太田辰夫，《朴通事谚解所引西游记考》，《神户外大论丛》10.2（1959），1－22。

太愚，《红楼梦人物论》，上海：国际文化服务社，1948。

唐长儒，《魏晋才性论的政治意义》，收录于《魏晋南北朝史论丛》，298－310，北京：三联书店，1955。

唐临，《冥报记》，收录于《大正新修大藏经》卷五十一（共 85 卷），787－802，东京：大正新修大藏经刊行会，1973。

童中台，《刚柔相济的爱玉心理》，载于《中央日报》，1987 年 3 月 15 日第八版。

脱脱等撰《宋史》（共 20 册），北京：中华书局，1977。

王弼，《周易略例·明象》，收录于楼宇烈校释《王弼集校释》（下）（共 2 册），609，北京：中华书局，1980。

王弼撰，韩康伯注，《周易正义》第三版，台北：中华书局，1977。

王伯祥选注《春秋左传读本》，香港：中华书局，1959。

王充，《论衡》，收录于《四部备要》第 125 册。

王符，《潜夫论》，收录于《四部备要》第 123 册。

王国维，《红楼梦评论》，台北：天华出版社，1979。

王嘉，《拾遗记》，台北：木铎出版社，1982。

王溥，《唐会要》，台北：世界书局，1968。

王象之，《舆地纪胜》，台北：文海出版社，1962。

王孝廉，《红楼梦总评》，收录于《红楼梦卷》第一册，146－153。

王孝廉，《石头的古代信仰与神话传说》，收录于《中国的神话与传说》，台北：联经出版社，1977。

王阳明，《大学问》，收录于《中国哲学史教学资料选辑》（下）（共 2 册），207－212，北京：中华书局。

魏征等撰《隋书》（共 3 册），北京：中华书局，1973。

闻一多，《高唐神女传说分析》，收录于《闻一多全集》（1）（共 4 册），81－113，上海：开明书店影印本，香港：1972。

吴承恩，《西游记》，台北：文苑书局，1975。

吴功正，《小说美学》第二版，南京：江苏文艺出版社，1987。

吴均，《西京杂记》，收录于《四部丛刊（影印本）》第 27 册（共 2100 册），上海：商务印书馆，1920－1922。

吴世昌，《红楼梦探源外编》，上海：上海古籍出版社，1980。

西园主人，《红楼梦论辨》，收录于《红楼梦卷》第一册，198－205。

《系辞》（上、下），收录于《周易正义》，卷七/1b－卷8/15a。

新村出，《広辞苑》，东京：株式会社岩波书店，1976。

徐坚等撰《初学记》（据明嘉靖十年刻本影印），台北：新兴书局，1966。

徐守基，《玉谱类编》（共4卷），无出版社信息，1889。

徐瀛，《红楼梦论赞》，收录于《红楼梦卷》第一册，125－146。

许慎，《说文解字》，北京：中华书局，1963。

许叶芬，《红楼梦辨》，收录于《红楼梦卷》第一册，227－232。

玄奘，韦达译，《成唯识论》，香港：佛教法相学会，1973。

荀况，《荀子》第三版，台北：中华书局，1970。

杨雄，《太玄·玄理》，收录于西南书局编辑部《中国学术名著今释语译》（三）（共6册），179－181，台北：西南书局，1972。

野鹤，《读红楼梦札记》，收录于《红楼梦卷》第一册，285－292。

叶嘉莹，《从王国维〈红楼梦评论〉之得失谈到红楼梦之文学成就及贾宝玉之情感心态》，收录于《海外红学论集》，141－144。

叶梦得，《石林燕语》，北京：中华书局，1984。

一粟，《红楼梦卷》（共2册），北京：中华书局，1963。

印顺，《中国禅宗史》第三版，台北：成文出版社，1983。

应劭，《风俗通》，收录于《太平御览》（一）。

应劭，《汉官仪》，收录于《丛书集成简编》第279册。

余英时，《红楼梦的两个世界》，收录于《海外红学论集》，40－42。

余英时，《近代红学的发展与红学革命》，收录于《海外红学论集》，10－30。

余英时，《〈懋斋诗钞〉中有关曹雪芹生平的两首诗考释》，收录于《海外红学论集》，245－258。

余英时，《眼前无路想回头》，收录于《海外红学论集》，91－113。

俞平伯，《红楼梦研究》，北京：棠棣出版社，无年份。

俞平伯，《脂砚斋红楼梦辑评》，香港：太平书局，1975。

袁郊，《甘泽谣·圆观》，收录于《唐人传奇小说集》，258－59，台北：世界书局，1962。

袁珂，《古神话选释》，北京：人民文学出版社，1979。

袁珂，《中国古代神话》，上海：商务印书馆，1951。

张毕来，《漫说红楼》，北京：人民文学出版社，1978。

张守节，《史记正义》，收录于《史记会注考证》。

张维元，《文人与丑石》，载于《钱江晚报》，1990年9月23日。

张新之，《红楼梦读法》，收录于《红楼梦卷》第一册，153－159。

张新之，《妙复轩评石头记自记》，收录于《红楼梦卷》第一册，34－35。

张鷟，《朝野佥载》，收录于王云五编《丛书集成简编》第723册（共860册），台北：商务印书馆，1965－1966。

赵冈、陈钟毅，《红楼梦新探》（共2册），香港：文艺书屋，1970。

赵冈、陈钟毅，《红楼梦研究新编》，台北：联经出版公司，1975。

赵晔，《吴越春秋》，收录于王云五编《国学基本丛书》第395册，台北：商务印书馆，1968。

郑玄，《郑志》，收录于《丛书集成简编》第100册。

《脂砚斋重评石头记》，北京：古典文学出版社，1955。

周春，《阅红楼梦随笔》，收录于《红楼梦卷》第一册，66－77。

《周礼》，收录于《十三经注疏》(3)。

周汝昌，《红楼梦情榜渊源论》，载于《今晚报》，1987年10月8日。

周汝昌，《红楼梦新证》（共2册），北京：人民出版社，1976。

周质平，《公安派的文学批评及其发展》，台北：商务印书馆，1986。

朱作霖，《红楼梦文库》，收录于《红楼梦卷》第一册，159－163。

左丘明,《国语》第三版(共 2 册),上海:上海古籍出版社,1978。

左丘明,《左传》,收录于《十三经注疏》(6)。

西文文献

Alter, Robert. *The Pleasure of Reading: In An Ideological Age.* New York: Simon & Schuster, 1989.

Barthes, Roland. *Critique et vérité.* Paris: Seuil, 1966.

—— "From Work to Text." In *Textual Strategies: Perspectives in Post-Structuralist Criticism.* Ed. Josue V. Harari. Ithaca, N. Y.: Cornell UP, 1979.

—— *The Pleasure of the Text.* Trans. Richard Miller. New York: Hill and Wang, 1975.

—— *Roland Barthes by Roland Barthes.* Trans. Richard Howard. New York: Hill and Wang, 1977.

—— *S/Z.* Trans. Richard Miller. New York: Hill and Wang, 1974.

—— "Textual Analysis of Poe's 'Valdemar.'" In *Untying the Text: A Post-Structuralist Reader.* Ed. Robert Young. Boston: Routledge & Kegan Paul, 1981, 133—61.

Bodde, Derk. "Myths of Ancient China." In *Mythologies of the Ancient World.* Ed. S. N. Kramer. New York: Doubleday, 1961, 369—405.

Cao Xueqin and Gao E. *The Story of the Stone.* Trans. David Hawkes (I—III) and John Minford (IV—V). 5 vols. 6th ed. New York: Penguin Books, 1973—86.

Caws, Mary Ann, ed. *Textual Analysis: Some Readers Reading.* New York: Modern Language Association of America, 1986.

Cheng Te-k'un. *Prehistoric China.* In *Archaeology in China.* Cambridge: U of Toronto P, 1959, Vol. I.

Cohen, Alvin P. "Coercing the Rain Deities in Ancient China." *History of Religions* 17.3—4 (1978), 245—65.

Coward, Rosalind, and John Ellis. *Language and Materialism:*

Developments in Semiology and the Theory of the Subject. London: Henley, and Boston: Routledge & Kegan Paul, 1977.

Culler, Jonathan. *The Pursuit of Signs: Semiotics, Literature, Deconstruction.* Ithaca: Cornell UP, 1981.

——*Structuralist Poetics: Structuralism, Linguistics, and the Study of Literature.* Ithaca: Cornell UP, 1975.

De Bary, Wm. Theodore, et al., eds. *Sources of Chinese Tradition.* 2 vols. New York and London: Columbia UP, 1964.

Derrida, Jacques. "Différance." In *Deconstruction in Context: Literature and Philosophy.* Ed. Mark C. Taylor. Chicago: The U of Chicago P, 1986, 396—420.

—— "Living On/Border Lines." Trans. James Hulbert. In *Deconstruction and Criticism.* Ed. Harold Bloom et al. New York: Continuum, 1979, 75—176.

——*Speech and Phenomenon: And Other Essays on Husserl's Theory of Signs.* Trans. David B. Allison. Evanston: Northwestern UP, 1973.

Douglas, Mary. "The Meaning of Myth, with Special Reference to 'La Geste d'Asdiwal.'" In *The Structural Study of Myth and Totemism.* Ed. Edmund Leach. London: Tavistock Publications, 1967, 49—69.

Dudbridge, Glen. *The "Hsi-yu Chi": A Study of the Antecedents to the 16th Century Chinese Novel.* London: Cambridge UP, 1970.

Eberhard, Wolfram. *The Local Cultures of South and East China.* Leiden: E. J. Brill, 1968.

Eliade, Mircea. *The Myth of the Eternal Return.* 2nd ed. Trans. Willard R. Trask. Princeton: Princeton UP, 1974.

——*Myths, Dreams, and Mysteries.* Trans. Philip Mairet. New York: Harper & Row, 1960.

Firth, J. R. *Papers in Linguistics: 1934—1951.* London: Oxford UP, 1957.

Foucault, Michel. *The Archaeology of Knowledge and the Discourse of Language.* Trans. A. M. Sheridan Smith. New York: Pantheon

Books, 1972.

——"Nietzsche, Genealogy, History." In *Language, Counter-Memory, Practice: Selected Essays and Interviews*. Ed. and trans. Donald F. Bouchard. Ithaca: Cornell UP, 1977, 139—64.

Frazer, Sir James George. *The Golden Bough*. Abridged ed. New York: MacMillan Publishing, 1922.

Frow, John. "Intertextuality and Ontology." In Worton and Still, *Intertextuality: Theories and Practices*, 45—55.

Frye, Northrop. *Anatomy of Criticism*. Princeton: Princeton UP, 1957.

Gelley, Alexander. *Narrative Crossings*. Baltimore: Johns Hopkins UP, 1987.

Genette, Gérard. *Figures of Literary Discourse*. New York: Columbia UP, 1982.

Goette, J. "Jade and Man in Life and Death." *T'ien Hsia Monthly* 3 (1936), 34—44.

Granet, Marcel. *The Religion of the Chinese People*. Ed. and trans. Maurice Freedman. Oxford: Blackwell, 1975.

Greimas, Algirdas Julien. *On Meaning: Selected Writings in Semiotic Theory*. Trans. Paul J. Perron and Frank H. Collins. Minneapolis: U of Minnesota P, 1987.

——*Structural Semantics*. Trans. Daniele McDowell et al. Lincoln and London: U of Nebraska Press, 1983.

Hansford, S. Howard. *Chinese Carved Jades*. Greenwich, Conn.: New York Graphic Society, 1968.

Hay, John. *Kernels of Energy, Bones of Earth: The Rock in Chinese Art*. New York: China House Gallery, China Institute in America, 1985.

Heath, Stephen. "Structuration of the Novel-Text." *Signs of the Times*. Ed. Stephen Heath et al. Cambridge: Granta, 1971.

Heidegger, Martin. *Sein und Zeit*. Tubingen: Niemeyer, 1963.

Hendricks, William O. *Essays on Semiolinguistics and Verbal Art*. Paris: Mouton, 1973.

Hsia, C. T. *The Classic Chinese Novel*. New York and London: Columbia UP, 1968.

Hsüan, Tsang. *Ch'eng Wei-shih Lun*. Trans. Wei Tat. Hong Kong: The Ch'eng Wei-shih Lun Publication Committee, 1973.

Hutcheon, Linda. "Literary Borrowing … and Stealing: Plagiarism, Sources, Influences, and Intertexts." *English Studies in Canada* 12.2 (1986), 229—39.

Irwin, Richard. *The Evolution of a Chinese Novel: "Shui-hu Chuan"*. Cambridge, Mass.: Harvard UP, 1953.

Jameson, Fredric. Foreword. Greimas, *On Meaning* vi-xxii.

——*The Prison-House of Language: A Critical Account of Structuralism and Russian Formalism*. Princeton: Princeton UP, 1972.

Jayatilleke, K. N. *The Message of the Buddha*. London: Allen & Unwin, 1975.

Jung, Carl. "On the Psychology of the Trickster Figure." Trans. R. F. C. Hull. *The Archetypes and the Collective Unconscious. Collected Works of C. G. Jung*. Bollingen Series XX. 2nd ed. New York: Pantheon Books, 1968. Vol. IX, pt. 1, 255—70.

Karlgren, Bernhard. *Legends and Cults in Ancient China. Bulletin of the Museum of Far Eastern Antiquities* XVIII (1946), 199—356.

Katz, J. J. *Semantic Theory*. New York: Harper & Row, 1972.

Kristeva, Julia. *Semiotiké: Recherches pour une sémanalyse*. Paris: Seuil, 1969.

Laufer, Berthold. *Jade: A Study in Chinese Archaeology and Religion*. Anthropological Series Vol. X. Chicago: Field Museum of Natural History, 1912.

Lehrer, Adrienne. *Semantic Fields and Lexical Structure*. Amsterdam and London: North-Holland Publishing Co., 1974.

Leitch, Vincent B. *Deconstructive Criticism: An Advanced Introduction*. New York: Columbia UP, 1983.

Lenin, Vladimir. "Philosophical Notebooks." *Collected Works*. London: Lawrence & Wishart, 1972. Vol. 38.

Lévi-Strauss, Claude. *From Honey to Ashes*. Trans. John and Doreen Weightman. London: Jonathan Cape, 1973.

——*The Raw and the Cooked*. Trans. John and Doreen Weightman. New York: Harper Colophon Books, 1975.

—— "The Structural Study of Myth." *Structural Anthropology*. Trans. Claire Jacobson and Brooke Grundfest Schoepf. New York: Basic Books, 1963.

Levy, G. R. *The Gate of Horn: A Study of the Religious Conceptions of the Stone Age and Their Influence upon European Thought*. London: Faber and Faber, 1948.

Liu Hsieh. *The Literary Mind and the Carving of Dragons*. Trans. Vincent Yu-chung Shih. Hong Kong: Chinese UP, 1983.

Lyons, Elizabeth. "Chinese Jades: The Role of Jade in Ancient China." *Expedition* 20.3 (Spring 1978), 4—20.

Mair, Victor H. "Suen Wu-k'ung = Hanumat? The Progress of a Scholarly Debate." Reprinted from Proceedings of the 2nd International Conference on Sinology, Academia Sinica. Taipei, 1989, 659—752.

The Man Who Sold a Ghost: Chinese Tales of the 3rd—6th Centuries. Ed. and trans. Yang Hsien-yi and Gladys Yang. Hong Kong: Commercial Press, 1958.

Maranda, Pierre and Kongas. *Structural Models in Folklore and Transformational Essays*. Paris: Mouton, 1971.

Merleau-Ponty, Maurice. *The Visible and the Invisible*. Trans. Alphonso Lingis. Ed. Claude Lefort. Evanston: Northwestern UP, 1968.

Miller, Lucien. *Masks of Fiction in the "Dream of the Red Chamber"*. Arizona: U of Arizona P, 1975.

Mowry, Hua-yüan Li. *Chinese Love Stories from "Ch'ing shih"*. Hamden, Conn.: Archon Books, 1983.

Needham, Joseph. *Science and Civilisation in China*. 6 vols. Cambridge: Cambridge UP, 1954—83. Vol. V.

Neumann, Erich. *The Great Mother: An Analysis of the Archetype*. Trans. Ralph Manheim. Princeton: Princeton UP, 1972.

——*The Origins and History of Consciousness*. Trans. R. F. C. Hull. Princeton: Princeton UP, 1970.

O'Donnell, Patrick, and Robert Con Davis, eds. *Intertextuality and Contemporary American Fiction*. Baltimore and London: Johns Hopkins UP, 1989.

O'Flaherty, Wendy Doniger. *Dreams, Illusion, and Other Realities*. Chicago and London: U of Chicago P, 1984.

Palmer, F. R. *Semantics: A New Outline*. Cambridge: Cambridge UP, 1976.

Palmer, Richard. *Hermeneutics*. Evanston: Northwestern UP, 1969.

Perron, Paul J. Introduction. Greimas, *On Meaning* xxiv-xlv.

Plaks, Andrew H. "Allegory in *Hsi-yu Chi* and *Hung-lou Meng*." *Chinese Narrative*. Ed. Andrew Plaks. Princeton: Princeton UP, 1977, 163—202.

——*Archetype and Allegory in the "Dream of the Red Chamber"*. Princeton: Princeton UP, 1976.

The Random House College Dictionary. Ed. Jess Stein. Revised ed. New York: Random House Inc., 1975.

Rawson, Jessica. *Chinese Jade: Throughout the Ages*. London: Drydens Printers, 1975.

Riffaterre, Michel. *Semiotics of Poetry*. Bloomington: Indiana UP, 1984.

—— "Textuality: W. H. Auden's 'Musée des Beaux Arts.'" In Caws, *Textual Analysis*, 1—13.

Ryan, Michael. *Marxism and Deconstruction: A Critical Articulation*. Baltimore and London: Johns Hopkins UP, 1982.

Said, Edward W. *Beginnings: Intention and Method*. 2nd ed. New York: Columbia UP, 1985.

Sarma, Binod. *Ethico-Literary Values of the Two Great Epics of India: An Ethical Evaluation of the Two Great Epics of India: An Ethical Evaluation of the "Mahabharata" and the "Rāmāyaṇa"*. New Delhi: Oriental Publishers & Distributors, 1978.

Saussure, Ferdinand de. *Course in General Literature*. Trans. Wade Baskin. New York: McGraw-Hill, 1966.

Scholes, Robert, and Robert Kellogg. *The Nature of Narrative*. New York: Oxford UP, 1971.

Shih Nai-an. *Water Margin*. Trans. J. H. Jackson. Shanghai: Commercial Press, 1937. Facsimile reprint, Cambridge, Mass.: C. & T. Co., 1976.

Smith, Paul. *Discerning the Subject*. Minneapolis: U of Minnesota P, 1988.

Spencer, Baldwin. *Native Tribes of the Northern Territory of Australia*. Oosterhout: Anthropological Publications, 1966.

"The Story of Jade: A Chinese Tradition and a Modern Vogue". *Living Age* 332 (May 15, 1927): 903—8.

Thompson, W. I. *The Time Falling Bodies Take to Light: Mythology, Sexuality, and the Origins of Culture*. New York: St. Martin's Press, 1981.

Todorov, Tzvetan. *The Fantastic: A Structural Approach to a Literary Genre*. Trans. Richard Howard. London: P of Case Western Reserve U, 1973.

Tu Wei-ming. "Profound Learning, Personal Knowledge, and Poetic Vision." In *The Vitality of the Lyric Voice*. Ed. Shuen-fu Lin and Stephen Owen. Princeton: Princeton UP, 1986, 3—31.

Turner, Victor. *The Ritual Process: Structure and Anti-Structure*. Ithaca: Cornell UP, 1969.

Vālmīki. *Srimad Vālmīki Rāmāyaṇa*. Trans. N. Raghunathan. 3 vols. Madras and Bangalore: Vighneswara Publishing House, 1981.

Vickery, John B. *The Literary Impact of "The Golden Bough"*. Princeton: Princeton UP, 1973.

Visuddhi-Magga. Chapter xvii, "Buddhism". Ed. and trans. Henry Clarke Warren. New York: Atheneum, 1977, 238—41.

Waley, Arthur. Translation of excerpts from *Shih Ching*. In *Anthology of Chinese Literature*. Ed. Cyril Birch. 2 vols. New York: Grove Press, 1965—72, I, 5—29.

Wang Ching-yu. *Chin Sheng-t'an*. New York: Twayne Publishers, 1972.

Wang Jing. "The Poetics of Chinese Narrative: An Analysis of Andrew Plaks' *Archetype and Allegory in the 'Dream of the Red Chamber'*". *Comparative Literature Studies* 26.3 (1989), 252—70.

—— "The Rise of Children's Poetry in Contemporary Taiwan". *Modern Chinese Literature* 3.1— 2 (1987), 57—70.

Wilhelm, Hellmut. "The Concept of Change". *Change: Eight Lectures on the "I Ching"*. Trans. Cary F. Baynes. New York: Harper Torch Books, 1960.

Wilhelm, Richard. *The I Ching*. Trans. Cary F. Baynes. 3rd ed. Princeton: Princeton UP, 1967.

Williams, C. A. *Outlines of Chinese Symbolism and Art Motives*. New York: Dover, 1976.

Wittgenstein, Ludwig. *Philosophical Investigations*. Trans. G. E. M. Anscombe. 3rd ed. New York: Macmillan, 1968.

Wong Kam-ming. "The Narrative Art of *Red Chamber Dream*". Diss. Cornell U, 1974.

—— "Point of View, Norms, and Structure: *Hung-lou Meng* and Lyrical Fiction." In Plaks, *Chinese Narrative*, 203—26.

Worton, Michael, and Judith Still, eds. *Intertextuality: Theories and Practices*. Manchester and New York: Manchester UP, 1990.

Wu Ch'eng-en. *The Journey to the West*. Ed. & trans. Anthony C. Yu. 4 vols. Chicago: U of Chicago P, 1977—83.

Wu Shih-ch'ang. *On the "Red Chamber Dream": A Critical Study of Two Annotated Manuscripts of the Eighteenth Century*. Oxford: Clarendon Press, 1961.

Yu, Anthony C. "History, Fiction and the Reading of Chinese Narrative". *Chinese Literature: Essays, Articles, Reviews* 10. 1 — 2 (1988), 1—19.

——Introduction. Wu Ch'eng-en, *Journey to the West*, I, 1—62.

—— "Religion and Literature in China: The 'Obscure Way' of *The Journey to the West*." In *Tradition and Creativity: Essays on East Asian Civilization*. Ed. Ching-I Tu. New Brunswick and Oxford: Transaction Books, 1987, 109—54.

索引

注：索引页码为原书页码，请按本书边码检索。尾注以"n."标出，接在页码之后。

Alayavijnana 阿赖耶识，181. See also *Nien*（"karmic memory"）亦可见"念"（业的记忆）

Alchemy，内丹/炼丹 20，48，112，273

Allen, Joseph 约瑟夫·艾伦，283 n. 14

Allusion 典故，6，7，9—10，284 n. 23

"Allusive borrowings"（*yung tien*）用典，9—10. See also Allusion, 亦可见"典故"

Anattā 诸法无我，181

Androgyny 男女同体，86，200，232，312 n. 24. See also Primordial archetypes 亦可见"原始原型"

Annotations on "Shui Ching"《水经注》，59

Ape motif 猿猴母题，222—223，229，310—311 nn. 2, 11, 312 nn. 16, 21

Apotropaic stone 辟邪石，71—72

Archetypes, primordial 原始原型，297 n. 166

Arhats 罗汉，85，306—307 n. 10

Art, rock 艺术（石），178，306—307 nn. 6—7, 10

"Artificiality"（*chia*）假，137—143，148—151，162

"Authenticity". See "Genuineness"（*chen*）真确性，见"真"

Authorial identity 作者身份，5，8

Authorial intention 作者意图，6，271—272，275

"Awareness-of-vacuity"（*wu-k'ung*）悟空，227—228，233. See also Monkey, stone; *Wan hou*; *Wan-k'ung* 亦可见"石猴""顽猴""顽空"

Banditry 草寇，265

Barrenness 贫瘠/不育. See Fertility 见"滋养/孕育"

Barthes, Roland 罗兰·巴特，280 n. 5，282 n. 6，285—286 n. 26，

288 n. 46

Beginning, concept of 开端概念, 1—2, 11, 20—21, 30, 97—98, 99—100, 146—147, 185, 188, 203, 205, 208—218, 249, 251, 255, 277. *See also* Return complex 亦可见"回归情结"

Behavioral ethics 行为伦理. *See* Ethics 见"伦理"

Bergson, Henri 亨利·柏格森, 309 n. 44

Binary opposites: of *chen/chia* 二元对立: 真假, 137—143, 153—154, 162—163, 166—171; ethical 道德, 98, 137—143; evolution of 演化, 165; of folkloric stone 民间传说之石, 92; in gardens: 园林, 91, 297 n. 172; in initiation rites 肇始仪式, 200; in jade/mud symbolism 玉/泥象征意义, 129—130; in jade/stone symbolism, 162—166; liminality and 阈限性, 202—203; Liu Tsai-fu on 刘再复, 306 n. 1; reversibility of 可逆性, 204—205; in *se/k'ung* symbolism 色/空象征意义, 221—222, 228, 244; seme identification and 确定义素, 291 n. 16; in transition/immutability symbolism 演变/不变象征意义, 191—192; in *wan shih/t'ung-ling shih* symbolism 顽石/通灵石象征意义, 196—197; in *Wen-hsin*《文心雕龙》, 156; wholeness from 整体, 86; in *yü/shih* symbolism 石/玉象征意义, 155—157; in Yü/T'u-shan myth 禹/涂山氏神话, 55

Biot, Édouard 毕欧, 57

"Birth-giving stone" (*ch'i-tzu shih*) 乞子石, 77—78

"Birth-jade." *See* "Mouth-jade" (*han-yü*) 生而口衔之玉, 见"唅玉"

Birth myths 出生神话, 77. *See also* Virgin birth 亦可见"处女生育"

Blood (as a seme) 血(义素), 64

Bodhidharma 菩提达摩, 85

Bonsai 盆栽, 91

"Breath" (*ch'i*) 气, 178

Buddha 佛陀, 181, 239, 248

Buddhahood 成佛, 182, 241

Buddhism: enlightenment/stone association in 佛家: 开悟/与石相关, 85; Pao-yü and 宝玉, 146; *pen-hsing* and 本心, 300 n. 15; *se/k'ung* continuum and 色/空矛盾, 231, 244; self in 自我, 159; return complex and

回归情结, 20, 273—274; temporality and 时间性, 188. *See also* Ch'an Buddhism 亦可见 "禅宗"

Bulls, stone 石牛, 64, 65—66

"Burial jade" (*tsang-yü*) 葬玉, 112—113, 114, 301 n. 26

Burials 丧葬, 191

Catalysis, stone 引发改变（石）, 190—191

Caves 洞穴, 191, 307—308 n. 22

Ch'an Buddhism 禅宗, 30—31, 33, 235, 273—274

Ch'an Riddles (*kung-an*) 公案（禅宗）, 235

Chang Hsin-chih 张新之, 96, 97, 98, 297 n. 1, 302 nn. 42, 43

Chang Hua 张华, 79, 311 n. 11

Chang shih ("growing stone") 长石, 76—77

"Change" (*pien*) 变, 30, 286 n. 32, 289—290 nn. 59—60

Chao Kang/Ch'en Chung-I 赵冈、陈钟毅, 298 n. 4

Chao-shih ("illuminating stone") 照石, 83—84

"Chaste Woman, Stone of the" (*chen fu shih*) 贞妇石, 87. See also *Shih-nü* ("stone woman") 亦可见"石女"

Che-chung ("synthesis") 折中, 30

Chen 真. See "Genuineness" (*chen*)

Ch'en Chung-i 陈钟毅, 298 n. 4

Chen-fu shih ("Stone of the Chaste Woman") 贞妇石, 87. See also *Shih-nü* ("stone woman") 亦可见"石女"

Chen-hsin 真心, 143—148

Chen-k'ung. See "Original mind" (*pen-hsin*) 真空, 见"本心"

"Ch'en Ts'ung-shan Mei-ling shih hunchia" 《陈从善梅岭失浑家》, 228

Ch'eng-chia-pen 程甲本, 300 n. 12

Cheng Chih 《郑志》, 51—52

Ch'eng-Chu, The School of 程朱理学, 304 n. 52

Ch'eng-i-pen 程乙本, 300 n. 12

Cheng Pan-ch'iao 郑板桥, 178, 306 n. 7

Ch'eng Wei-shih Lun (Hsüan Tsang) 《成唯识论》（玄奘）, 181, 182, 307 n. 14

Ch'eng Wei-yüan 程伟元, 102, 271, 300 n. 12

Chi ("self") 己, 159—160

Ch'i ("breath") 气, 178

Ch'i (mythological character) 启（神话人物）, 54, 55

Chi-chiu p'ien《急就篇》,71

Ch'i-hu 畸笏叟,298 n. 4

Chi-ku lu《集古录》,76

Ch'i Liao-sheng 戚蓼生,300 n. 12

Ch'i-tzu shih("birth-giving stone")乞子石,77—78

Chia("artificiality")假,137—143,148—151,162

Chia-shih t'an-lu《贾氏谈录》,80

Ch'ia-wen chi《洽闻记》,80—81

Chiang K'uei 姜夔,5,6,8

Chiang Yüan 姜嫄,52

Chiao Mei(goddess)郊媒. See Kao Mei(goddess)见高媒

Ch'ien-fu lun《潜夫论》,58

Chien-mei("theory of the double")兼美(理论),302 n. 43

Ch'ien Mu 钱穆,290—291 n. 64

Chien Ti 简狄,51—52

Chih("wit")智,235

Chih-ching-pen 脂京本,300 n. 12

Chih-kuai tales 志怪故事,234—235

Chih-pen: on *ch'ing pu-ch'ing* 脂本:情不情,206—207; defined 定义,300 n. 12; mouth-jade in 口衔之玉,113; seventy-eight-chapter version 七十八回本,205,258,310 n. 55; sixteen-chapter version 十六回本,175,211,257—258,275

Chih-ts'an-pen 脂残本,300 n. 12

Chih-yen Chai: identity of 脂砚斋:身份,298 n. 4; on dispirited Stone 沮丧之石,106; on *Dream*《红楼梦》,95—96,298 n. 4; on Hsiao-hung episode,小红片段 302 n. 43; on Pao-yü 宝玉,205—206; on Roster of Lovers 警幻情榜,96; T'ang-ts'un and 棠村,310 n. 50

Chin Sheng-t'an 金圣叹,260—261,264—267,315 n. 16

"Ch'in Shih-huang pen-chi"《秦始皇本纪》,67

Chinese dictionaries, on stone 汉语字典,石,35—36

Ch'ing ch'ing 情情,206. See also *Ch'ing pu-ch'ing* 亦可见"情不情"

Ching-chou chi(Sheng Hung-chih)《荆州记》(盛弘之),63—64,295 n. 104

Ching-chou t'u《荆州图》,64

Ch'ing pu-ch'ing 情不情,206—207

Ch'ing-shih(Feng Meng-lung)《情史》(冯梦龙),299 n. 6

Chiu "T'ang-shu"《旧唐书》,72

Cho("filth"),浊 150

Cho-wu("foul thing")浊物,131

Chou Ju-ch'ang: on Chih-yen Chai 周汝昌: 脂砚斋, 298 n. 4; on Kao O 高鹗, 271, 285 n. 24, 316 n. 10; on *ling-hsing i-t'ung* 灵性已通, 197; on Roster of Lovers 警幻情榜, 299 n. 6

Chou Li《周礼》, 49, 61, 70, 112, 118

Chu Tao-sheng 竺道生, 84

Chuang Tzu《庄子》, 160, 317 n. 25

Chün-kuo chih《郡国志》, 77

Ch'un-wu ("stupid thing") 蠢物, 195

Chung ("loyalty") 忠, 152, 153

Civilizing process (of the trickster cycle) 开化过程（愚者循环）, 237, 241–242. *See also* Trickster archetype 亦可见"愚者原型"

Classemes 类素, 26, 90, 289 n. 57

"Cleanliness." *See* "Purity" (*chieh*) 洁净，见"洁"

Cohen, Alvin 柯文, 64

Complementary bipolarity. *See* Binary opposites 互补二元，见"二元对立"

"Configurations of human beings" (*jen-wen*) 人文（《系辞》）, 281 n. 5

Confucian Canon 儒家典籍, 3–4, 156, 217, 283 n. 12, 291 n. 64

Confucian Gentlemen (*chun-tzu*) 君子, 69, 119, 152, 164

Confucianism: *chieh* in 儒家: 洁, 152–253; Chin Sheng-t'an and 金圣叹, 264; *Dream* and《红楼梦》, 151–154, 163–164, 271, 275; ideal womanhood in 理想女性, 126; inexplicable natural phenomena and 无法解释的自然现象, 82; intertextuality and 互文性, 282 n. 11; jade imagery and 玉的意象, 98, 119–120, 137; Li Chih and《礼记》, 144–146; "original nature" and 本性, 274; return complex and 回归情结, 217, 274; School of the Mind and 心学, 304 n. 52; self in 自我, 142–143, 159–160; Tao and 道, 31; Taoism and 道家, 164, 165; *t'ung pien* and 通变, 287 n. 32; women and 女性, 16, 152–153

Context: defined 语境: 定义, 3–4, 5, 10, 13–14; intertextuality and 互文性, 28; in mythology 神话, 25, 40; as *shang-hsia wen* 作为"上下文", 286 n. 31; subversion of 颠覆,

29—30

Contextual semes 语境义素, 42—43

Convention, literary: context as 文学传统: 作为"语境", 14; Dream and《红楼梦》, 95—96, 208—210, 255—256; subversion of 颠覆, 28—29; in traditional Chinese literature 中国传统文学, 29—31. See also Pien ("change"); T'ung pien 亦可见"变""通变"

Corless, Roger 罗杰·科利斯, 307 n. 21

Covenants 契约, 68, 69

Creation myths 创世神话, 24, 44—47, 100, 217, 292 n. 32

"Crude/ignorant" (tai) 呆, 148. See also Wan ("ignorant") 亦可见"顽（顽劣/无知）"

"Crude/unknowing stone, enlightened" (tien-t'ou wan-shih) 点头顽石, 84—85. See also T'ung-ling shih ("Stone of divine intelligence") 亦可见"通灵石"

"The crude / unknowing stone nodded its head" (wan-shih tien-t'ou) 顽石点头, 308 n. 26, 317 n. 25. See also Tien-t'ou wan-shih; Wan shih; T'ung-ling shih 亦可见"点头顽石""顽石""通灵石"

"Crystallization"飞升, 307 n. 21

Culler, Jonathan 卡勒, 289 n. 56

Cultural grids 文化栅, 289 n. 56

Cultural unconscious 文化无意识, 14, 122, 205, 208, 210, 250

Cyclicity: in Dream 循环性:《红楼梦》, 248; Frye on 弗莱, 313—314 n. 43; in myth 神话, 315—316 n. 19; as narrative mode 作为叙事模式, 208—209, 251, 266—267, 268; religious origin of 宗教起源, 248; "stone of three lifetimes" and 三生石, 184. See also Return, symbolic; Return complex 亦可见"回归"（象征性）"回归情结"

Danses et légendes de la Chine ancienne (Granet)《中国古代的舞蹈与传说》(葛兰言), 43

Death, ritual of, Lin Tai-yü and 死亡（仪式性）: 林黛玉, 130—131; in Journey《西游记》, 245—246

Decomposition, semantic 分解（语义学）, 41—42

Déjà lu 既读感, 285—286 n. 26

Déjà vu 既视感, 186

Deluges 洪水, 48, 49, 57, 59

"Derivativeness" 衍生. See "Artificiality" (chia) 见 "假"

Derrida, Jacques 德里达, 280 n. 5

Desire (se) 色 (欲), 221—231. See also Desire (yü); "Void" (k'ung) 亦可见 "欲" "空" (佛家)

Desire (yü): emptiness and 欲：空 (佛家), 211—250; jade and 玉, 105, 106, 107, 108; liminality of 阈限性, 206. See also Se ("form/desire"); "Worldly desires" (fan-hsin) 亦可见 "色" (佛家) "凡心"

Dialectic. See Binary opposites; Hegelian dialectics; Negation, dialectics of 辩证法, 见 "二元对立"; 黑格尔辩证法; 否定辩证法

Dichotomies. See Binary opposites 二分法, 见 "二元关系"

Dictionary of stone, mythological; definitions of 石头的字典 (神话): 定义, 88—89, 90—93; semic inventories 语义项, 42, 56—57, 62, 65, 70, 72, 89—90

"Difference" (i) 异, 30, 282 n. 11. See also Pien ("change"); "Heterogeneous" 亦可见 "变"

Divination 预言之力, 78, 80, 252, 301 n. 25 "Divine Intelligence, Stone of" (T'ung-ling shih) 通灵石, 193—198, 202—204, 308—309 nn. 28, 35

"Divine Luminescent Stone-in-Waiting" (shen-ying shih-che) 神瑛侍者, 101, 105, 183, 196

Djed pillar 杰德柱, 309 n. 40

Doctrine of Mere-Consciousness (Hsüan Tsang) 《成唯识论》(玄奘), 181, 182, 307 n. 14

"Double, theory of the" (chien-mei) 兼美 (理论), 302 n. 43

Dream of the Red Chamber (Hung-lou Meng): authorship of 《红楼梦》: 作者, 270—271; beginning of 开端, 12—13, 203, 208—219, 255—256; behavioral ethics in 行为伦理, 122—124, 150—151; Chang Hsin-chih on 张新之, 95, 96—97, 297 n. 1; chen/chia bipolarity in 真假对立, 137—143, 148—151; Chih-yen Chai on 脂砚斋, 95—96, 298 n. 4; conflicting visions in 矛盾观念, 10—11, 139, 153—154, 170,

175; Confucianism and 儒家, 151–154, 163–164, 271; critics of 批评, 270, 316 n. 4; editions of 版本, 102–106, 300 n. 12; the fantastic and 奇异幻想, 16–17; *feng-shan* ritual and 封禅仪式, 70; fictional logic of 小说逻辑, 194, 213, 249, 251, 252, 259, 270, 272, 274–275, 277; folkloric stone and 民间传说之石, 198–199; frame-device in 框架手法, 213–214, 215, 218–219, 276–277; healing myths and 有关弥合的神话, 49; heroines of 女主人公, 124–129, 301–303 nn. 42–44; identity theme in 身份主题, 158–166; ideology of 思想意识, 11, 121, 205, 209, 270–272; influences upon 影响, 96–97; intertextuality of 互文性, 136, 283–284 n. 19; jade symbolism in 玉的象征意义, 112–113; *Journey* and 《西游记》, 243, 246–248, 249–250; liminality in 阈限性, 203–208; marginal entities in 边缘实体, 201–202; merging of visions 观念融合, 159, 170; metaphysical vision in 哲学观, 98, 137–138, 150, 151, 153–154, 158, 162, 163, 165, 170, 173, 176, 205; moral vision in 道德观, 98, 135, 136, 138, 144, 148, 149, 150, 151, 154, 155–171; "original nature" and 本性, 300–301 n. 15; precious jade in 通灵宝玉, 109–110; return complex and 回归情结, 173, 174–176; stone monkey theme and 石猴主题, 20–21; structural tension and paradox of 结构张力与矛盾, 165–166, 277; subversion of ideological enclosure 打破思想束缚, 11, 208–219; symbolic characters of 象征性角色, 176; temporality in 时间性, 180–189; traditional interpretation of 传统阐释, 287 n. 35; *t'ung hsin* theory and 童心理论, 144–146; Wang Kuo-wei on 王国维, 106; *Water Margin* and 《水浒传》, 96–97; Western interpretation of, 158 西方阐释; Yü P'ing-po on 俞平伯, 248–249. See also *Chih-pen* 亦可见"脂本"

Drought and rain 旱灾与降水, 27, 63–66

Dualism. *See* Binary opposites 二元论, 见"二元对立"

索引　411

Dudbridge, Glen 杜德桥, 222－223, 310－311 nn. 2, 5, 13

"Dull-witted" self (wan-k'ung) 顽空, 233

Dyads. See Binary opposites 二分法, 见"二元对立"

Edible stone 可食用之石, 76

Eggs 卵, 76－77, 79, 82, 232

"Elder Brother Stone" (shih-hsiung) 石兄, 178

Eliade, Mircea 米尔恰·伊利亚德, 86, 200, 312 n. 24

Engraved stone. See Inscribed stone tablets 写有文字之石。见"通灵石""顽石"

"Enlightened crude/unknowing stone" (tien-t'ou wan-shih) 点头顽石, 84－85. See also Tung-ling shih ("Stone of divine intelligence"); Wan shih 亦可见"通灵石""顽石"

Erh-chih Tao-jen 二知道人, 193

Ethics: of chen/chia 伦理: 真假, 139－143; Confucian Classics and 儒家典籍, 283 n. 12; in Dream 《红楼梦》, 122－124, 150－151; of Dream's heroines 《红楼梦》女主人公, 126－127; jade symbolism of 玉的象征意义, 122－124; of Pao-yü 宝玉, 147－148; in Water Margin 《水浒传》, 11, 263

"Ever-growing stone" (chang shih) 长石, 76－77

"Evil-warding stone" (shih kan-tang) 石敢当, 71－72.

Exorcism 辟邪, 71; jade and 玉, 111－112, 133－134

Fa Jung 法融（禅师）, 235

Fan-hsin ("worldly desires") 凡心, 104, 105

Fantastic, the 幻想/荒谬, 1, 4, 16－17, 116, 176, 193, 259, 296 n. 156. See also "Fiction/-ality" 亦可见"虚构/虚构性"

Femininity. See Women 女性气质, 见"女性"

Feng Meng-lung 冯梦龙, 299 n. 6

Feng-shan ritual 封禅仪式, 66－70, 295 n. 117; Water Margin and 《水浒传》, 261－264

Feng-su t'ung-i 《风俗通义》, 46

Fertility: birth-giving stones and 滋养/孕育: 乞子石, 77－78; creation myths and 创世神话, 100－101; in Egyptian mythology 埃及神话, 309 n. 40; folk legends about 民间传说, 75－78; of folkloric stones 民间传说之石, 24, 53, 198－199; jade and, 111; Mei rite for 祭祀高媒的仪式, 50, 52; music stone and 鸣石, 79–80; Nü-kua (goddess) and 女娲（女神）, 26, 27, 43, 56; rainmaking rituals and 祈雨仪式, 64–65; sacrifices and 献祭, 295 n.108; semes of 义素, 88; She ritual and 祭社仪式, 61, 62; sterility 贫瘠/不育, 35, 40, 85–87, 313 n.42.; of T'u-shan 涂山氏, 85, 87. See also Matrimony; Sacred fertile stone; Sexuality 亦可见"婚姻""仙界的孕育之石""性"

"Fetus" (t'ai) 胎, 97–98

Fiction/ -ality 虚构/虚构性: 10, 13, 16, 24, 29, 98, 101, 110, 146, 153, 162, 193, 209, 217, 218, 219, 222, 255–257, 262, 272, 276; device of defamiliarization and 去陌生化手法, 175–177, 178; of han-yü 口衔之玉, 113; logic in Dream《红楼梦》的逻辑, 194, 213, 249, 251, 252, 259, 270, 272, 274–275, 277; logic in Water Margin《水浒传》的逻辑, 251, 260, 263–264, 267, 270; "mouth-jade" 唅玉, 114–116; of liminality, 阈限性 198, 204; of Nü-kua Stone 女娲石, 17, 256, 259; paradox of truth and 真相的矛盾, 252; of san-sheng shih 三生石, 181–193. See also Fantastic, the 亦可见"幻想/荒谬"

"Fifth Book of Genius." 第五才子书。See Water Margin (Shui-hu Chuan) 见《水浒传》

"Filth" (cho) 浊, 150

Firth, J. R. 弗斯, 39–40

Five-colored stone 五色石, 48

Five elements theory 五行理论, 301–302 n.42

Floods 洪水, 48, 49, 57, 59

Flower symbolism 花的象征意义, 130–131

Fodor, J. A. 福多尔, 39

Folkloric stone: classemes of 民间传说之石: 类素, 90; cognitive potency of 认知潜能, 108; contradictory attributes of 矛盾特征, 53, 92, 200–201; fertility of 滋养/孕育, 24, 53, 198–199; human condition and 与人类的关系, 268–269; instrumental semes of 工具义素, 91; intertextuality of 互文性, 24–25, 276; liminal 阈限, 200–201, 232–234; Nü-kua Stone and 女娲石, 29, 109, 256－257, 259; primary attributes of 基本特征, 24; *san-sheng shih* and 三生石, 191, 192; sterility of 贫瘠/不育, 35, 40, 85－87, 313 n. 42; "talking stone" 石言, 80－83, 255, 314 n. 6; *wan shih* 顽石, 2, 193－198, 202－204, 232. *See also* Stone lore 亦可见"石头传说"

Fool, symbolism of 蠢的象征意义, 196, 198, 204. *See also wan* ("ignorant") 亦可见"顽（顽劣/无知）"

"Form/passion" (*se*) 色（佛家）, 221－222, 228, 229, 244

"Fortune-eating worms" (*lu-tu*) 禄蠹, 141

Foucault, Michel 福柯, 285 n. 25

"Foul thing" (*cho-wu*) 浊物, 131

Frame-device 框架手法, 213－214, 215, 218－219, 276－277. *See also* Cyclicity 亦可见"循环性"

Frazer, James George 弗雷泽, 269, 295 n. 108

Frye, Northrop 弗莱, 313－314 n. 43, 315－316 n. 19

Fu-yüan ("recovery") 复原, 213, 275. *See also huan-yüan* ("recovery") 亦可见"还原"

Gardens, 园林 91－92, 297 n. 172

Genette, Gérard 热奈特, 278

"Genuine heart/mind" (*shih-hsin*) 实心, 142

"Genuine intentions" (*shih-i*) 实意, 142

"Genuineness" (*chen*) 真, 137－143, 147－148, 151－154, 162, 212, 310 n. 55

Ghosts, in Chinese trickster tales 鬼（中国愚者故事）, 234－235

Goddess of Paradise (fictional character) 九天玄女（虚构人物）, 260, 262

The Golden Bough (Frazer) 《金枝》（弗雷泽）, 269

The Golden Lotus (*Chin P'ing Mei*) 《金瓶梅》, 95, 96, 298 n. 5

"Grand compassion" (*ta tz'u-pei*) 大慈悲, 307 n. 21

Granet, Marcel 葛兰言, 43, 292 n. 20, 295 n. 117

Great Mother goddesses 大母神, 27, 45－46, 50, 53, 308 n. 22

Greimas, A. J. 格雷马斯: on classemes 类素, 289 n. 57; on contextual semes 语境义素, 289

n. 52; on isotopy 同项, 24—27; mythological dictionary of stone and 石头的神话字典, 37, 38; on myths 神话, 40; theory of structural semantics of 结构语义学理论, 41—42, 289 n. 56, 291 n. 11

"Growing stone"(*chang shih*) 长石, 76—77

Han-ch'an（"mouth-pupa"）哈蝉, 301 n. 30

Han-chin ch'un-ch'iu《汉晋春秋》, 72—73

Han Fei 韩非, 165

Han-fei tzu《韩非子》, 156—157

Han-shan 寒山（禅师）, 235, 236

Han Shu《汉书》, 68

Han Yü 韩愈, 284—285 n. 23

Han-yü. *See* "Mouth-jade"(*Han-yü*) 见"哈玉"

Hanuman/Hanumat (fictional character) 哈奴曼（虚构人物）, 229, 230, 234

Hawkes, David 霍克思, 308 nn. 27—28, 309 nn. 45—46, 310 n. 55

Hay, John 韩庄, 91, 306—307 nn. 6, 10

Healing myths 有关弥合的神话, 47—49, 75—76, 111

Heart Sutra《心经》, 221, 244

Heaven 天, 47—48. *See also* Mandate of Heaven; "Signs of heaven"(*t'ien-wen*) 亦可见"天命""天文"（《系辞》）

Hegelian dialectics 黑格尔辩证法, 167

Heidegger, Martin 海德格尔, 288—289 n. 49

Hendricks, William 亨德里克斯, 288 n. 47

"Heredity"(*lai-li*) 来历, 113

Hero myths 英雄神话, 57, 60

"Heterogeneous"(*i*) 异, 2, 22, 29, 161, 169, 175, 215, 277, 278. *See also* "Difference"; "Homogeneity," concept of 亦可见"同/合"

Hexagrams 卦象, 280—281 n. 5, 281 n. 6, 282 n. 11, 286 n. 32

"Historical period"(*shih*) 史, 290 n. 59

Historical relativism 历史相对主义, 290 n. 59

Historiography: characterization in 史学传统: 特点, 168—169; Chin sheng-t'an and 金圣叹, 265; *Dream's* beginning and《红楼梦》的开端, 209, 255; traditional *HLM* Studies and 传统红学研究, 270, 287 n. 35

"Ho Shih pi" 和氏璧, 156－157, 305 n. 66

Ho Yen 何晏, 291 n. 64

Homecoming, symbolic. *See* Return, symbolic; Return complex 归家（象征性），见"回归（象征性）""回归情结"

"Homogeneity" (*t'ung, ho*), concept of 同/合（概念），5，8，11，14，30，110，136，160，166，173－176，177，181，182－183，201，205，208，210，215，246，272，274，277. *See also* "Heterogeneous" 亦可见"异"

Honor, 152－153 荣誉. *See also Jen-ko* ("personal integrity") 亦可见"人格"

Hou T'u 后土, 61

Hsi-ching tsa-chi《西京杂记》, 72

Hsi-hsiang Chi (*The Romance of the Western Chamber*)《西厢记》, 95，298 nn. 3, 5

"Hsi-tz'u" Commentaries《系辞》, 280 n. 5，286 n. 32，290 n. 60

Hsi-yu Pu (*The Tower of Myriad Mirrors*, Tung Yüeh)《西游补》（董说），29，143，160，161，225，227

Hsia, C. T. 夏志清, 260

Hsiang ("image") 相, 282 n. 11

Hsiang-ling (fictional character) 香菱（虚构人物），132

Hsieh-tsu ("preamble") 楔子（序），264

Hsin ("mind-and-heart") 心，144－145

Hsin-hsüeh ("School of the Mind") 心学, 304 n. 52

Hsin-yüan ("mind-monkey") 心猿, 225, 313 n. 41

Hsing-ko tzu-ho lun (Liu Tsai-fu)《性格组合论》（刘再复），306 n. 1

Hsü Shen, *Shuo-wen* 许慎《说文解字》, 292 n. 26; on *chieh* 洁, 153; on jade 玉, 69, 119; *Li Chi* and《礼记》, 151－152; on Nü-kua (goddess) 女娲（女神），45，46

Hsüan ("the mysterious") 玄, 317 n. 26

Hsüan-hsüeh ("Profound Learning") 玄学, 31

Hsüan Tsang, *Ch'eng Wei-shih Lun* 玄奘《成唯识论》, 181, 182, 307 n. 14

Hsün Tzu 荀子, 304－305 n. 63

Hsün Tzu《荀子》, 60, 152

Hsün-yang chi《浔阳记》, 83

Hu Shih: autobiography and 胡适：自传，287 nn. 35, 36; on Chih-yen 脂砚斋, 298 n. 4; on Chin Sheng-t'an 金圣叹, 265—266; on *Dream* dating《红楼梦》年代, 300 n. 12; on *Dream* denouement《红楼梦》结局, 96—97; on Roster of Lovers 警幻情榜, 298—299 n. 6; sixteen-chapter *Dream* and 十六回本《红楼梦》, 102

Hua character 化（汉字）, 45

Huai-nan-tzu《淮南子》, 45, 47, 53—54, 60, 61

Huan（"the illusory"）幻, 212, 310 n. 55

Huan-hsiang（"illusory image"）幻相, 158, 163

Huan-yü（"returning the jade"）还玉, 106—107, 313 n. 42

Huan-yü chi《寰宇记》, 78

Huan-yüan（"recovery"）还原, 211, 214, 217, 218, 273. See also *Fu-yüan*（"recovery"）亦可见"复原"

Huang T'ing-chien 黄庭坚, 284—285 n. 23

Hui-neng 慧能（禅师）, 317 n. 24

Humanism, socialist 社会人文主义, 306 n. 1

Hung Ch'iu-fan 洪秋藩, 196

Hung-jen 弘忍（禅师）, 317 n. 24

HLM（*Hung-lou Meng*）Studies（"hung-hsüeh"）红学, 158, 287 nn. 35, 36, 299—300 n. 11; controversy over the sequel 结局的争议, 270—271, 275; Marxist studies 马克思主义研究, 2. 87 n. 36

"*Hung-lou Meng* tu fa"（Chang Hsin-chih）《红楼梦读法》（张新之）, 297 n. 1

"Hypograms", 潜藏符谱 286 n. 28

I. See "Difference"（*i*）; "Homogeneity," concept of; "Righteousness"（*i*）异, 见"异"、"同/合（概念）""义"

I Ching《周易》, 30, 32, 289—290 nn. 59—60, 290—291 n. 64

I-fan（"a single whole"）一番（整体）, 174. *See* "Homogeneity," concept of 见"同/合（概念）"

I-lin《易林》, 229

Identity, authorial 作者身份, 5, 8

Ideology 思想意识, 6, 8, 10—12., 31, 33, 119—121, 124, 133, 142—143, 145, 151—154, 163—164, 165, 205, 208—209, 210—211, 215, 218, 219, 248, 264—266, 267, 268, 270—272, 273,

274—275

Illuminating stone（*chao-shih*）照石，83—84

"Illusory, the"（*huan*）幻，212，310 n. 55

"Illusory image"（*huan-hsiang*）幻相，158，163

"Image"（*hsiang*）相，282 n. 11

Imitation 模仿，7，284—285 n. 23

Imperial sacrifice（*feng-shan* ritual）封禅仪式，66—70，261—262

Indian ape figures 印度猿猴形象，229—230

Infancy, metaphor of 婴儿（隐喻），273. See also *Chen*; *Chieh*; *Pen* 亦可见"真""洁""本"

Influence-studies 影响研究，4，6，7，10，95，96，222，228—229

Initiation rites 肇始仪式，200

Inscribed stone tablets 刻字石碑：72—75; in *feng-shan* ritual 封禅仪式，68—69，70; Li Yang-ping on 李阳冰，76; oracles and riddles on 天意与谜语，251—268; *san-sheng shih* and 三生石，191，192—193. See also *Shih kan-tang*; T'ai-shan Stone 亦可见"石敢当""泰山石"

Instrumental semes 工具义素，62，65—66，70，89—90，91

Intention, authorial 作者意图，271—272，275

Interpretation 阐释，12—19，27—28，270

"Intersexuality" 雌雄间性，282 n. 6

Intertextuality 互文性，1—33; Chinese poetics of 中国的互文性原则，5—6，7，282 n. 11，283—284 n. 19，287 n. 35; Chou ju-ch'ang and 周汝昌，285 n. 24; context and 语境，28; in *Dream*《红楼梦》，136; in *Dream*/*Journey*/*Water Margin* relationships《红楼梦》《西游记》《水浒传》之间的关系，95—98; the fantastic and 幻想/荒谬，16; of folkloric stone 民间传说之石，24—25; historicity and 历史性，7—10，21; ideological representation of 思想意识体现，6—7; interdisciplinary entanglement of 跨学科纠葛，275—276; interpretation and 阐释，12—19; intersexuality and 雌雄间性，282 n. 6; of jade symbolism 玉的象征意义，121，169—170; of liminal stone 阈限之石，201; mechanisms of 机

制, 12, 21, 250, 276; modern criticism and 现代批评, 284 n. 20; of mouth-jade 口衔之玉, 113; mutual dependency in 相互依存, 243; originality and 独创性, 209; recontextualization and 再语境化, 9—10; of reincarnation 转世, 183; of *san-sheng shih* 三生石, 191; of stone lore 石头传说, 18—19, 37, 267—268; of stone monkey, 石猴 221—250; textuality and 文本性, 278; traditional criticism and 传统批评, 5—6, 7, 283—284 n. 19. See also *Pien* ("change"); *Tung pien*; *Wen* 亦可见 "变" "通变" "文"

"Intratextuality" 内互文性, 283 n. 4

Intuition 直觉, 23, 27—28, 144—145

Irony 讽刺, 115—116, 179, 215, 254, 259

Irrigation 灌溉, 42—43, 65

Irwin, Richard 艾尔文, 314—315 n. 16

Isotopies: of "mediation between Heaven and Earth" 同项: 联系天地, 194; of Nü-kua myths 女娲神话, 43, 56—57; in semantic transposition 语义转移, 38; of stone functions 石头的功能, 90—91; theory of 理论, 24—27

Jade (*yü*): characteristics of 玉: 特性, 69—70, 171; Confucianism and 儒家思想, 98, 119—120, 137; ethical symbolism of 伦理象征意义, 122—138, 170; in *feng-shan* ritual 封禅仪式, 68—69, 70; flawed 瑕, 168—170; metallic alloys of 与金属结合, 136—137; Nü-kua Stone and 女娲石, 29, 109—110, 277; political symbolism of 政治象征意义, 110, 118—120, 122, 170; religious symbolism of 宗教象征意义, 111—112; secularization of 世俗化, 116—121; stone and 石, 95—171, 212—213; supernatural powers of 超自然之力, 111, 301 n. 25; virtues of 美德, 119; Yü and 禹, 59—60. See also "Burial jade" (*tsang-yü*); jade symbolism; "Mouth-jade" (*han-yü*); Precious jade; "Uncovering jade" (*p'an-yü*) 亦可见 "葬玉" "玉的象征意义" "唅玉" "通灵宝玉" "盘玉"

"Jade, returning the" (*huan-yü*) 还玉, 106

jade symbolism: desire and 玉的象征意义: 欲, 106, 107, 108; in *Dream*《红楼梦》, 208; ethical dimensions of 伦理维度, 98, 122–124, 130, 135, 153, 163–166; jade lore and 玉的传说, 169–170. *See also* "Genuineness"; "Purity" 亦可见"真""纯"

Jātaka tales《本生经》, 181, 248

Jen-ko ("personal integrity") 人格, 283 n. 12

Jen-wen ("configurations of human beings" 人文《系辞》), 281 n. 5

Journey to the West (*Hsi-yu Chi*): Chen-Chia Pao-yü and《西游记》: 甄贾宝玉, 21; concealed identity in 掩盖的身份, 160; fertile stones in 孕育之石, 198; frame-device in 框架手法, 277; knowledge, enlightenment, and 识、悟, 199, 243–250; Monkey's origin and 美猴王的来源, 20, 311 nn. 10, 12, 13; sexuality in 性, 225–228; symbolic return in 回归(象征性), 19–20, 247; trickster motif in 愚者母题, 236–241

Ju-lin wai-shih《儒林外史》, 168, 299 n. 6

Jung, Carl 荣格, 236–237, 238–239, 240, 241

Kang Lai-hsin 康来新, 164, 305 n. 74

Kao-hsien chuan《高贤传》, 84

Kao Mei (goddess) 高媒(女神), 49–53; identity of 身份, 51–52; Kao Tang and 高唐, 27; rainmaking rituals and 祈雨仪式, 65; semes of 义素, 62; *She* ritual and 祭社仪式, 60–61; Tu-shan Shih and 涂山石, 54

Kao O: Chou ju-ch'ang on 高鹗: 周汝昌, 285 n. 24, 316 n. 10; as *Dream* editor 作为《红楼梦》的修订者, 300 n. 12; ideology of 思想意识, 270–271, 275; Yü P'ing-po and 俞平伯, 248, 314 n. 45

Kao T'ang 高唐, 27, 51, 52

Karlgren, Bernhard 高本汉: Biot and 毕欧, 57; Granet and 葛兰言, 292 n. 20; *Legends and Cults in Ancient China*《古代中国的传说和迷信》, 43, 44; on Nü-kua (goddess) 女娲(女神), 44, 45, 46; on stone/fertility association 石与滋养/孕育的关系, 52; on Yü/*She* identity 禹/社的身份, 61

"Karmic memory"(*nien*)念（业的记忆），181—183，186—188，192

Katz, J. J. 卡茨，39，41

Kellogg, Robert 凯洛格，316 n. 20

"Knowing stone" 智石，108，243—250. See also Stone intelligence; *Tung-ling shih*; *Wan shih*; *Wan-shih tien-t'ou* 亦可见"通灵石""顽石""顽石点头"

Ko Hung 葛洪，157

Kou character 姤（汉字），281 n. 6

Ku K'ai-chih 顾恺之，194

Kua character 娲（汉字），45

Kuang-chou chi《广州记》，64

Kuei-ken ("returning to the roots") 归根，273

Kuei-p'u ("returning to the unpolished") 归璞，273

Kuei Tsang《归藏》，292 n. 37

Kun (mythical character) 鲧（神话人物），57—58

K'ung 空（佛家），207，221—250，244. See also "Otherworldliness" (*k'ung*); *Se* ("form/desire"); "Void" (*k'ung*) 亦可见"空"（空想世界）、"色"（佛家）、"空"

Kung-an ("Ch'an riddles") 公案（禅宗），235

Kung Kung (mythical monster) 共工（神话人物），60，292 n. 37

Kuo Mo-jo 郭沫若，51

Kuo P'u 郭璞，78，292 n. 37

Lai-li ("heredity") 来历，113

Language: ideology and 语言：思想意识，120—121; Taoist philosophy of 道家哲学，30—32

Laufer, Berthold 劳费尔，111，117

Legends and Cults in Ancient China (Karlgren)《古代中国的传说和迷信》（高本汉），43

Lévi-Strauss, Claude 列维-斯特劳斯: on binary oppositions 二元对立，200; Greimas and 格雷马斯，291 n. 11; Marandas on 马兰达，288 n. 47; on myths, 神话 40，288 n. 45，289 nn. 50—51，316 n. 1; Vickery and 维克里，269

Levy, G. R. 利维，307 n. 22

Lexemes 词位，26，38—40，289 n. 52

Lexical entries 词条，23，88. See also Dictionary of stone, mythological 亦可见"石头的神话字典"

Li Chi《礼记》，69，118，151—152，164

Li Chih: *Dream* and 李贽：《红楼

梦》,304 n.57; subversion of conventions 颠覆传统,29,290 n.59; *t'ung-hsin* theory and 童心说,144—146

Li Hsi-fan, 李希凡 287 n.36

Li-hsüeh（"School of Principle"）理学,304 n.52

Li Tu 李杜,66—67

Li Yüan (fictional character) 李源（虚构人物）,180

Liang-shan-po heroes 梁山好汉,11,16,254,260,262,263—265,267

Lieh-i chuan《列异传》,234—235

Lieh-nu chuan《列女传》,153

Lieh Tzu《列子》,48

Limen 阈限,200,301 n.19

Liminality: ape motif and 阈限性：猿猴母题,223—224; cyclical 循环,247; in *Dream*《红楼梦》,203—208,221—222; in *Journey*《西游记》,232—234; Turner on 特纳,202,309 n.36

Liminal stone 阈限之石,108,198—208

Lin-chün Stones. *See* Yin/Yang Stones 廪君石,见"阴阳双石"

Literary convention. *See* Convention, literary 传统（文学）,见"文学传统"

Liu Hsieh 刘勰,29,155—156,165,286—287 n.32

Liu Tsai-fu 刘再复,306 n.1

"Loyalty"（*chung*）忠,152,153

Lu Chiu-yüan 陆九渊,304 n.52

Lu Hsün 鲁迅,271—272

Lu Shih《路史》,51

Lu-tu（"fortune-eating worms"）禄蠹,141

Lun Heng《论衡》,47,58,63

Lun Yü《论语》,159

Lust. *See* Sexuality 贪淫,见"性"

Mahakaruna（"grand compassion"）大慈悲,307 n.21

Mair, Victor 梅维恒,234,311 n.10

Mandate of Heaven: Chou rulers and 天命：周天子,295 n.111; in *Dream*《红楼梦》,105; *feng-shan* ritual and 封禅仪式,66—67; inscribed stone and 写有文字之石,72—73,252,254,257; in *Water Margin*《水浒传》,261,262,263

Maranda, Pierre and Kongas 马兰达,288 n.47

Masks of Fiction (Miller)《小说的面具》（米乐山）,195—196

Matrimony 婚姻,50,51—52,61,281—282 n.6. *See also*

Fertility; Sexuality 亦可见"滋养/孕育""性"

Mediation, theory of 中介理论, 269. See also Liminality 亦可见"阈限性"

Medicine-men 巫医, 240

"Meditation" (*samadhi*) 入定(佛家), 181, 182

"Memory". See "Karmic memory" 记忆, 见"业的记忆"

Mercurius (fictional character) 墨丘利(虚构人物), 237, 238—239

Merleau-Ponty, Maurice 莫里斯·梅洛-庞蒂, 26

Metalanguage 元语言, 22, 23, 33, 169, 276, 288 n. 46

Meteoroids: *liang-shan* heroes' birth 流星: 梁山好汉的出生, 252, 254, 260, 263; Yü's birth 禹的出生, 58—59, 100

Mi Fu 米芾, 178

Miao-yü (fictional character) 妙玉(虚构人物), 128—129, 134—135, 137

Miller, Lucien 米乐山, 195—196, 209, 309 nn. 42, 45

"Mind-and-heart of the child" (*t'ung-hsin*) 童心, 143—148

"Mind-and-heart" (*hsin*) 心, 144—145

"Mind-monkey" (*hsin-yuan*) 心猿, 160—161, 225, 313 n. 41

Minford, John 闵福德, 306 n. 2

Ming-pao Chi《冥报记》, 307 n. 22

Ming-shih ("sonorous stone") 鸣石, 76, 78—81

Mirror, stone (*shih-ching*) 镜(石), 83—84

"Mixture/entanglement" (*tsa*) 杂, 3, 278

Monkey, stone: epithet of 石猴: 称号, 2; genesis of 起源, 20, 228—229, 311 nn. 10, 12, 13; intertextuality of 互文性, 221—250; as liminal entity 作为阈限实体, 223, 232—234; Nü-kua Stone and 女娲石, 110; transformation of 变化, 240—241, 245—246, 247; as trickster 作为愚者, 234—243. See also "Mind-monkey"; *Wan hou* 亦可见"心猿""顽猴"

Mortuary jade 丧葬用玉, 115. See "Burial jade" 见"葬玉"

Mother goddesses 母神, 27, 45—46, 50, 53, 308 n. 22

Mou Tsung-san 牟宗三, 283 n. 12

Mount T'ai 泰山, 66, 68, 71, 254

"Mouth-jade" (*han-yü*); apotropaic powers of 哈玉：辟邪之力，254；*Dream* narrator's interpretation of《红楼梦》叙事者的阐释，212.；ethical dimensions of 伦理维度，122；fictional function of 小说中的功能，114—116；Nü-kua Stone and 女娲石，163—164，165；Pao-yü and 宝玉，113—114，120，167—168，186，208；"renewal" of；"更新"，133—134

"Mouth pupa"（han-ch'an）哈蝉，301 n. 30

Mu-shih chih meng（"union of wood and stone"）木石之盟，49

Mud 泥，64，129—130

"Mysterious, the"（hsüan）玄，317 n. 26

Mythemes 神话素，61—62.

Mytho-folkloric stone. *See* Folkloric stone 神话/民间传说之石，见"民间传说之石"

Mythology: cyclical movement in 神话：循环形式，267，315—316 n. 19；dictionaries of 字典，35—93，88—93；Egyptian 埃及，309 n. 40；intelligibility of 可理解性，25，40；Lévi-Strauss on，288 n. 45，289 nn. 50—51，316 n. 1；semantic translation of 语义转化，37—38；symmetry of 对称性，316 n. 20. *See also* Birth myths; Creation myths; Fertility; Healing myths; Hero myths 亦可见"出生神话""创世神话""滋养/孕育""有关弥合的神话""英雄神话"

Naming, device of 命名手法，123，128，134

"Naturalness". *See* "Genuineness"（chen）天然，见"真"

Needham, Joseph 李约瑟，273

Negation, dialectics of 否定辩证法，166—168，205—206. *See also* Dialectic 亦可见"辩证法"

Neumann, Erich 埃里克·诺伊曼：on bipolar opposites 二元对立，55，86，200；on mother goddesses 母神，45—46；on primordial archetypes 原始原型，2. 97 n. 166；on Uroboros 衔尾蛇，310 n. 61；on virgin birth 处女生育，57

Nieh-p'an scriptures 涅槃像，84

Nien（"karmic memory"）念（业的记忆），181—183，186—188，192

Nirvana 涅槃，146—147

"Nodding stone"（tien-tou shih）点头石，84—85，193，194，

233, 249

"Nonbeing" (*wu*) 无, 146—147

Nü-kua (goddess): dictionary of 女娲（女神）：字典, 42—43, 56—57; as Great Mother 大母神, 45—46, 53; as healer 作为弥合者, 47—49; isotopy of 同项, 26—27; matrimony and 婚姻, 51; myths surrounding 神话相关项, 25; rain rituals and 祈雨仪式, 63; stone and 石, 44—57; T'u-shan and 涂山氏, 52—55; Yü and 禹, 62

Nü-kua Stone: conventional meaning of stone and 女娲石, 石的传统意义, 17—18; as Divine Luminescent Stone-in-Waiting 作为神瑛侍者, 101, 105, 183; at *Dream* closing 《红楼梦》结局, 205; at *Dream* opening 《红楼梦》开篇, 13, 216—217, 218; epithet of 称号, 2; folkloric stone and 民间传说之石, 29; healing myths surrounding 弥合神话相关项, 75; the "knowing stone" and 智石, 199, 249—250; liminal status of 阈限状态, 207—208; mouth-jade and 口衔之玉, 163—164, 165; as narrative device 作为叙事手法, 255—259, 276—277, 287 n. 37; self-identity of 自我身份, 161—162; soliloquy of 自言自语, 179—180, 258, 299 n. 11; spirituality of 精神性, 179; transformed into jade 转化为玉, 109. See also *T'ung-ling shih*; *Wan shih* 亦可见"通灵石" "顽石"

"On *t'ung hsin*" (Li Chih) 《童心说》(李贽), 145—146

Opposites, binary. See Binary opposites 对立（二元），见"二元对立"

"Original identity /essence/nature" (*pen-chih*) 本质, 211

"Original mind" (*pen-hsin*) 本心, 145, 273—274, 300—301 n. 15

"Otherworldliness" (*k'ung*) 空（空想世界）, 129

Ovules 石卵, 76—77, 79, 82, 232

Painting, rock 画（石）, 306—307 nn. 6—7, 10

Palmer, F. R. 帕尔默, 39, 291 nn. 6—9

Pan-jo. See "Original mind" (*pen-hsin*) 般若，见"本心"

P'an-yü ("uncovering jade") 盘

玉，136，138
Pao-ch'ai（fictional character）宝钗（虚构人物），124－128，149－150，301－302 nn. 42－43
Pao Hsi Shih 包牺氏，281 n. 5
Pao-p'u-tzu（Ko Hung）《抱朴子》（葛洪），157
Pao-yü（fictional character）：alternating personae of 宝玉（虚构人物）：交替出现的人格，202，204－206；birth of 出生，113；Buddhism and 佛家，146－147；*chen/chia* bipolarity and 真假二元，21，140－142，166－171，211；Chen-Chia Pao-yü 甄贾宝玉，166－171；ethics of 伦理，147－148；identity of 身份，11，108－109，157－171，214－215，277；infancy of 婴儿期，14－15；memory of 记忆，186－188；monk and 僧，106－107；Monkey and 美猴王，247－248；mouth-jade of *see* "Mouthjade"（*han-yü*）口衔之玉（见"哈玉"）；purity（*chieh*）and "洁"，131－134；reading by 所读之书，317 n. 25；self-discovery of 自我发现，213；Tai-yü and 黛玉，15，186；*t'ung-ling shih* and 通灵石，193－198，202－204，308－309 nn. 28，35；in Underworld 冥间，189－190；*wan shih* and 顽石，195－196

Paradigmatic relations 聚合关系，39，40－41，42，88

Paradigms 聚合体，26，291 n. 8

"Pattern/ text"（*wen*）文，2－3，278，280 n. 5

Pen（"origin," "roots"）本（本源、根本），273. *See also* Return, symbolic; Return complex 亦可见"回归（象征性）" "回归情结"

Pei-shu（"scripts on stone tablets"）碑书，69

Pen-chih（"original identity / essence/nature"）本质，211

Pen-hsin（"original mind"）本心，145，273－274，300－301 n. 15

Pen-lai mien-mu 本来面目. *See Pen-hsin*（"originalmind"）见"本心"

Pen-ts'ao ching（Shen Nung）《本草经》（神农），75

Pen-ts'ao kang-mu《本草纲目》，75

"Personal integrity"（*jen-ko*）人格，283 n. 12

Personality appraisal: in *Dream* 性格评价：《红楼梦》，123，

124—136，168，169；theory of *chien-mei* 兼美理论，302 n. 43. See also "Personal integrity"; "Textual integrity" 亦可见"人格""文格"

Personification 化身，74—75，81，176

Philosophy of language, Taoist 语言哲学（道家），30—32

Pi 玉璧，301 n. 25

Pien（"change"）变，30，286 n. 32，289—290 nn. 59—60. See also "Difference"（*i*）; *T'ungpien* 亦可见"异""通变"

Pilgrimages 取经之旅，19—20

Plaks, Andrew 浦安迪：on complementary bipolarity 互补二元，163; five elements theory and 五行理论，302 n. 42; on gardens 园林，91，297 n. 172; on Nü-kua (goddess) 女娲（女神），44—45; on *yin-shui* 淫水，48—49

"Playful/crude / ignorant / mischievous monkey"（*wan hou*）顽猴，2，232—234. See also "Mind-monkey" 亦可见"心猿"

"Playfulness"（*wan*）顽（顽皮），196

Po-wu chih（Chang Hua）《博物志》（张华），229，311 n. 11

"Preamble"（*hsieh-tzu*）楔子（序），264

Precious jade 通灵宝玉，109—110，300 n. 15

Preunderstanding 前理解，28，38

Primordial archetypes 原始原型，297 n. 166

Procreation 生育. See Fertility; Sexuality 见"滋养/孕育""性"

Prophecy and stone 预言之石，78，80，252，301 n. 25

Propp, Vladimir 普洛普，291 n. 11

"Pu Chiang-tsung bai-yüan chuan"《补江总白猿传》，229

Pu-i（"the unchangeable"）不易，290 n. 60. See also "Change"（*pien*）; *I Ching* 亦可见"变""《周易》"

"Purity"（*chieh*）洁，126—138，150，151—154，304—305 n. 63. See also "Chaste Woman, Stone of the"（*chen-fu shih*）亦可见"贞妇石"

Rain and drought 降水与旱灾，27，63—66

Rāmāyaṇa《罗摩衍那》，229，230—231，234，311—312 nn. 12，14—22，313 n. 41

"Real, the." See "Genuineness" (*chen*) 真实,见"真"

"Rebirth, stone of" (*san-sheng shih*) 三生石,8,177—193

Recontextualization 再语境化,9—10

"Recovery" (*huan-yüan*) 还原,161,211,214,217,218,273. See also *Fu-yüan* 亦可见"复原"

"Red-ink Studio" 脂砚斋,95,298 n. 4. See also Chih-yen Chai

Reincarnation: cyclical symbolism and 转世,循环象征意义,248; in *Dream*《红楼梦》,103,105,106,114; of Pao-yü 宝玉,133; *san-sheng shih* and 三生石,8,178,180—181,183

Remembering, act of 回忆(行为),186—188. See also *Nien* ("karmic memory") 亦可见"念"(业的记忆)

"Resonant stone." See "Sonorous stone" (*ming-shih*) 见"鸣石"

Return, symbolic; Anthony Yu on 回归(象征性):余国藩,287—288 n. 39; death as 作为死亡,130—131; in *Dream*《红楼梦》,205,208,214,215,249,272—274; in *Journey*《西游记》,19—20,247; in *Water Margin*《水浒传》,267. See also Return complex 亦可见"回归情结"

Return complex 回归情结,3,4,14,30,133—134,165,166,176,208,211,217,247,249,272,273; Buddhism and 佛家,20,273—274; Confucianism and 儒家,217,274; Taoism and 道家,20,273,274. See also Return, symbolic 亦可见"回归"(象征性)

"Returning to the roots" (*kuei-ken*) 归根,273

"Returning to the unpolished" (*kuei p'u*) 归璞,273

"Righteousness" (*i*) 义,16

Rites of passage 通过仪式,200

Ritualistic stone. See Folkloric stone 仪式用石,见"民间传说之石"

Rock art 石之艺术,178,306—307 nn. 6—7,10

The Romance of the Western Chamber (*Hsi-hsiang Chi*)《西厢记》,95,298 nn. 3,5

"Roster of Lovers" (*ch'ing-pang*) 警幻情榜,96—97,298—299 n. 6

Sacred fertile stone 仙界的孕育之

石，99—109

Sacrifices: fertility and, 献祭: 滋养/孕育 295 n.108; imperial 皇家, 66—70, 261—262; jade and 玉, 70; rainmaking rituals and 祈雨仪式, 63, 65

Samadhi ("meditation") 入定, 181, 182

Samsara 轮回, 8. *See also* Reincarnation 亦可见"转世"

San-hu (goddess). *See* Kao Mei (goddess) 三户（女神）。见"高媒（女神）""San-huang pen-chi"《三皇本纪》, 47—48

San-sheng shih ("stone of rebirth") 三生石, 4, 8, 177—193

San-shih (goddess). *See* Kao Mei (goddess) 三石（女神）。见"高媒（女神）"

Sarvabijaka ("seed consciousness") 一切种识, 181

Saussure, Ferdinand de 索绪尔, 22

Schafer, Edward 谢弗, 307 n.21

The Scholars (*Ju-lin wai-shih*)《儒林外史》, 168, 299 n.6

Scholes, Robert 斯科尔斯, 315—316 nn.19, 20

"School of the Mind" (*hsin-hsüeh*) 心学, 304 n.52

"School of Principle" (*li-hsüeh*) 理学, 304 n.52

Schopenhauer, Arthur 叔本华, 106

"Scripts on stone tablets" (*pei-shu*) 碑书, 69

Se ("form/desire") 色（佛家）, 207, 221—222, 227—292, 244. *See also* "Void" (*k'ung*) 亦可见"空"（佛家）

Seasonal alternation 季节交替, 290 n.60

"Seed consciousness" (*sarvabijaka*) 一切种识, 181

"Self" (*chi*) 己, 159—160

Self-cultivation 修身, 142—143

Semantic theory: in dictionary development 语义学理论: 字典编纂, 38—39; functions of 功能, 43; of Greimas 格雷马斯, 41—42, 289, 291 n.11; Katz's four goals of 卡茨的四大目标, 41

Sememes 义位, 26, 27, 56

Semes: binary oppositions and 义素: 二元对立, 291 n.16; cross-referentiality of 交叉指涉, 88; defined 定义, 26; of *feng-shan* rite 封禅仪式, 70; of Nü-kua (goddess) 女娲（女神）, 42—43, 56; of She, Kao Mei, and Yü 社、高媒和禹, 62; of rainmaking rituals 祈雨仪式,

65; of *Shih kan-tang* 石敢当, 72; of stone lexeme 石的词位, 41, 89—90; of talking stone 石言, 80

Sexual politics 性别政治, 303 n. 44

Sexuality：of *Dream's* heroines 性：《红楼梦》的女主人公, 125; "irrigation" metaphor of 灌溉（隐喻）, 43; Liang-shan-po heroes and 梁山好汉, 260; as metaphor of *wen* 作为文的隐喻, 2—3; of Pao-yü and Ch'in Chung 宝玉和秦钟, 258—259; politics of 政治, 303 n. 44; in *Rāmāyaṇa*《罗摩衍那》, 231; in "T'uan Chuan"《彖传》, 281 n. 6; of Wu-k'ung 悟空, 225—227; between Yü and T'u-shan 禹和涂山氏之间, 54—55. *See also* Fertility; Matrimony 亦可见"滋养/孕育""婚姻"

Shamans 萨满, 240

Shan-hai-ching《山海经》, 45, 60, 78, 292 n. 37

Shang-hsia wen 上下文, 286 n. 31

Shao-lin temple 少林寺, 85

She (god) 社（神）, 57—61, 62, 63, 65, 71

"Shedding the shell" (*t'o-t'ai*) 脱胎, 137

Shen-i chi《神异经》, 72

Shen Mei (goddess). *See* Kao Mei (goddess) 神媒, 见"高媒"

Shen Nung 神农, 75

Shen-yang Kung (fictional character) 申阳公（虚构人物）, 228

Shen-ying shih-che ("Divine Luminescent Stone-in-Waiting") 神瑛侍者, 101, 105, 183, 196

Sheng Hung-chih 盛弘之, 295 n. 104

Sheng Kung, Master 生公, 84

Shih ("historical period") 史, 290 n. 59

Shih Chi《史记》, 51, 58, 66, 67—68

Shih Ching《诗经》, 50, 67, 293 n. 47

Shih-ching ("stone mirror") 石镜, 83—84

Shih Hsiang-yün (fictional character) 史湘云（虚构人物）, 134, 298 n. 4

Shih-hsin ("genuine heart/mind") 实心, 142

Shih-hsiung ("Elder Brother Stone") 石兄, 178

Shih-huang, Ch'in emperor 秦始皇, 67—68

Shih-i ("genuine intentions") 实意, 142

Shih-i chi《拾遗记》, 59, 82

Shih kan-tang ("evil-warding stone") 石敢当, 71–72. *See also* T'ai-shan stone 亦可见"泰山石"

Shih-k'uang 师旷, 81–82

Shih Nai-an 施耐庵, 266

Shih-nü ("stone woman") 石女, 35, 40, 85–89, 313 n. 42. *See also Chen-fu shih*; Sterility 亦可见"贞妇石""贫瘠/不育"

Shih Pen《世本》, 51

Shih-shuo hsin-yü《世说新语》, 87

Shih yen ("talking stone") 石言, 80–83, 255–260, 314 n. 6

Shu Ching《尚书》, 57, 67, 118

Shui-hu commentary《水浒传》评点, 265, 266. *See* Chin Sheng-t'an 见"金圣叹"

Shuo-wen. *See* Hsu Shen《说文解字》。见"许慎"

"Signs of heaven" (*t'ien-wen*) 天文 (《系辞》), 281 n. 5

The Sixteen Arhats《十六罗汉》, 85

Social inequity 社会不平等, 292 n. 32

Socialist humanism 社会人文主义, 306 n. 1

Solitary Stone 独石, 80–81

Solovyov, Vladimir 索洛维约夫, 296 n. 156

"Sonorous stone" (*ming-shih*) 鸣石, 76, 78–81

Sou-shen Chi《搜神记》, 155

Sovereignty, imperial 皇权, 66–68, 70

Spatiality: in *Dream* 空间性:《红楼梦》, 272; in *Journey*《西游记》, 246; of *san-sheng shih* 三生石, 184, 188, 203–204; of *wan shih*/*t'ung-ling shih* 顽石/通灵石, 221. *See also* Temporality 亦可见"时间性"

"Spirits" (*shen*) 神(精神), 96

Spirituality 精神性, 177, 194, 203–204

Ssu-k'ung T'u 司空图, 31

Ssu-ma Hsiang-ju 司马相如, 3

Sterility 贫瘠/不育, 35, 40, 85–87, 313 n. 42. *See also* Fertility; *Shih-nü*; T'u-shan 亦可见"滋养/孕育""石女""涂山氏"

Stone: birth-giving 石: 生育, 77–78; chaste 贞, 87; edible 可食用, 76; enlightened 开悟, 84–85; evil-warding 辟邪, 71–72; five-colored 五色, 48; folkloric (*see* Folkloric stone) 民间传说(见"民间传说之石"); growing 生长, 76–77; illuminating 反射光线, 83–84;

inscribed（see Inscribed stone tablets）写有文字（见"刻字石碑"）；knowing 智，243－250；liminal 閾限，108，198－208；medicinal（see Healing myths）药用（见"有关弥合的神话"）；modern definitions of 现代定义，35－36；nodding 点头，84－85，193，194，233，249；prophetic 预言，72－74；rainmaking 祈雨，63－66，191；sacred fertile 仙界的孕育，99－109；sonorous 鸣，76，78－81；talking 言，80－83，255－260，314 n. 6；unknowing 顽，193－198，202－204，232. See also Jade；Rock art 亦可见"玉""石之艺术"

Stone bulls 石牛，64，65－66

Stone intelligence 石的认知能力，25，82－83，178，243. See also "Knowing Stone" 亦可见"智石"

Stone lore. about fertility 石头传说：滋养/孕育，75－78；intertextuality of 互文性，18－19，37，267－268；intuition and 直觉，23；mythological dictionary of 神话字典，35－93；problematics of 问题，19－33；reconstruction of 重建，22－23；san-sheng and 三生，189. See also Folkloric stone 亦可见"民间传说之石"

Stone mirror 石镜，83－84

Stone monkey. See Monkey, stone 猴。见"石猴"

Stone-narrator 石头叙事者，257－259. See also "Talking stone" 亦可见"石言"

"Stone of Divine Intelligence"（t'ung-ling shih）通灵石，110，164，193－206，207，243，308－309 nn. 28，35

"Stone of Rebirth"（san-sheng shih）三生石，4，8，177－193

"Stone of the Chaste Woman"（chen-fu shih）贞妇石，87. See also Shih-nu（"stone woman"）亦可见"石女"

Stone spirituality. See Spirituality 石的精神性，见"精神性"

Stone symbolism. See Symbolism 石的象征意义。见"象征意义"

Stone tablets. See Inscribed stone tablets 石碑。见"刻字石碑"

"Stone woman"（shih-nü）石女，35，40，85－89，190，191，313 n. 42. See also Chen-fu shih 亦可见"贞妇石"

Structuralists 结构主义者，22－23

"Stupid thing"（ch'un-wu）蠢

物，195

Subjectivity 主体性，175，277，305—306 n. 1

Subject-position 主体位置，173，180

Sugriva (fictional character) 须羯哩婆（虚构人物），230—231

Sun worship 太阳崇拜，111

Sun Wu-k'ung (fictional character). See Monkey, stone 孙悟空（虚构人物）。见"石猴"

Sung Chiang (fictional character) 宋江（虚构人物），260，261，262，266

Supplemental differentiation. See Binary opposites 增补性差异。见"二元对立"

Symbolism of: flowers 象征意义：花，130—131; fools 愚，198; stone 石，55; tombs 坟墓，191. See also Jade symbolism; Return, symbolic 亦可见"玉的象征意义""回归（象征性）"

Syntagmatic relationships 组合关系，39，40，42，291 n. 8

"Synthesis" (che-chung) 折中，30

"Ta-huang hsi-ching"《大荒西经》，292 n. 37

Ta tz'u-pei ("grand compassion") 大慈悲，307 n. 21

Tablets, stone. See Inscribed stone tablets 碑。见"刻字石碑"

Tai ("crude/ignorant") 呆，148

T'ai ("fetus") 胎，97—98

(T'ai-p'ing) Huan-yü chi《太平寰宇记》，87

T'ai-p'ing kuang-chi《太平广记》，60

T'ai-p'ing yü-lan《太平御览》，64

T'ai Shan 泰山，66，68，71，254

T'ai-shan stone 泰山石，71，254. See also Shih kan-tang ("evil-warding stone") 亦可见"石敢当"

Tai-yü (fictional character) 黛玉（虚构人物），15，124—128，130—131，186，301—302 n. 42，303 n. 44

T'ai Yü (Wang K'un-lun) 太愚（王昆仑），302 n. 43

"Talking stone" (shih yen) 石言，80—83，255—260，314 n. 6

Tang hui-yao《唐会要》，76

Tao 道，30，32，33，50，237—238

Tao-te Ching《道德经》，273

Taoism: five elements theory of 道家：五行理论，301—302 n. 42; jade and 玉，111，112，164—165，301 n. 26; "original nature" and 本性，274；philosophy of language of 语言哲学，31—32；return complex and 回归情结，20，273

Tatsuo，Ota 太田辰夫，310—311 n. 2

Temporality：of *san-sheng shih* 时间性：三生石，180—189，192，193；of *wan shih / t'ung-ling shih* 顽石/通灵石，221. See also Spatiality 亦可见"空间性"

Text 文本，280 n. 5. See also *Wen* ("pattern/text") 亦可见"文"

"Textual integrity"（*wen-ko*）文格，283 n. 12

Thompson，William Irwin 汤普森，307 n. 22

"Three lifetimes, stone of." See "Rebirth, stone of"（*san-sheng shih*）见"三生石"

Tide metaphor 潮水（隐喻），30

Tien-t'ou shih（"nodding stone"）点头石，84—85，193，194，233，244，246，249. See also "Knowing stone" 亦可见"智石"

Tien-t'ou wan-shih（"enlightened crude/unknowing stone"）点头顽石，84—85

Tien Wen《天问》，44

T'ien-wen（"signs of heaven"）天问，281 n. 5

T'o-t'ai（"shedding the shell"）脱胎，137

Todorov，Tzvetan 托多洛夫，81，296 n. 156

Tomb，symbolism of 坟墓（象征性），191

The Tower of Myriad Mirrors (*Hsi-yu pu*，Tung Yüeh)《西游补》（董说），29，143，160，161，225，227

Transmigration 转世，184

Trickster：as an archetype 愚者：作为原型，234—243，276；of Chinese tradition 中国传统，234—236；connotations in *wan* 顽中含义，197—198

Trigrams 卦象，277—278，281 n. 5，282 n. 11

Trimsika 玄奘，307 n. 14

Trinity，mythic 三元模型（神话），313—314 n. 43

Tsa（"mixture/entanglement"）杂，278

Ts'ai Yüan-p'ei 蔡元培，287 n. 35

Tsang-yü. See "Burial jade" (*tsang-yü*) 见"葬玉"

Ts'ao Hsüeh-ch'in：allusions of 曹雪芹：典故，6；characterization by 特点，168；Cheng Pan-ch'iao and 郑板桥, 178; curtain-raising technique of 序幕技巧, 12; ideology of 思想意识, 121, 274, 275; Kao O and 高鹗, 270, 271; Li Chih and 李贽, 304 n. 57; life span of 生卒年, 283 n. 17; literary influences upon 文学影响, 95—96, 298 n. 5; Lu Hsün on 鲁迅, 272; narrative strategy of 叙事策略, 208—209, 217—218; self-portrayal of 自画, 299 n. 11; valorization of stone by 重视石头, 11

Ts'ao Shih 曹硕, 298 n. 4

Ts'ao T'ang-ts'un 曹棠村, 302—303 n. 43, 310 nn. 50, 55

Tso Chuan《左传》, 81, 259, 314 n. 6

Tuan Ch'eng-shih 段成式, 76—77

"T'uan Chuan"《彖传》, 281 n. 6

Tu Fu 杜甫, 284—285 n. 23

T'u-shan 涂山氏, 52—55, 62, 85

"Tu Tzu-ch'un"《杜子春》, 307 n. 22

Tun Min 敦敏, 306 n. 7

T'ung ("continuity") 通, 14. See also Intertextuality; T'ang pien 亦可见"互文性""通变"

T'ung ("homogeneity"). See "Homogeneity," concept of 同。见"同/合（概念）"

T'ung-hsin ("mind-and-heart of the child") 童心, 143—148

T'ung-ling shih ("stone of divine intelligence") 通灵石, 110, 164, 193—206, 207, 243, 308—309 nn. 28, 35. See also Wan shih 亦可见"顽石"

Tung-ming chi《洞冥记》, 75

T'ung pien 通变, 286—287 n. 32, 290 n. 60

T'ung-su pien《通俗编》, 84

Tung Yüeh 董说, 29, 143, 160, 161, 225, 227

Turner, Victor 特纳, 202, 309 n. 36

Tzu-hsing. See "Original mind" (pen-hsin) 自性。见"本心"

"Unchangeable, the" (pu-i) 不易, 290 n. 60

Unconscious, cultural 无意识（文化）, 14, 122, 205, 208, 210, 250

"Uncovering jade" (p'an-yü) 盘玉, 136, 138

"Union of wood and stone" (mu-shih chih meng) 木石之盟, 49

"Unknowing stone" (wan shih) "顽石", 4, 8, 193—198,

202—204，232. See also *Tung-ling shih* 亦可见"通灵石"

Uroboros 衔尾蛇，310 n. 61

Vālmiki 蚁垤，230

Vickery, John B. 维克里，268

Violence 暴力，16

Virgin birth 处女生育，57，58

Virtues, of jade 美德（玉），152—153. *See also* Jade symbolism: ethical dimensions of 亦可见"玉的象征意义：伦理维度"

"Void" (*k'ung*) 空（佛家），221—250. *See also Se* （"form/desire"）亦可见"色（佛家）"

Vraisemblance 似然，286 n. 29，289 n. 56

Wan （"playfulness"）顽（顽劣/无知），2，196，197，198，199. *See also* Fool, symbolism of 亦可见"蠢的象征意义"

Wan hou （"playful/crude/ignorant/mischievous monkey"）顽猴，2，232—234

Wan-k'ung （"dull-witted" self）顽空，233

Wan shih （"unknowing stone"）顽石，4，8，193—198，202—204，232. See also *Tung-ling shih*； *Wan* （"playfulness"）亦可见"通灵石""顽（顽皮）"

Wan-shih tien-t'ou （"the unknowing stone nodded its head"）顽石点头，84—85，308 n. 26. See also *Tien-t'ou shih* 亦可见"点头石"

Wang Ch'ung 王充，29，290 n. 59

Wang Hsi-lien 王希廉，302 n. 43

Wang Hsiao-lien 王孝廉，63，71，167，313 n. 42

Wang I 王逸，45

Wang, John 王靖宇，314—315 n. 16

Wang K'un-lun 王昆仑，302 n. 43

Wang Kuo-wei 王国维，106，108，300 n. 15

Wang Pi 王弼，32，290—291 n. 64

Wang Yang-ming 王阳明，304 n. 52

Water，水 76，77，79—80，91

Water Margin （*Shui-hu Chuan*）: cyclical mode of narrative in 《水浒传》：循环叙事模式，266; *feng-shan* ritual and 封禅仪式，70，261—264; fictional logic of 小说逻辑，251，260，263—264，267，270; inscribed stone tablet in 刻在石碑，260—268; John Wang on 王靖宇，315 n. 16; paradox in 矛盾，11，

252—253; return, symbolic 回归（象征性）, 267; seventy-chapter edition 七十回本, 96—97, 260, 263, 265—266; women in 女性, 16. *See also* Chin Sheng-t'an 亦可见"金圣叹"

Wei-shih School 唯识宗, 307 n. 14

Wen ("pattern/text") 文, 2—3, 278, 280 n. 5, 281—282 nn. 6, 11. *See also T'ien-wen*; *Jen-wen* 亦可见"天文（《系辞》）""人文（《系辞》）"

Wen-hsin tiao-lung (Liu Hsieh) 《文心雕龙》（刘勰）, 155—156, 286—287 n. 32

Wen I-to 闻一多, 51, 52, 53—54, 293 n. 52

Wen-ko ("textual integrity") 文格, 283 n. 12

White Ape 白猿, 223, 228, 310—311 nn. 2, 13

Wilhelm, Richard 尉礼贤, 281 n. 6

Willpower 意志力, 102, 105—106

"Wit" (*chih*) 智, 235

Wittgenstein, Ludwig 维特根斯坦, 278

"Woman, stone" (*shih-nü*) 石女, 35, 40, 85—89, 313 n. 42. See also *Chen-fu shih* 亦可见"贞妇石"

Womb symbolism 子宫象征意义, 307—308 n. 22

Women: adulterous (*Water Margin*) 妇女: 通奸（《水浒传》）, 16; Confucian ideal of chaste 儒家中的贞, 126, 152—153; purity and 洁, 131—132. *See also* "Chaste Woman, Stone of the" (*chen-fu shih*); Mother goddesses 亦可见"贞妇石""母神"

Wood 木, 48, 49, 91, 309 n. 40

"Worldly desires" (*fan-hsin*) 凡心, 104, 105

Wu ("illumination") 悟, 233. See also *Wan k'ung*; *Wu-k'ung* 亦可见"顽空""悟空"

Wu ("nonbeing") 无, 146—147

Wu, Han emperor 汉武帝, 68, 82, 295 n. 117

Wu Ch'eng-en 吴承恩, 100

"Wu-hsing chih"《五行志》, 72

Wu-k'ung ("awareness-of-vacuity"): liminal symbolism and 悟到空: 阈限象征意义, 227—228, 233, 244. *See also* Monkey, stone; *Wan hou*; *Wan-k'ung* 亦可见"石猴""顽猴""顽空"

Wu Shih-ch'ang 吴世昌, 102, 298 n. 4, 299 n. 10, 300 n. 12,

309—310 nn. 49—50, 55, 314 n. 6

Wu-yüeh ch'un-ch'iu《吴越春秋》, 51, 53

Yang Hsiung 杨雄, 30

Yang principle 阳气, 111

Year-Daimon Cult 年怪崇拜, 248

Yeh Chia-ying 叶嘉莹, 300 n. 15

Yen Yü 严羽, 31

Yin-shui 淫水, 48—49

Yin/Yang Stones 阴阳双石, 63—64, 65—66, 232, 301 n. 26

Ying Shao 应劭, 68

Yogacara School 瑜伽宗, 307 n. 14

Yü, Hsia emperor: birth of 禹（夏朝君主）, 57—58; Kao Mi and 高密, 51; Nü-kua (goddess) and 女娲（女神）, 62; semes of 义素, 62; *She* ritual and 祭社仪式, 57—61; T'u-shan Shih and 涂山石, 53, 54—55

Yu, Anthony: on Han-shan 余国藩：寒山禅师, 235; on Monkey 美猴王, 312 n. 37; on symbolic return 回归（象征性）, 19—20, 287—288 n. 39; on *t'ung-ling* 通灵, 308—309 n. 35; on *wan hou* 顽猴, 234; on *wan-k'ung/wu-k'ung* paradox 顽空/悟空矛盾, 233

Yu-cheng-pen 有正本, 300 n. 12

"Yü Kung"《禹贡》, 79

Yü-pi-hsieh 玉辟邪, 111

Yü P'ing-po, 俞平伯 96—97, 248, 287 nn. 35—36, 298 n. 4

Yü/Shih ("jade/stone") compound 玉/石融合, 110, 154, 155—158; in Pao-yü's identity 宝玉的身份, 158—171, 173

Yü-ti chi-sheng《舆地纪胜》, 71, 87

Yu-yang tsa-tsu《酉阳杂俎》, 76—77

Yü Ying-shih 余英时, 270—271, 299 n. 6

Yüan Chiao 袁郊, 180, 183

Yüan Hung-tao 袁宏道, 30, 290 n. 59

Yüan K'o 袁珂, 44—45

Yüan Kuan (fictional character) 圆观（虚构人物）, 180, 183, 184

Yuan Tsung-tao 袁宗道, 290 n. 59

Yung tien ("allusive borrowings") 用典, 9—10

Zen. *See* Ch'an Buddhism 禅，见禅宗